아르센 뤼팽 전집 **9**

황금 삼각형

Arsène Lupin

아르센 뤼팽 전집 **9**

황금 삼각형

Le Triangle D'or

모리스 르블랑

송덕호 옮김

황금가지

차례

서문

이 소설은 1917년 5월 20일부터 7월 26일까지 프랑스의 신문 《르 주르날》에 연재되면서 세상에 나왔다. 5월 15일자 《르 주르날》은 이렇게 예고하였다. 〈저 유명한 『아르센 뤼팽』과 『붉은 동그라미』의 작가는 사건이 미스터리에 휩싸여 예기치 않은 극적 전환으로 시종일관 놀라게 하는 이 흥미진진한 소설에서만큼 그의 경이로운 상상력을 잘 보여 준 적이 없었다.〉 그해 8월에 모리스 르블랑이 아셰트 출판사에 보낸 편지에는 〈황금 삼각형은 어찌 되었소?〉라고 걱정하는 대목이 있다. 《르 주르날》에 연재를 끝낸 그는 소설이 서점에 나오는 것을 보고 싶어했을 것이다. 소설은 1918년 4월 19일에야 초판 6,600부가 출판된다. 가격은 4프랑 50상팀. 이 책은 현재 제1차 세계 대전 전의 그 유명한 3프랑 50상팀짜리 책들의 값어치에 해당한다. 그런데도 소설은 불티나게 팔려 두 달 만에 6,000부 이상이 팔렸고, 마드리드의 신문 〈엘 솔〉

은 이 작품을 번역 출판하기 위해 판권을 신청했다.

재판은 1921년 9월에 삽화를 넣은 『모험과 활극 소설』 총서 가운데 두 권으로 나뉘어 발행되었다.

———J. D.

1부

코랄리 엄마

6시 30분 종이 울리기 조금 전, 그러니까 해질녘 그림자가 더욱 짙어질 무렵, 갈리에라 박물관 앞 나무들이 늘어선 작은 사거리에 두 명의 군인이 나타났다. 샤이요가(街)와 피에르 샤롱가(街)가 교차하는 사거리였다.

한 사람은 청회색의 보병 외투(제1차 세계 대전에서 제2차 세계 대전 사이에 프랑스 육군이 입었던 군복──옮긴이)를 입고 있었고, 다른 한 사람은 세네갈 사람으로 담갈색의 천연 모직 옷을 입고 있었는데, 이 옷은 전쟁이 시작된 이후 알제리의 보병들과 아프리카 군인들에게 입혔던 펑퍼짐한 바지와 몸에 꼭 맞는 상의로 이루어져 있었다. 한 사람은 오른쪽 다리가, 다른 한 사람은 왼쪽 팔이 없었다.

그들은 중앙에 실레노스(그리스 신화에 나오는 산과 들의 요정으로 지혜가 많음. 주신 디오니소스의 양부이자 술친구로 전해진다──

11

옮긴이) 동상들이 있는 광장을 한 바퀴 돌더니 멈추어 섰다. 프랑스 보병이 담배를 버렸다. 세네갈 군인이 그것을 주워 몇 번 급하게 빨고 연기를 내뿜더니 엄지와 검지로 담배를 눌러 끄고는 호주머니에 집어넣었다.

아무 말도 없이 이루어진 행동들이었다.

그와 거의 동시에 갈리에라가에서 두 명의 다른 군인이 나타났다. 그들의 군복은 전혀 어울리지 않는 민간인 복장 같은 분위기를 풍기고 있어서 어느 부대에 소속된 군인들인지 단정 짓기가 불가능했다. 그러나 한 사람은 알제리 보병의 셰샤 모자(아랍 인등이 쓰는 모자로 챙이 없고 붉은 술이 달려 있음——옮긴이)를 보란 듯이 쓰고 있었고, 다른 한 사람은 포병 군모를 쓰고 있었다. 첫 번째 군인은 목발을 짚고 있었고, 두 번째 군인은 지팡이를 짚고 있었다.

그들은 보도 가장자리에 세워진 정자 옆에 멈추어 섰다.

피에르 샤롱가와 브리뇰가, 그리고 샤이요가에서도 잇달아 군인들이 도착했다. 그들은 모두 세 사람이었는데, 한쪽 발이 없는 엽(獵)보병과 다리를 저는 공병, 그리고 한쪽 엉덩이가 뒤틀린 식민지 보병이었다. 그들은 나무를 향하여 똑바로 걸어간 뒤 제각기 나무에 몸을 의지하였다.

그들은 서로 아무 말도 교환하지 않았다. 그 상이군인 일곱 명 가운데 어느 누구도 자기와 함께 온 사람들을 알고 있지 않는 것 같았고, 서로의 정체를 궁금해하지도 않는 것 같았으며, 심지어는 각자가 있는지조차 모르는 듯했다.

나무에 기댄 채로, 또는 정자 뒤에서, 또는 실레노스 동상들 뒤에서 그들은 움직이지 않았다. 1915년 4월 3일 저녁 시간, 본래

12

사람들의 통행이 뜸한 그 사거리였지만 그날따라 유난히 지나가는 행인이 드물었다. 갓을 쓴 가로등들은 희미하게 거리를 비추며 그들의 움직이지 않는 그림자들을 시간에 맞추어 그려 내고 있었다.

6시 30분을 알리는 종이 울렸다.

이때 광장 쪽을 향하고 있는 집들 가운데 한 집의 문이 열렸다. 한 남자가 나오더니 문을 다시 닫고 샤이요가를 건너 광장을 한 바퀴 도는 것이었다.

그는 카키 색의 옷을 입은 장교였다. 세 줄의 금색 장식 끈이 달린 빨간 모자를 쓴 그는 넓은 리넨 천으로 머리를 동여매고 있어서 이마와 목덜미가 가려져 있었다. 남자는 키가 컸고 바짝 마른 체격이었다. 그의 오른쪽 다리는 둥근 고무 고리를 댄 나무 의족이 받치고 있었다. 그는 지팡이를 짚고 있었다.

그는 광장을 벗어나자 피에르 샤롱가의 도로로 내려섰다. 거기에서 그는 몸을 돌려 몇 군데를 침착하게 살펴보았다.

찬찬히 살펴보던 그는 광장에 서 있는 나무들 가운데 한 그루로 다시 눈을 돌렸다. 그는 지팡이 끝으로 불룩 튀어나온 배를 가볍게 건드렸다. 배가 도로 들어갔다. 장교는 다시 걷기 시작했다.

이번에는 피에르 샤롱가를 곧장 걸어서 파리의 중심가를 향해 멀어져 갔다. 마침내 샹젤리제가에 접어들자 그는 다시 왼쪽 보도 위로 올라갔다.

200보쯤 앞에 커다란 공공건물이 있었다. 그 건물은 이미 게시판에 알려 이동 야전 병원으로 개조한 것이었다. 장교는 그 병원에서 나오는 사람들의 눈에 띄지 않도록 약간의 거리를 두고 멈추어 서서 누군가를 기다렸다.

6시 45분이 지나고 7시 종이 울렸다.

그리고 몇 분이 또 흘렀다.

다섯 사람이 건물에서 나왔다. 그리고 두 사람이 더 나왔다. 마침내 한 부인이 현관 문 앞에 나타났는데, 그녀는 적십자 마크가 있는 커다란 푸른 망토 차림의 간호사였다.

「저기 나왔군」

장교가 중얼거렸다.

그녀는 그가 왔던 길로 발을 옮겨 피에르 샤롱가로 접어들었다. 그녀는 오른쪽 보도를 따라 샤이요가의 사거리 쪽으로 방향을 잡았다.

그녀는 유연하고 박자감 있는 걸음걸이로 경쾌하게 걸어갔다. 바람은 그녀의 빠른 걸음에 부딪쳐 그녀의 양 어깨 주위로 펄럭이는 기다란 푸른 망토를 부풀려 놓고 있었다. 커다란 망토에 가려져 있었지만 그녀의 탄탄한 둔부와 젊음이 넘치는 걸음걸이는 누구나 분간할 수 있는 것이었다.

장교는 한가로이 거니는 산보객처럼 지팡이를 돌리며 할 일 없는 듯한 모습으로 약간 뒤쳐져서 그녀를 따랐다.

그 시각 그들이 걷고 있는 거리에는 그녀와 장교 외에는 아무도 보이지 않았다.

그러나 그녀가 마르소가를 가로질러 건너가자, 장교가 그곳에 미처 도달하기 전에 도로가에 주차해 있던 자동차 한 대가 시동을 걸더니 그녀와 같은 방향으로 움직이기 시작했다. 자동차는 속도를 내지 않고 그녀와 간격을 일정하게 유지했다.

그것은 택시였다. 장교는 바로 두 가지 사실에 주목했다. 한 가지는 택시 안에는 두 남자가 타고 있다는 사실, 다른 한 가지

는 그가 순간적으로 본 것이지만 두 사람 가운데 짙은 콧수염을
기르고 회색 펠트 모자를 쓴 남자가 줄곧 차창 밖으로 몸을 내민
채 운전사와 이야기를 나누고 있다는 사실이었다.

그러나 간호사는 뒤도 돌아보지 않고 걷고 있었다. 장교는 다
른편 보도로 건너가 걸음을 재촉했다. 간호사가 사거리에 가까이
다가갈수록 자동차가 속력을 높이는 것으로 보였기 때문이다.

장교는 자기가 있는 곳에서 그 작은 광장의 거의 전체를 한눈
에 품어 살펴보았다. 그의 시선이 얼마나 날카로웠는지는 몰라
도, 그는 일곱 명의 상이군인들을 가리고 있던 나무 그림자 속에
서 아무것도 분간해 내지 못했다. 게다가 지나가는 행인도, 자동
차도 전혀 볼 수 없었다. 다만 멀리, 서로 교차하는 넓은 거리들
의 검은 어둠 속에서 셔터를 내린 전차 두 대만이 정적을 깨뜨리
고 있었다.

젊은 간호사가 거리의 풍경에 주의를 기울였다고 가정하더라도 그녀 역시 자기를 위협할 수 있는 자가 누구인지 전혀 알지 못하고 있는 것 같았다. 그녀는 조금도 망설이는 기색이 없었다. 더구나 그녀는 단 한 번도 뒤를 돌아다보지 않았기 때문에 그녀를 따라가고 있는 자동차의 음모도 전혀 모르고 있을 터였다.

그러나 자동차는 점점 거리를 좁혀 갔다. 광장의 주변이 가까워지자 자동차와 간호사의 거리는 겨우 10미터에서 15미터 정도가 되었다. 그리고 여전히 자신의 걸음에만 열중한 간호사가 나무들이 있는 곳에 이르자 자동차는 그녀와의 거리를 더욱 좁히며 도로 한가운데를 벗어나 보도를 따라가기 시작했다. 그런데 보도의 반대편, 그러니까 자동차의 왼쪽에서 두 사람 가운데 차창 밖으로 몸을 내밀고 있던 남자가 차 문을 열고 발판으로 내려섰다.

장교는 그들의 눈에 띌 것을 무릅쓰고 황급하게 다시 길을 건넜다. 그러한 상황에서는 그들이 자기들이 하는 일 말고는 조금도 개의치 않을 것처럼 보였기 때문이다. 그는 입에 호루라기를 물었다. 예측했던 사건이 막 벌어지려는 상황이 틀림없었다.

실제로 자동차가 갑자기 멈추었다.

자동차의 양쪽 문으로 두 남자가 나와 가판 매점으로부터 몇 미터 앞에 있는 광장의 보도 위로 뛰어올랐다.

젊은 여인의 외마디 비명소리와 장교의 날카로운 호루라기 소리가 동시에 울려 퍼졌다. 역시 그와 동시에 그녀에게 다가간 두 남자는 그들의 희생자를 낚아채 자동차 쪽으로 끌고 갔다. 그러자 마치 나무의 줄기에서 솟아 나오기라도 한 것처럼, 나무 뒤에 숨어 있던 일곱 명의 상이군인들이 두 습격자에게 달려들었다.

싸움은 오래 가지 않았다. 아니 그보다는 싸움이 없었다고 해야겠다. 택시 운전사는 처음부터 공격이 제지당하는 것을 알고는 자동차에 시동을 걸고 걸음아 날 살려라 하고 도망가 버렸다. 상이군인들이 지팡이를 치켜들고 달려들거나 목발로 위협을 가하고, 장교가 권총을 꺼내어 그들에게 총구를 들이대자 두 남자는 자기들의 계획이 실패한 것을 알고는 간호사에게서 물러나 총의 조준을 피하기 위해 지그재그 모양으로 달아나며 브리놀가의 어둠 속으로 사라졌다.

「야봉, 저놈들을 쫓아가 한 놈을 잡아서 멱살을 끌고 와」

장교가 한쪽 팔이 없는 세네갈 군인에게 명령했다.

장교는 겁에 질려 온몸을 떨고 있는 간호사를 팔로 부축했다. 그녀는 거의 실신할 것처럼 보였다. 그는 매우 근심 어린 목소리로 그녀에게 말했다.

「조금도 두려워할 것 없습니다, 코랄리 엄마. 나요, 벨발 대위, 파트리스 벨발이란 말입니다······」

그녀가 떠듬떠듬 말했다.

「아! 대위님, 당신이군요······」

「그렇습니다. 그리고 여기 이 사람들은 당신을 보호하기 위해 모인 당신의 친구들입니다. 모두 야전병원에서 당신이 전에 돌보았던 부상자들이지요. 나는 이들을 별관의 회복실에서 다시 만났습니다」

「고마워요······ 정말 고마워요······」

그리고 그녀는 떨리는 목소리로 다시 물었다.

「다른 사람들은······ 그 두 남자들은 어디 있죠?」

「도망쳤습니다. 야봉이 뒤쫓고 있지요」

「그런데 그 사람들은 내게 뭘 원했을까요? 그리고 여러분들은 어떻게 알고 여기 계셨던 거예요?」

「그건 나중에 얘기하기로 해요, 코랄리 엄마. 우선은 당신부터 생각합시다. 어디로 모시고 가야 할까? 자, 이리로 오세요……. 지금은 마음을 가라앉히고 좀 쉬어야 해요」

장교는 다른 군인 한 사람의 도움을 받아 45분 전에 자기가 나왔던 집 쪽으로 그녀를 천천히 데리고 갔다. 여자는 그가 하자는 대로 몸을 맡기고 있었다.

그들은 모두 1층으로 들어가 거실로 건너갔다. 그가 전등을 켰다. 거실에는 장작불이 세차게 타오르고 있었다.

「앉아요」

그가 말했다.

그녀가 소파 위에 힘없이 주저앉자 대위가 명령을 내렸다.

「풀라르, 너는 식당에 가서 컵을 하나 가져와. 그리고 리브락, 너는 부엌에서 시원한 물이 담긴 물병을 가져오고……. 샤틀랭, 너는 부엌의 찬방 벽장에서 럼주를 한 병 내와……. 아니 아니지, 코랄리 엄마는 럼주를 좋아하지 않아……. 그러면……」

「그러니까 물 한 잔이면 충분해요」

그녀가 미소를 지으며 말했다.

본래 창백하긴 했지만 핏기조차 사라졌던 그녀의 뺨에 약간의 생기가 돌기 시작했다. 그녀의 입술에도 핏기가 돌아왔고, 웃음 띤 그녀의 얼굴은 한층 밝아져 마음을 놓게 했다.

매력과 온화함이 넘치는 그녀의 얼굴은 반듯하게 균형이 잡혀 있었다. 지극히 섬세한 윤곽, 파리한 낯빛, 언제나 눈을 커다랗게 뜨고 사물을 신기하게 바라보며 놀라는 어린아이의 천진난만한 표정을 그녀는 지니고 있었다. 그렇지만 우아하고 세련된 그 모든 것들이 어떤 순간에는 매우 강인한 인상을 주기도 했는데, 그것은 틀림없이 눈의 어두운 광채와 이마를 가리고 있는 하얀 간호모에서 늘어뜨려진 두 개의 검고 반듯한 띠 때문일 것이다.

「아! 코랄리 엄마, 좀 나아 보이는데요?」

그녀가 물을 한 컵 마시고 나자 대위가 기분 좋게 소리쳤다.

「훨씬 나아요!」

「좋았어! 하지만 우리가 여기에서 보낸 시간을 한번 생각해 보십시오! 그놈의 사건은 또 어떤가! 그 일을 풀어야 할 겁니다. 그리고 낱낱이 밝혀 내야 하겠지요. 안 그런가요? 자, 그럼 기다리는 동안 제군들은 코랄리 엄마께 경의를 표하도록. 어이, 여보게들, 코랄리 엄마가 자네들을 애지중지하며 자네들 대가리가 편안하게 묻히도록 베개를 두드려 주었다면 누가 그것을 믿을 수 있겠는가? 그리고 이제는 아이들이 자기 엄마를 소중히 여기듯 우리가 코랄리 엄마를 돌본다면 누가 믿을 수 있겠는가?」

그들이 모두 그녀의 주위로 몰려들었다. 팔이 없는 이들, 목발을 짚은 이들, 팔다리가 잘린 불구자들이 모두 그녀를 보고 기뻐했다. 그녀는 애정이 듬뿍 담긴 손으로 그들의 손을 잡았다.

「그래요, 리브락, 이 다리는 괜찮아요?」

「이젠 아프지 않아요, 코랄리 엄마」

「그리고 바티넬, 어깨는 어때요?」

「이제 깨끗해요, 코랄리 엄마……」

「풀라르, 당신은요? 그리고 조리스, 당신은 어때요……?」

그녀는 그들을 다시 만나 감동이 복받쳤다. 그녀가 자기 자식들이라 불렀던 그들을. 그때 파트리스 벨발이 탄성을 질렀다.

「아! 코랄리 엄마, 마침내 눈물을 흘리시는군요! 엄마, 엄마, 당신은 그렇게 우리 모두의 마음을 사로잡았답니다. 우리들이 고통스러운 침대 위에서 소리를 지르지 않으려고 무진 애를 쓰고 있을 때 우리는 당신의 눈에서 흘러내리는 굵은 눈물을 보았습니다. 코랄리 엄마는 자식들을 위해 눈물을 흘렸습니다. 그러면 우리는 더욱 이를 악물었지요」

「그러면 나는 더 많이 울었어요. 여러분이 내게 아픔을 주지 않으려 하는 걸 알기 때문이었지요」

그녀가 말했다.

「그리고 오늘, 당신은 그 일을 다시 시작하시는군요. 아! 안 돼요. 측은한 감정은 이제 그만! 당신은 우리들을 사랑해요. 우리도 당신을 사랑해요. 그러니까 슬퍼할 이유가 없습니다. 자, 코랄리 엄마, 웃어요…… 아! 저기 야봉이 오는군요. 야봉은 늘 웃고 있답니다」

그녀가 황급히 일어섰다.

「여러분들은 그가 아까 그 두 남자들 중 한 사람을 따라잡을 수 있었으리라고 생각해요?」

「물론이지요. 나는 그렇게 생각합니다. 내가 야봉에게 한 놈만 잡아 멱살을 끌고 오라고 했습니다. 그는 실패하지 않았을 겁니다. 단 한 가지가 불안하긴 하지만……」

그들은 현관으로 나갔다. 세네갈 군인은 벌써 계단을 올라오고 있었다. 그는 오른손으로 한 남자의 목덜미를 쥐고 있었다. 그는 꼭두각시처럼 야봉의 팔 끝에서 축 늘어져 있었다. 대위가 명령했다.

「내려놔」

야봉이 손가락에서 힘을 뺐다. 남자가 현관 바닥에 널브러졌다.

「이게 바로 내가 불안해했던 거야. 야봉은 오른손밖에 없지만 이 손이 누군가의 목을 움켜쥐었을 때 그 목이 졸려지지 않고 성하다면 기적이지. 독일 놈들은 그에 대해서 좀 알고 있지」

장교가 중얼거렸다.

야봉은 거인의 체구에 번들거리는 검은 피부, 짧은 곱슬머리를 하고 있었으며, 턱에도 곱실거리는 털이 몇 가닥 나 있었다. 팔이 없는 한쪽 소매는 그의 왼쪽 어깨에 올려붙였으며, 줄무늬 장식이 상의 전체에 퍼져 있는 그의 군복에는 메달 두 개가 달려 있었다. 야봉은 포탄에 맞아 뺨과 턱이 한쪽밖에 없었으며, 입도 절반밖에 없었다. 입천장까지 깨져서 떨어져 나갔다. 나머지 성한 쪽의 입은 한번 웃으면 귀밑까지 찢어져 절대 제자리로 돌아오지 않을 것 같았으며, 떨어져 나간 얼굴 부분은 피부를 이식하여 그럭저럭 꿰매 놓았기 때문에 언제나 차가운 표정의 끔찍한 모습이었다.

더욱이 야봉은 언어 능력을 상실하였다. 그는 불분명하게 그르렁거리는 소리를 내는 것이 고작이었다. 그리하여 사람들은 그를 〈야봉〉이라는 별명으로 불렀고, 이것이 그의 이름처럼 되어 계속 불리고 있었다.

야봉이 상관인 대위와 잡아 온 남자를 번갈아 보며 만족한 모습으로 다시 그르렁거리는 소리를 냈다. 그 모습은 잡아 온 사냥감을 앞에 두고 즐거워하는 사냥개와 흡사했다.

「됐어. 하지만 다음에는 좀 더 살살 다루도록 해」

대위가 말했다.

그는 쓰러져 있는 남자에게 몸을 굽혀 몸을 만져 보고 잠시 기절해 있는 것을 확인한 다음, 간호사에게 말했다.

「이 사람을 알아보겠습니까?」

「아뇨」

그녀가 말했다.

「정말인가요? 어디선가 이 얼굴을 본 적이 한번도 없단 말입니까?」

그의 머리는 매우 컸고, 검은 머리카락에 포마드를 바르고 있었으며, 반백의 콧수염을 기르고 있었다. 그의 짙은 파란색 양복은 훌륭하게 재단되어 있어서 그가 돈이 많은 사람임을 말해 주고 있었다.

「전혀…… 전혀 본 적이 없어요……」

간호사가 분명하게 말했다.

대위는 그의 주머니를 뒤졌지만 종이 조각 하나 나오지 않았다.

대위는 다시 일어서며 말했다.

「좋아! 깨어나길 기다렸다가 심문하도록 하지. 야봉, 이 사람 팔과 다리를 묶고 여기 현관에서 지키고 있도록. 그리고 나머지 제군들은 이제 병원으로 돌아갈 시간이 됐다. 이 집의 열쇠는 내가 가지고 있다. 모두 엄마에게 작별 인사하고 서둘러 돌아가도록」

그들이 작별 인사를 마치자 대위는 그들을 밖으로 몰아낸 뒤 여자에게 돌아와 그녀를 거실로 데리고 갔다. 그리고 큰 소리로 말했다.

「코랄리 엄마, 이제 이야기를 나눕시다. 다른 설명을 하기 전에 우선 내 말을 잘 들어요. 길지 않아요」

그들은 기세 좋게 타오르는 밝은 장작불 앞에 앉았다. 파트리스 벨발은 코랄리 엄마의 발밑에 쿠션을 하나 넣어 주고 그녀에게 거북스러워 보이는 전구를 하나 껐다. 그리고 코랄리 엄마가 정말 편안한지 다시 한번 확인한 다음, 이야기를 시작했다.

「코랄리 엄마, 당신도 아시다시피 나는 일주일 전에 야전병원을 나와 회복기의 환자들을 위해 마련된 뇌이의 마이요가에 있는 야전병원 별관으로 왔습니다. 이 별관에서 나는 매일 아침 치료를 받고 저녁이면 잠자리에 듭니다. 그 나머지 시간은 산책을 하거나 빈둥거리다가 아무 식당에서나 점심과 저녁 식사를 합니다. 그리고 옛 친구들을 찾아가기도 합니다. 그런데 오늘 아침, 시내에 있는 커다란 카페레스토랑의 홀에서 친구를 기다리고 있는데 우연히 어떤 대화의 마지막 부분을 듣고는 매우 놀랐습니다. 그 홀은 사람 키 높이의 칸막이를 세워 둘로 나누어 놓았는데 한쪽은 커피를 마시는 손님들, 다른 한쪽은 레스토랑 손님들이 서로 등을 지도록 배치되어 있습니다. 나는 레스토랑 쪽에 앉아 있었고, 아직 혼자였습니다. 그런데 커피를 마시는 쪽에 앉은 두 사람이 아마 거기에 아무도 없을 거라고 생각했는지 약간 큰 소리로 이야기를 나누고 있었습니다. 그들은 내게 등을 돌리고 있어서 그들의 얼굴을 볼 수는 없었어요. 그들은 참으로 놀라운 말을 했습니다. 그래서 나는 곧바로 이 수첩에다 그걸 받아 적었습니다」

대위는 주머니에서 수첩을 꺼낸 뒤 다시 말을 계속했다.

「당신이 곧 이해하게 되겠지만 그들의 대화가 내 주의를 끌었던 이유가 있습니다. 어쨌든 그들은 그 이야기를 하기에 앞서 다른 몇 마디를 주고받았는데, 전쟁이 나기 전에도 이미 두 번씩이나 있었던 불똥비에 관한 내용이었습니다. 하늘에 비처럼 쏟아지는 불똥 말이에요. 그건 야간 신호의 한 방법이었죠. 그 신호가 나면 민첩하게 행동하여 귀환이 가능한 때를 엿보기로 서로 약속한 것이지요. 이 이야기를 듣고 생각나는 것이 전혀 없습니까?」

「없어요……. 왜 그러시죠?」

「차차 아시게 될 겁니다. 아! 깜빡 잊은 게 또 있군요. 그 두 사람은 영어로 대화를 하고 있었는데, 정확한 영어를 구사하고 있었어요. 하지만 억양으로 보아 두 사람 모두 영국인은 아니라는 생각이 들더군요. 그들이 한 말을 프랑스 어로 바꾸어 여기 그대로 적어 두었어요.

그들 중 한 사람이 그러더군요.

⟨자, 이상으로 모든 일이 잘 정해졌군. 당신은 그 사람과 함께 오늘 저녁 7시 조금 전에 정한 장소로 가시오.⟩

⟨알겠습니다, 대령님. 자동차도 예약해 두었습니다.⟩

⟨좋소. 여자가 7시에 병원에서 나온다는 사실을 잘 기억하시오.⟩

⟨염려 마십시오. 한 치의 실수도 있을 수 없습니다. 그 여자는 항상 똑같은 길을 따라 피에르 샤롱가를 지나가니까요.⟩

⟨그리고 계획은 빈틈없이 세웠소?⟩

⟨빠짐없이 세웠습니다. 샤이요가 끝에 있는 광장에서 일을 도모할 것입니다. 설사 광장에 누가 있다 하더라도 여자를 구할 시간이 없을 정도로 신속하게 행동할 것입니다.⟩

⟨운전사는 믿을 만한 사람인가?⟩

⟨우리들 말에 절대 복종할 만큼 돈을 많이 주면 됩니다.⟩

⟨좋소. 나는 차를 타고 아까 얘기한 장소에서 당신을 기다리고 있겠소. 당신은 여자를 내게 넘겨주시오. 그렇게만 되면 우리가 칼자루를 쥐게 되는 거요.⟩

〈그리고 여자는 대령님 것이 되지요. 그것도 나쁠 것은 없습니다. 여자가 죽여 주게 예쁘니까요.〉

〈정말 예쁘지. 난 오래전부터 그 여자를 먼발치에서 보아 왔소. 하지만 그녀에게 말을 건넬 수는 없었소……. 그래서 이번 기회를 이용해서 일을 성사시켜 볼 작정이오.〉

그리고 대령은 이렇게 덧붙이더군요.

〈그녀는 어쩌면 울기도 하고 비명을 지르거나 이를 갈기도 할 거요. 그러면 더욱 좋지! 나는 누가 내게 반항하는 걸 정말 좋아하거든……. 내가 가장 힘이 셀 때 말이오.〉

그는 야비한 웃음을 터뜨렸어요. 나머지 한 사람도 같이 웃더군요. 그들이 계산을 할 때 나는 즉시 일어나서 큰길 쪽 문으로 갔습니다. 그러나 그들 중 한 사람만 그 문으로 나갔어요. 그는 회색 중절모를 쓰고 짙은 콧수염을 기른 남자였습니다. 다른 한 사람은 큰길과 수직으로 교차하는 길 쪽으로 난 문을 통해 사라져 버렸어요. 그때 거리에는 택시가 한 대밖에 없었습니다. 남자가 그 택시를 잡아타는 바람에 저는 어쩔 수 없이 뒤쫓는 일을 포기할 수밖에 없었습니다. 다만…… 다만……내가 알고 있는 사실은 당신이 매일 저녁 7시에 야전병원에서 나온다는 것, 그리고 피에르 샤롱가를 지난다는 것이었습니다. 그래서 저는 생각하길……」

대위는 입을 다물었다. 여자는 근심스러운 모습으로 생각에 잠겼다. 그리고 잠시 후에 그녀가 물었다.

「그런데 어째서 당신은 내게 미리 말해 주지 않았나요?」

그가 큰소리로 말했다.

「미리 말해 주다니! 그랬다가 만약 당신이 표적이 아니었다면 어떻게 하죠? 무엇 때문에 당신을 불안하게 하겠습니까? 그리고 만약에 반대로 당신이 표적이었다면 당신이 경계하도록 할 이유도 없습니다. 일이 실패하면 당신의 적들은 다른 모의를 할 것이고, 그러면 그것을 모르는 우리들은 그 모의를 예측할 수도 없을 겁니다. 그건 아니에요. 가장 좋은 방법은 싸움을 하는 것입니다. 나는 야전병원 별관에서 치료를 받고 있는, 전에 당신이 보살펴 주었던 군인들을 소집했고, 그리고 마침 내가 기다리던 친구가 바로 이 광장에 살고 있기 때문에 7시에서 9시까지 그의 집을 빌려 달라고 부탁했던 겁니다. 이상이 그동안의 경과예요, 코랄리. 이게 내가 알고 있는 전부예요. 어떻게 생각해요?」

그녀는 그에게 손을 내밀었다.

「당신은 내가 몰랐던 끔찍한 위험에서 나를 구해 주었군요. 고마워요」

「아! 그렇지 않아요」

그가 말했다.

「감사는 받지 않겠어요. 나로서도 일이 잘되어 정말 기뻐요. 하지만 내가 묻는 건 이 사건 자체에 관한 당신의 의견입니다」

그녀는 조금도 망설이지 않고 분명하게 대답했다.

「의견 같은 것은 없어요. 당신이 말씀해 주신 어떤 말이나 사건에서도 우리에게 이 사건에 대한 정보를 줄 만한 단서가 하나도 생각나지 않아요」

「그들을 모른다는 말인가요?」

「개인적으로는 기억에 없어요」

「그러면 그 두 치한들이 당신을 넘겨주도록 되어 있는 남자는 어떻소? 당신을 알고 있다고 말한 그 사람 말이오」

그녀는 얼굴을 약간 붉히더니 이렇게 말했다.

「모든 여자는 살아 가면서 어느 정도는 드러내 놓고 자기를 따라다니는 남자들을 만나는 법이에요. 말씀하시는 사람이 누구인지는 모르겠어요」

대위는 한동안 침묵을 지키다가 다시 말을 꺼냈다.

「결국 이 사건을 밝히려면 잡아 온 놈을 심문하는 수밖에 없군요. 만일 대답하기를 거부하면 안된 일이지만 경찰에 넘겨야겠어요. 경찰이라면 사건을 해결할 수 있을 테니까」

그녀가 소스라치게 놀랐다.

「경찰요?」

「그럼요. 내가 이 작자를 어떻게 할 수 있겠습니까? 이놈은 내 소관이 아니라 경찰의 소관입니다」

「절대로 안 돼요! 그러지 말아요! 그것만은 안 돼요! 어떻게 그럴 수가! 내 사생활이 침해될 거예요……! 경찰의 조사가 있을 거예요……! 내 이름이 이 사건과 관련되어 오르내리는 건 싫어요……!」

「하지만 코랄리 엄마, 내 능력으론……」

「아! 제발 부탁이에요. 내 이름이 나오지 않도록 다른 방법을 찾아봐요. 나에 관해 사람들이 이야기하는 건 싫어요!」

대위는 너무나 당황하는 그녀를 놀란 눈으로 바라보았다. 그리고 이렇게 말했다.

「당신에 관해 이야기하지 않겠습니다, 코랄리 엄마. 내 약속하지요」

「그러면 잡아온 남자를 어떻게 하실 작정인가요?」

그가 웃으며 말했다.

「글쎄요, 우선 내 질문에 대답할 의향이 있는지 정중하게 물어본 다음, 코랄리 엄마에게 가져 준 관심에 대해 감사하고, 마지막으로는 돌아가 달라고 부탁하지요」

그가 자리에서 일어섰다.

「코랄리 엄마, 그 사람을 보고 싶어요?」

「아니요, 저는 너무 피곤해요. 제 도움이 필요 없다면 혼자 심문하세요. 제게는 나중에 말해 주시고요……」

사실 그녀는 힘든 간호사 업무에 이미 지쳐 있는 데다가 조금 전의 흥분과 피곤함이 더해져 기진맥진한 듯이 보였다. 대위는 더 이상 권하지 않고 거실 문을 조용히 닫고 나갔다.

그녀는 그가 말하는 소리를 들었다.

「이봐, 야봉, 잘 지켰나? 별일 없겠지? 포로는 어떤가? 아! 동지, 거기 있었군? 숨을 쉬기 시작했나? 아! 야봉의 손이 좀 거칠어서 말이야……. 안 그래? 뭐라고? 대답을 않는군……. 아! 그래! 그런데 왜 그래? 꼼짝하질 않잖아……. 빌어먹을, 죽은 거 아닌가……」

그가 소리를 질렀다. 코랄리가 현관까지 뛰어갔다. 그러나 그녀 앞을 대위가 가로막으며 매우 다급하게 말했다.

「오지 말아요. 소용없어요」

「하지만 당신이 다치셨잖아요」

그녀가 소리쳤다.

「제가요?」

「거기 옷소매에 피가 묻어 있어요」

「아, 아무것도 아니에요. 그 남자한테서 묻은 겁니다」

「그럼 그 사람이 부상을 입었단 말인가요?」

「그래요. 입에서 피가 나고 있으니 그렇다고 해야겠죠. 어딘가 혈관이 파열돼……」

「뭐라고요! 하지만 야봉은 그 부위를 누르지 않았잖아요……」

「야봉이 아니에요」

「그럼 누구죠?」

「공범들이죠」

「그럼 그들이 다시 왔단 말인가요?」

「네, 그들이 와서 목을 졸랐어요」

「목을 졸랐다고요! 아, 안 돼요. 어떻게 그럴 수가……」

코랄리는 대위를 밀치고 잡혀 온 사람에게 다가갔다. 그는 움직이지 않았다. 그의 얼굴은 죽은 사람처럼 창백했다. 그의 목에는 양 끝에 조임대를 달아 정교하게 엮은 붉은색 비단 노끈이 감겨 있었다.

오른손과 왼쪽 다리

파트리스 벨발은 코랄리를 거실로 다시 데려다 주고 야봉과 함께 신속하게 사태를 조사하고 난 뒤 큰 소리로 말했다.

「코랄리 엄마, 악당이 한 사람 줄었어요. 이 악당의 이름은 〈무스타파 로발라이오프〉에요. 그의 손목시계에 새겨져 있었지요. 이름을 기억해 둬요」

그는 연신 방 안을 오가며 감정이 섞이지 않은 가벼운 어조로 그 이름을 계속 되뇌었다.

「코랄리 엄마, 우리는 수많은 재난을 목격했고 선량한 사람들이 수없이 죽는 것을 보았어요. 공범자들에 의해 살해된 무스타파 로발라이오프의 죽음을 슬퍼하지 맙시다. 임종 기도조차도 필요 없어요. 그렇지 않습니까? 광장에 아무도 없는 틈을 타서 야봉이 시체를 둘러메고 브리놀가 쪽으로 가져갔어요. 갈리에라 박물관의 울타리 너머 정원에 시체를 던져 넣으라고 내가 명령했어요. 박물관의 울타리는 높지만 야봉의 오른손은 못해 내는 게 없죠. 그러니 이제 사건은 묻혀 버렸습니다. 당신은 사람들의 입에 오르내리지 않을 겁니다. 그러니까 이제는 감사의 말을 들어도 되겠어요」

그는 웃기 시작했다.

「칭찬이 아니라 감사의 말입니다. 제기랄, 저란 놈은 얼마나 능력 없는 간수입니까! 그런데 상대방 놈들은 얼마나 교묘하게 제게서 포로를 빼앗아 갔습니까! 당신을 공격한 사람들 가운데 두 번째 사람인 회색 중절모를 쓴 남자가 자동차 안에서 기다리고 있는 제3의 공범에게 가서 사태를 말하고 그 두 사람이 함께 자기들의 동료를 구하러 올 수도 있는 일이지요. 그 사실을 나는 왜 예측하지 못했을까요? 그런데 그들은 왔습니다. 그리고 당신과 내가 이야기하는 동안 그들은 뒷문을 따고 들어와 부엌을 지나 식당에서 현관으로 통하는 작은 문 앞에까지 왔을 것입니다. 그리고 그 문을 살짝 열고 엿봤을 테지요. 바로 거기, 아주 가까운 곳에 그 포로는 실신하여 꽁꽁 묶인 채로 소파 위에 있었습니다. 어떻게 했을까요? 야봉을 깨우지 않고는 현관 밖으로 그를 끌어내기가 불가능하지요. 그렇다고 그를 데려가지 않으면 그는 그들의 음모를 모두 말해 버려 힘들게 준비한 그들의 계획을 수포로 만들어 버리겠지요. 그럼 어떡하겠습니까? 그래서 그의 한 동료가 살짝 몸을 앞으로 굽히고 팔을 뻗어 야봉이 이미 타격을 입힌 그의 목에 노끈을 감고 양끝의 쥠쇠를 끌어당겨 그가 죽을 때까지 서서히, 그리고 조용하게 조인 거지요. 아무 소리도 나지 않죠. 숨소리조차도. 그 모든 일은 침묵 속에 행해집니다. 왔노라, 죽였노라, 사라지노라. 안녕. 쇼는 끝났다. 동지는 말이 없으리」

대위는 더욱 쾌활해졌다.

「동지는 말이 없으리. 내일 아침 박물관 정원에서 시체를 발견하게 될 경찰은 사건을 이해조차 하지 못할 테지요. 그리고 우리들도 마찬가지로 그놈들이 어째서 코랄리 엄마 당신을 납치하려 했는지 알 길이 전혀 없겠지요. 그래요! 나는 포로를 지키는 간수로서는 별 볼일 없는 놈이고, 탐정으로선 무능한 놈입니다」

대위는 방 한쪽 끝에서 다른 쪽 끝까지 계속 서성였다. 장딴지 부분이 잘려 나간 그의 다리는 거의 불편하지 않은 듯이 보였다. 걸음을 옮길 때마다 아직 유연함을 간직한 허벅지와 무릎이 꺾임에 따라 둔부와 어깨의 움직임이 약간 일치하지 않는 것이 고작이었다. 뿐만 아니라 큰 키가 그러한 부조화를 덮어 주고도 남았고, 그의 거침없는 동작과 자신의 불완전함을 수긍하는 듯한 대범함으로 인하여 외관상으로도 거의 눈에 띄지 않을 정도로 멀쩡해 보였다.

그의 얼굴은 있는 그대로 꾸밈이 없었다. 햇볕에 그을리고 혹독한 비바람에 단련된 짙은 구릿빛 얼굴은 솔직하고 활달하며 대개는 장난기 가득한 밝은 표정을 띠고 있었다. 벨발 대위의 나이는 스물여덟 살에서 서른 살 정도 되어 보였다. 그의 걸음걸이는 제1제정 시대의 장교들을 연상하게 했는데, 야전 생활을 통해 몸에 밴 특별한 풍모를 사교계와 여인들 앞에서 과시하는 태도였다.

그는 멈추어 서서 코랄리를 바라보았다. 벽난로의 불빛을 배경으로 그녀의 어여쁜 얼굴 윤곽이 두드러져 보였다. 그는 그녀의 곁으로 돌아와 앉으며 조용히 말했다.

「나는 당신에 관해 아는 바가 전혀 없습니다. 야전병원의 간호사들과 의사들은 당신을 코랄리 부인이라 부르죠. 당신의 환자들은 당신을 〈엄마〉라고 부릅니다. 당신의 이름은, 그리고 처녀 때의 성은 무엇입니까? 당신은 결혼한 부인인가요, 미망인인가요? 어디에 살지요? 아무것도 모릅니다. 당신은 매일 같은 시각에 똑같은 길로 출퇴근을 합니다. 가끔은 반백의 긴 머리에 수염을 다듬지 않은 늙은 하인이 목도리를 두르고 노란 안경을 쓴 차림으로 당신을 데려다 주기도 하고 데리러 오기도 합니다. 또 가끔씩은 유리로 둘러쳐진 정원의 언제나 똑같은 벤치에 앉아 당신을 기다리기도 합니다. 사람들이 그에게 물어보아도 그는 아무에게도 대답을 하지 않습니다」

「따라서 나는 당신에 대해 아는 것이 전혀 없습니다. 다만 한 가지 사실, 당신은 칭송을 받을 만큼 선량하고 자비심이 많으며, 말해도 좋을지 모르겠지만, 또한 참으로 아름답습니다. 코랄리 엄마, 그것은 어쩌면 당신의 삶 전체를 내가 모르기 때문일 것입니다. 따라서 나는 당신의 삶이 너무도 신비로우며, 어느 정도는 매우 고통스러우리라는 생각이 듭니다. 그래요, 너무나 고통스러운 삶 말입니다! 당신은 고통과 불안 속에서 살고 있다는 생각이 들어요. 당신에게선 외로움이 느껴집니다. 아무도 당신의 행복과 안전을 위해 헌신하지 않지요. 그래서 나는 생각했습니다…… 오래전부터 생각해 온 것인데 지금껏 당신에게 고백할 기회를 기다려 왔습니다……. 당신은 틀림없이 당신을 이끌어 주고 보호해 줄 친구나 형제가 필요할 것이라는 생각을 했습니다. 내 생각이 틀렸나요, 코랄리 엄마?」

그가 말을 이어 갈수록 코랄리는 점점 움츠러들며 그와 좀 더 거리를 두려는 것 같았다. 마치 그녀는 대위가 말하고 있는 그 은밀한 영역에 그가 들어오는 것을 원하지 않는 것 같았다. 그녀가 기어 들어가는 목소리로 말했다.

「아니에요. 당신 생각이 틀렸어요. 내 삶은 아주 단순해서 보호받을 필요가 없어요」

「보호받을 필요가 없다고요!」

그가 더욱 힘찬 어조로 소리쳤다.

「그러면 당신을 납치하려 했던 그 사람들은 누구죠? 당신을 위해하려 꾸민 그 음모요? 당신을 납치하려던 자들은 잡혀간 자기 동료를 제거해 버릴 정도로 자기들의 음모가 발각되는 걸 두려워하고 있어요. 그럼 그 모든 것들이 아무것도 아니란 말입니까? 당신이 위험에 처해 있다고 말한 것이 틀린 거라고요? 당신에게는 수단과 방법을 가리지 않는 적들이 있다는 것도? 그들의 음모로부터 당신을 보호해야 한다는 것도? 그리고 만약에 당신이 내 도움을 받아들이지 않는다면…… 그러면…… 그러면……」

그녀는 고집스럽게 침묵을 지켰고, 점점 거리를 두더니 나중에는 거의 적대적이 되었다.

대위는 벽난로의 대리석을 주먹으로 치더니 코랄리에게 몸을 기울였다.

「그러면, 당신이 내 도움을 받아들이지 않겠다면 내가 강제로 당신을 돕는 수밖에 없습니다」

그는 단호한 어조로 말을 했다.

그녀가 머리를 저었다.

「억지로라도 돕겠습니다」

그가 다시 한번 단호하게 말했다.

「그것은 내 의무이자 권리입니다」

「아니에요」

그녀가 낮은 소리로 대꾸했다.

「내 절대 권리입니다. 그리고 여기에는 다른 모든 권리들보다 우선하며 당신에게 조언하는 일까지도 포함되는 이유가 있기 때문입니다, 코랄리 엄마」

벨발 대위가 다시 말했다.

「어떤 이유죠?」

코랄리가 그를 쳐다보며 물었다.

「당신을 사랑하기 때문입니다」

그는 사랑한다는 말을 그녀에게 분명하게 전했다. 수줍은 고백을 하는 연인이 아니라 자신이 품고 있는 감정을 당당하게 전하면서 행복을 느끼는 남자처럼······.

그녀는 얼굴을 붉히며 시선을 떨어뜨렸다. 그는 기쁨에 찬 목소리로 외쳤다.

「코랄리 엄마, 당신께 말만 늘어놓지 않겠습니다. 불타는 감정에 찬 장광설도, 탄식도, 과장된 몸짓도, 손을 잡지도 않겠습니다. 오로지 사랑한다는 한마디 말만을 당신에게 드립니다. 무릎을 꿇지도 않겠습니다. 당신을 향한 내 사랑을 당신은 잘 알고 있기 때문에 저로선 이렇게 하는 것이 더욱 수월합니다. 그래요, 코랄리 엄마. 화난 표정을 지어도 소용없어요. 당신은 내가 당신을 사랑한다는 것을 잘 알고 있습니다. 당신은 내가 당신을 처음 사랑하기 시작할 때부터 잘 알고 있었어요. 우리는 이 사랑의 감정이 생겨나는 것을 함께 지켜보았습니다. 당신의 그 사랑스러운 작은 손이 피가 흐르는 내 머리를 매만질 때 말이에요. 다른 사람들의 손은 제게 고통이었습니다. 당신의 손은 어느 것이나 모두 애무였지요. 연민에 찬 당신의 눈길도 내게는 모두 사랑이었습니다. 내가 고통스러워할 때 흘리는 당신의 눈물도 역시 사랑이었습니다. 하지만 그보다도 먼저, 당신을 한번 본 사람이면 당신을 사랑하지 않을 수 없을 것입니다. 조금 전에 함께 있었던 당신의 환자 일곱 명도 역시 당신을 사랑하고 있습니다. 야봉은 당신을 열렬히 좋아하고 있습니다. 다만 그들은 병사에 지나지 않기 때문에 입을 다물고 있는 겁니다. 나는 대위입니다. 그래서 나는 고개를 꼿꼿이 세우고 거리낌 없이 말하고 있습니다. 내 말을 믿어 주십시오」

코랄리는 달아오른 뺨에 손을 갖다 대고 몸을 앞으로 숙인 채 아무 말이 없었다. 대위는 또렷하게 울리는 목소리로 다시 말했다.

「내가 고개를 꼿꼿이 세우고 거리낌 없이 말한다고 한 의미를 이해하셨나요? 만약에 내가 전쟁이 일어나기 전에 지금처럼 불구가 되어 있었다면 그렇게 단호하게 말하지 못했을 겁니다. 겸손하게, 당신께 나의 뻔뻔함을 용서해 달라고 애원하면서 내 사랑을 고백했을 것입니다. 하지만 지금은…… 아! 코랄리 엄마, 바로 여기, 내가 열렬히 사랑하는 여인인 당신 앞에 서 있는 나는 내 자신이 불구라는 사실을 생각할 수조차 없습니다. 내 모습이 당신에게 우습거나 주제넘게 비칠 수도 있다는 생각은 조금도 들지 않습니다」

그는 호흡을 가다듬으려는 듯 말을 멈추었다. 그리고 자리에서 일어나 다시 말을 이어 갔다.

「또한 당연히 그렇게 되어야 합니다. 이 전쟁에서 불구가 된 사람들은 따돌림받는 사람, 불행한 사람, 추한 사람이 아니라 완전히 정상적인 사람으로 간주된다는 사실을 사람들은 잘 알아야 합니다. 그렇고말고요. 정상인이죠! 다리 하나가 없다고? 그러면 어떻게 되는데? 그러면 생각할 머리도, 뜨거운 가슴도 없어지게 되나요? 그러면 내가 전쟁에서 한쪽 다리나 한쪽 팔을 잃었다고 해서, 아니 두 다리와 두 팔을 모두 잃었다고 해서 나는 사랑할 권리도 없단 말입니까? 매정하게 거절당하거나, 나를 불쌍하게 여길 것이라고 생각하는 고통을 받아야 합니까? 동정이라고요? 하지만 우리는 우리를 동정하는 것도, 우리를 사랑하려고 노력하는 것도 바라지 않습니다. 우리에게 잘 대해 주었다고 해서 자신을 인정 많은 사람이라고 생각하는 것조차도 싫습니다. 우리가 바라는 것은, 사회 앞에서와 마찬가지로 여자 앞에서, 길에서 마주치는 사람들 앞에서, 우리가 일부를 이루고 있는 세상 앞에서의 완전한 평등입니다. 운이 좋거나 비겁해서 온전한 육체를 보장받은 사람들과 우리들 사이의 완전한 평등 말입니다」

대위는 다시 한번 벽난로를 쳤다.

「그래요. 완전한 평등입니다. 우리들은 모두 절름발이, 외팔이, 애꾸눈, 장님, 불구자들입니다. 하지만 우리들은 육체적으로나 정신적으로 정상인과 동등한, 아니 어쩌면 그 누구보다도 더 뛰어나다고 생각합니다. 두 다리를 사용하여 적들을 더욱 신속하게 공격했던 사람들이 팔다리가 잘려 나갔다고 해서 사무실의 난로가에서 두 다리를 쬐고 앉아 있던 사람들에게 따돌림을 당하다니, 어찌 그럴 수가 있단 말입니까? 그러니 우리에게도 다른 사람들과 똑같은 지위를 달란 말입니다. 그리고 우리에게 부여된 그 지위를 우리는 얼마든지 획득할 수 있으며, 또한 훌륭하게 유지할 수 있다고 믿으십시오. 우리에게도 행복을 추구할 권리가 있습니다. 약간의 연습과 훈련만 하면 우리가 못해 낼 일도 없습니다. 야봉의 오른손은 이미 세상 그 누구의 두 손보다도 뛰어납니다. 이 벨발 대위의 왼쪽 다리는 하려고만 하면 한 시간에 8킬로미터는 거뜬히 주파할 수 있습니다」

그는 웃음을 지으며 말을 계속했다.

「오른손과 왼쪽 다리…… 왼손과 오른쪽 다리……. 우리에게 남아 있는 신체를 사용하는 방법만 안다면 아무 문제가 없습니다. 우리의 어떤 점이 뒤떨어진다는 말입니까? 지위를 얻거나 종족을 보존하는 일에 있어서도 우리는 전과 다름이 없습니다. 아니, 어쩌면 전보다 더 나을지도 모릅니다. 우리가 조국을 위해 낳을 아이들은 지극히 정상일 것입니다. 팔과 다리, 그리고 신체의 모든 부분이 말입니다. 우리에게서 물려받을 뜨거운 가슴과 왕성한 원기는 굳이 말하지 않더라도 말입니다. 이것이 우리의 주장입니다, 코랄리 엄마. 이 나무로 된 의족 때문에 강행군을 하지 못한다거나, 일상생활에서 목발을 짚고서는 살과 뼈로 된 두 다리로 서 있는 것처럼 균형을 잡지 못한다고 말하는 것은 절대 용납할 수 없습니다. 우리에게 헌신하는 일을 희생이라고 한다거나, 어떤 처녀가 명예롭게도 장님 병사와 결혼한다고 해서 대단한 일처럼 떠들어 댈 필요가 없다고 생각합니다.

다시 한번 말하건대, 우리는 예외적인 사람들이 아닙니다! 그리고 또 반복하지만 조금이라도 자격을 박탈당한 사람들이 아닙니다. 바로 여기에 앞으로 2, 3세대에 걸쳐 모든 사람들이 수긍하게 될 진실이 있습니다. 프랑스 같은 나라에서 천 명 중 수백 명의 불구자들을 보게 된다면 온전한 사람에 대한 개념이 지금처럼 굳어 있지는 않을 것입니다. 그래서 결국 다가올 미래의 우리 새로운 인간들은, 갈색 머리의 사람들과 금발의 사람들, 또 수염이 난 사람들과 나지 않은 사람들이 있는 것처럼, 두 팔을 가진 사람과 한 팔만 있는 사람들이 존재할 것입니다. 그리고 그런 것은 아주 자연스러워 보일 것입니다. 신체의 손상 여부를 염두에 두지 않고 저마다 자신이 원하는 삶을 살 것입니다. 코랄리 엄마, 내 인생은 당신의 것이며 나의 행복도 당신에게 달려 있기 때문에 더 이상 오래 기다리지 못하고 당신에게 내 마음을 털어놓고 말았습니다. 휴우! 끝났습니다. 할 말이 아직 많이 있을 것 같은데, 아무래도 하루로는 부족할 테니……」

그는 말을 멈추었지만 여자의 침묵 때문에 불안했다.

그녀는 그가 사랑의 말을 처음 꺼냈을 때부터 미동도 하지 않았다. 그녀는 양손으로 얼굴을 이마까지 쓸어 올렸다. 그녀의 어깨는 가볍게 떨리고 있었다. 그가 몸을 숙여 그녀의 연약한 손가락을 매우 조심스럽게 벌리자 그녀의 예쁜 얼굴이 드러났다.

「왜 우는 거죠, 코랄리 엄마?」

그녀는 연인 사이에서나 들을 법한 친근한 말투에도 전혀 동요하지 않았다. 한 남자와 그의 상처를 열심히 돌본 여자 사이에는 어떤 특별한 관계가 형성되는 법인데, 특히 벨발 대위는 누구도 불쾌하게 생각할 수 없을 만큼 약간 친근하면서도 정중한 태도로 관계를 지켜 오고 있었다. 그가 그녀에게 물었다.

「내가 이 눈물을 흘리게 한 건가요?」

「아니에요」

그녀가 낮은 목소리로 말했다.

「제가 눈물을 흘리는 건 운명에 복종하는 게 아니라 당당하게 그 운명을 지배하려는 당신의 쾌활함과 태도 때문이에요. 당신들 가운데 가장 초라하게 보이는 사람도 힘들이지 않고 자신의 조건

을 극복하고 있어요. 저는 당신들의 그런 대범함보다 더 아름답
고 감동적인 것을 본 적이 없어요」

그가 다시 그녀 옆에 앉았다.

「그럼 내가 당신에게 한 말…… 그 말을 했다고 나를 원망하는
게 아닙니까?」

「당신을 원망하다니요? 모든 여자들이 당신의 생각에 동의할
거예요. 여자가 전쟁터에서 돌아오는 사람들 가운데서 단 한 사
람만 선택해야 한다면, 그것은 두말할 나위 없이 가장 혹심한 고
통을 겪은 사람들을 위해서일 거예요」

그녀가 질문의 의미를 잘못 이해한 척하며 대답했다.

그가 고개를 가로저었다.

「내가 요구하는 건 애정이 아니라 내가 한 말 가운데 몇몇 부
분에 대한 명확한 답변입니다. 어떤 말인지 다시 말해 드릴까요?」

「아니에요」

「그럼 답변을……」

「대위님, 답변은 제게 그런 말을 더 이상은 하지 마시라는 겁
니다」

그는 엄숙한 표정이 되었다.

「그 말을 아예 못하게 하시는 겁니까?」

「못하시게 하는 겁니다!」

「그렇다면 내가 다음에 당신을 볼 때까지 입을 다물고 있겠다
고 당신께 맹세하지요……」

그녀가 작은 소리로 말했다.

「이제는 더 이상 저를 못 보실 거예요」

이 말은 벨발 대위의 심기를 매우 빗나가게 하였다.

「오! 오! 더 이상 당신을 못 보다니, 왜죠? 코랄리 엄마?」

「제가 그러고 싶지 않기 때문이에요」

「그런 마음이 든 이유는?」

「이유……?」

그녀가 그에게로 눈길을 돌렸다. 그리고 천천히, 또박또박 말했다.

「저는 유부녀예요」

이 말이 대위를 혼란스럽게 하지는 않는 것 같았다. 그는 세상에서 가장 침착한 태도로 말했다.

「그러면, 결혼을 다시 하십시오. 당신의 남편은 늙었고, 당신은 그를 사랑하지 않습니다. 이 사실에는 의심의 여지가 없지요. 그러니 당신의 남편은 아주 잘 이해해 줄 겁니다. 당신이 사랑받는 여자로서……」

「농담하지 마세요, 대위님……」

그녀가 돌아갈 채비를 하며 자리에서 일어서자 그는 황급히 그녀의 손을 잡았다.

「당신 말이 맞아요, 코랄리 엄마. 당신에게 매우 중대한 일을 말하면서 좀 더 진지한 어조로 말하지 못한 것도 사과해요. 내 인생과 당신의 인생이 걸린 문제지요. 나는 당신의 의지가 아무리 부인하려 해도 우리 두 사람의 인생은 서로를 향해 나아갈 것이라는 깊은 신념을 가지고 있습니다. 그렇기 때문에 당신의 답변은 중요하지 않습니다. 나는 당신에게 아무것도 요구하지 않겠습니다. 모든 것을 운명에 맡길 뿐입니다. 운명이 우리를 결합하시켜 줄 것입니다」

「아니에요」

그녀가 말했다.

「그렇게 됩니다」

그가 단언했다.

「모든 일은 그렇게 흘러갈 것입니다」

「모든 일이 그렇게 흘러가지 않아요. 그렇게 되어서도 안 되고요. 더 이상은 저를 보려고도 하지 않고, 내 이름을 알려고 하지도 않겠다고 명예를 걸고 약속해 주세요. 우정이었다면 저는 아마 더 많은 것을 당신에게 줄 수도 있었을 거예요. 당신이 제게 한 고백은 우리를 서로 멀어지게 할 뿐이에요. 저는 제 인생에 아무도 원하지 않아요……. 아무도」

그녀는 다소 격렬한 감정으로 말을 하면서 그가 잡고 있는 손을 빼내려고 하였다.

파트리스 벨발은 그녀의 손을 더욱 힘 있게 잡으며 말했다.

「그게 아닙니다……. 그렇게 말할 권리가 당신에겐 없어요……. 제발 다시 생각해 보세요……」

그녀가 그를 밀쳤다. 그 순간 우연하게도 기묘한 일이 일어났다. 그녀가 몸을 움직이면서 벽난로 위에 놓아 두었던 그녀의 손가방을 건드려 양탄자 위로 떨어지게 한 것이었다. 잘 닫혀져 있지 않았던 손가방이 열렸고, 두세 개의 물건이 밖으로 쏟아졌다. 그녀가 물건들을 주워 담는 동안 파트리스 벨발이 급히 몸을 숙여 무언가를 집어 들었다.

「받으세요」

그가 말했다.

「이것도 있어요」

그것은 밀짚으로 엮은 작은 상자였는데, 역시 떨어질 때의 충

격으로 덮개가 열려 안에 들어 있던 묵주 알들이 밖으로 나와 있
었다.

두 사람 모두 말없이 서 있었다. 대위는 묵주를 자세히 살펴보
았다. 그리고 이렇게 중얼거렸다.

「우연의 일치치곤 참 재미있군요…… 이 자수정 알들 말이에
요……. 금으로 선세공(線細工)을 한 이 재래식 공법…… 참 이상
하군요. 똑같은 공법과 똑같은 재료를 다시 보다니……」

그가 너무도 놀라는 기색을 보이자 코랄리가 물었다.

「대체 무슨 일이에요?」

그는 알 하나를 손가락 사이에 끼고 있었는데, 그 알은 다른
알보다 굵은 것으로서 수십 개의 묵주 알로 된 목걸이 부분과, 십
자가가 달린 짧은 줄이 연결되는 부분의 알이었다. 그런데 이 알
은 그것을 감싸고 있는 황금 거미발 부분까지 절반으로 동강 나
있었다.

「어쨌든 우연의 일치치곤 뭐라 말하기 어려울 정도로 믿기 어
려운 일이죠…… 그렇지만 여기에서 바로 사실을 검증할 수 있을
것 같아요…… 하지만 그보다 앞서 하나만 물어봅시다. 이 묵주
는 누가 주었소……?」

그가 말했다.

「누구한테 받은 게 아니에요」

그녀가 말했다.

「제가 늘 지니고 있었어요」

「그래도 당신의 소유가 되기 이전에 누군가 지니고 있지 않았
겠소?」

「아마 제 어머니 소유였을 거예요」

44

「아! 당신 어머니에게서 물려받은 거로군요?」

「그래요. 어머니가 주신 것 같아요. 제게 남겨주신 다른 보석들하고 같이」

「어머니는 돌아가셨습니까?」

「네. 제가 네 살 때 돌아가셨어요. 그래서 어머니에 대한 기억이 아주 희미해요. 그런데 묵주에 관해 말하면서 그런 건 왜 물으시죠?」

「저는 이것에 관해 물어본 겁니다」

그가 말했다.

「둘로 깨어진 이 자수정 알에 관해서 말입니다」

그는 가로줄이 수놓인 군복을 열고 조끼 주머니에서 회중시계를 꺼냈다. 가죽과 은으로 만든 짧은 시계 줄에는 대여섯 개의 장식물들이 달려 있었다.

그 가운데 하나의 장식물이 똑같이 선세공을 한 거미발에 싸여 역시 동일하게 바깥 면을 향해 깨어진 반쪽의 자수정 알로 이루어져 있었다. 두 개의 알이 크기가 똑같은 것 같았다. 자수정의 색깔도 같았으며, 동일한 선세공 기법으로 조립되어 있었다.

그들은 불안한 표정으로 서로 마주 보았다. 여자가 더듬거리며 말했다.

「이건 우연일 뿐이에요. 우연이 아니고선……」

「물론입니다」

그가 말했다.

「하지만 이 자수정 알 두 쪽이 서로 꼭 들어맞는다는 사실은 인정합시다……」

「그럴 리가 없어요!」

그렇게 말했지만 그녀 역시 아주 간단하고 작은 동작 하나만으로도 명확하게 증명이 될 수 있다는 생각을 하며 몸을 떨었다.

그녀의 그런 불안을 아는지 모르는지 장교는 그 동작을 시작하는 것이었다. 묵주 알을 들고 있는 그의 오른손과 장식물을 든 그의 왼손이 가까워지고 있었다. 마침내 두 손이 마주쳤다. 두 손이 멈칫멈칫하면서 더듬더니 이내 더 이상 움직이지 않았다. 마침내 결합이 이루어진 것이었다.

깨어진 부위의 불규칙한 단면이 서로 정확하게 일치했다. 표면 돋을새김의 움푹 팬 부분도 똑같이 들어맞았다. 반쪽의 자수정 알 두 조각은 결국 동일한 하나의 자수정 알이 나누어진 것이었다. 결합된 두 쪽의 자수정 알은 정확하게 하나의 알 형태를 이루고 있었다.

감동과 신비에 휩싸인 기나긴 침묵이 이어졌다. 벨발 대위가 낮은 목소리로 말했다.

「나도 이 장식물을 어디서 난 건지 정확하게 모릅니다. 어렸을 적부터 내내 보아 왔습니다. 나는 시계 열쇠라든가 오래된 반지, 옛날 도장 같은 별로 값나가지 않는 물건들을 상자 속에 보관해 두었는데 이것은 그 안에 섞여 있던 것입니다. 이 장식물들은 두세 해 전쯤에 그 상자 안에서 고른 겁니다. 이게 어디서 나온 것인지는 모릅니다. 다만 내가 알고 있는 건……」

그는 두 개의 자수정 조각을 따로 떼어 주의 깊게 살피더니 이렇게 결론을 내렸다.

「의심할 바 없이 내가 확실하게 알고 있는 것은 이 묵주에서 가장 굵은 알이 옛날에 떨어져 나와 깨졌고, 두 조각 난 이 알이 회수되었는데, 하나는 제 자리를 찾았고, 다른 하나는 거미발이 달린 채로 이렇게 장식물이 되었다는 것입니다. 그러니까 한 20여 년 전쯤에 누군가 온전히 소유하고 있던 물건을 당신과 내가 각각 반쪽씩 가지고 있었던 셈이죠」

그는 그녀에게 가까이 다가가 똑같은 어조로, 여전히 약간은 심각하고 낮은 목소리로 말했다.

「조금 전에 내가 운명에 대한 나의 믿음과 우리가 서로를 향하게끔 모든 정황들이 맞물려 있다는 확신을 말했을 때 당신은 강하게 부정했습니다. 아직도 그것을 부인하시겠습니까? 이제 그것은 중요한 문제입니다. 우리의 인정 여부와는 상관없을 만큼 신기한 우연에서 비롯되었든, 우리 두 사람이 과거의 어떤 알 수 없는 시점에 이미 만났고, 미래에 서로 만나 더 이상 헤어지지 않으리라는 움직일 수 없는 사실이든 말입니다. 바로 그 때문에 나는 어쩌면 시간이 오래 걸릴지도 모르는 미래를 기다리지 않고 당신이 위협을 받은 오늘 내 든든한 우정을 보여 드린 것입니다. 지금 나는 사랑이 아니라 오직 우정에 대해서만 말하고 있다는 걸 아셔야 합니다. 받아들이시겠습니까?」

그녀는 여전히 충격에서 벗어나지 못하고 있었다. 두 조각의 자수정 알이 완벽하게 결합된 그 기적 같은 상황에 너무도 놀란 나머지 대위의 목소리를 듣지 못하는 것 같았다.

「받아들이시겠습니까?」

그가 다시 물었다.

잠시 후 그녀가 대답했다.

「아니요」

「그렇다면, 운명이 당신께 자신의 의지를 보여 드린 증거가 충분하지 않다는 말인가요?」

그가 기분 좋게 말했다.

그녀가 단호하게 말했다.

「우리는 더 이상 만나지 말아야 해요」

「좋습니다. 상황에 따르기로 하겠습니다. 오래 걸리지는 않을 것입니다. 그때까지 나는 당신을 만나려는 어떤 노력도 하지 않겠다고 맹세하지요」

「제 이름을 알려고 하지도 않겠지요?」

「물론입니다. 맹세합니다」

그녀가 그에게 손을 내밀었다.

「아듀(영원한 이별을 의미하는 인사——옮긴이)」

그녀가 말했다.

그가 대답했다.

「또 봅시다」

그녀는 그에게서 멀어져 갔다. 문 앞에 이르자 그녀는 다시 한 번 뒤돌아보며 머뭇거리는 것 같았다. 그는 벽난로 옆에서 움직이지 않고 서 있었다. 그녀가 또 한 번 말했다.

「아듀」

다시 그가 대답했다.

「또 봐요, 코랄리 엄마」

이제 두 사람은 모든 것을 말한 것이다. 그는 그녀를 더 이상 붙잡으려 하지 않았다.

그녀가 떠났다.

거리로 나가는 문이 닫히고 나서야 벨발 대위는 창가로 향했다. 그는 나무들 사이를 지나가고 있는 여자를 보았다. 어둠 속의 그녀는 매우 왜소해 보였다. 그의 가슴이 찢어지듯 아파왔다.

그는 그녀를 다시는 만나지 않을 것인가?

「아니야, 보게 될 거야!」

그가 소리를 질렀다.

「어쩌면 내일이라도. 신들은 나의 편이었잖아?」

그는 지팡이를 다시 들고 그의 말처럼 오른편의 의족으로 출발했다.

저녁에 벨발 대위는 근처의 식당에서 식사를 한 뒤 뇌이이에 도착했다. 야전병원의 별관은 마이요 대로의 초입에 위치한 예쁜 별장으로, 불로뉴 숲이 내다보였다. 규율이 그다지 엄격하지 않아 대위는 아무리 밤늦은 시각이라도 들어갈 수 있었고, 남자들은 여자 감독관의 허가를 쉽게 얻어 내곤 했다.

「야봉 있습니까?」

대위가 여자 감독관에게 물었다.

「네, 대위님. 애인과 카드 놀이를 하고 있어요」

「그에게도 사랑하고 사랑받을 권리가 있지. 내게 온 편지 없어요?」

「편지는 없고 소포만 하나 있습니다, 대위님」

「누구한테서 온 거죠?」

「심부름꾼이 가져왔는데 다른 말은 없고 〈벨발 대위께〉라고만 하더군요. 대위님 방에 갖다 두었습니다」

장교는 자신이 선택했던 꼭대기 층의 자기 방으로 올라갔다. 탁자 위에 종이로 포장되어 끈으로 묶여 있는 소포가 보였다.

그는 소포를 열었다. 그것은 상자였다. 상자 안에는 열쇠 하나가 들어 있었는데, 생김새와 제작 방법이 분명 최근의 것이 아닌 녹이 슨 커다란 열쇠였다.

도대체 이건 무엇을 의미하는 거지? 상자에는 주소도 아무런 표시도 없었다. 그는 무슨 착오가 있었던 것이며 저절로 밝혀지리라 생각하여 호주머니에 열쇠를 넣었다.

〈오늘은 알 수 없는 일이 많았어. 잠이나 자자.〉

그는 생각했다.

　그러나 그가 커다란 커튼을 치기 위해 창가로 갔을 때 그는 불로뉴 숲의 나무들 위로 불똥들이 솟아오르는 것을 보았다. 그것은 밤의 짙은 어둠을 배경으로 꽤 멀리서 피어오르고 있었다.

　그는 식당에서 들었던 대화가 생각났다. 코랄리 엄마를 납치할 음모를 꾸미고 있던 바로 그자들이 말한 그 불똥비에 대한 생각도.

녹슨 열쇠

파트리스 벨발은 여덟 살이 되자 아버지와 함께 살던 파리를 떠나 런던의 프랑스 학교에 갔다. 그리고 10년 후에야 그 학교를 졸업했다.

학교에 입학한 초기에는 매주 아버지의 소식이 전해졌다. 그런데 어느 날 교장 선생님께서 그가 고아가 되었으며, 그의 교육비는 걱정하지 않아도 되고, 그가 성년이 되면 영국인 변호사의 중개를 통해 아버지의 유산 20만 프랑을 가지게 될 것이라는 사실을 알려 주었다.

20만 프랑. 이 돈은 호사가의 취미를 보이기 시작한 소년에게는 충분한 것이 아니었다. 그 때문에 그가 알제리로 파견되어 군복무를 할 때는 그의 수중에 아직 돈이 없었으므로 2만 프랑의 빚을 지기도 하였다.

결국 그는 유산을 탕진하기 시작하였고, 얼마 안 가서는 일을 가져야 했다. 특별한 적성은 없었지만 천재적인 머리와 날렵한 활동력을 가진 그는 추진력과 결단력이 요구되는 일이라면 무엇이나 잘해 냈고, 머릿속엔 아이디어가 가득했으며, 의지가 강하고 실천력이 왕성하여 사람들에게 신뢰감을 주어서 자본을 모아 여러 가지 사업을 시작했다.

전력 사업, 수원(水原)과 폭포의 구매, 식민지에서 자동차 서비스 망 구축, 여객선 운항 사업, 광산 채굴 사업 등 그는 몇 년 안에 열두 개의 기업을 만들었고, 모두 성공했다.

전쟁은 그에게 경이로운 모험이었다. 그는 필사적으로 전쟁터에 뛰어들었다. 식민지 부대의 중사였던 그는 마른 전투(제1차 세계 대전 발발 직후인 1914년 9월 6일~12일에 파리의 북동쪽 마른 강에서 있었던 독일군과 불·영 연합군이 벌인 전투로 연합군이 대승을 거둠──옮긴이)에서 중위 계급장을 땄다. 9월 15일, 장딴지에 부상을 입은 그는 바로 그날 다리 절단 수술을 받았다. 두 달 후, 무슨 이유가 있어서였는지는 모르지만 다리를 잃은 그가 프랑스의 일급 조종사가 모는 비행기에 관측 장교로 탑승하게 되었다. 이두 영웅의 무훈은 1월 10일에 유산탄(榴霰彈) 한 발을 맞고 끝장나고 말았다. 벨발 대위는 이번에는 머리에 중상을 입고 샹젤리제가의 야전병원으로 후송되었다. 그와 거의 같은 시기에 그가 코랄리 엄마라고 부르는 여자도 역시 간호사로서 그 야전병원에 오게 된 것이다.

그는 개두(開頭) 수술을 받아야 했다. 수술은 성공적이었으나 합병증이 왔다. 그는 극심한 고통을 겪었지만 신음소리 하나 내지 않았을 뿐만 아니라 오히려 밝은 모습으로 그의 불행한 전우들을 격려하여, 전우들은 모두 그에게 마음에서 우러나오는 애정을 느끼고 있었다. 그는 그들을 웃겼다. 그들을 위로하고, 언제나 최악의 상황을 예상하는 적절한 판단과 뛰어난 재치로 그들의 힘을 북돋워 주었다. 한번은 의족 제조상이 관절이 있는 의족을 팔러 온 적이 있었는데, 그가 이 제조상을 어떻게 대했는지 그들 모두 잊지 못할 것이었다.

「아! 아! 관절 의족이로군! 그런데 선생, 무엇 하러 왔소? 틀림없이 세상을 속이려고, 그러니까 내가 다리가 없다는 것을 사람들이 알아채지 못하게 하려는 거 아니오? 선생, 그러니까 다리 하나가 없으면 병신이고, 또 나 같은 프랑스 장교는 마치 수치스러운 물건처럼 숨어 있어야 한다고 당신은 생각하는 거요?」

「대위님, 그게 아니라……」

「그런데 당신의 그 기계는 얼마요?」

「500프랑입니다」

「500프랑! 그러니까 어쩔 수 없이 나무로 만든 의족을 내보여야 하는 나처럼 불쌍한 상이용사들이 10만 명이나 되는데, 당신은 내가 관절 의족 하나를 위해 500프랑을 내놓을 수 있으리라고 생각한 거요?」

그 자리에 있던 사람들은 속이 후련한 듯 밝은 표정이 되었다. 코랄리 엄마도 미소를 띠고 그의 말을 듣고 있었다. 파트리스 벨발이 코랄리 엄마의 미소를 위해서라면 무엇인들 못하겠는가?

그녀에게 말했듯이 코랄리 엄마를 처음 본 순간 이미 그녀에게 반했다. 그녀의 감동적인 아름다움하며, 천진한 우아함, 애정 어린 눈길, 그리고 환자들을 보살피며 축복의 애무처럼 상대를 스치는 것 같은 온화한 그녀의 영혼에. 그녀를 처음 보던 날부터 그의 가슴속에 매혹이 스며들더니 동시에 그를 감싸 버리고 말았다. 그녀의 목소리는 그에게 생기를 주었다. 그녀의 시선과 향기는 그를 황홀하게 했다. 그러나 그러한 사랑의 제국에 함몰되어 있으면서도, 그는 왠지 그녀가 위험에 둘러싸여 있다는 느낌이 들었고, 따라서 그 연약하고 섬세한 여인을 위해 온 힘을 쏟아 헌신해야 할 필요를 절실하게 느끼고 있었다.

그리하여 사건이 발생하고 그 위험이 명확하게 드러남에 따라 그의 생각이 옳았음이 증명되었고, 적들의 위협으로부터 그녀를 구출하는 데 성공한 것이다. 첫 번째 싸움의 결과는 그에게 기쁨을 가져다 주었지만 그것이 끝이라고 생각할 수는 없었다. 적들은 다시 공격해 올 것이었다. 아침에 들었던 여자에 대한 납치 음모와 불똥비로 나타난 일종의 신호 사이에 아무런 관련이 없다고는 당연히 생각할 수 없지 않은가? 그들이 말한 두 가지 사실이 혹시 동일한 흉계가 아닌가? 불똥은 멀리서 계속 번쩍이고 있었다.

파트리스 벨발이 생각한 것처럼 그 불똥은 센 강 쪽에서 솟아오르고 있었다. 왼쪽 끝으로는 트로카데로, 오른쪽 끝으로는 파시 역 사이 어디쯤일 것이었다.

〈그렇다면 직선거리로 고작해야 2, 3킬로미터일 텐데 가 보자. 가면 알 수 있겠지.〉

그는 생각했다.

3층의 불빛이 열쇠 구멍으로 조금씩 새어나오고 있었다. 3층에는 야봉이 있었다. 그가 애인과 함께 카드 놀이를 하고 있다는 것을 장교는 여자 감독관에게서 들어 알고 있었다. 그는 야봉의 방으로 들어갔다.

야봉은 카드 놀이를 하고 있지 않았다. 그는 카드를 앞에 펼쳐

놓은 채 소파에서 잠들어 있었다. 왼쪽 어깨까지 말려 올라간 옷소매 위에는 여자의 머리가 쉬고 있었다. 그녀의 얼굴은 천박하기 이를 데 없었다. 야봉의 것만큼이나 두터운 입술은 벌어져서 시커먼 치아를 드러내고 있었고, 번들거리는 누런 얼굴은 기름에 절어 있는 것 같았다. 그녀는 야봉의 애인, 앙젤인데 주방 일을 맡아하고 있었다. 그녀는 코를 골고 있었다.

파트리스는 그들을 만족스럽게 바라보았다. 그 광경은 그의 생각이 옳다는 것을 보여 주고 있었다. 야봉에게 사랑하는 여자가 생겼다면 그가 아무리 장애가 심한 상이 용사라 할지라도 그들 역시 온갖 사랑의 기쁨을 꿈꿔 볼 수 있지 않겠는가.

그는 세네갈 용사의 어깨를 건드렸다. 야봉은 눈을 뜨며 미소를 지었는데 그것은 대위가 와 있던 것을 미리 알아차리고 잠에서 깨어나기도 전에 짓고 있던 미소라 할 정도로 자연스러웠다.

「야봉, 네가 필요하다」

야봉은 기쁨으로 그르렁거리며 앙젤을 밀어냈다. 앙젤은 탁자 위로 떨어져서도 여전히 코를 골았다.

밖으로 나오자 불똥은 커다란 나무들에 가려 더 이상 보이지 않았다. 그는 대로를 따라가다가 시간을 절약하기 위해 앙리 마르탱가까지 순환 열차를 탔다. 거기에서 그는 파시까지 이르는 라 투르가로 들어섰다.

그는 걸으면서 이 흑인이 자신의 말을 별로 이해할 수 없다는 것을 알면서도 야봉에게 그의 관심사에 대해 계속 이야기를 해주었다. 그것은 하나의 습관일 뿐이었다. 야봉은 그의 전우이자 당번병으로서 그에게 충견처럼 헌신하였다. 자기 상관과 같은 날에 팔이 잘리고 머리 부상도 같은 날 입은 야봉은 자기가 모든 고난을 똑같이 겪을 운명이라고 생각하고 두 번이나 부상당한 것을 기뻐하였고 벨발 대위와 함께 죽을 거라는 사실에 역시 흡족해했다. 대위는 동물과도 같은 이 충직한 복종에 대하여 약간은 짓궂고 때때로 거칠기조차 한 애정 어린 동지애로 화답했는데 이것은 검둥이의 애정을 더 자극하였다. 야봉은 어떤 이야기든지 들어주는 역할을 했다. 사람들은 그의 말을 듣지도 않고 그에게 속내 이야기를 털어놓았으며 심지어 자신의 언짢은 기분까지도 남김없이 쏟아 놓곤 했다.

「야봉, 자네는 이 모든 것에 대해 어떻게 생각하나?」

대위가 야봉의 팔짱을 끼고 걸으며 말했다.

「그 두 가지는 같은 이야기라는 생각이 들어. 너도 그렇게 생각하지, 응?」

야봉에게는 두 종류의 그르렁거리는 소리가 있었는데 하나는 긍정을, 다른 하나는 부정을 의미했다.

그가 그르렁댔다.

「네」

「그러니까 틀림없이, 우리는 코랄리 엄마가 다시 위험에 처하리라는 사실을 받아들여야만 한단 말이야, 그렇지?」

장교가 단정 지었다.

「네」

언제나 동의만 하는 야봉이 그르렁댔다.

「좋아, 이제는 그 불똥비가 무엇을 의미하는지를 알아내는 일만 남았군. 한 일주일 전에 체펠린 비행선들(독일의 장교 체펠린이 발명한 비행용 풍선으로 방향 전환이 가능함. 독일은 1900~1930년까지 이 풍선을 제작하여 정찰용으로 활용했음——옮긴이)이 처음으로 나타났을 때 난 이렇게 생각했지…… 그런데 내 이야기 듣고 있나?」

「네……」

「체펠린 비행선의 두 번째 방문을 목적으로 한 계략의 신호탄이라고 생각했단 말이야……」

「네……」

「그게 아니야, 바보 같으니라고! 〈네〉가 아니라고. 그것이 어떻게 체펠린 비행선을 위한 신호일 수 있겠나. 놀랍게도 그들의 말에 따르면, 신호는 이미 전쟁 전에 두 번이나 있었다고 하는데 말이지. 실제로 신호일 수 있을까?」

「아니오」

「아니오라니? 아니라면 그게 뭐냔 말이야, 이 바보 멍텅구리야. 너는 잠자코 내 말이나 듣는 게 낫겠다. 지금 문제가 무엇인지조차도 모르는 녀석이니까……. 그런데 나 역시 무슨 일인지 알 수가 없단 말이야. 빌어먹을! 복잡해 미치겠군. 난 이런 문제들을 해결하는데 정말 소질이 없거든!」

라 투르가를 벗어났을 때 파트리스 벨발은 더욱 혼란스러워졌다. 그의 앞에는 대여섯 개의 길이 놓여 있었다. 어떤 길을 선택할 것인가? 게다가 파시의 한가운데에 있었는데도 어두운 하늘에는 불똥 하나 반짝거리지 않았다.

「끝난 것 같군」

그가 말했다.

「헛수고했군. 네 잘못이야, 야봉! 애인의 품에서 너를 떼어 내는 데 그 귀중한 시간을 낭비하지 않았다면 제 시간에 도착했을 거야. 앙젤의 매력 앞에서는 고개가 숙여지지만 그래도……」

점점 막연해진 그는 발길을 돌렸다. 충분한 정보도 없이 우연히 시작한 탐사라 결국 아무런 성과도 내지 못했던 것이다. 그리하여 그가 포기하려고 생각하던 바로 그때 자동차 한 대가 프랭클린가에서 튀어나왔다. 트로카데로 쪽에서 오던 자동차 안에 타고 있던 사람이 확성기를 통해 소리쳤다.

「왼쪽으로 비스듬히 도시오……. 그리고 내가 당신들에게 알려 줄 때까지 곧장 가시오」

그런데 이 목소리가 벨발 대위에게는 아침에 레스토랑에서 들었던 목소리와 똑같은 외국 억양을 가진 것처럼 들렸다.

「저 사람이 회색 모자를 쓴 사람 같은데?」

그가 혼잣말을 했다.

「그러니까 코랄리 엄마를 납치하려고 했던 사람들 가운데 한 사람이 아니었던가?」

「네」

야봉이 그렁거렸다.

「그렇지? 불똥 신호는 그가 이 근처에 있다는 것을 말해 주고 있어. 그가 간 흔적을 놓쳐선 안 돼. 뛰어라, 야봉!」

그러나 야봉이 뛸 필요도 없는 일이었다. 리무진 자동차는 레이누아르가를 달렸고 사거리에서 3, 4백 미터 떨어진 왼편에, 마차가 드나들 수 있는 커다란 대문 앞에 멈추어 섰을 때 대위도 역시 그곳에 도착할 수 있었다.

다섯 명의 남자가 차에서 내렸다.

그들 중 한 사람이 벨을 눌렀다.

시간이 3, 40초 정도 흘렀다. 그리고 파트리스는 두 번째 벨소리를 들었다. 다섯 남자는 보도 위에 모여 기다리고 있었다. 마침내 세 번째 벨이 울린 후 출입문 한쪽으로 난 작은 쪽문이 빠끔히 열렸다. 잠시 동작이 정지되어 있는 듯했다. 협상을 하고 있는 것이었다. 문을 열어 주는 사람은 용건을 묻고 있는 것 같았다. 그런데 갑자기 그들 가운데 두 남자가 대문을 세게 밀쳐 문을 열고 일행 모두에게 통로를 내주었다. 요란한 소리를 내며 문이 다시 닫혔다. 대위는 즉시 그곳을 탐색하기 시작했다.

레이누아르가는 센 강이 넘실대는 언덕 기슭에 자리잡은 파시 마을의 집들과 정원들 사이로 구불구불 이어진 옛날 시골길이었다. 그리하여 애석하게도 점점 사라져 가는 곳이 있는가 하면, 또 어떤 곳들은 시골의 풍취를 그대로 간직하고 있기도 하였다. 도로 주변에는 오래된 영지들과 나무들로 가려진 옛 가옥들이 늘어서 있다. 그곳에는 또한 발자크(19세기의 프랑스 소설가. 사실주의의 선구자로 방대한 분량의 소설, 『인간 희극』의 작가──옮긴이)가 살았던 집이 보존되어 있다. 아르센 뤼팽이 고풍스런 해시계 판의 벌어진 틈 속에서 징세 청부인의 다이아몬드를 발견한 신비의 정원이 있는 곳도 바로 거기였다.

다섯 명의 남자가 침입한 집은 벽이 둘러쳐져 있었는데, 근처에는 여전히 자동차가 서 있어서 대위가 접근하기가 어려웠다. 그 집은 제1제정 시대에 건축되어서 오래된 저택의 외관을 지니고 있었다. 매우 기다란 건물의 정면에는 창문들이 줄지어 나 있었는데, 1층은 격자 모양으로, 2층은 전면에 덧문을 대도록 설계한 둥근 모양의 창문들이었다. 좀 더 먼 곳에 또 하나의 건물이 따로 떨어진 날개처럼 덧붙여져 있었다.

「이쪽에서 할 수 있는 것은 아무것도 없다」

대위가 말했다.

「봉건 시대의 요새처럼 굳게 닫혀 있어. 다른 곳을 찾아보자」

옛날 영지들의 소유를 알 수 있게 해 주는 좁은 골목길들이 레이누아르가로부터 강 쪽으로 급경사를 이루고 있었다. 그 가운데 한 골목길이 집 앞의 담벼락과 나란히 나 있었다. 대위는 야봉과 함께 그 골목길로 들어섰다. 골목길은 뾰족하고 고르지 않은 자갈들이 깔려 있었는데, 길 끝에 나 있는 계단을 희미한 가로등 불빛이 비추고 있었다.

「야봉, 좀 도와다오. 벽이 너무 높아. 이 가로등 기둥을 이용해야 할 것 같은데……」

검둥이의 도움을 받아 가로등이 달려 있는 곳까지 기어 올라가 한 손을 뻗친 대위는 그 담장에 온통 유리 조각들이 박혀 있어서 접근이 절대 불가능하다는 것을 알게 되었다.

그는 화난 표정으로 내려왔다.

「제기랄, 야봉, 내게 미리 말해 줄 수 있었잖아. 조금만 잘못했으면 손을 벨 뻔했어. 무슨 생각을 하는 거야? 사실 네가 어째서 한사코 나와 함께 다니려고 하는지, 그 이유를 모르겠다」

그들은 모퉁이를 돌아갔다. 불빛이 없는 그곳은 칠흑같이 어두워서 대위는 더듬거리며 나아가야 했다. 세네갈 병사의 손이 대위의 어깨 위로 떨어졌다.

「왜 그래, 야봉! 무슨 일이야?」

그의 손이 대위를 벽 쪽으로 몰아붙였다. 그곳에는 보강된 문이 하나 있었다.

「그래」

그가 말했다.

「그건 문이야. 넌 내가 그걸 보지 못했으리라고 생각하는구나. 아니지, 야봉 선생만 눈을 달고 있지」

야봉이 그에게 성냥갑을 보여 주었다. 그는 성냥을 대여섯 개씩 묶어 연신 그어 대면서 문을 살폈다.

「내가 뭐랬나?」

대위가 투덜댔다.

「별 수 없단 말이야. 빗장과 징을 질러 놓은 육중한 나무문……. 봐, 이쪽에는 손잡이도 없어……. 열쇠 구멍만 하나 있잖아……. 아! 여기에는 특별히 주문 제작한 열쇠가 있어야겠군……! 아참, 아까 심부름꾼이 별관으로 배달해 온 열쇠가 혹시 이게 아닌지 모르겠다」

그가 말을 멈췄다. 터무니없는 생각이 그의 뇌리를 스치고 지나갔지만, 그는 그 생각을 실행에 옮겨 보고 싶은 유혹을 뿌리칠 수 없었다. 그리하여 그는 왔던 길을 되돌아갔다. 하지만 열쇠는

몸에 지니고 있었다. 그는 열쇠를 호주머니에서 꺼냈다. 성냥불
이 다시 켜졌고, 열쇠 구멍이 나타났다. 대위는 구멍으로 열쇠를
밀어 넣었다. 그리고 왼쪽으로 돌려 보았다. 열쇠가 돌아갔다. 문
을 밀치니 문이 열렸다.

「들어가자」

그가 말했다.

검둥이는 움직이지 않았다. 파트리스는 그가 어리둥절해 있으
리라 생각했다. 사실은 그 자신에게도 적잖은 충격이었다. 그 열
쇠가 이 문의 열쇠 구멍에 정확하게 들어맞다니, 이 무슨 기적
같은 일이란 말인가? 그에게 열쇠를 보내온 그 미지의 사람은 아
무런 다른 설명도 없이 대위가 그것을 사용하리라고 예견할 수
있었다니, 그 또한 기적 같은 일이 아닌가……? 대체 이게 무슨
기적이란 말인가……? 그러나 파트리스는 심술궂은 우연이 그에
게 장난삼아 내던진 수수께끼를 풀려고 하지 않고 행동을 개시
했다.

「들어가자」

그가 승리감에 넘친 목소리로 다시 말했다.

나뭇가지가 그의 얼굴을 때렸다. 그는 자신이 풀밭 위를 걷고
있으며, 앞에는 정원이 펼쳐져 있으리라는 것을 감지했다. 너무
도 칠흑 같은 어둠이라서 풀밭 위로 나 있을 통로를 분간해 내지
못했고 1, 2분을 더 앞으로 나아간 뒤에는 표면에 물이 흐르고 있
는 바위 더미에 부딪치고 말았다.

「빌어먹을……!」

그가 투덜거렸다.

「다 젖어 버렸잖아. 이놈의 야봉 녀석!」

그가 말을 마치기도 전에 정원 안쪽에서 사납게 개 짖는 소리가 들려오더니, 그 소리가 곧 무척 빠른 속도로 가까워 왔다. 파트리스는 그들의 기척을 알아챈 경비견이 그들에게 돌진해 오고 있다는 것을 알았고, 그가 아무리 용감하다 해도 칠흑 같은 어둠 속의 공격은 뭔가 심상찮은 해를 입힐 수도 있는 만큼, 두려움에 떨고 말았다. 어떻게 막아 낼 것인가. 총을 쏘면 적들에게 노출되겠지만 그가 가진 무기라고는 권총밖에 없었다.

개가 맹렬하게 달려오고 있었다. 그 달려오는 소리는 마치 덤불숲 속의 멧돼지가 돌진하는 것 같았다. 쇠줄이 끌리는 소리가 같이 들려오는 걸 보니 개를 묶어 둔 사슬이 끊어진 것 같았다. 파트리스는 버티고 섰다. 그러나 어둠 속에서 그는 야봉이 그를 보호하기 위해 앞으로 나서는 것을 보았고, 그와 거의 동시에 충돌이 일어났다.

「이런, 야봉. 어째서 너는 내가 앞장서도록 놔두지 않는 거야? 무모하게, 이 녀석…… 나도 있는데」

둘은 풀밭 위를 뒹굴었다. 파트리스는 몸을 굽혀 검둥이를 도우려고 노력했다. 짐승의 털과 야봉의 옷자락이 만져졌다. 그러나 한 치의 틈도 없이 한 덩어리가 되어 땅바닥에서 파닥거리며 격렬하게 싸우는 바람에 그가 끼어든다 해도 아무 소용없었다.

게다가 싸움은 길지 않았다. 몇 분이 지나지 않아 둘은 더 이상 움직이지 않았다. 뒤엉킨 그들에게선 헐떡이는 소리만이 뒤범벅되어 흘러나왔다.

「뭐야? 어때, 야봉?」

대위가 작은 소리로 근심스럽게 말했다.

검둥이가 그르렁거리며 일어났다. 파트리스가 성냥불을 켜고 보니, 야봉이 하나밖에 없는 팔로 목이 졸려 헐떡이고 있는 거대한 몸집의 개를 받쳐 들고 있었다. 개의 목걸이에는 끊어진 사슬이 매달려 있었다.

「고맙다, 야봉. 덕분에 위기를 잘 넘겼어. 이젠 개를 놓아 줘도 돼. 공격할 힘이 없을 거야」

야봉은 그의 말대로 했다. 그러나 너무 세게 목을 조른 것 같았다. 개는 풀밭에서 잠깐 몸을 비틀더니 몇 번의 신음소리와 함께 더 이상 움직이지 않았다.

「가엾군」

파트리스가 말했다.

「어쨌든 우리 같은 도둑들에게 달려들어 자기의 의무를 다했을 뿐인데. 이젠 우리 일을 하자, 야봉. 이보다 훨씬 어려울 거야」

그는 유리창처럼 반짝이는 무언가를 보고 발걸음을 옮겼다. 그리고 바위를 깎아 만든 계단과 여러 개의 층계참을 지나 테라스에 이르렀다. 저택은 그 테라스 위에 지어져 있었다. 이쪽도 역시 거리로 면한 쪽과 마찬가지로 둥글고 높은 창문들에 모두 덧문이 쳐져 있었다. 그런데 그중 하나의 창문에서 그가 밑에서 보았던 불빛이 새어나오고 있었다. 그는 야봉에게 덤불 속으로 숨으라고 명령한 뒤 건물의 정면으로 다가가서 귀를 기울였다. 희미한 말소리가 들려왔다. 덧문이 굳게 닫혀 있어서 볼 수도, 들을 수도 없다는 것을 확인한 그는 네 번째 창문 다음에 있는 현관 앞의 낮은 계단에까지 이르렀다.

그 계단의 끝에는 문이 하나 있었다…….

〈내게 정원 열쇠를 보내온 걸 보면, 집에서 정원으로 통하는 문이 열리지 않을 까닭이 없지.〉

그는 생각했다.

문은 열려 있었다. 안에서는 목소리가 더욱 뚜렷이 들려왔고, 대위는 그 소리가 계단에 있는 작은 방을 통해 들려온다는 것을 알았다. 그가 서 있는 위쪽으로는 사람이 거주하지 않는 곳으로 통하는 것으로 보이는 계단이 있었는데, 희미한 불빛이 비치고 있었다. 그는 계단을 올라갔다. 역시 2층의 문 하나가 반쯤 열려 있었다. 그는 열린 틈으로 조심스럽게 머리를 들이민 뒤 몸을 숙이고 안으로 들어갔다. 그곳은 넓은 방의 중간 높이에 길게 둘러쳐진 좁은 발코니였다.

그 기다란 방은 천장까지 닿는 서가들이 방의 세 벽면을 빙 둘러 차지하고 있었다. 각 벽면의 끝에는 두 개의 나선형 철제 계단이 설치되어 있었다. 그 방을 보호하는 난간의 쇠창살에 기대어 책 더미들을 쌓아 놓고 있어서 파트리스는 그보다 3, 4미터 아래에, 그러니까 1층에 모여 있는 사람들의 눈에서 벗어날 수 있었다.

그는 조심스럽게 두 책 더미 사이를 벌렸다. 그 순간 갑자기 사람들의 목소리가 격렬한 외침으로 변했고, 다섯 명이 한 남자에게 달려드는 것이 파트리스의 눈에 들어왔다. 그들은 그가 방어할 시간을 갖기도 전에 마치 미친 사람들처럼 고함을 지르며 그를 내동댕이치고 있었다.

대위가 맨 먼저 할 수 있는 행동은 희생자를 구하기 위해 달려드는 것이었다. 그의 부름을 받고 달려온 야봉의 도움으로 그는 그들의 버릇을 확실하게 고쳐 놓을 수 있었을 것이다. 그가 그렇게 하지 못한 것은, 어쨌든 그들은 아무런 무기도 사용하지 않았으며 살인할 의도도 없는 것처럼 보였기 때문이다. 그들은 포로를 꼼짝 못하게 한 후, 목과 어깨, 그리고 발목을 잡는 것으로 그쳤다. 무슨 일이 일어날 것인가.

다섯 명 가운데 한 사람이 벌떡 일어나더니 우두머리인 듯한 말투로 명령했다.

「그를 묶어라……. 입에는 재갈을 물리고……. 하긴 아무리 소리를 질러도 그걸 들을 사람은 없겠지만 말이야」

파트리스는 아침에 레스토랑에서 들었던 두 목소리 중 하나라는 것을 즉시 알아차렸다. 그 사람은 키가 작고 마른 체격에 말쑥한 차림이었으며, 윤기 없는 거무스름한 얼굴빛에 잔인한 표정을 하고 있었다.

「드디어, 드디어 놈을 잡았어! 이번에는 불 수밖에 없겠지. 자네들, 만반의 준비가 되어 있겠지?」

그가 말했다.

네 사람 가운데 한 명이 증오심을 잔뜩 품은 목소리로 으르렁거렸다.

「물론입니다. 무슨 일이 일어나도 지체하지 않겠습니다!」

그는 짙은 검은색 콧수염을 기르고 있었다. 파트리스는 그가 레스토랑에서 본 또 다른 한 사람, 그러니까 코랄리 엄마를 습격한 두 사람 중 하나이며 바로 도망친 사람이라는 것을 알았다. 그의 회색 중절모는 의자 위에 놓여 있었다.

「그래, 부르네프, 만반의 준비가 되어 있다고? 그리고 무슨 일이 있어도?」

두목이 히죽거렸다.

「자, 그럼 슬슬 시작해 볼까! 아! 여보게, 에사레스, 비밀을 털어놓지 않겠다고? 누가 이기는지 한번 해볼까?」

모든 행동이 그들 사이에 이미 약속되어 있었으며, 임무도 확

66

실히 분담해 놓은 것이 틀림없었다. 그들이 수행한 행동들이 믿을 수 없을 만큼 신속하고 효율적으로 시행되었기 때문이다.

그들은 묶여 있는 남자를 들어올려 등받이가 한껏 젖혀진 안락의자 깊숙이 던져 버렸다. 그들은 밧줄로 그의 상반신과 몸통을 의자에 묶었다.

두 다리 역시 안락의자와 똑같은 높이의 육중한 의자에 두 발이 밖으로 삐져 나오도록 묶여졌다. 다음에는 두 발에 신겨져 있던 장화와 양말이 벗겨졌다. 우두머리가 말했다.

「밀어!」

정원 쪽으로 난 네 개의 창문 가운데 두 창문 사이에는 커다란 벽난로가 있었다. 그 안에는 군데군데 하얗기까지 한 시뻘건 석탄불이 타오르는 난로가 이글거리고 있었다. 난로는 그야말로 작렬하고 있었다. 사내들은 희생자를 묶은 안락의자를 밀고 그의 맨발을 앞으로 향하게 하여 그 벌건 불길에서 50센티미터 떨어진 위치까지 접근해 갔다. 재갈을 물렸는데도 끔찍하게 고통스러운 비명소리가 터져 나왔고, 두 다리는 묶여 있는데도 저절로 오그라들었다.

「그래! 어서 계속해! 좀 더 가까이!」

흥분한 두목이 연신 떠들어댔다.

파트리스 벨발은 권총을 손에 쥐었다.

〈아, 내가 나가야겠군. 저 불쌍한 사람을 두고만 볼 수는 없어……〉

그는 생각했다.

그러나 정확히 그때, 그가 일어서서 행동을 하려는 찰나, 그는 예기치 않게 극히 놀라운 광경을 보게 되었다.

그의 정면에, 그러니까 그 방의 건너편, 그가 있는 발코니와 대칭되는 지점에 여자의 얼굴이 나타난 것이었다. 난간의 창살에 머리를 바짝 붙이고 창백하고 겁에 질린 표정이었는데, 공포로 커진 그녀의 두 눈은 아래의 벌건 난롯불 앞에서 일어나고 있는 무서운 광경을 정신없이 바라보고 있었다. 대위는 코랄리 엄마의 얼굴을 알아보았다.

불길 앞에서

코랄리 엄마였다! 그녀를 습격한 사람들이 침입한 집에 숨어 있는 코랄리 엄마, 파트리스 역시 설명할 수 없는 상황의 도움으로 그 집에 숨어 있는 것 아닌가!

그는 즉시 하나의 생각이 떠올랐는데(그러니까 적어도 수수께끼 하나는 풀린 셈이다) 그녀 역시 골목길로 들어와 현관 앞의 낮은 계단을 통해 숨어들었고, 그렇게 해서 그에게 길을 열어 주었다는 것이다. 하지만 그랬다면 그녀는 어떻게 그러한 시도로 성공할 줄 알았단 말인가? 그리고 무엇보다는 그녀는 무엇을 하러 온 것인가?

벨발 대위의 머릿속에 그러한 의문들이 떠올랐지만, 환각에 사로잡힌 코랄리의 얼굴이 너무도 강렬하여 그에 대한 해답은 생각할 겨를이 없었다. 게다가 처음보다 훨씬 끔찍한 비명소리가 밑에서 들려왔다. 그는 사각의 벌건 난롯불 앞에 뒤틀리는 희생자의 두 발을 보았다.

　그러나 코랄리의 존재에 발이 묶인 파트리스는 이제 고통을 당하는 사람을 구하기 위해 뛰어들고 싶은 생각이 없었다. 그는 자신의 모든 행동을 코랄리의 행동에 맞추기로 결심하고, 움직이지 않은 채 그녀의 주의를 끌지 않도록 아무 일도 하지 않기로 했다.

「그만!」

두목이 명령했다.

「녀석을 뒤로 끌어내라. 고문은 그만 하면 충분할 것 같다」

그리고 그에게 다가서면서 말했다.

「자, 친애하는 에사레스, 어때? 이런 방식이 마음에 드나? 이건 시작에 지나지 않는다는 걸 알고 있겠지. 네가 말하지 않으면 끝까지 갈 수밖에 없어. 대혁명 시대에 산적들이 했던 것처럼 발바닥을 불로 지져서 고문하는 것 말이야. 그들은 그 방면의 대가들이지. 자, 그러니 이제 말하겠나?」

두목은 욕설을 내뱉었다.

「뭐? 무슨 말이야? 거절한다고? 이런 꽉 막힌 놈이 있나. 그러니까 아직 상황을 모른다는 말이지? 아니면, 아직도 약간의 희망이 남아 있기 때문인가. 희망! 돌았군. 누가 널 구할 수 있겠나? 네 하인들이? 문지기, 시종, 집사는 내 사람들이야. 내가 일주일간 휴가를 주었지. 모두 제시간에 휴가를 떠났어. 하녀? 요리사? 그 여자들은 이 집의 반대편 끝에 거주하고 있지. 자네 입으로 내게 말해 주지 않았나. 저쪽 끝에서는 아무 소리도 들을 수 없다고. 그리고 누가 있나? 자네 부인? 그녀 역시 이 방에서는 멀리 떨어진 곳에서 자고 있으니 아무 소리도 들을 수 없지. 자네의 늙은 비서 시메옹? 아까 우리에게 대문을 열어 줄 때 묶어 놓았지.

그 부분에 대해서 좀 더 자세하게 들어 보지. 부르네프!」

의자를 붙들고 있던 짙은 콧수염의 사내가 일어나며 대답했다.

「무슨 일입니까?」

「부르네프, 비서를 어디에 가두었지?」

「수위실입니다」

「부인 방을 알고 있나?」

「물론입니다. 가르쳐 주신 대로 알고 있습니다」

「자, 네 사람 모두 가서 부인과 비서를 데려와!」

네 사람은 코랄리 엄마의 밑에 있는 문으로 나갔다. 그들의 모습이 채 사라지기도 전에 두목은 급히 희생자에게 몸을 숙이며 말했다.

「이제 우리 둘만 남았어, 에사레스. 내가 원하던 바지. 이때를 이용하자고」

그는 더욱 몸을 숙이고 속삭이듯 말했는데, 파트리스에게는 잘 들리지 않았다.

「저 녀석들은 내 마음대로 부릴 수 있는 바보 같은 놈들이야. 저놈들에게는 가능한 한 내 계획의 최소한만 알려 주지. 하지만 에사레스, 우리는 본래 서로 뜻이 같아. 자네는 그 사실을 인정하려 하지 않아서 보다시피 결국엔 이런 지경까지 오게 되지 않았나. 자, 에사레스, 고집 부리지 말게. 내게서 빠져나갈 생각은 하지 마. 자네는 함정에 빠져서 아무 힘도 없고 내가 하자는 대로 따라야 돼. 그러니까 결국엔 자네 기력을 모두 빼앗아갈 게 분명한 고문으로 죽어 가는 것보다는 타협안을 받아들이게. 둘로 나누세. 어떤가? 서로 화해하세. 그리고 공평하게 나눈다는 전제 하에 협상하자는 말이네. 나는 내 사업에 자네를 이용하고, 자네는 자네 사업에 나를 이용하는 거야. 우리가 힘을 합치면 반드시 이기게 되어 있어. 서로 적이 되면 누가 이긴다 해도 여전히 존재하는 장애 요소들을 모두 극복하리라는 보장이 어디 있겠나? 바로 그 때문에 나는 둘로 나누자고 자네에게 되풀이해서 말하는 것일세. 대답하게. 그렇게 할 텐가 말 텐가?」

그는 재갈을 풀어 주고 귀를 기울였다. 파트리스는 희생자가 말한 몇 마디를 들을 수 없었다. 그러나 두목은 곧바로 다시 몸을 일으키며 갑자기 분노를 터뜨렸다.

「뭐? 뭐라고? 어떻게 하자고? 정말 뻔뻔한 놈이군! 내게 그런 제안을 하다니! 부르네프나 그의 동료들에게나 하시지. 그놈들은 이해할 거야. 하지만 나에게? 나, 파키 대령에게? 아! 아니야, 이 친구야, 나는 욕심이 더 많아, 난 말이야! 나누는 건 동의하지만 동냥을 받는다는 건 내 사전에 없어!」

파트리스는 열심히 귀를 기울임과 동시에 코랄리에게서 눈을 떼지 않았다. 여전히 고통으로 일그러져 있는 그녀의 얼굴에는 파트리스와 똑같이 주의를 기울이는 표정이 역력했다.

그는 또한 벽난로의 위에 놓인 거울에 부분적으로 비쳐지는 희생자를 바라보았다. 장식 끈이 달린 벨벳 실내복과 밤색 플란넬 바지 차림의 그는 50세 정도의 남자로, 머리가 완전히 벗겨졌으며 기름진 얼굴에 커다란 매부리코, 짙은 눈썹 아래로 깊이 들어간 눈을 하고 있었고, 살찐 두 뺨은 반백의 무성한 수염으로 덮여 있었다. 뿐만 아니라 파트리스는 벽난로의 왼편, 첫 번째와 두 번째 창문 사이에 걸려 있는 그의 초상화에서 좀 더 분명한 그의 모습을 살펴볼 수 있었는데, 초상화에 그려진 그의 얼굴은 정력적이고 강인한, 말하자면 난폭한 표정이었다.

〈동양인의 얼굴이군. 이집트와 터키에서 그와 비슷한 얼굴들을 본 적이 있어.〉

파트리스는 생각했다.

뿐만 아니라 파키 대령, 무스타파, 부르네프, 에사레스 같은 그들의 이름과 억양, 행동 방식, 외모, 얼굴의 옆모습 등 모든 것이 저 알렉산드리아의 호텔이나 보스포루스 해안에서, 안드리노플 시장이나 에게 해의 물살을 가르는 그리스 여객선들에서 느꼈던 인상들을 떠오르게 했다. 그들은 근동 지방 사람들의 피를 이어받아 파리에 뿌리를 내린 사람들이었다. 에사레스 베(bey, 터키의 고관――옮긴이), 그것은 파트리스가 알고 있는 재력가의 이름이었다. 파키 대령의 이름도 역시 알고 있었는데, 그의 억양과 어휘는 노련한 파리지엥의 면모를 보여 주고 있었다.

그때 문 쪽에서 다시 시끌벅적한 소리가 들려왔다. 문이 거칠게 열리더니 네 사람이 방 입구에 묶어 두었던 사람을 바닥에 끌면서 들이닥쳤다.

「시메옹 노인을 데려왔습니다」

부르네프라 불리는 자가 큰소리로 말했다.

「여자는? 데려왔겠지?」

두목이 급히 물었다.

「데리고 오지 못했습니다」

「뭐? 뭐라고! 도주했나?」

「창문으로……」

「그렇다면 뒤쫓아 가야지! 기껏해야 정원에 있을 거야……. 생각해 봐. 조금 전에 경비견이 짖었잖아……」

「그런데 만약 그녀가 도망쳤다면요?」

「뭐라고?」

「골목으로 난 문이 있지 않습니까?」

「그건 불가능해!」

「어째서요?」

「그 문은 수년 전부터 사용하지 않았어. 열쇠도 없는 문이야」

「알겠습니다」

부르네프가 다시 말했다.

「하지만 불을 밝히고 수색을 해서 온 동네를 소란스럽게 할 수는 없지 않습니까. 여자 하나를 찾기 위해서 말입니다……」

「그건 그렇다. 하지만 이 여자는……」

파키 대령은 흥분한 것 같았다. 그는 에사레스 쪽으로 몸을 돌렸다.

「어이, 자넨 운이 좋아. 이게 두 번째야. 자네의 그 새침데기가 오늘 내 손아귀를 빠져나간 것이. 아까 있었던 일을 얘기해 주던가? 아! 그 망할 놈의 대위만 없었다면…… 그놈을 꼭 찾아내서 끼어든 대가를 치르게 하고 말겠어……」

파트리스는 두 주먹을 불끈 쥐었다. 그제야 그는 알았다. 코랄리 엄마는 자기 집에 숨어 있는 것이다. 다섯 사내의 침입으로 놀란 그녀는 몇 차례의 노력 끝에 창문으로 내려올 수 있었고, 현관 앞의 낮은 계단까지 테라스를 따라온 다음, 사람들이 거주하는 방들의 반대편으로 접어든 뒤 그 커다란 서재로 피신할 수 있었다. 그곳에서 그녀는 남편에게 가하는 끔찍한 광경을 목격하게 된 것이다.

〈그녀의 남편! 남편이야!〉

파트리스는 몸서리를 치며 생각했다.

그런데 그가 설령 그 사실에 대해 일말의 의혹을 품었다 해도, 숨 가쁘게 이어지는 상황으로 인해 그런 의혹은 즉시 없어져 버렸을 것이다. 두목이 히죽거리기 시작했기 때문이다.

「그래, 내 친구 에사레스, 자네에게 털어놓아야겠군. 정말이지 자네 부인은 내 마음에 쏙 든다네. 그런데 오늘 오후에 그녀를 납치하지 못했기 때문에 오늘 저녁에 자네와 사업 담판을 지은 다음, 그보다는 기분 좋은 그녀와 일을 정리하려고 했다네. 그녀가 내 손에 들어오기만 했다면 인질로 이용했을 것이야. 그리고 우리가 완전한 합의에 이른 후에야 자네에게 돌려주었을 것이네. 암, 돌려주고말고. 그러면 에사레스 자네도 체면이 설 게 아닌가! 자네는 그녀를 끔찍이도 사랑하기 때문이지, 자네의 그 코랄리를 말이야! 그건 나도 인정하는 바 아닌가!」

그는 벽난로의 오른편으로 가더니, 스위치를 돌려 세 번째와 네 번째 창문 사이, 반사경에 싸여 있는 전등을 켰다.

거기에는 에사레스의 초상화와 짝을 이루는 그림이 있었다. 그림은 휘장으로 가려져 있었다. 두목이 그것을 잡아당기자 코랄리의 모습이 밝은 조명에 환히 드러났다.

「이 집안의 여왕이로다! 매혹의 여인이여! 숭배의 대상이여! 진주 중의 진주여! 은행가 에사레스 베의 최고 다이아몬드여! 이 얼마나 어여쁜 여인인가! 이 섬세한 얼굴 윤곽, 이 완벽한 계란형의 얼굴, 또한 이 매혹적인 목하며 우아한 어깨를 찬미할지어다. 에사레스, 저 먼 곳 우리네 고향에는 자네의 코랄리에 견줄 만한 애첩이 없지! 곧 나의 애첩이 되겠지만! 그녀를 틀림없이 찾아낼 수 있을 테니까 말이야. 아! 코랄리! 코랄리……!」

파트리스는 코랄리를 건너다보았다. 그녀의 얼굴이 수치심으로 벌겋게 달아오르는 듯이 보였다.

그 역시 모욕적인 그의 말 한마디마다 비분과 분노로 치를 떨고 있었다. 코랄리가 다른 사람의 아내라는 사실만으로도 그에게는 이미 더 없이 극심한 고통인 터에, 저렇듯 더러운 놈들의 눈앞에 놓여 가장 힘센 놈의 차지가 될 그녀는 힘없는 먹잇감일 뿐이었고, 그런 그녀를 보아야 하는 그는 미칠 듯이 고통스러웠다.

그와 동시에 파트리스는 코랄리가 그곳에 머물러 있는 이유에 대해서도 생각하고 있었다. 그녀가 정원을 빠져나갈 수 없었다고 가정해도, 집안의 어떤 방이라도 마음대로 돌아다닐 수 있는 그녀가 어느 창문이든 열어젖히고 구조를 요청할 수 있을 것이었다. 그렇게 하지 못하도록 그녀를 제지한 것은 무엇일까? 물론 그녀는 남편을 사랑하지 않았다. 만약 그녀가 남편을 사랑했다면 그를 지키기 위해 어떤 위험에도 맞섰을 것이다. 그렇다 해도 저 사람이 고문을 당하게 내버려 두는 일이 그녀에게 어떻게 가능하단 말인가? 게다가 그의 고통을 목도하고, 더 없이 끔찍한 광경을 가만히 지켜보며, 고통의 비명소리를 듣고만 있는 건 또 어떻게 가능하단 말인가?

「바보 같은 짓은 그걸로 충분해!」

두목이 휘장을 덮으며 외쳤다.

「코랄리, 너는 나에게 더 없는 보상이 될 거야. 하지만 네게 그만한 가치가 있어야 해. 자, 동지들, 일해야지. 우리 친구 일을 마무리하자고. 우선 10센티미터만 앞으로. 뜨겁지, 어떤가, 에사레스? 그래도 아직은 견딜 만할 거야. 참게, 이 친구야, 참아」

그는 포로의 오른팔을 풀어 주고, 옆에 작은 원탁을 갖다 놓더니 그 위에 연필과 종이를 놓은 뒤 다시 말했다.

「적는 데 필요한 건 다 있네. 재갈 때문에 말하기가 어려울 테니 쓰도록 해. 뭘 써야 하는지는 자네가 잘 알아, 그렇지? 몇 글자만 이 위에 끼적이고 나면 자넨 자유야. 동의하나? 아니라고? 동지들, 10센티미터 더!」

그는 그에게서 떨어져 늙은 비서에게로 몸을 구부렸다. 파트리스는 좀 더 환한 불빛에 비친 비서의 모습을 보고 그가 야전병원까지 가끔씩 코랄리를 동행하곤 하던 선량한 노인이라는 것을 확실하게 알 수 있었다. 두목이 그에게 말했다.

「이보게, 시메옹, 자네에게는 아무런 해도 가하지 않을걸세. 자네는 주인에게 헌신적이지만, 자네 주인은 자기의 특별한 사업에 관해서는 눈곱만큼도 자네에게 말하지 않는다는 걸 알고 있네. 뿐만 아니라 나는 자네가 이 모든 일에 대해서 침묵을 지킬거라 확신하네. 단 한 마디라도 뻥끗 하는 날이면 우리보다는 자네 주인의 손실이 훨씬 클 테니까 말이야. 내 말 알아듣겠지? 이런, 뭐야, 대답 안 하나? 이 친구들이 밧줄로 자네 목을 너무 세게 조인 거 아니야? 잠깐만, 숨통을 터 줄 테니……」

그러나 벽난로 근처에서는 기분 나쁜 작업이 계속되고 있었다. 뜨거운 열기로 벌게진 두 발을 관통하여 불꽃의 번쩍이는 광채가 투명하게 보이는 듯했다. 수형자는 있는 힘을 다해 다리를 오므려서 뒤로 물러나려고 기를 쓰고 있었으며, 재갈 물린 입에서는 희미한 신음소리가 끊임없이 새어나오고 있었다.

〈아, 빌어먹을! 쇠꼬챙이에 꿰인 통닭처럼 저렇게 구워지도록 놔둬야 할 것인가?〉

파트리스는 생각했다.

그는 코랄리를 쳐다보았다. 그녀는 꼼짝 않고 있었다. 얼굴은 알아보기 힘들 만큼 경련이 일고 있었고, 두 눈은 끔찍한 광경으로 얼이 빠져 있는 듯했다.

「5센티미터 더」

시메옹 영감의 포승을 느슨하게 해 주던 두목이 방 끝에서 소리를 질렀다.

명령이 이행되었다. 희생자는 파트리스가 격심한 마음의 동요를 일으킬 만큼 신음소리를 냈다. 그러나 그 순간, 지금까지는 생각하지 못했던, 또는 생각했다 하더라도 최소한 아무 의미도 부여하지 않았던 한 가지 사실을 그는 깨달았다. 신경 발작으로만 보였던 수형자의 손이 계속 더듬대며 원탁의 반대편 가장자리를 잡고 있었다. 팔은 원탁의 대리석 위에 의지하고 있었다. 그리고 두 다리가 움직이지 않도록 온갖 힘을 쏟고 있는 가해자들 몰래, 여전히 시메옹에게만 신경을 쓰고 있는 두목 몰래, 그 손은 원탁의 다리 위에 설비된 서랍을 조금씩 돌린 뒤 그 안으로 미끄러지듯 들어가더니 권총 한 자루를 꺼내고는 재빨리 팔을 오므려 안락의자 안쪽에 무기를 감추는 것이었다.

그가 보여 준 행동, 아니 행동이라기보다 그의 의도는 터무니없이 무모한 것이었다. 결국 그처럼 꼼짝 못할 상황에 처한 사람이 자유로운 몸에 무장까지 한 다섯 명을 상대로 승리하기를 바랄 순 없기 때문이었다. 그렇지만 파트리스는 거울에 비친 그의 얼굴에서 결연한 각오를 읽었다.

「5센티미터 더!」

파키 대령이 벽난로 쪽으로 돌아오면서 명령했다.

살갗의 상태를 확인한 그가 웃으며 말했다.

「피부가 여기저기 부풀어 오르고, 혈관이 곧 터져 버리겠군.

에사레스 베, 자네 입장이 난처하겠지만 난 이제 자네가 호의를 베풀리라고 생각하네. 자, 쓰기 시작했나? 아니야? 그러고 싶지 않단 말이지? 그러니까 아직도 자네에겐 희망이 있다? 자네 마누라에게 걸었나? 이보게, 그녀가 설령 빠져나갈 수 있었다 해도 그녀는 아무것도 말하지 않을 거라는 사실을 자네도 잘 알고 있어. 그렇다면? 그렇다면 자네는 나를 비웃는다는 얘기로군……?」

그는 별안간 분노에 사로잡혀 고래고래 고함을 질렀다.

「이놈의 발을 불 속에 처넣어 버려! 눌은 내나 실컷 맡으라고 말이야! 아! 나를 우습게 안단 말이지? 그렇다면, 조금만 기다려, 이 친구야, 우선 내가 직접 손을 봐서 발을 동동 구르게 해주지. 한쪽 귀를 도려낼까, 두 귀를 다 도려낼까……. 알지? 우리나라에서 하는 것처럼 말이야」

그는 조끼에서 단검을 꺼내 들었다. 칼이 불빛을 받아 번쩍였다. 그의 얼굴은 야수의 잔인함이 서린 혐오스러운 얼굴이었다. 그는 거친 고함소리와 함께 팔을 들어올리고 냉혹하게 우뚝 섰다.

그러나 그의 동작이 아무리 신속했다 해도 에사레스가 그보다 빨랐다.

단숨에 겨눈 권총에서 격렬한 폭발음이 터졌다. 칼이 대령의 손에서 떨어졌다. 그는 허공에 팔을 치켜든 채, 험상궂은 눈으로, 그에게 무슨 일이 일어난 것인지 잘 모르는 듯 몇 초 동안 그 위협적인 자세 그대로 있었다. 그러더니 느닷없이 에사레스의 몸 위로 쓰러지는 것이었다. 그 순간 에사레스는 다른 공범자를 겨누고 있었는데, 그의 육중한 몸이 그의 팔을 꼼짝 못하게 만들고 말았다.

대령은 아직 숨을 쉬고 있었다. 그가 더듬더듬 말했다.

「아! 짐승 같은 놈…… 짐승 같은 놈이야……. 이놈이 날 죽이다니……. 하지만 네 무덤을 팠어, 에사레스……. 이럴 경우를 예상했지. 만약 내가 오늘 밤에 돌아가지 않으면 파리 시 치안국장은 편지를 한 통 받게 될 거야…… 너의 배신 행위가 알려질 거다, 에사레스……. 너의 모든 내력…… 네 모든 계획이…… 아! 파렴치한 놈…… 인간이 아니야…… 둘의 뜻이 잘 맞을 수도 있었을 텐데……」

그는 희미하게 몇 마디를 더 중얼거리더니, 양탄자 위로 굴러 떨어졌다. 그게 끝이었다.

그 자리에 있던 사람들이 잠시 어안이 벙벙해진 것은 어쩌면 그러한 돌발사태보다도 두목이 죽기 전에 폭로한 사실과, 에사레스뿐만 아니라 그 가해자까지도 고발하는 편지에 대한 예고 때문이었을 것이다. 부르네프는 에사레스에게서 권총을 빼앗았다. 에사레스는 의자가 붙들려 있지 않은 틈을 이용하여 다리를 오므릴 수 있었다. 그러고는 아무도 움직이지 않았다.

그러나 그 모든 광경에서 비롯된 공포감이 침묵으로 인해 오히려 더욱 증폭되고 있는 것 같았다. 바닥에는 시체가 널브러져 있고, 시체에서 흐르는 피는 양탄자를 붉게 물들이고 있었다. 거기에서 멀지 않은 곳에 시메옹의 생기 없는 모습이 보였다. 그리고 에사레스는 그의 육체를 삼켜 버릴 듯한 불길 앞에 여전히 묶여 있었다. 그의 옆에 서 있는 네 명의 가해자들은 이제 어떻게 행동해야 할까 망설이면서도 표정엔 어쨌든 무슨 수단을 써서라도 적을 굴복시키겠다는 집요한 각오가 나타나 있었다.

부르네프가 모든 결정을 내리는 것 같았다. 나머지는 그의 눈치만 살피고 있었다. 그는 상당히 뚱뚱하고 키가 작았지만 체구는 늠름한 사내였는데, 파트리스 벨발에게는 무성한 콧수염으로 덮인 입술이 인상적으로 보였다. 외관상으로는 두목보다 덜 잔인하고, 풍채도 그보다 세련되지 못했으며 권위도 없어 보였지만, 침착함과 냉정함은 오히려 나아 보였다.

그들은 대령에게는 더 이상 관심을 두지 않는 듯이 보였다. 그들이 맡은 역할 때문에 쓸데없는 동정은 몽땅 없어져 버렸던 것이다.

마침내 부르네프가 계획이 세워진 사람처럼 결단을 내렸다. 그는 걸어가 문 옆에 걸어둔 회색 중절모를 집어 들고 모자 안쪽을 꺾어 원통형으로 얇게 만 것을 꺼냈는데, 그 물건의 생김새를 본 파트리스는 몸서리를 쳤다. 그것은 가느다란 붉은 노끈으로, 야봉이 잡아온 최초의 공범 무스타파 로발라이오프의 목에서 발견한 것과 동일한 것이었다.

부르네프는 그 노끈을 펼치더니 양끝의 고리를 잡고 자기 무릎 위에 대고 얼마나 질긴지 점검했다. 그러고는 에사레스에게 돌아와 그가 물고 있는 재갈을 빼낸 후, 노끈으로 그의 목을 감았다.

「에사레스」

그는 대령의 흥분이나 빈정거림보다 더욱 강렬한 느낌을 주는 조용한 말투로 말했다.

「에사레스, 난 자네를 고통스럽게 하지는 않겠네. 고문은 내가 싫어하는 방식이라서, 그걸 이용하고 싶은 생각이 없어. 자네는 자네가 해야 할 일을 알고 있고, 나 또한 내가 해야 할 일을 알고 있어. 자네 쪽에선 말 한마디, 내 편에선 한 가지 행동만 필요해. 그걸로 끝이 날 거야. 자네의 그 한 마디란, 자네가 곧 말하게 될 〈네〉 아니면 〈아니요〉야. 그리고 내가 이행하게 될 행동이란, 자네의 〈네〉 아니면 〈아니요〉에 따라 자네를 풀어 주느냐 아니면……」

그는 잠시 말을 멈추더니 이렇게 말했다.

「아니면 자네의 죽음이지」

이 짧은 말은 지극히 간명하게, 그러나 그에게는 돌이킬 수 없는 선고의 의미를 띨 정도로 단호하게 발음되었다. 에사레스는 이제 무조건적인 복종밖에는 더 이상 피할 길이 없는 결말에 직면해 있음이 확실했다. 1분 안에 입을 열지 않으면 그는 죽을 것이다.

파트리스는 다시 한번 코랄리 엄마를 살폈다. 그녀에게서 소극적 공포 이외의 다른 것을 감지한다면 그는 그 상황에 개입할 준비가 되어 있었다. 그러나 여자의 태도에는 변함이 없었다. 그렇다면 그녀는 최악의 상황을 받아들인다는 것인가? 남편이 위험한 상황까지도? 파트리스는 스스로를 자제했다.

「다들 찬성하나?」

부르네프가 동료들에게 말했다.

「절대 찬성이야!」

그들 중 한 명이 대답했다.

「모두들 책임질 각오는 되어 있겠지?」

「물론이지」

부르네프는 두 손을 가까이 모으더니 서로 교차시켜 노끈을 목에 감았다. 그런 다음 압력이 느껴질 만큼 가볍게 목을 조이며 퉁명스런 말투로 물었다.

「〈네〉 아니면 〈아니요〉?」

「네」

순간 기쁨의 술렁임이 일었다. 공범들은 안도의 한숨을 내쉬었고, 부르네프도 잘 생각했다는 듯 고개를 끄덕였다.

「아! 받아들이겠다는 거로군……? 시기가 적절했어…… 누구도 지금의 자네만큼 죽음에 가까이 있을 수는 없다고 생각하네, 에사레스」

그래도 그는 끈을 풀어 주지 않고 다시 말했다.

「좋아. 말해 봐. 난 자넬 알지. 그래서 자네 대답이 놀라운 거고. 대령에게도 말했지만, 난 자네가 죽을 것을 확실히 안다 해도 자네의 그 비밀을 절대 털어놓지 않으리라고 생각했거든. 내 생각이 틀렸나?」

에사레스가 대답했다.

「아니다. 죽음도, 고문도 그렇게는 못하지……」

「그럼 다른 걸 제안하겠다는 건가?」

「그렇다」

「그만한 가치는 있는 건가?」

「그렇다. 조금 전 너희들이 나간 사이에 대령에게도 제안했다. 하지만 그는 너희들을 배신하고 나와 그 비밀 전체를 놓고 협상하길 원했기 때문에 그걸 거절했다」

「나는 왜 받아들일 거라 생각했나?」

「그야 먹기 아니면 버리기니까. 그리고 그가 이해하지 못한 것을 자넨 이해하니까……」

「그러니까 타협이로군?」

「그렇다」

「돈이겠지?」

「그렇다」

부르네프가 어깨를 으쓱했다.

「고작해야 천 프랑짜리 지폐 몇 장이겠지? 자네는 부르네프와 그 친구들을 아주 순진하게 생각하고 있군……? 이봐, 에사레스, 자네는 왜 우리가 양보하길 바라는가? 자네의 그 비밀을 우린 거의 전부 알고 있단 말이네……」

「너희들은 그 비밀의 내용이 무엇인지는 알고 있지만, 그걸 어떻게 활용해야 하는지는 모른다. 너희들은, 굳이 말한다면, 그 비밀의 〈장소〉를 모르는 거다. 모든 것이 거기에 있다」

「우리는 그걸 찾아낼 것이다」

「절대로 못 찾는다」

「그렇지 않아. 자네가 죽으면 찾기가 한결 수월해질 거야」

「내가 죽으면? 이제 몇 시간 후면 대령의 밀고 덕분에 너희들은 경찰의 추적을 받게 되고 결국엔 덜미가 잡히고 말 거야. 그러니 어차피 너희들도 찾는 일을 계속할 수 없다. 따라서 너희들 역시 선택의 여지가 거의 없다. 내가 제안하는 돈을 받거나 아니면 감옥행이다」

「만약에 우리가 자네의 제안을 받아들여 협상이 이루어진다면 우리는 언제 돈을 받게 되나?」

부르네프가 말했다.

「지금 즉시」

「그럼 돈이 이곳에 있다는 말인가?」

「그렇다」

「다시 말하지만 얼마 안 되는 액수겠지?」

「아니다. 자네가 바라는 것보다 훨씬 엄청난 액수다」

「얼마인가?」

「400만 프랑」

남편과 아내

공범들은 전기 충격이라도 받은 것처럼 놀라서 몸을 움찔했다. 부르네프가 허둥대며 말했다.

「뭐? 자네 지금 뭐라고 했나?」

「400만 프랑이라고 했다. 너희들 각자에게 100만 프랑씩 돌아가는 셈이지」

「가만 있자……! 이런……! 자네 정말인가……? 400만 프랑이라고……?」

「400만 프랑이다」

그 액수가 너무 엄청난 데다 제안 또한 전혀 뜻밖의 것이어서, 파트리스 벨발이 느낀 것을 공범들도 똑같이 느끼고 있었다. 그들은 그것이 함정이라고 생각한 것이다. 부르네프는 이렇게 말하지 않을 수 없었다.

「사실 자네의 제안은 우리의 예상을 뛰어넘는 것이야……. 뿐만 아니라 자네가 왜 그런 생각까지 하게 되었는지도 궁금하고 말이야」

「그럼 자네는 그보다 적은 액수로도 만족했을 거란 말인가?」

「그렇다」

부르네프가 솔직하게 말했다.

「불행하게도 그 이하로는 제안을 할 수 없었다. 죽음을 면하기 위해서는 오직 하나의 방법, 자네에게 내 금고를 열어 보이는 것밖에 없었어. 그런데 내 금고 안에는 한 묶음에 지폐가 1,000장씩 모두 네 묶음이 들어 있다고」

부르네프는 얼른 감이 잡히지 않았고, 갈수록 경계심만 더해 가는 것이었다.

「우리가 그 400만 프랑을 받은 후에는 그 이상을 요구하지 않으리라고 어떻게 확신하나?」

「뭘 요구한단 말인가? 장소의 비밀 말인가?」

「그렇지」

「아니야, 너희들은 내가 죽어도 말하지 않으리라는 걸 잘 알고 있기 때문이지. 400만 프랑은 내가 할 수 있는 최대한의 제안이다. 그렇게 할 텐가? 나는 돈을 주는 조건으로 어떤 약속이나 서약을 요구할 생각이 조금도 없다. 너희들은 일단 호주머니를 채우고 나면 오로지 한 생각만 할 게 뻔하니까. 너희들 신세를 망칠지도 모르는 살인 사건에 말려들지 않도록 도망칠 생각 말이야」

반박할 여지가 조금도 없는 논리여서 부르네프는 더 이상 할 말이 없었다.

「금고는 이 방 안에 있나?」

「그렇다. 첫째 창문과 둘째 창문 사이, 내 초상화 뒤에 있다」

부르네프가 그림을 떼어 낸 뒤 말했다.

「아무것도 없는데」

「그렇지 않다. 벽 중앙의 작은 널빤지 주위로 쳐진 테두리 장식 자체가 곧 금고를 나타내고 있다. 그 한가운데에 장미 문양이 하나 있는데, 나무가 아니라 쇠로 되어 있다. 그리고 널빤지 네 귀퉁이에도 또 다른 문양이 네 개 있을 것이다. 그 네 개의 문양은 톱니바퀴에 의해 오른쪽 방향으로 돌아가게 되어 있는데, 비밀번호로 단어 하나를 입력해야 된다. 그 단어는 〈코라(Cora)〉다」

「코랄리(Coralie)의 처음 네 글자인가?」

부르네프가 에사레스의 지시대로 따라하면서 물었다.

「아니다. 그건 〈코란(Coran)〉의 처음 네 글자다. 다했나?」

에사레스가 말했다.

잠시 후 부르네프가 대답했다.

「다 됐다! 열쇠는 어디 있나?」

「열쇠는 없다. 단어의 다섯 번째 글자인 〈n〉이 중앙의 장미 문양에 해당하는 문자다」

부르네프가 그 다섯 번째 장미 문양을 돌리자 이내 딸깍 하는 소리가 났다.

「이제 잡아당기기만 하면 된다」

에사레스가 지시했다.

「잘했다. 금고는 깊지 않다. 건물 전면의 돌 하나를 골라 속을 파낸 것이니까. 팔을 뻗어 봐. 지갑 네 개가 있을 거다」

사실 이 때 파트리스 벨발이 예상한 것은 어떤 엉뚱한 사건이 발생하여 부르네프의 탐색을 중지시키고, 에사레스의 주문으로 갑자기 열린 어떤 깊은 구렁 속으로 부르네프를 처넣지 않을까

하는 거였다. 다른 세 명의 공범들도 그런 기분 나쁜 우려를 하고 있는 것 같았다. 그들의 얼굴이 창백하게 질려 있었고, 부르네프 자신도 극도로 조심스럽고 불안하게 행동하고 있는 것으로 보였기 때문이다.

마침내 그가 몸을 돌려 에사레스 곁으로 돌아와 앉았다. 그의 손에는 짧지만 미어질 듯이 불룩한 네 개의 지갑을 헝겊 띠로 한데 묶은 꾸러미 하나가 들려 있었다. 그는 띠의 매듭을 풀고 그 중 한 지갑을 열었다.

그 귀중한 짐을 올려놓은 그의 무릎, 그 무릎이 떨리고 있었다. 그리고 지갑 안에서 거대한 지폐 뭉치를 꺼냈을 때 그의 손은 마치 오한이 든 노인의 손이나 다름없었다.

「1000프랑짜리 지폐들…… 1000프랑짜리 지폐 열 묶음이야」

공범자들은 마치 서로 싸우려는 사람들처럼 거칠게 지갑 하나씩을 제각기 거머쥐고 그 안을 헤쳐 보더니 중얼거렸다.

「열 묶음이라…… 계산이 맞네…… 1000프랑짜리 지폐 열 묶음이야……」

그 즉시 그들 중 한 명이 목이 멘 소리로 외쳤다.

「이제 가자……. 어서 가자고……」

갑작스런 두려움이 그들을 엄습했다. 그들은 에사레스가 그들이 그 방을 빠져나가기 전에 다시 빼앗을 수 있는 복안도 없이 그처럼 엄청난 돈을 그들에게 넘겨주었으리라고는 상상할 수 없던 것이다. 그것이 확실해 보였다. 그들 위로 천장이 무너져 내릴 것이다. 벽이 사방에서 좁혀 와 그들의 불가사의한 상대인 에사레스만 빼고 그들을 질식시키고 말 것이다.

파트리스 벨발 역시 그렇게 되리라고 생각했다. 곧 대이변이 일어나 에사레스의 복수를 피할 수 없을 것이다. 에사레스 같은 인물이, 저렇게 강해 보이는 싸움꾼이 다른 꿍꿍이도 없이 400만 프랑을 쉽게 포기하지는 않을 것이다. 파트리스는 가슴이 무엇에 짓눌린 듯 숨이 가빠졌다. 그가 그 처참한 광경을 목격하기 시작한 이후로 이때보다 더 격한 감정으로 몸을 떨었던 적이 없었다. 코랄리 엄마의 얼굴에도 그와 똑같이 극심한 불안감이 서려 있음을 그는 보았다. 하지만 부르네프는 얼마간 냉정을 되찾고 그의 동료들을 만류하며 말했다.

「바보같이 굴지 마! 그는 시메옹 영감의 도움을 받아 결박을 풀고 우리를 뒤쫓을 수 있어」

네 명 모두 한 손으로는 지갑을 놓칠세라 꼭 붙들고 있어서, 그들은 나머지 한 손만을 사용하여 에사레스의 팔을 안락의자에 묶었다. 에사레스가 그들에게 욕을 퍼부어 댔다.

「이런 얼간이 같은 놈들! 내게서 비밀을 훔쳐 가겠다고 온 놈들이, 그 비밀의 사상 유례없는 중대함 또한 잘 알고 있을 터, 고작 그 시시한 400만 프랑에 정신 못 차리고 허둥대는 꼴이 가관이구나. 그래도 대령이 배포는 컸어」

그들은 그의 입에 다시 재갈을 물렸다. 그리고 부르네프가 주먹으로 그의 머리를 세게 내려치자 에사레스는 기절하고 말았다.

「이렇게 해 놓아야 우리가 안전하게 돌아갈 수 있다」

부르네프가 말했다.

그러자 그의 동료 한 사람이 물었다.

「대령은 그대로 놔두고 갈까?」

「안 될 것도 없잖아?」

하지만 그것은 좋은 해결책이 되지 못한다는 생각이 들었는지, 다시 이렇게 말했다.

「생각해 보니 그게 아니다. 에사레스를 더욱 곤경에 빠뜨리는 건 우리에게도 득이 되지 않아. 우리들 모두에게 좋은 것은 가능한 한 빨리 사라지는 거야. 에사레스도 우리도. 대령의 그 빌어먹을 편지가 경찰청에 도착하기 전, 그러니까 정오가 되기 전에 말이야」

「그럼 어떻게 하겠단 말인가?」

「그러니까 대령을 차에 싣고 가서 아무 데나 내려놓자고. 그러면 경찰이 알아서 하겠지」

「그럼 대령의 신분증은?」

「그건 가는 도중에 뒤져 보기로 하지. 자, 날 좀 도와줘」

그들은 시체에서 피가 흘러나오지 않도록 상처를 붕대로 감싼 뒤, 팔다리 하나에 각각 한 사람씩 붙어 둘러메고는 그곳을 떠났다. 그 일을 하면서도 자기 몫의 지갑을 단 한순간이라도 손에서 놓는 사람은 하나도 없었다.

파트리스는 그들이 허겁지겁 다른 방을 건너가는 소리에 이어 현관의 포석을 밟고 달려 나가는 소리를 들었다.

〈지금이야. 에사레스나 시메옹이 단추를 누를 테지. 그러면 저 놈들은 독 안에 든 쥐다.〉

파트리스는 생각했다.

그러나 에사레스는 움직이지 않았다.

시메옹도 꼼짝하지 않았다.

대위는 자동차 문을 여닫는 소리와 시동을 거는 소리, 그리고 마침내는 붕 하는 소리와 함께 자동차가 멀어져 가는 소리 등 그들이 떠나는 소리를 모두 들었다. 그리고 그것이 전부였다. 아무 일도 일어나지 않았다. 공범들은 400만 프랑과 함께 도망쳐 버린 것이다.

기나긴 적막이 이어졌고, 그러는 동안에도 파트리스의 고민은 끈질기게 계속됐다. 그는 그 사건이 끝났다고 생각하지 않았다. 그는 여전히 예기치 못한 일들이 돌발할 수도 있다는 두려운 생각이 들어 코랄리에게 자신의 존재를 알리려고 했다.

그러나 새로운 상황이 펼쳐지면서 그의 의도는 제지되고 말았다. 코랄리가 자리에서 일어선 것이다.

여자의 얼굴에서는 더 이상 전과 같은 당혹감과 공포의 표정을 찾아볼 수 없었다. 그보다도 별안간 사악한 기운으로 상기된 그녀를 본 파트리스가 오히려 더욱 두려움에 사로잡히는 기분이었다. 그녀의 눈에는 예사롭지 않은 광채가 빛났고, 그녀의 눈썹과 입술은 경련을 일으키고 있었다. 그는 코랄리 엄마가 이제 막 어떤 행동을 시작하려 한다는 것을 알아차렸다. 어떤 것일까? 혹시 이 극적인 사건을 마무리하려는 것인가?

그녀는 방의 모퉁이를 향해 갔다. 그녀가 있던 자리에서 가까운 그곳에는 두 개의 나선형 계단 가운데 하나가 설치되어 있었다. 그녀는 천천히, 그러나 발소리가 나지 않게 조심하지는 않고 계단을 내려갔다.

말할 것도 없이 그녀의 남편은 발소리를 들었다. 더구나 파트리스는 거울을 통해 그가 머리를 들어 그녀를 눈으로 쫓고 있는 것을 보았다. 아래로 내려간 그녀는 멈추어 섰다.

그녀의 태도에는 조금도 주저하는 기색이 없었다. 그녀의 계획은 매우 분명한 것 같았으며, 다만 그것을 실행에 옮길 최선의 방법만을 찾고 있는 것 같았다.

〈아! 무엇을 하려는 거요, 코랄리 엄마?〉

파트리스는 몸을 떨며 생각했다.

그는 소스라치게 놀랐다. 여자의 시선을 붙든 방향과 그 시선이 기묘하게 고정되어 있는 것을 본 그는 그녀의 은밀한 생각을 알고 말았던 것이다. 코랄리는 대령의 손을 벗어나 바닥에 떨어져 있던 단검을 보고 있었다.

파트리스는 그녀가 단검을 집어 든다면, 그것은 분명 남편을 찌르려는 의도일 것이라는 사실을 추호도 의심하지 않았다. 그녀의 창백한 얼굴에는 살의가 서려 있었고, 이를 감지한 에사레스는 그녀가 움직이기도 전에 두려움으로 격렬하게 몸을 비틀며 온 힘을 다해 그를 묶고 있는 결박을 풀어 보려고 했다. 그녀는 앞으로 나아가다가 다시 멈춰 서더니 부리나케 단검을 집어 들었다.

그와 거의 동시에 그녀는 다시 두 걸음을 옮겼다. 그러자 그녀는 에사레스가 누워 있는 안락의자의 오른편, 적당한 높이에 자리하게 되었다. 그가 그녀를 보려면 고개를 약간 돌리기만 하면 되었다. 그리고 끔찍한 공포의 1분이 흘렀다. 남편과 아내는 서로 마주보고 있었다.

죽이려는 사람과 죽을 사람, 그 두 사람의 머릿속을 휘젓는 무질서하고 모순된 사념들, 공포, 증오, 정열의 감정들이 폭발하여 파트리스 벨발의 정신과 의식 깊은 곳까지 반사되고 있었다. 그는 어떻게 해야 한단 말인가? 그의 눈앞에서 펼쳐지고 있는 이 희곡에서 그가 해야 할 역할은 무엇이란 말인가? 그가 개입하여 코랄리가 돌이킬 수 없는 행동을 범하지 못하도록 막아야 할 것인가, 아니면 그의 권총을 발사하여 사내의 머리를 박살 냄으로써 직접 그 일을 처리해야 하는가?

그러나 사실대로 말하면 처음부터 파트리스 벨발 안에는 다른 온갖 감정들과 뒤섞인 하나의 감정이 있었다. 그는 그 감정에 조금씩 정복되어 내면의 모든 갈등을 허망한 것으로 생각하게 되었는데, 그것은 다름 아닌 흥분의 지경으로까지 내닫는 호기심이었다. 그 감정은 어떤 신비에 싸인 사건의 내막을 알고자 하는 평범한 호기심이 아니라 그가 사랑하는 여인의 신비로운 영혼을 알고자 하는 좀 더 고상한 호기심이었다. 그녀는 여러 사건들의 소용돌이에 휘말렸다가 갑자기 그

녀 스스로 다시 중심이 되어 완전히 자유롭고 놀라울 만큼 침착하게 가장 무서운 해결책을 취하고 있는 것이다. 그러자 또 다른 의문들이 그의 머릿속에 자리 잡았다. 그녀는 어째서 그런 방법을 선택한 것일까? 복수일까, 응징일까, 증오의 해소일까?

　　파트리스 벨발은 움직이지 않고 있었다.

　　코랄리가 팔을 들어올렸다. 그녀의 남편은 그녀 앞에서 최후의 노력이라 할 절망의 몸짓조차 더 이상 하지 않았다. 그의 눈에는 애원의 빛도 위협의 빛도 없었다. 그는 체념했다. 그는 기다리고 있었다.

　　그들로부터 멀지 않은 곳에서는 여전히 묶여 있는 시메옹 영감

이 팔꿈치를 짚고 반쯤 몸을 일으킨 채 넋을 잃고 그들을 바라보고 있었다. 코랄리는 팔을 더욱 치켜들었다. 그녀의 의지를 지탱하기 위해 전력을 다하는 어떤 보이지 않는 충동 속에서 그녀의 모든 존재가 높아지고 커지고 있었다. 칼을 내려찍기 직전이었다. 그녀의 시선은 찌를 곳을 고르고 있었다. 그런데 그 시선은 점점 온화해지며 어둠이 걷히고 있었다. 파트리스가 보기에도 어떤 망설임의 분위기가 감돌고 있는 듯했고, 평소의 온화함까지는 전혀 미치지 못한다 하더라도 그녀의 여성적인 기품을 약간은 되찾고 있는 것 같았다.

〈아! 코랄리 엄마. 마침내 당신 모습을 되찾았어. 이제 당신을 알아보겠소. 무엇 때문에 당신이 그 남자를 죽여도 좋다고 생각했는지는 모르지만 당신은 죽이지 못할 거요……. 나도 그게 더 좋소.〉

파트리스는 생각했다.

여자의 팔이 몸을 따라 서서히 내려갔다. 얼굴 표정도 누그러졌다. 파트리스는 그녀가 무한한 해방감을 느끼고 있으리라 생각했다. 그녀를 살인에 옭아맨 고정관념의 속박에서 벗어난 해방감을. 그녀는 마치 무서운 악몽에서 깨어나기라도 한 것처럼, 손에 쥔 단검을 놀랜 눈으로 살펴보았다. 그리고는 남편에게 몸을 굽혀 그의 포승줄을 잘라 내기 시작했다.

그녀는 그 일을 하면서도 눈에 띄게 혐오감을 드러내었다. 말하자면 그녀의 손이 그의 몸에 닿는 걸 피하고 그의 시선과도 마주치지 않는 것이었다. 포승줄이 하나씩 잘려져 나갔다. 에사레스가 자유로워졌다.

그 순간 일어난 일은 터무니없이 황당한 것이었다. 아내에게 고맙다는 말 한마디도 없이, 또한 그녀에 대한 분노의 말도 없이, 조금 전 잔인한 고문을 당했고 아직 극심한 통증에 시달리고 있을 그 남자는 맨발로 비틀거리며 탁자 위에 놓인 전화기를 향해 급히 달려가는 것이었다. 전화선은 벽에 고정된 설비 기구에 연결되어 있었다.

그는 빵 한 조각을 발견하고 그것을 탐욕스럽게 낚아채는 굶주린 사람 같았다. 그것은 구원이요, 되찾은 삶이었다. 에사레스는 숨을 헐떡이면서 수화기를 들고 소리를 질렀다.

「중앙 전화국 39-40번이오」

그러고는 즉시 아내를 향해 몸을 돌렸다.

「나가!」

그녀는 듣지 못한 것 같았다. 그녀는 시메옹 영감에게 몸을 숙이고 역시 포승줄을 풀어 주고 있었다.

전화기를 든 에사레스는 안절부절 못했다.

「여보세요……. 아가씨…… 내일이 아니오. 오늘이오. 그것도 지금 당장 말이오……. 39-40번이오……. 바로 대 주시오……」

그리고 코랄리를 향해 강압적인 말투로 반복했다.

「나가……!」

그녀는 나가지도 않을 것이며, 오히려 통화 내용을 듣겠다는 몸짓을 했다. 그가 그녀에게 주먹을 보이며 다시 말했다.

「나가! 나가라고……! 이건 명령이야! 시메옹, 자네도 나가」

시메옹 영감이 일어나서 에사레스에게 다가갔다. 그는 뭔가 말을 하려는 듯, 틀림없이 항의를 하려는 것 같았다. 그러나 그는 계속 머뭇거렸고, 잠시 생각하는 듯하더니 단 한마디 말도 없이 문 쪽으로 몸을 돌려 밖으로 나갔다.

「나가! 나가란 말이야!」

에사레스는 온갖 몸짓으로 아내를 위협하며 반복해서 말했다.

그러나 코랄리는 그에게 가까이 다가가 고집스럽게 팔짱을 꼈다. 그녀의 태도에는 그에 대한 도전의 뜻이 배어 있었다.

바로 그 순간에 전화가 연결된 것 같았다. 에사레스가 이렇게 물었기 때문이다.

「39-40번이죠? 아! 좋아……」

그는 망설였다. 분명히 코랄리의 존재는 그에게 극히 거슬렸다. 그는 그녀가 알아서는 안 될 일들을 얘기할 참이었다. 그러나 촌각을 다투는 일임에 틀림없었다. 그는 갑작스럽게 생각을 정하고 두 대의 수화기를 양쪽 귀에 갖다 붙이고는 영어로 말하기 시작했다.

「그레구아르, 자넨가……? 날세, 에사레스……. 여보세요……. 그래, 레이누아르가(街)에서 전화하는 거네……. 시간이 없어……. 들어보게……」

그는 의자에 앉으며 계속했다.

「무스타파가 죽었네. 대령도 죽었고……. 그런데, 빌어먹을! 내 말을 끊지 말게. 그렇지 않으면 우린 끝장이야…….

그렇다니까! 끝장이라고. 자네도 마찬가지야…… 잘 듣게. 그들이 모두 왔네. 대령하고 부르네프 패거리들 모두 말이야. 그리고 날 위협해서 강제로 빼앗아 갔네……. 대령은 내가 보내 버렸어. 다만 문제는 이자가 경찰청에 우리 모두를 고발하는 편지를 썼다는 것이네. 편지가 곧 들어갈 거야. 자, 이제 자네도 알겠지. 부르네프와 세 악당들은 곧 피신할 거야. 이놈들이 소굴에 들러 서류들을 수거할 시간은…… 한 시간, 아니면 길어도 두 시간 안에는 자네 집으로 갈 거라는 계산이 나오네. 자네 집은 확실한 은신처 아닌가. 그놈들은 자네와 내가 서로 알고 있는 사이라는 걸 모르고 자네 집을 은신처로 준비해 두었지. 그러니까 실수해서는 안 되네. 그놈들이 곧 올 거야……」

에사레스는 말을 멈췄다. 그는 뭔가를 곰곰이 생각한 후에 다시 말했다.

「지금도 그놈들이 침실로 쓸 방들은 모두 열쇠를 두 개씩 갖고 있겠지? 그래……? 좋아. 그리고 그 방들의 벽장을 여는 열쇠들도 역시 두 개씩 가지고 있나? 그래? 됐어. 그러면 그놈들이 잠이 들자마자, 아니 그보다는 자네가 그놈들이 깊이 잠든 걸 확인한 뒤에 그놈들 방으로 들어가서 벽장을 뒤져 보게. 그놈들은 모두 자기 몫의 노획물을 거기에다 감춰 놓을 게 분명해. 쉽게 찾을 수 있을 거야. 자네도 알고 있는 그 지갑 네 개일세. 그걸 자네 여행 가방 안에 넣고 바로 그곳을 빠져나와서 나와 만나세」

그는 다시 말을 멈췄다. 이번에는 에사레스가 듣고 있었다. 잠시 후 그가 다시 말했다.

「무슨 소리야? 레이누아르가? 여기로? 나를 이곳에서 만나겠다고? 자네 미쳤군! 대령이 이미 고발을 했는데, 내가 지금 여기 남아 있을 수 있다고 생각하나? 아니야! 역 근처 호텔로 가서 날 기다리게. 정오나 오후 1시쯤, 어쩌면 더 늦을지도 모르지만, 어쨌든 그리로 가겠네. 걱정 말게. 조용히 점심 식사를 하고 있게. 그러면 만나게 될걸세. 여보세요? 잘 알겠지? 나머지는 만나서 얘기해 줌세. 그럼 그때 보세」

통화가 끝났다. 그리고 400만 프랑을 되찾기 위해 모든 조처를 강구해 놓은 에사레스에게는 더 이상 아무 걱정거리가 없는 것 같았다. 그는 수화기를 내려놓고 고문을 당했던 안락의자로 돌아가 등받이를 난롯불 옆으로 돌려서 앉았다. 그러고는 발목 위로 올라가 있던 바짓단을 다시 내리고 양말을 신은 다음, 슬리퍼에 발을 집어넣었다. 그 모든 일이 고통스러웠지만 그는 통증으로 인상만 조금 찌푸렸을 뿐 침착하게, 마치 서두를 필요가 없는 사람처럼 행동했다.

코랄리는 그에게서 눈을 떼지 않았다.

〈이제 가야 할 것 같군.〉

남편과 아내 사이에 오고갈 얘기를 엿듣게 될 거라는 생각에 약간 거북해진 벨발 대위가 생각했다.

그러나 그는 자리에 그대로 있었다. 그는 코랄리 엄마에게 신경이 쓰였다. 공격을 시작한 건 에사레스였다.

에사레스가 말했다.

「이것 봐. 왜 그런 눈으로 날 보나?」

그녀는 반항기 어린 목소리로 중얼거렸다.

「그게 정말인가요? 내가 의심하지 않아도 되나요?」

그가 냉소했다.

「내가 왜 거짓말을 하겠나? 당신이 처음부터 거기 있다고 확신하지 않았다면 당신 앞에서 전화하지도 않았을 거야」

「난 저 위에 있었어요」

「그럼 다 들었겠군?」

「그래요」

「다 보았고?」

「그래요」

98

「그럼 내가 고문당하는 것을 보고 내 비명소리를 들었는데도 당신은 날 보호하기 위해 아무것도 하지 않았단 말인가? 그 고문과 죽음으로부터 보호하기 위해서 말이야!」

「아무것도 안 했어요. 나는 진실을 알고 있었으니까요」

「무슨 진실?」

「의심은 가지만 받아들이기 싫었던 진실」

「그러니까 그게 뭐냐고?」

그는 더욱 큰 소리로 말했다.

「당신의 반역에 관한 진실이에요」

「제정신이 아니군. 난 반역하지 않아」

「아! 말 장난하지 말아요! 사실 그 진실의 일부는 내가 모르고 있었던 것이기 때문에 그 사람들이 말한 것과 또 당신에게 요구하던 것을 전부 이해하지는 못했어요. 하지만 그들이 당신에게서 빼앗아가려 했던 그 비밀은 반역에 관한 비밀이 확실해요」

그는 어깨를 으쓱했다.

「반역이라는 것은 자기 조국에게 했을 때 얘기야. 난 프랑스 인이 아니야」

「당신은 프랑스 인이에요!」

그녀가 소리쳤다.

「당신은 프랑스 인이 되게 해 달라고 요청했고, 프랑스 국적을 취득했어요. 프랑스에서 나와 결혼했고, 당신이 살면서 재산을 모은 곳도 프랑스예요. 그러니까 당신은 프랑스를 배반했단 말이에요」

「그래, 그렇다면! 그건 누굴 위한 반역인가?」

「아! 그것 역시 내가 이해하지 못하는 거예요. 몇 달, 아니 몇 년 전부터 당신을 포함해서 대령과 부르네프, 옛날의 당신 공모자들은 엄청난, 그래요, 그들이 그렇게 말했죠, 그 엄청난 일을 해 왔어요. 그런데 지금 당신들은 공동으로 기도했던 그 일의 이익을 놓고 다투는 것 같아요. 다른 사람들은 당신이 그 이익을 혼자 착복하고, 당신 것도 아닌 비밀을 혼자만 간직하려 했다고 비난하고 있어요. 그러니까 결국 내가 엿본 것은 어쩌면 반역 행위보다 더욱 가증스럽고 더러운 것일지도 몰라요……. 도둑이나 강도들 짓거리가 그와 다른 것인지 모르겠군요」

「그만해!」

남자는 주먹으로 안락의자의 팔걸이를 내리쳤다. 코랄리는 두려워하는 기색이 없었다. 그녀가 말했다.

「그만하라고요? 당신 말이 옳아요. 이제 우리 사이에는 할 말이 없어졌어요. 게다가 지금은 무엇보다 먼저 해야 할 일이 있잖아요. 어서 도망쳐야죠. 인정해요. 당신은 경찰을 두려워하니까」

그는 다시 어깨를 으쓱했다.

「난 아무것도 두렵지 않아」

「그러시겠죠. 하지만 당신은 떠나겠죠」

「그래」

「그럼 마무리를 해요. 몇 시에 떠날 건가요?」

「곧, 정오쯤에」

「만약에 잡힌다면?」

「난 잡히지 않을 거야」

「그래도 잡힌다면요?」

「풀려날 거야」

「아무리 그래도 최소한 심문과 기소는 하겠죠?」

「아니야, 사건이 마무리되어 있을 거야」

「그러길 바라겠죠……」

「확실해」

「신이여 굽어 살피소서! 그러면 프랑스를 떠나시겠죠?」

「사정이 허락하는 대로」

「그게 언제일까요……?」

「두세 주 안에」

「그날 내게 알려 주세요. 나도 마침내 제대로 숨을 쉴 수 있게 말이에요」

「코랄리, 당신에게 알리겠지만 거기엔 다른 이유가 있어」

「어떤 이유죠?」

「당신이 나와 합류할 수 있도록 하기 위해서야」

「당신과 합류하다니!」

그는 악마 같은 미소를 지었다.

「당신은 내 아내야. 아내는 남편을 따라야 돼. 당신도 알다시피 내가 믿는 종교에서는 남편이 자기 아내에 대해 모든 권리를 가지고 있어. 심지어는 죽을 권리까지도. 그런데 당신은 내 아내 거든」

코랄리는 고개를 저으며 말할 수 없이 경멸에 찬 어조로 말했다.

「난 당신의 아내가 아니에요. 당신에게는 오로지 증오심과 공포심만을 느끼고 있어요. 당신을 더 이상 보고 싶지도 않고, 무슨 일이 있어도, 당신이 아무리 협박을 해도, 앞으로는 당신을 다시 보지 않을 거예요」

그가 자리에서 일어났다. 그리고 상체를 완전히 구부린 채 사시나무 떨 듯 몸을 떨면서 그녀를 향해 걸어가서는 다시 주먹을 쥐고 또박또박 말했다.

「무슨 말을 하는 거야? 감히 그런 말을 하다니? 내가, 주인인 내가 당신에게 명령하지. 내가 부르기만 하면 당신은 바로 나와 합류해」

「난 당신과 합류하지 않을 거예요. 하느님 앞에 맹세하지요. 내 영원한 구원을 두고도 맹세해요」

그는 격분을 이기지 못해 발을 굴렀다. 그는 험악해진 얼굴로 고래고래 소리를 질렀다.

「그러니까 결국 당신은 여기에 남겠다는 건가! 그래, 내가 모르는 이유가 있다는 건데, 하지만 그걸 알아맞히긴 쉬운 일이지……. 애정 문제야, 그렇지……? 틀림없이 무슨 일이 생긴 거지……? 조용히해! 입 다물어……! 당신은 언제나 날 싫어하지 않았나……? 당신의 그 증오심은 어제오늘 일이 아니야. 우리가 결혼한 첫 순간부터, 아니 결혼하기 전부터였지……. 우린 늘 앙숙처럼 살아 왔어. 그래도 난 당신을 사랑했어……. 그것도 열렬히……. 당신이 한마디라도 했다면 나는 당신 발 아래 엎드리고 말았을 거야. 당신 발소리가 들리기만 해도 난 심장까지도 온통 떨렸지……. 하지만 당신은 내게 오로지 공포심만을 느끼고 있었어. 그리고 이제 당신은 나 없이 인생을 새롭게 다시 시작하려고 생각하는 거지? 허나 난 그렇게 놔두느니 당신을 죽여 버리고 말겠어」

그의 손가락에 힘이 들어가며 오그라들었고, 두 손은 코랄리의 좌우 양쪽으로 벌어져 떨고 있었다. 코랄리의 머리 아주 가까이까지 가져간 두 손은 마치 먹이를 덮치기 직전에 있는 것처럼 보였다. 그의 턱은 신경질적인 발작으로 딱딱 부딪치고 있었다. 머리에서는 땀방울이 흘러내려 번들거렸다.

그의 앞에 있는 연약하고 작은 코랄리는 여전히 태연했다. 숨막힐 듯 괴로워하며 언제든 뛰쳐나갈 태세를 갖추고 있던 파트리스 벨발도 그녀의 태연한 얼굴에서 경멸과 혐오의 표정만을 읽을 수 있었다. 결국 자신의 감정을 자제한 에사레스가 이렇게 말했다.

「나와 합류해, 코랄리. 당신이 원하든 원하지 않든 난 당신 남편이야. 당신이 조금 전에 날 죽이려는 마음으로 칼을 집어 들었을 때도 내가 남편이라는 사실을 십분 느꼈어. 그래서 당신이 마음먹은 바를 끝까지 밀고 나갈 용기가 없었던 거지. 앞으로도 늘 그렇게 될 거야. 당신의 반항심은 수그러들 것이고, 당신의 주인인 나와 함께 가게 될 거라고」

그녀가 응수했다.

「나는 당신을 상대로 싸우기 위해 여기, 바로 이 집에 남아 있을 거예요. 난 당신이 꾸며 놓은 그 반역적인 사업을 무산시켜 버리고 말 거예요. 난 그 일을 아무런 증오심도 없이 할 거예요. 내겐 이제 증오심도 없기 때문이죠. 하지만 쉬지 않고 하겠어요. 악을 바로잡기 위해서 말이에요」

그가 아주 낮은 목소리로 말했다.

「내게는 증오심이 있어. 조심해, 코랄리. 더 이상은 두려워할 것이 아무것도 없다고 당신이 믿는 바로 그 순간에 어쩌면 내가 당신에게 셈을 요구하게 될 거야. 조심해」

그는 전기 벨 스위치를 눌렀다. 시메옹 영감이 곧 들어왔다. 에사레스가 그에게 말했다.

「그럼 하인 두 명이 몰래 달아난 건가?」

그리고 대답은 기다리지도 않고 다시 말했다.

「잘 가라지. 가정부하고 요리사만으로도 집안일을 하는 데는 충분할 거야. 그 여자들은 아무 소리도 못 들었겠지, 아닌가? 잠 자는 곳이 너무 멀지 않은가. 그거야 어쨌든, 시메옹, 내가 떠난 뒤에는 그들을 잘 감독하게」

그는 아내가 여태 나가지 않은 것을 보고 놀라 그녀를 살피면 서 비서에게 말했다.

「모든 걸 준비하려면 아침 6시에는 일어나야 하는데, 피곤해 죽겠어. 내 방까지 좀 데려다 주게. 그리고 이리 돌아와서 불을 끄게」

그는 시메옹의 부축을 받아 방에서 나갔다.

그 즉시 파트리스 벨발은 코랄리가 남편 앞에선 약해지지 않으 려 했지만, 지금은 기력이 소진한 상태여서 걸음을 뗄 수가 없다 는 것을 알았다. 탈진한 그녀는 성호를 그으면서 무릎을 털썩 꿇 었다.

몇 분 후, 그녀가 다시 일어설 수 있었을 때, 그녀는 자기가 서 있는 곳과 문 사이의 양탄자 위에 자기 이름이 적힌 편지지 한 장을 발견했다. 그녀는 그것을 주워 읽어 보았다.

코랄리 엄마, 당신의 힘으론 싸움을 하기 어렵습니다. 나의 우 정에 도움을 요청하는 게 어떻겠습니까? 당신의 몸짓 하나면 나는 당신 곁에 있을 것입니다.

그녀는 그 편지가 어떻게 그곳에 떨어져 있었는지 알 수 없기

도 했지만, 파트리스의 그 대담함에 머리가 혼란스러워져 비틀거
렸다. 그러나 혼신의 힘을 다해 그녀에게 남은 의지력을 모두 동
원한 그녀는 파트리스가 애원했던 몸짓도 없이 잠시 후 밖으로
나가버렸다.

7시 19분

그날 밤, 병원 별관의 자기 방으로 돌아온 파트리스는 잠을 이룰 수 없었다. 깨어 있는 상태에서도 그는 마치 끔찍한 악몽 속의 고통을 겪는 것처럼 끊임없이 쫓기고 짓눌리는 느낌을 받고 있었다. 엄청난 사건들이 연달아 일어나는 가운데 자기는 당황한 증인의 역할과 무능한 배우의 역할을 동시에 하고 있다는 생각이 들었다. 그는 쉬려고 해 봤지만 사건들은 그의 뜻과는 반대로 오히려 더욱 그를 압박하며 격렬하게 몰아치고 있는 것 같았다. 코랄리가 남편과 완전히 헤어졌다고 해도 그녀를 위협하고 있는 여러 위험들은 잠시도 그치지 않고 계속해서 그녀 주위를 맴돌고 있었다. 사방에서 위험이 고개를 쳐들고 있는데도, 파트리스 벨발은 그것들을 예측할 수도 없을 뿐만 아니라 물리칠 능력은 더더욱 없음을 스스로 인정하고 있었다.

두 시간이 지나도 잠이 들지 못하자 그는 전깃불을 켰다. 그리고 작은 기록장을 펼쳐 반나절 동안 겪었던 이야기를 몇 쪽에 걸쳐 빠르게 쓰기 시작했다. 그는 그렇게 해서 풀리지 않는 실타래를 조금이라도 풀 수 있기를 바랐다.

6시가 되자 그는 야봉을 깨우러 가서 그를 데리고 왔다. 그러고는 어리둥절해 있는 검둥이 앞에 팔짱을 끼고 서서 이렇게 퍼부었다.

「그러니까 넌 네 임무가 다 끝났다고 생각하는군! 내가 칠흑같은 어둠 속에서 눈코 뜰 새 없이 일하는 동안 선생께선 주무시고, 그래도 모든 일이 잘되어 간다 이거지! 이보시게, 선생의 양심은 참 쉽게도 타협하시는군」

그가 에둘러 던진 농담은 세네갈 인을 매우 즐겁게 해 주었다. 야봉은 입을 더욱 크게 벌리며 기분 좋게 그르렁거렸다.

대위가 말했다.

「잡담은 그만하고. 믿을 놈은 너밖에 없다. 의자에 앉아서 여기 적어 놓은 걸 좀 읽어 봐. 그리고 네 의견을 좀 말해다오. 그렇게 생각한 이유도 함께. 뭐라고? 읽을 줄을 모른다고? 그렇다면, 참말이지 네놈의 그 엉덩이 가죽을 세네갈의 중학교, 고등학교 걸상에 닳도록 문질러 댈 필요가 없었군! 희한한 교육도 다 있어!」

그는 한숨을 쉬면서 그에게서 기록장을 빼앗았다.

「잘 듣고 곰곰이 생각해 봐. 그리고 이치를 따져 보고 추론해서 결론을 내려 보란 말이야. 그러니까 우리가 지금 처해 있는 상황을 말하자면 이렇다. 내가 요약해 주지.

첫째 상황, 부유한 은행가인 에사레스 베라는 작자가 있다. 이자는 희대의 악당으로, 프랑스, 이집트, 영국, 터키, 불가리아, 그

리스 등의 나라들을 상대로 한꺼번에 반역을 도모하고 있다. 그
치와 같이 모의를 한 자들이 그의 발을 불에 지지는 것이 그 증거
다. 그런 와중에 그는 공범 한 명을 죽이고 나머지 넷에게는 수백
만 프랑을 주어 매수해 버린다. 그 수백만 프랑은 또 다른 공범에
게 시켜 5분 안에 되찾아오게 한다. 그리고 그 한심한 놈들은 모
두 오전 11시가 되기 전에 잠적해 버릴 것이다. 정오가 되면 경찰
이 등장하게 되어 있기 때문이다. 이상」

파트리스 벨발은 숨을 고르더니 이야기를 계속했다.

「둘째 상황, 코랄리 엄마는 악당 베와 결혼을 했다. 그 이유를
생각해 보지만 나로선 놀라울 뿐이다. 그녀는 그를 증오하며, 죽
이고 싶어한다. 그는 그녀를 사랑하지만, 역시 죽이고 싶어한다.
또한 그녀를 사랑하는 대령이 있는데, 그 때문에 죽임을 당한다.
그리고 무스타파라는 놈이 있는데, 대령을 위해 그녀를 납치하려
다가 어떤 세네갈 인에 의해 목이 졸려 역시 죽임을 당한다. 마지
막으로 한쪽 다리가 없는 어느 프랑스 대위가 있다. 그 역시 그녀
를 사랑하지만 그녀는 증오하는 남자와 이미 결혼한 몸이라는 이
유로 대위를 피한다. 그런데 어떤 계기였는지는 모르지만 그녀는
옛날에는 한 덩어리였던 자수정 알을 대위와 반쪽씩 나누어 가지
고 있다. 이상의 사실들에다 부수적인 것들, 즉 녹슨 열쇠, 붉은
비단 노끈, 질식사한 개, 그리고 벌건 석탄 난로를 연결시켜 봐.
만약 내 설명 가운데 단 한마디라도 네 놈이 감히 이해하기만 해
봐라, 내 이 의족으로 네 놈을 아무데나 갈겨 버릴 거다. 네 대장
인 나도 전혀 모르는데 네가 알면 안 되니까」

야봉은 한쪽 뺨에 커다랗게 벌어진 흉터를 잔뜩 일그러뜨리며
입을 활짝 벌려 웃었다. 아닌 게 아니라 대위의 명령대로 그는 사

건을 눈곱만큼도 이해하지 못했으며 파트리스의 말도 별로 알아듣지 못했다. 하지만 파트리스가 예의 거친 말투로 말을 할 때면 그는 발을 구르며 즐거워했다.

대위가 명령했다.

「그만. 이제 내가 이치를 따져 추론하고 결론을 내릴 차례다」

그는 벽난로에 기대어 두 팔꿈치를 대리석 위에 괴고 두 손으로 머리를 감싸 쥐었다. 평소의 낙천적인 성격에서 나오는 쾌활함도 이번만큼은 표면적인 것에 지나지 않았다. 속으로는 고통스러운 불안감과 함께 끊임없이 코랄리를 생각하고 있었다. 그녀를 보호하기 위해서는 어떻게 해야 할 것인가?

몇 가지 안(案)이 떠오르기는 했지만, 어떤 것을 택해야 할 것인가? 아까 들은 전화번호를 이용하여 부르네프와 그 일당들이 피신한 그 그레구아르라는 놈의 은신처를 찾아야 할까? 경찰에 신고를 해야 할까? 레이누아르가로 되돌아가야 할까? 그는 어떻게 해야 할지를 몰랐다. 몸으로 하는 거라면 좋다. 그것이 자신의 열과 성을 다해 맹렬하게 전투에 뛰어드는 것이라면 그는 자신 있었다. 그러나 작전을 준비하고, 장애 요소들을 예상하며, 암흑의 베일을 벗겨 내는 일, 그리고 그가 늘 말하듯이, 보이지 않는 것을 지각하고 잡히지 않는 것을 포착하는 일, 그런 일들은 그의 능력을 벗어나는 것들이었다.

그가 갑자기 야봉 쪽으로 몸을 돌렸다. 야봉은 대위의 침묵으로 시무룩해 있었다.

「왜 그렇게 비통한 표정을 하고 있나! 너까지 날 우울하게 만드는군. 넌 사물을 항상 어둡게만 봐…… 검둥이니까……. 나가 봐」

몹시 무안해진 야봉이 자리를 떠나려는데, 누군가 문을 두드리며 밖에서 소리쳤다.

「대위님, 전화 왔습니다」

파트리스는 황급히 달려 나갔다. 이렇게 이른 시각에 그에게 전화할 사람이 도대체 누구란 말인가?

「누구한테서 왔소?」

그가 앞서 가는 간호사에게 물었다.

「그건 저도 모르겠습니다, 대위님……. 남자 목소리인데…… 대위님께 급히 말할 것이 있는 것 같았습니다. 꽤 오랫동안 벨이 울렸습니다. 저는 아래층 부엌에 있었고요……」

파트리스는 불현듯 레이누아르가, 에사레스 저택의 커다란 서재에 있던 전화가 생각났다. 그 전화와 지금 걸려 온 전화 사이에 무슨 관계가 있지는 않을까?

그는 한 층을 내려와 복도를 따라갔다. 전화기는 대기실 건너 속옷들을 보관하는 방에 있었다. 그는 방으로 들어가 문을 닫았다.

「여보세요……? 제가 벨발 대위입니다. 무슨 일입니까?」

어떤 목소리, 정말 남자 목소리였지만 그가 모르는 어떤 목소리가 숨이 넘어갈 듯 헐떡이면서 그에게 대답했다.

「벨발 대위……! 아! 됐어……. 너로구나……. 하지만 너무 늦지나 않았는지 걱정되는군……. 시간이 있을지 모르겠어……. 열쇠와 편지는 받았니……?」

「당신은 누구시죠?」

「열쇠와 편지는 받았니?」

목소리가 다그치듯 물었다.

110

「열쇠는 받았지만, 편지는 없었는데요」

파트리스가 대답했다.

「편지가 없었다니! 이거 큰일이군! 그럼 너는 모르겠구나……?」

쉰 고함소리가 파트리스의 귀에 와 부딪쳤고, 이어서 누군가와 말다툼하는 소리가 전화선 저쪽 끝에서 어수선하게 들려왔다. 그러고는 입을 수화기에 바싹 붙인 듯, 또렷하게 더듬거리는 목소리가 들려왔다.

「너무 늦었어…… 파트리스……. 너냐? 잘 들어. 자수정 메달은…… 그래, 내가 몸에 지니고 있다……. 메달…… 아! 너무 늦었어……. 그렇게도 원했건만! 파트리스…… 코랄리…… 파트리스…… 파트리스……」

그러고는 다시 고통스러운 비명소리가 크게 들려왔고, 좀 더 멀리에서 외치는 소리가 들려왔다. 그 가운데서 파트리스는 다음과 같은 말을 알아들었다고 생각했다.

「도와줘……. 도와줘……. 오! 살인자, 파렴치한 놈……」

이 소리는 점점 희미하게 잦아들더니 잠시 후에는 아무 소리도 들리지 않았다. 그리고 갑자기 저쪽에서 딸깍 하는 짧은 소리가 났다. 살인자가 수화기를 내려놓은 것이었다.

그 일은 20초도 되지 않아서 끝났다. 파트리스도 수화기를 내려놓으려고 했지만, 수화기의 금속 부분을 쥐고 있던 손가락에 얼마나 힘이 들어가 있었던지 그것을 놓는 데 상당한 노력을 기울여야 했다.

그는 너무 놀라 꼼짝도 못하고 있었다. 그의 눈은 창문 너머 정원의 한 건물에 붙어 있는 커다란 벽시계에 고정되어 있었다. 시계는 7시 19분을 가리키고 있었고, 그는 그것이 참고 자료가 될 것이라 생각하며 숫자를 기계적으로 되뇌고 있었다. 그리고 그는 벌어진 상황이 너무도 비현실적이라 그 모든 일들이 사실인지, 혹시 범죄가 그의 아픈 머릿속 깊숙한 곳에서 저 혼자 발생한 것은 아닌가 하는 생각이 들었다.

그러나 고함소리가 그의 귀에 다시 메아리쳐 울리자, 그는 한가닥 희미한 희망에 필사적으로 매달리는 사람처럼 황급히 수화기를 다시 잡았다.

「여보세요…… 아가씨…… 당신이 내게 전화를 연결해 주었죠. 혹시 비명소리 들으셨습니까……? 여보세요! 여보세요……!」

아무 대답이 없었다. 그는 화가 치밀어 올라 교환원 아가씨에게 욕을 퍼붓고는 속옷 보관실을 나왔다. 그는 야봉을 만나자 그를 떼다 밀었다.

「꺼져! 네 잘못이야……. 확실해! 너는 그곳에 남아서 코랄리를 지켜야 했어. 자, 어서 그리 다시 가서 그녀가 필요할 때 부를 수 있도록 대기해. 난 경찰에 신고할 테니까……. 네가 나를 만류하지만 않았어도 오래전에 그렇게 조치했을 테고, 이 지경까지 되지도 않았을 거야. 어서 뛰어」

대위가 그를 다시 붙잡았다.

「아니야, 그대로 있어. 네 계획은 앞뒤가 맞지 않다. 여기 있어. 아! 거기 말고, 내 곁에 있으란 말이야! 이 녀석아, 넌 정말이지 침착하지가 못해」

그는 야봉을 밖으로 밀어내고 속옷 보관실로 다시 들어갔다. 그는 성난 몸짓과 분노의 말들을 퍼부으며 흥분하여 방 안을 사방으로 서성거렸다. 그런데 그런 혼란의 와중에서도 한 가지 생각이 조금씩 뚜렷해져 오는 것이었다. 요컨대, 사건이 레이누아르가의 저택에서 발생했다는 증거가 그에게 하나도 없다는 것이었다. 그가 기억하고 있는 사실은 언제나 같은 장면, 같은 비극적 정황으로 그를 이끌 것이기 때문에 굳이 그 기억에 얽매일 필요가 없을 터였다. 그가 예감했듯이 사건은 분명히 다른 곳에서, 코랄리와 멀리 떨어진 곳에서 계속될 것이었다.

그리고 그 최초의 생각은 또 다른 생각을 낳았다. 지금 바로 조사에 착수하면 될 것 아닌가?

그는 생각했다.

〈그래, 안 될 것 없잖아? 경찰을 귀찮게 하기 전에 말이야. 경찰은 내게 전화한 사람의 번호를 찾아내서 원점으로 거슬러 올라가는 절차를 밟을 게 뻔해. 그 전에 어떤 구실을 만들더라도, 또 아무 이름이나 대고라도 내가 직접 레이누아르가로 전화한다 해도 날 막을 사람은 없지 않은가? 그러면 내가 어떻게 해야 할지 알 수 있는 기회가 될 거야…….〉

파트리스는 그 방법도 별반 효과가 없을 거라는 생각이 들었다. 아무도 전화를 받지 않는다고 해서, 그곳에서 범죄 사건이 일어났다는 증명이 되겠는가? 그보다는 오히려, 아주 단순하게, 잠자리에서 일어난 사람이 아무도 없다는 말이 아니겠는가?

그러나 어쨌든 무엇이든 행동에 옮겨야 한다는 생각으로 그는 결단을 내렸다. 그는 전화번호부에서 에사레스 베의 번호를 찾아 과감하게 전화를 걸었다. 기다리는 동안 그는 견딜 수 없을 만큼 흥분이 되었다. 이어서 그는 발끝에서 머리끝까지 아찔한 충격을 받았다. 통화가 이루어진 것이다. 저쪽의 누군가가 전화를 받았다.

「여보세요」

그가 말했다.

「여보세요. 누구십니까?」

저쪽의 목소리가 말했다.

그것은 에사레스 베의 목소리였다.

그 시각에 에사레스는 자기 서류들을 정리하고 도주할 준비를 하고 있었을 것이다. 따라서 그가 전화를 받는 것은 지극히 당연한 일이었는데도, 파트리스는 너무 당황한 나머지 무슨 말을 해야 할지 몰랐다. 그는 머릿속에 제일 먼저 떠오르는 대로 말했다.

「에사레스 베 씨죠?」

「그렇습니다. 실례지만 누구신지……?」

「저는 야전병원 별관에서 치료를 받고 있는 부상자입니다만……」

「혹시 벨발 대위 아니십니까?」

파트리스는 순간 완전히 당황하고 말았다. 그렇다면 코랄리의 남편이 그를 알고 있었단 말인가? 그는 말을 더듬었다.

「네…… 그렇습니다. 벨발 대위입니다」

「아! 대위님, 이렇게 운이 좋을 수가!」

에사레스 베가 몹시 기쁜 듯 소리쳤다.

「그렇지 않아도 조금 전에 별관에 전화를 했던 참이었습니다……」

「아! 당신이었군요……」

갈수록 놀라움이 커지기만 하는 파트리스는 말을 잇지 못했다.

「그래요, 몇 시쯤이면 벨발 대위와 통화를 할 수 있을지 알고 싶었습니다. 감사의 말씀을 드리기 위해서 말입니다」

「당신이었군요…… 당신이었어요……」

파트리스는 그 말만을 되뇌었다. 혼란이 점점 증폭되고 있었기에…….

에사레스의 억양은 놀라움을 나타내고 있었다.

「네, 그것 참 우연치고는 재미있죠? 불행하게도 전화가 끊어졌지요. 아니 그보다는 제 전화기가 혼선이 되었던 모양입니다」

그가 말했다.

「그럼 당신도 들으셨습니까?」

「뭘 말입니까, 대위님?」

「비명소리요……」

「비명소리라고요?」

「적어도 제게는 그렇게 들렸습니다. 하지만 통화 상태가 아주 좋지 않았습니다……!」

「제 쪽에서는 그냥 누군가 매우 다급하게 당신에게 묻는 소리만 들렸습니다. 저는 그렇게 급하지는 않았기 때문에 전화를 끊었습니다. 그래서 당신에게 감사의 말씀을 드리는 기쁨은 나중으로 미루었습니다」

「제게 감사의 말씀을요?」

「그렇습니다. 어제 저녁에 제 아내가 받은 공격이 어떤 것이었으며, 또 당신이 어떻게 아내를 구했는지 알고 있습니다. 그래서 당신을 뵙고 제 감사의 뜻을 전하기를 몹시 바라고 있습니다. 우리 만날 약속을 할까요? 야전병원이 어떻겠습니까? 오늘 오후 3시경에……」

파트리스는 대답하지 않았다. 그는 체포될 위험에 처해 도주할 준비를 하고 있는 사내의 대담함이 당혹스러웠던 것이다. 그와 동시에 그는 에사레스 베가 굳이 그럴 필요가 없는데도 그렇게 전화를 하는 실제 동기가 무엇인지를 생각하고 있었다. 그러나 은행가는 그의 침묵에 개의치 않고 여전히 공손한 태도를 견지하며 자신이 묻고도 아주 여유 있게 자신이 답하는 독백 형식으로 그 불가해한 통화를 끝내는 것이었다.

그리고 두 사람은 서로 마지막 인사를 나누었다. 그것이 끝이었다.

그래도 파트리스는 마음이 좀 가라앉는 것을 느꼈다. 그는 자기 방으로 돌아가 침대에 몸을 던졌다. 그리고 두 시간 동안 수면을 취했다. 그런 다음 그는 야봉을 불렀다.

그가 야봉에게 말했다.

「다음번에는, 정신 바짝 차리고, 아까처럼 분별력이 없으면 안돼. 그땐 정말 한심했다. 하지만 거기에 대해선 더 이상 이야기하지 말자. 점심은 먹었나? 안 먹었군. 나도 안 먹었다. 검진은 받았나? 아니라고? 나도 안 받았다. 그런데 소령이 내 머리를 싸고 있는 이 보기 싫은 붕대를 풀어 주겠다고 약속했는데 말이야. 넌 이것이 내게 커다란 기쁨을 안겨 주고 있다고 생각하는 거야! 나무 의족이야 그렇다 치더라도 사랑에 빠진 남자에게 헝겊으로 동여맨 머리라니! 자, 서둘러. 준비가 되는 대로 병원으로 가자. 거기에서 만나는 건 코랄리 엄마도 금지할 수 없지!」

파트리스는 매우 행복했다. 한 시간 후, 마이요 문(파리 시 외곽 경계를 빙 둘러 세워 놓은 스무 개의 문들 가운데 하나로, 개선문에서 북서쪽으로 곧장 통해 있다——옮긴이) 방향으로 가는데 그가 야봉에게 말한 것처럼 어둠이 걷히기 시작하고 있었다.

「그럼, 그렇고말고. 야봉, 이제 시작이다. 현재 우리의 상황은 이렇다. 가장 먼저, 코랄리는 위험하지 않다. 내가 바라는 대로 싸움은 그녀로부터 먼 곳에서 일어나고 있다. 공범들이 저희들끼리 수백만 프랑을 놓고 다투는 것이 틀림없다. 내게 전화해서 고통스러운 비명소리를 들려 준 그 불행한 사람은 나는 모르지만 내 친구였던 게 분명하다. 나를 파트리스라고 부르며 말을 놓았거든. 내게 정원 열쇠를 보내 준 사람은 확실히 그 사람이다. 불행하게도 그 열쇠와 함께 보낸 편지는 잃어버렸지만 말이야. 결국 상황이 급박해진 그는 내게 모든 걸 털어놓으려고 했는데 공격을 당한 거야. 누가 공격했냐고? 아마도 비밀이 탄로날까 봐 두려운 공범들 중 하나겠지. 이상이다, 야봉. 모든 일들이 명명백백하다. 그런데 진실은 내가 추론한 것과 정반대일 수도 있다. 하지만 그런 건 상관없다. 본질적인 것은 참이든 거짓이든 하나의 가설에 근거하는 것이야. 뿐만 아니라 내 가설이 잘못되었다 하더라도 나는 그 모든 책임을 네게 전가할 수 있으니까. 말을 잘 들어주는 네게 말이야……」

마이요 문을 지나자 그들은 자동차를 탔다. 파트리스는 레이누아르가로 우회할 생각이었다. 그들이 파시의 사거리에 이르렀을 때, 코랄리 엄마가 시메옹 영감과 함께 레이누아르가에서 나오는 것이 보였다.

그녀가 자동차를 잡았고, 시메옹이 자리에 앉았다.

파트리스는 그들의 뒤를 따라 샹젤리제의 야전병원까지 갔다.

오전 11시였다.

「모든 일이 잘되어 가고 있다」

파트리스가 말했다.

「남편이 도주하는 동안에도 그녀는 자기 일상생활의 어떤 변화도 원하지 않고 있다」

그들은 근처에서 점심을 먹고, 야전병원을 주의 깊게 살피면서 샹젤리제가를 산책한 다음, 오후 1시 반에 병원으로 들어갔다.

파트리스는 병원에 들어선 즉시 유리창을 두른 뜰 안쪽, 군인들이 모여 있는 곳에서 시메옹 영감을 발견했다. 그는 여느 때처럼 머리의 절반을 목도리로 두르고 두툼한 안경을 쓴 채 늘 앉던 의자에 앉아 파이프를 피우고 있었다.

한편 코랄리 엄마는 그녀가 담당하는 병실들 가운데 4층의 한 병실에서 한 환자의 머리맡에 앉아 두 손으로 환자의 손을 꼭 잡고 있었다. 그는 잠들어 있었다.

코랄리 엄마는 매우 지친 모습으로 파트리스에게 나타났다. 거무스름한 눈 주위와 보통 때보다 더욱 창백한 얼굴이 그녀의 피로를 말해 주고 있었다.

〈가엾은 나의 엄마, 이곳의 못난 망나니들이 모두 결국엔 당신을 죽이고 말 겁니다.〉

그는 생각했다.

지난밤의 광경들을 머릿속에 떠올린 그는 이제 깨달았다. 왜 코랄리가 그렇게 자기의 삶을 숨기고, 야전병원이라는 이 가장 작은 세계를 위해서 성(姓)은 없이 코랄리라고만 불리며 오로지 자애로운 수녀처럼 되려고 그토록 애썼는지를. 그녀를 둘러싸고 있는 추악한 것들에 대해 의심을 품은 그녀는 남편의 성(姓)을 부인하고 자신의 거처를 숨기고 있었던 것이다. 자신의 의지도 그렇지만 수줍은 그녀의 성격은 스스로 장벽을 쌓아 올려 그와 관계를 차단함으로써 파트리스가 감히 접근하지 못하게 했다.

〈아, 어떡하나! 어떡하면 좋지?〉

문틱에 못 박힌 듯 선 그는 그녀의 눈에 띄지 않게 멀리서 그녀를 바라보며 생각했다.

〈그렇지만 그녀에게 내 계획을 알리지는 않겠어.〉

그가 들어가기로 결심했을 때 한 여자가 요란하게 계단을 올라오더니 그의 옆에서 소리쳤다.

「마님 어디 계세요……? 마님께서 즉시 가셔야 해요, 시메옹……」

역시 계단을 올라온 시메옹 영감이 병실 안쪽에 있는 코랄리를 손으로 가리키자, 여자가 급히 달려갔다.

여자가 코랄리에게 뭐라고 몇 마디를 하자, 그녀는 깜짝 놀라는 것 같더니 문을 향해 뛰기 시작했고, 파트리스 앞을 지나쳐 급히 계단을 내려갔다. 시메옹과 여자가 그 뒤를 따랐다.

「제게 차가 있어요, 마님. 다행히도 집에서 나오자마자 자동차를 발견해서 여기서 기다리게 했답니다. 서둘러야 해요, 마님……. 경찰이 제게 빨리 모셔 오라고 했어요……」

여자가 숨을 헐떡이며 더듬거렸다.

파트리스도 역시 계단을 내려왔지만 그들의 말을 들을 수는 없었다. 그러나 마지막 말을 들은 그는 결정을 내렸다. 그는 나가는 길에 야봉을 만나 함께 자동차에 올라탔다. 그는 운전사에게 코랄리의 차를 따라가도록 지시했다.

대위가 이야기를 시작했다.

「다시, 야봉, 다시 말이야, 상황이 급박해졌다. 저 여자는 물론 에사레스 저택의 하녀고, 경찰의 지시를 받고 주인 마님을 모시러 온 것이다. 그러니까 대령의 발고가 먹혀든 거지. 가택 수색, 심문 등 모든 피곤한 일이 코랄리 엄마에게 부과된 거야. 넌 또 뻔뻔하게도 내게 조심하라고 충고하는 거냐? 넌 내가 이런 위기 상황에서 그녀를 혼자 내버려 두리라고 생각하는 거야? 야봉이 녀석아, 넌 참 성격도 더러운 놈이야!」

그의 머리에 불현듯 어떤 생각이 스치자 그는 소리를 질렀다.

「빌어먹을! 그 에사레스 악당 놈이 붙잡히지만 않는다면 좋겠는데! 붙잡히면 큰일이야! 하지만 그는 너무 자신만만했어. 꾸물거렸을지도 모르지……」

자동차를 타고 가는 내내 그런 걱정에 지나치게 초조해하는 벨발 대위에게서 조심성이라고는 조금도 찾아볼 수가 없었다. 결국 그는 에사레스가 체포되었다고 완전히 믿고 있었다. 그렇지 않고서는 하녀가 그처럼 황급하게 행동하고, 또 코랄리가 그렇게 다급하게 출발할 이유가 없다고 생각했다. 그런 상황이라면 그는 조금도 망설이지 않고 사건에 개입할 것이었다. 그가 진상을 밝힌다면 그것은 곧 정의가 실현되는 일이 아닌가? 그가 그 비밀의 중요성을 강조하거나 약화시킴으로써 오직 코랄리에게만 유리하게 작용하도록 만들 수도 있을 테니까…….

두 대의 자동차는 거의 동시에 에사레스의 저택 앞에 멈추어 섰다. 그곳에는 이미 다른 자동차 한 대가 세워져 있었다. 코랄리는 차에서 내려 커다란 궁륭형 대문 안으로 사라졌다.

하녀와 시메옹도 역시 보도를 건넜다.

「가자」

파트리스가 세네갈 인에게 말했다.

문은 반쯤 열려 있었다. 파트리스는 안으로 들어갔다. 커다란 현관에는 두 연락원이 있었다.

파트리스는 급한 몸짓으로 그들에게 인사를 하고 집안사람인 척하며 지나쳤다. 마치 그가 아니면 제아무리 중대한 사실도 사건 해결에 도움이 될 수 없으리라는 생각이 들게 할 정도로 극히 중요한 사람처럼.

포석을 밟는 그의 발소리는 부르네프와 그 일당들을 생각나게 했다. 그러니까 그는 제대로 방향을 잡은 것이었다. 게다가 살롱은 왼쪽으로 열려 있었다. 일당들이 대령의 시체를 들고 나간 것도 그쪽이었으며, 서재와 통해 있었다. 사람들의 소리가 그쪽에서 들려왔다. 그는 살롱을 가로질러 갔다.

바로 그때, 코랄리의 공포에 질린 외침이 들려왔다.

「아! 하느님! 아! 하느님! 이럴 수가 있습니까?」

다른 두 명의 경찰관이 문을 막아섰다. 그는 그들에게 말했다.

「나는 에사레스 부인의 친척이오…… 유일한 친척이란 말이오……」

「우리는 명령을 받았습니다, 대위님……」

「잘 알고 있소. 제기랄! 아무도 들어오지 못하게 하시오! 야봉, 여기 있어」

그는 안으로 들어섰다.

그러나 그 커다란 방에는 경찰관과 사법관으로 보이는 예닐곱 명의 사람들이 모여 있어서 그는 더 이상 앞으로 나아가지 못했다. 그들은 무엇인가에 몸을 숙이고 있었는데, 그것이 무엇인지는 분명치가 않았다. 그때 갑자기 코랄리가 그들 틈에서 나와 두 손을 허우적거리며 비틀비틀 그를 향해 오는 것이었다. 하녀가 그녀의 허리를 붙들고 안락의자로 데리고 갔다.

「무슨 일입니까?」

파트리스가 물었다.

「마님께서 불행을 당하셨어요. 아! 정신이 하나도 없어요」

여전히 겁에 질려 있는 하녀가 대답했다.

「도대체 무슨 일이기에……? 어째서요……?」

「주인님이에요……! 생각해 보세요! 저 광경…… 저도 놀라 자 빠지겠어요」

「어떤 광경인데요?」

한 남자가 그들 틈에서 나와 다가왔다.

「에사레스 부인께서 많이 아프십니까?」

「괜찮아요……」

하녀가 말했다.

「잠시 기절하셨을 뿐이에요……. 마님께선 워낙 허약하셔서요」

「걸을 수 있기만 하면 모시고 가세요. 여기 있을 필요가 없습니다」

그러고는 파트리스 벨발에게 심문하는 태도로 물었다.

「대위님께서는……?」

파트리스는 알아듣지 못한 척했다.

「예, 선생」

그가 말했다.

「에사레스 부인을 모시고 갈 겁니다. 사실 여기 있을 필요가

122

없죠. 다만 무엇보다도 먼저 제가 해야 할 일이……」

그는 상대방을 피하기 위해 딴전을 피웠고, 사법관들의 사이가 약간 벌어진 틈을 타서 앞으로 나아갔다.

그것을 본 그는 그때서야 코랄리의 실신과 하녀의 홍분을 이해할 수 있었다. 그 자신도 머리카락이 온통 곤두서는 것을 느꼈다. 그것은 전날 밤에 보았던 것보다 훨씬 참혹하고 끔찍한 광경이었다.

벽난로에서 멀지 않은 곳 바닥에, 그러니까 전날 밤에 고문을 당했던 곳과 거의 같은 지점에 에사레스 베가 반듯하게 누워 있었다. 그는 전날 밤과 똑같이 밤색 플란넬 바지와 장식 끈이 달린 벨벳 상의의 평상복 차림이었다. 그의 어깨와 머리는 수건으로 덮여 있었다. 그런데 법의학자로 보이는 조수 한 사람이 한 손으로는 시트를 들어올리고 다른 손으로는 죽은 사람의 얼굴을 가리키면서 작은 소리로 설명하고 있었다.

그런데 그 얼굴은…… 그 말로 표현할 수 없는 살덩어리를 과연 얼굴이라고 할 수 있을까? 한쪽은 새카맣게 타 버린 듯했고, 다른 한쪽은 핏빛의 죽 모양으로 짓이겨진 가운데 뼈 조각과 떨어져 나간 살갗, 머리카락, 턱수염, 그리고 으깨진 한쪽 안구(眼球)가 뒤죽박죽 섞여 있는 그것을.

파트리스는 말을 더듬었다.

「오! 이렇게 잔인할 수가 있단 말인가! 그를 죽이고 나서 머리를 통째로 불구덩이에 던져 넣었어. 그걸 다시 모아 놓은 게 이 모양 아닌가?」

아까 파트리스에게 질문했던 사람이 그에게 다시 다가왔다. 그가 그들 중 가장 높은 사람인 듯했다.

「당신은 대체 누구십니까?」

「벨발 대위입니다, 선생. 에사레스 부인의 친구이자, 부인이 열심히 간호해 준 덕택에 살아난 부상 군인들 가운데 한 사람입니다……」

높은 사람이 다시 말했다.

「그렇군요, 선생. 하지만 선생께선 여기 계시면 안 됩니다. 선생뿐 아니라 그 누구도 이곳에 있을 수 없습니다. 서장님, 의사만 제외하고 모두 이 방에서 내보내십시오. 그리고 문을 통제하세요. 무슨 일이 있어도 누굴 들여보내선 안 됩니다. 무슨 일이 있어도 말이오……」

파트리스는 고집을 부렸다.

「선생, 당신에게 사건을 해결할 수 있는 아주 중요한 정보를 전해 드리겠습니다」

「기꺼이 듣겠습니다, 대위님. 하지만 좀 있다가 듣기로 하죠. 미안합니다」

낮 12시 23분

　레이누아르가에서 정원 위의 테라스에 이르는 커다란 현관은 폭이 넓은 계단이 가운데까지 나 있었는데, 그 계단은 에사레스 저택을 두 부분으로 나누는 중앙에 위치하여 양쪽을 서로 연결해 주고 있었다.

　왼쪽에는 살롱과 서재가 있고, 따로 떨어진 건물 한 채가 별도의 계단과 함께 그와 이어져 있었다. 오른쪽에는 천장이 좀 더 낮은 당구장과 식당이 있었고, 그 위로 거리 쪽으로 면한 에사레스베의 침실과 정원 쪽으로 난 코랄리의 침실이 있었다.

　그 너머 측면에 하인들의 숙소가 있고, 시메옹 영감도 그곳에서 잠을 잤다.

　파트리스가 세네갈 병사와 함께 기다린 곳은 당구장이었다. 시메옹 영감이 하녀를 데리고 그곳에 나타난 것은 15분이 지난 후였다.

늙은 비서는 주인의 죽음 때문에 기운이 없어 보였다. 그는 이상한 태도로 아주 작게 장광설을 늘어놓았다. 파트리스가 그에게 물었다. 영감은 그의 귀에 대고 말했다.

「아직 끝나지 않았어요……. 걱정해야 할 일들이 있어요……. 걱정해야 할 일들이……! 오늘 바로…… 오후에……」

「오후에?」

파트리스가 말했다.

「그래요…… 그래……」

영감이 몸을 떨면서 말했다.

그러고는 더 이상 아무 말도 하지 않았다.

하녀는 파트리스가 질문을 하자 이야기를 늘어놓았다.

「선생님, 제일 먼저 말씀드릴 것은, 오늘 아침엔 주인님도, 하인도, 문지기도 없었다는 거예요. 세 명 모두 집을 나간 것입니다. 첫 번째 놀라운 일이었죠. 그리고 6시 반에 시메옹 씨가 주인님의 말씀을 전한다며 우리에게 와서 말하길, 주인님은 서재에서 일에 몰두하고 계시니 방해해서는 안 된다고 했습니다. 점심 식사조차도 고하지 말라고요. 마님께선 몸이 좀 아프셨어요. 9시에 마님께 뜨거운 코코아 한 잔을 갖다 드렸죠……. 10시에 마님이 시메옹 씨와 함께 나가셨습니다. 그때는 침실 정리가 끝난 상태였기 때문에 우리는 부엌에서 나가지 않았어요. 11시, 12시…… 그리고 마침내 1시 종이 울렸을 때 대문에서 누군가 요란하게 초인종을 울렸습니다. 저는 창문으로 내다보았지요. 자동차 한 대와 네 분의 남자들이 계셨어요. 저는 바로 문을 열었습니다. 그는 경찰서장이라고 자기를 소개하며 주인님 뵙기를 청했죠. 저는 그들을 안내했어요. 문을 두드렸습니다. 문이 잠겨 있어서 흔들어

댔지요. 대답이 없었습니다. 결국 그들 중 열쇠를 딸 줄 아는 한 분이 갈고리로 문을 열었어요……. 그런데, 그런데…… 아까 보신 대로였어요……. 아니, 그게 아니라…… 그보다 더 처참했어요. 그때는 그 가없은 주인님이 거의 석탄불의 석쇠 아래에 머리를 대고 있었으니까요. 그렇죠! 나쁜 놈들이 있어야겠죠……! 누군가 그를 죽였으니까요, 안 그래요? 그런데 그때 그 방에 있던 사람들 중에 한 분이 말하기를, 주인님은 뇌졸중이 와서 거꾸로 쓰러져 죽었다는 거였어요. 다만 저로선……」

시메옹 영감은 여전히 목도리를 두른 채 반백의 텁수룩한 수염과 노란 안경 뒤에 두 눈을 감추고 아무 말 없이 듣고 있었다. 이야기가 끝나자 그는 약간 냉소를 머금더니 파트리스에게 다가와 귀에 대고 속삭이는 것이었다.

「걱정해야 할 일들이 있어요……! 걱정해야 할 일들이……! 코랄리 마님은…… 어서 떠나야 해요……. 즉시…… 그렇지 않으면 마님에게 불행이……」

대위는 놀라서 그에게 자세한 걸 물었지만 그 이상 알아낼 수는 없었다. 한 경찰관이 노인을 찾으러 와서 서재로 데리고 갔다.

그의 증언은 오랫동안 계속되었다. 다음에는 요리사와 하녀의 증언이 있었다. 그리고 그들은 코랄리를 찾아갔다.

오후 4시에 다른 자동차가 한 대 도착했다. 파트리스는 두 남자가 현관을 지나는 것을 보았다. 모든 사람들이 깊숙이 허리를 굽혀 그들에게 인사했다. 그는 그들의 얼굴을 알아보았다. 법무부 장관과 내무부 장관이었다. 그들은 서재에서 이야기를 나누며 30분 동안 머물고는 돌아갔다.

마침내 5시경에 경찰관이 파트리스를 찾아와서 그를 2층으로

데리고 갔다. 경찰관은 문을 두드린 뒤 자리를 떴다. 파트리스는
아담한 크기의 규방으로 들어섰다. 방 안에는 장작불이 타고 있
었고, 두 사람이 앉아 있었다. 그가 고개 숙여 인사한 코랄리
와, 그녀의 맞은편에 앉아 있는 남자였다. 그는 파트리스가 이곳
에 왔을 때 질문을 했던 사람이었는데, 그가 수사를 총지휘하는
것 같았다.

그는 쉰 살 정도 되어 보이는 남자로, 체격이 좋고 통통한 얼
굴에 거동이 둔해 보였으나 지적으로 보이는 두 눈은 날카롭게
빛나고 있었다.

「예심판사시겠죠?」

파트리스가 물었다.

「아닙니다」

그가 말했다.

「저는 데말리옹이라는 전직 판사입니다. 특별히 이 사건의 수사를 위임받았습니다……. 선생께서 말씀하신 것처럼 예심을 하기 위한 것이 아닙니다. 제가 보기에 예심을 적용할 만한 사실은 없는 것 같으니까요」

「뭐라고요?」

파트리스가 매우 놀라서 소리쳤다.

「예심을 적용할 것이 없다고요?」

그는 코랄리를 쳐다보았다. 그녀는 주의 깊은 태도로 그에게 시선을 고정하고 있었다. 그러고는 데말리옹 씨가 다시 말하자 그에게로 시선을 돌렸다.

「대위님, 우리가 서로 의견을 교환한 뒤에는 모든 점에 관해서 의견의 일치를 보리라는 걸 의심치 않습니다……. 부인과 내가 의견의 일치를 보았듯이 말이죠」

「그건 저도 그렇습니다」

파트리스가 말했다.

「그렇지만 어쨌든 걱정스러운 것은 그 가운데 많은 부분이 여전히 모호하게 남아 있지 않을까 하는 것입니다」

「물론입니다. 하지만 우리는 진상을 밝히는 데 성공할 것입니다. 우리 함께 말입니다. 선생께서 알고 있는 것을 말씀해 주시겠습니까?」

파트리스는 곰곰이 생각하다가 이렇게 말했다.

「제 놀라움을 선생께 감추지 않겠습니다. 지금부터 말씀드리려고 하는 이야기는 중요합니다. 그런데 여기에는 그것을 기록할 사람이 아무도 없습니다. 그렇다면 이 이야기는 증언의 가치도 없다는 말입니까? 제가 서명을 하고 서약을 한 후 선서도 해야 하지 않겠습니까?」

「대위님, 당신이 하실 진술의 가치와 중요성을 결정하는 건 당신 자신입니다. 지금은 그에 앞서 이야기를 나누고, 여러 사실들과 관련된 시각을 서로 교환하자는 것입니다……. 그 사실들에 관하여 당신이 내게 줄 수 있는 정보들은 에사레스 부인께서 이미 제공했다고 생각하고 있습니다」

파트리스는 대답을 미루었다. 잘은 모르겠지만 코랄리와 사법관은 서로 의견의 일치를 본 것 같았고, 그런 두 사람의 합의 앞에 그가 나타나 열의를 보여 봤자 그는 그들이 애써 내쫓으려 하는 훼방꾼의 역할을 하고 있다는 생각이 어렴풋이 들었다. 그래서 그는 상대방을 파악할 때까지 신중하게 처신하기로 마음먹었다.

「그렇습니다. 부인은 선생께 모든 걸 말씀드렸겠지요. 그러니까 어제 제가 레스토랑에서 들었던 대화 내용을 알고 계시는 거죠?」

「네」

「에사레스 부인을 납치하려고 했던 것도요?」

「네」

「그리고 살인 사건도?」

「그렇습니다」

「그러니까 지난밤에 에사레스 씨를 상대로 벌어졌던 협박 장면이며, 고문의 내용, 대령의 죽음, 400만 프랑의 제공, 에사레스 씨와 그레구아르라는 사람의 통화 내용, 그리고 마지막으로 남편이 부인을 협박한 사실 등 모든 것을 부인이 말씀드렸단 말씀이

시군요?」

「그렇습니다, 대위님. 다 알고 있습니다. 다시 말해서 당신이 알고 있는 것은 모두 알고 있다는 말입니다. 뿐만 아니라 저는 수사를 통해 드러난 모든 사실까지도 알고 있습니다」

「그렇군요…… 그러시겠죠……」

파트리스가 중얼거렸다.

「이제 제 이야기가 아무 쓸모가 없어졌다는 걸 알겠습니다. 선생께서는 결론을 내리는 데 필요한 모든 것들을 알고 계시는군요」

그 뒤에도 그는 계속 질문을 해 대며 사법관의 질문을 피하려 했다.

「그렇다면 어떻게 결론을 내리셨는지 여쭤 봐도 되겠습니까?」

「어이구, 대위님, 제 결론은 결정적인 게 아닙니다. 그렇지만 그와 상반되는 증거가 나타날 때까지는 에사레스 씨가 오늘 정오경에 아내에게 쓴 편지의 말들을 믿기로 했습니다. 그의 책상 위에서 발견했는데, 다 쓰지는 못했더군요. 에사레스 부인께서 제게 그 편지를 읽어 달라고 부탁했습니다. 필요하다면 당신에게도 전해 달라면서요. 내용은 이렇습니다.

오늘, 4월 4일, 정오

코랄리에게,

어제 당신이 내가 떠나는 것은 말로 하기 어려운 창피한 이유가 있기 때문이라고 한 것은 잘못이오. 아니 어쩌면 당신의 비난에 대해 충분하게 설명하지 못한 내게 잘못이 있는지도 모르겠소. 내가 떠나는 단 한 가지 이유는 나를 향한 주위의 증오 때문이오. 그 무자비한 잔인함을 당신도 보지 않았는가 말이오. 가능한 모든 수단을 동원하여 내가 가진 것을 빼앗으려고 안달하는 그런 적들 앞에서는 도망 외에 달리 살아날 길이 없소. 그래서 떠나려 하오. 하지만 코랄리, 당신에게 내 변함없는 의지를 상기시켜 주고 싶소. 당신은 내 첫 번째 기별을 받자마자 내게로 와야 하오. 당신이 파리를 떠나지 않는다면 당신은 법의 처벌로부터 절대로 벗어날 수 없을 것이오. 절대로. 내가 죽는다 해도 말이오. 사실 난 그럴 경우에 대비해 내가 할 수 있는 모든 대책을 세워 놓았는데……

「편지는 여기에서 끝나 있습니다」

데말리옹 씨가 코랄리에게 편지를 되돌려 주며 말했다.

「그리고 우리는 한 가지 확실한 단서를 통해 편지의 마지막 부분은 에사레스 씨가 죽기 직전에 작성되었다는 사실을 알았습니다. 그는 쓰러지면서 책상 위에 놓여 있던 작은 추시계를 떨어뜨렸는데, 그 시계가 12시 23분을 가리키고 있었거든요. 제 가정에 따르면, 그는 몸이 좀 불편함을 느껴 자리에서 일어나려고 했는데 그만 현기증을 느껴 바닥에 쓰러지고 말았던 것 같습니다. 불행하게도 불길이 활활 타고 있던 벽난로가 가까이 있어서 난로의 석쇠에 머리를 부딪쳤는데, 의사가 확인한 바로는 그가 부딪친 직후에 실신해 버려서 그렇게 상처가 컸던 것 같습니다. 너무 가까이 있던 불길이 그렇게 만들었습니다……. 어떤 형상인지는 당신도 보셨겠지만……」

파트리스는 그 뜻밖의 설명을 놀래서 듣고 있었다. 그가 중얼거렸다.

「그러니까 선생님 말씀은 에사레스 씨가 사고로 죽었다는 건가요? 살해되지 않고요?」

「살해되다니요! 그건 절대 아닙니다. 그런 가설을 뒷받침할 만한 단서가 전혀 없습니다」

「그렇지만……」

「대위님, 당신은 여러 가지 생각들을 연결하는 데 실패하셨습니다. 그 생각들은 전적으로 증명이 가능한 것이긴 합니다. 당신은 어제부터 일련의 참혹한 사건들을 봐 왔기 때문에 당신의 상상력은 자연히 살인 사건이라는 가장 비극적인 결론에 이르게 된 것입니다. 다만…… 곰곰이 생각해 보세요……. 살인 사건이라는 이유는 무엇이며, 누가 그런 짓을 저질렀겠습니까? 부르네프와 그 일당들이? 무엇 때문에? 그들은 은행권 지폐를 실컷 챙겼습니다. 그리고 그레구아르라는 미지의 인물이 그들에게서 돈을 도로 빼앗았다손 치더라도, 에사레스 씨를 살해함으로써 돈을 다시 찾으려고 하지는 않았을 겁니다. 뿐만 아니라 그들이 어디를 통해 들어왔을까요? 그리고 어디로 나갔단 말입니까? 아닙니다. 대위님, 죄송하지만 에사레스 씨는 사고로 죽었습니다. 여러 정황들이 명백합니다. 그리고 그건 법의학자의 의견입니다. 그는 그런 식으로 보고서를 작성할 것입니다」

파트리스 벨발은 코랄리를 돌아다보았다.

「그럼 부인의 의견도 역시 그렇습니까?」

그녀는 얼굴을 약간 붉히고는 대답했다.

「그래요」

「그리고 시메옹 영감의 의견도요?」

「오! 시메옹 영감요」

사법관이 다시 말을 시작했다.

「그는 헛소리를 하고 있습니다. 그의 말에 따르면 모든 사건이 다시 시작될 것이고 에사레스 부인에게 위험이 닥쳐오고 있으니 곧장 피신해야 한다는 겁니다. 그에게서 알아낼 수 있었던 것은 그게 전부입니다. 그런데 그는 정원으로부터 레이누아르가와 교차하는 골목으로 통하는 옛날 문 쪽으로 나를 데리고 가더니, 거기에서 먼저 경비견의 시체를 보여 준 다음, 그 문과 서재 옆 낮은 계단 사이에 난 발자국 흔적을 보여 주더군요. 그런데 그 흔적은 당신도 잘 아시지 않습니까, 대위님? 그건 당신과 당신의 세네갈 병사의 발자국이니까요. 경비견이 목 졸려 죽은 것은 당신의 세네갈 인에게 혐의를 두어도 되겠지요? 그렇지 않습니까?」

파트리스는 이해하기 시작했다. 사법관이 일부러 입을 다물고 있었던 것과, 그의 설명, 코랄리와 의견의 일치 등 모든 것들이 조금씩 진정한 의미를 띠어 가고 있었다.

그는 천천히, 또박또박 말했다.

「그러니까 범죄는 없다?」

「그렇습니다」

「따라서 예심도?」

「그래요」

「또한 사건을 둘러싼 잠음도 없겠죠? 침묵, 그리고 망각?」

「바로 그렇습니다」

벨발 대위는 습관대로 이리저리 방 안을 서성이기 시작했다. 그는 이제 에사레스의 예언을 머리에 떠올리고 있었다.

〈난 잡히지 않을 거야……. 잡힌다 해도 다시 풀려날 거야……. 사건이 마무리 되어 있을 거야……〉

에사레스는 정확하게 예견하고 있었다. 사법 당국은 침묵하고 있었다. 그들이 그 사건을 묵과하는 일에 어떻게 코랄리를 끌어들이지 않겠는가?

대위는 그런 방식의 대응에 깊은 분노를 느꼈다. 코랄리와 데말리옹 사이에는 모종의 계약이 있는 것이 분명할진대, 그렇다면 데말리옹이 뭔가 이상한 의도를 위해 코랄리를 구슬려 그녀 자신의 이익을 희생하도록 유도하는 것이라는 의심이 들었다. 그러기 위해서는 무엇보다도 먼저 파트리스를 떼어 놓아야 했을 것이다.

파트리스는 생각했다.

〈오! 오! 이 친구, 냉정하면서도 빈정대는 말투가 신경에 거슬리기 시작하는군. 큰 것이 걸린 일에서는 나를 무시할 것 같아.〉

그러나 그는 자신을 자제하고 화해의 뜻이 있는 척하며 사법관의 옆으로 돌아가 앉았다.

그가 말했다.

「용서하십시오. 선생께는 경솔하게 보일지도 모르는 고집을 부렸습니다. 하지만 그녀의 인생 어느 때보다도 외로운 이 시점에 제 행동이 오로지 연민이나 제가 에사레스 부인에게 품을 수 있는 감정 따위에서 비롯된 것만은 아닙니다. 연민과, 그녀가 전보다 훨씬 더 거부하는 것 같은 태도를 말하는 겁니다. 제 행동은 우리를 서로 연결해 주는 어떤 신비로운 관계의 존재에서 비롯합니다. 그 관계는 우리의 시선이 꿰뚫어볼 수 없는 시기로 거슬러 올라갑니다. 에사레스 부인이 그것에 대해 자세히 설명해 드리지 않았습니까? 제 생각에는 그것이 매우 중요한 것이라서 우리가 머리를 싸매고 있는 이 사건과 깊은 관련이 있는 것처럼 보입니다만」

데말리옹이 코랄리의 표정을 살피자 그녀가 고개를 끄덕였다.
그가 대답했다.

「그렇습니다. 에사레스 부인께서는 그것도 말씀해 주셨습니다.
심지어……」

그는 잠시 망설이더니 이내 코랄리의 표정을 살폈다. 코랄리는
얼굴을 붉히며 당혹감을 감추지 못했다.

그러나 데말리옹 씨는 말을 계속해도 좋다는 그녀의 대답을 기
다리고 있었다. 마침내 그녀가 작은 소리로 말하기 시작했다.

「벨발 대위도 그 일에 관하여 우리가 발견한 것을 알아야 합니
다. 그 진실은 내 것일 뿐만 아니라 그의 것이기도 합니다. 그
러니 그에게 그 사실을 숨길 권리가 제겐 없습니다. 말씀해 주시
지요」

데말리옹 씨가 말했다.

「굳이 말할 필요가 있을까요? 대위에게 제가 발견한 이 사진첩
을 보여 드리는 것으로 충분하다고 생각합니다. 자, 보시지요,
대위님」

그리고 그는 회색 천으로 장정한 아주 얇은 사진첩을 파트리스
에게 내미는 것이었다. 사진첩은 고무줄로 묶여 있었다.

파트리스는 약간 불안한 마음으로 그것을 받았다. 그러나 그가
펼치고 본 것은 너무나 뜻밖의 것이어서 그는 탄성을 지를 수밖
에 없었다.

「이럴 수가!」

첫째 장에는 각각 네 귀퉁이에 박아 넣은 두 장의 사진이 있었
는데, 오른쪽의 사진에는 영국 중학생 복장을 한 작은 소년이, 왼
쪽의 사진에는 아주 어린 여자아이의 모습이 들어 있었다. 그

밑에는 각각 문구가 있었는데, 오른쪽 사진 밑에는 〈파트리스, 열살〉, 왼쪽 사진 밑에는 〈코랄리, 세 살〉이라고 씌어 있었다.

흥분하여 말문이 막혀 버린 파트리스는 한 장을 넘겼다.

두 번째 장도 역시 그들의 사진이었는데, 열다섯 살 때의 파트리스와 여덟 살 때의 코랄리였다.

그리고 열아홉 살, 스물세 살, 스물여덟 살 때의 자기 모습을 다시 보았고, 그 옆에는 예외 없이 코랄리의 소녀 때, 처녀 때, 그리고 결혼 후의 모습이 있었다.

그가 중얼거렸다.

「이럴 수가! 이런 일이 어떻게 가능하단 말인가? 나도 모르는 내 사진들이 있다니. 아마추어의 솜씨가 분명한데, 내가 살아 온 과정을 따라오고 있어요. 이건 내가 군복무를 시작하던 병사 때의 모습이고…… 이건 말을 타고 있는 모습……. 누가 이 사진들을 찍으라고 명령할 수 있는 겁니까? 그리고 그것들을 이렇게 당신 사진 옆에 나란히 모아 놓을 수 있는 사람이 누구죠, 부인?」

그는 코랄리를 뚫어져라 바라보았다. 코랄리는 그의 질문을 피하여 고개를 숙였다. 마치 그 사진첩으로 증명된 그들 존재의 깊은 관계가 그녀의 내면 가장 깊은 곳에서 그녀를 혼란스럽게 하는 것 같았다.

그는 재차 물었다.

「이 사진들을 모아 놓을 수 있는 사람이 누굽니까? 알고 있습니까? 그리고 이 사진첩은 어디서 난 거죠?」

데말리옹 씨가 대답했다.

「그건 의사가 에사레스 씨의 옷을 벗기면서 발견한 겁니다. 에사레스 씨는 와이셔츠 밑에 속옷을 입고 있었는데, 그 속옷 안쪽에 덧 대어 꿰맨 호주머니 안에 이 작은 사진첩이 있었습니다. 의사가 처음에 그것을 만졌을 때는 판지인 줄 알았답니다」

이번에는 파트리스와 코랄리의 눈이 서로 마주쳤다. 에사레스 씨가 그들 두 사람의 사진을 모았다니, 그것도 25년 전부터, 그리고 그 사진들을 품속에 보관하면서 그것들과 함께 살고 그것들과 함께 죽었다니, 그는 너무나 혼란스러워 그 기묘한 의미를 찬찬히 생각해 보려고도 하지 않았다.

「지금 말씀하신 것이 확실합니까?」

파트리스가 물었다.

「저도 그곳에 있었습니다」

데말리옹 씨가 말했다.

「그것을 발견할 때 저도 보았습니다. 뿐만 아니라 제가 직접 그것을 뒷받침할 다른 것이 없는지 찾아보았는데, 결국 참으로 놀라운 걸 발견하는 데 성공했습니다. 그것은 자수정 덩어리를 재단해서 만든 금세공 테두리의 메달이었습니다」

「뭐라고 하셨습니까? 뭐라고요?」

벨발 대위가 소리쳤다.

「메달이라고요? 자수정 메달 말입니까?」

「직접 보십시오」

사법관은 다시 한번 에사레스 부인의 눈치를 살핀 후 그것을 꺼냈다.

데말리옹 씨는 대위에게 자수정 알을 내밀었다. 그것은 코랄리와 파트리스가 가지고 있던 묵주와 장신구에 달린 두 쪽을 합한 것보다 더 굵었다. 그 새로운 알도 금세공으로 테를 두르고 있어서 묵주와 장신구의 공법을 정확하게 연상시켜 주고 있었다.

테두리는 잠금쇠로 사용되고 있었다.

「열어 볼까요?」

그가 물었다.

코랄리가 몸짓으로 그렇게 하라고 했다.

그가 그것을 열었다.

내부는 수정으로 된 모빌로 나누어져 매우 작게 축소된 두 장의 사진이 서로 분리되어 있었다. 하나는 간호사 복장을 한 코랄리의 사진이고 다른 하나는 장교 제복을 입고 한쪽 다리가 없는 그의 모습이었다.

파트리스는 매우 창백한 얼굴로 곰곰이 생각해 보았다. 잠시 후 그가 말했다.

「이 메달은 어디서 난 겁니까? 선생께서 발견한 건가요?」

「그렇습니다, 대위님」

「어디서요?」

사법관은 망설이는 것 같았다. 파트리스는 코랄리의 태도를 보고 그녀도 그 알에 대한 내용은 모르고 있다는 생각이 들었다.

마침내 데말리옹 씨가 대답했다.

「죽은 사람의 손에서 발견했습니다」

「죽은 사람의 손에서요? 에사레스 씨의 손에서 말입니까?」

파트리스는 예기치 못한 가장 큰 충격을 받은 것처럼 대경실색했다. 그러고는 그 사실을 확실한 것으로 받아들이기 전에 다시한번 대답을 들어야겠다는 듯이 사법관에게 잔뜩 몸을 기울였다.

「그렇습니다. 그의 손에서요. 그것을 빼내기 위해 꽉 쥐고 있던 손을 펴야 했습니다」

대위는 주먹으로 탁자를 치며 벌떡 일어서서 소리쳤다.

「그렇다면 선생, 제 협조가 무용한 것이 아니라는 것을 당신께 증명하기 위해서 제가 마지막으로 얘기하려고 남겨 두었던 한 가지 사실을 말씀드려야겠습니다. 이 사실은 우리가 방금 알게 된 사실 때문에 엄청난 중요성을 지니게 되었습니다. 오늘 아침에 누군가 제게 전화를 했습니다. 그는 어떤 격렬한 소요의 와중에서 표적이 된 듯했고, 제가 들은 소리로 보아 어떤 사악한 공격의 대상이었습니다. 그리고 격렬하게 싸우는 소리와 단말마의 비명소리 속에서 저는 그 가엾은 분이 최후의 정보로서 안간힘을 다해 제게 전해 주려고 했던 말을 들었습니다. 〈파트리스…… 코랄리…… 자수정 메달……. 그래, 내가 몸에 지니고 있다……. 메달…… 아! 너무 늦었어……. 그렇게도 원했건만……! 파트리스…… 코랄리……〉

이게 제가 들은 말입니다. 따라서 우리에게는 두 가지의 사실이 제공됩니다. 오늘 아침 7시 19분에 몸에 자수정 메달을 지니고 있는 사람이 살해되었습니다. 첫 번째 분명한 사실입니다. 몇 시간 후, 12시 23분에는 다른 사람의 손에서 그 자수정 알이 발견됩니다. 두 번째 확실한 사실입니다. 이 두 사실을 서로 접근시켜 보십시오. 그러면 제가 먼 메아리로 들었던 최초의 범죄 행위가 여기, 이 저택, 어젯밤부터 우리가 목격한 극적인 사건의 모든 광경들이 벌어졌던 바로 이 서재에서 저질러졌다고 결론지을 수밖에 없을 것입니다」

실제로 에사레스 베에 대한 새로운 고발이 되어 버린 그 진술은 사법관에게 많은 영향을 준 것 같았다. 파트리스는 그것을 격렬한 감정으로, 그리고 분명한 악의를 품지 않고서는 벗어날 수 없는 논리적인 추론으로 토론의 한가운데에 던져 넣은 것이었다.

140

코랄리가 얼굴을 약간 옆으로 돌리고 있어서 그녀를 볼 수는 없었지만, 그는 그러한 치욕과 수치심을 마주한 그녀의 당혹감을 예상할 수 있었다.

데말리옹 씨가 이의를 제기했다.

「두 가지의 분명한 사실이라고 하셨습니까, 대위님? 첫 번째 사실에 관해서는, 우리는 오늘 아침 7시 19분에 살해되었다는 그 사람의 시체를 발견하지 못했다는 것을 말씀드리고 싶습니다」

「발견될 겁니다」

「좋습니다. 두 번째, 에사레스 베의 손에서 나온 자수정 메달에 관한 것입니다. 에사레스 베가 다른 누구도 아닌 그 사람에게서 메달을 빼앗았다고 누가 말할 수 있겠습니까? 결국 우리는 살해된 사람이 그 시각에 자기 집에 있었는지, 아니면 서재에 있었는지조차도 모르고 있습니다」

「저는 알고 있습니다」

「어떻게요?」

「몇 분 후에 제가 그에게 전화를 걸었는데, 그가 받았습니다. 게다가, 이건 만전을 기하기 위해서입니다만, 그는 제게 말하기를, 그가 내게 전화를 걸었지만 끊어졌다고 했습니다」

데말리옹 씨는 생각에 잠기더니 다시 말했다.

「그가 오늘 아침에 외출을 했습니까?」

「에사레스 부인께서 말씀해 주시지요」

코랄리는 몸을 돌리지 않고 말했다. 파트리스와 눈을 마주치지 않으려는 태도가 역력했다.

「그가 외출을 했다고 생각하지 않습니다. 그가 죽는 순간에 입고 있던 옷은 실내복이었습니다」

「어제 저녁 이후로 그를 본 적이 있습니까?」

「오늘 아침 7시에서 9시까지 세 차례나 와서 제 방문을 두드렸습니다. 저는 문을 열어 주지 않았죠. 11시경에 저는 혼자 집을 나섰고, 그가 시메옹 영감을 불러 나를 데려다 주라고 지시하는 소리를 들었습니다. 시메옹은 곧 거리에서 나와 합류했습니다. 이상이 제가 알고 있는 전부입니다」

아주 긴 침묵이 이어졌다. 이상하게 전개된 사태에 대해 각자 나름대로 생각하고 있었다.

이윽고 벨발 대위 같은 기질을 가진 사람은 쉽게 따돌릴 수 있는 사람이 아님을 깨달은 데말리옹 씨가 입을 열었다. 그의 말투는 마치 타협하기 전에 상대방이 내놓을 최후의 말이 무엇인지 정확하게 알아내려는 듯한 투였다.

「대위님, 단도직입적으로 말씀하십시다. 당신은 내가 보기에 매우 분명치 않은 가설을 세우고 있습니다. 그 가설이 정확하게 어떤 것입니까? 그리고 만약에 제가 그 가설에 동의하지 않는다면 어떻게 하시겠습니까? 아주 명확한 두 개의 질문입니다. 대답해 주시겠습니까?」

「선생께서 질문하신 만큼 명확하게 대답해 드리겠습니다」

그는 사법관에게 가까이 다가가서 말했다.

「선생, 이것이 제가 선택한 싸움터이자 공격의 장소…… 그렇습니다, 그것이 필요하다면, 공격의 장소입니다. 옛날에 나를 알았고, 아주 어릴 때부터 에사레스 부인을 알았던, 그래서 우리에게 관심을 가진 사람, 우리 사진들을 나이별로 수집하며 우리를 은밀히 사랑해야 할 이유가 있었고, 이 집 정원의 열쇠를 제게 주었으며, 그가 우리에게 밝힌 동기에 따라 우리가 서로 가까워

142

지게 만들려고 결심한 그 사람은 자신의 계획을 실행에 옮기기 직전에 살해되었습니다. 그런데 모든 정황이 그가 에사레스 씨에게 살해되었다는 것을 증명하고 있습니다. 따라서 저는 제 행동의 결과가 어떻게 되든 고소하기로 결심했습니다. 제 고소는 절대로 취하되지 않을 것입니다. 믿어 주십시오. 세상에 알릴 방법은 얼마든지 있습니다……. 지붕 위에 올라가 진실을 외치는 한이 있더라도 말입니다」

데말리옹 씨는 웃음을 터뜨렸다.

「이런, 대위님, 너무 앞서 가시는군요!」

「선생, 저는 제 소신껏 행동할 따름입니다. 에사레스 부인도 저를 용서할 것입니다. 확신합니다. 저는 그녀의 이익을 위해 행동합니다. 그녀도 알고 있습니다. 그녀는 이 사건이 은폐되거나 사법 당국이 지원해 주지 않는다면 자신이 끝장난다는 사실을 알고 있습니다. 그녀를 위협하고 있는 적들이 무자비하다는 것도 알고 있습니다. 그들은 소기의 목적을 달성하기 위해서는 어떤 일도 서슴지 않을 것입니다. 그녀가 걸림돌이 된다면 그녀를 제거할 것입니다. 그리고 더욱 무서운 것은 그 목적이 가장 통찰력이 있는 사람에게도 잘 보이지 않는다는 점입니다. 우리는 그 적들과 유례없이 어마어마한 게임을 하고 있습니다. 그런데 우리는 이 게임의 목적이 무엇인지조차 모르고 있습니다. 오로지 사법 당국만이 그 목적을 알아낼 수 있습니다」

데말리옹 씨는 몇 초 동안 가만히 있다가 파트리스의 어깨 위에 손을 얹으며 조용히 말했다.

「사법 당국이 그 목적을 알고 있다면……?」

파트리스는 놀란 눈으로 그를 쳐다보았다.

「뭐라고요, 알고 계신단 말씀입니까……?」

「아마도」

「그럼 말씀해 주실 수 있습니까?」

「그럼요! 그렇게까지 말씀하시는데야……」

「그건……?」

「오! 별 거 아닙니다! 몇 푼 안 됩니다……」

「그래도 얼마……?」

「10억 프랑입니다」

「10억 프랑요?」

「아주 간단하죠. 그 중에 3분의 2, 아니면 4분의 3이 이미 전쟁 전에 프랑스를 빠져나갔습니다. 애석한 일이지요. 하지만 남아있는 2억5천만 프랑에서 3억 프랑은 어쨌든 10억 프랑보다 더 가치가 있습니다. 거기엔 그만한 이유가 있습니다만……」

「어떤 이유입니까?」

「금으로 되어 있습니다」

에사레스 베의 사업

이번에는 벨발 대위가 약간 누그러진 것 같았다. 그는 사법 당국이 신중하게 전투를 지휘해야 하는 이유를 어렴풋이나마 엿본 것이다.

「그게 확실합니까?」

그가 말했다.

「그렇습니다, 대위님. 제가 이 사건의 수사를 맡은 지 2년 됐습니다. 이번 수사로 저는 프랑스에서 참으로 엄청난 양의 금 반출이 이루어지고 있었다는 것을 알아냈습니다. 그러나 고백하건대, 그 밀반출이 어디서 시작된 것인지, 누가 프랑스 전역에 걸쳐 아주 작은 촌락에 이르기까지 그 어마어마한 조직을 구축하여 절대적으로 필요한 그 금속을 조금씩 빼돌리고 있었는지 알게 된 것은 에사레스 부인과 이야기를 나누고 난 뒤였습니다」

「그럼 에사레스 부인은 알고 있었단 말입니까……?」

「아니요. 하지만 부인은 많은 것에 대해 의심을 품고 있었습니다. 그리고 그날 밤, 당신이 이곳에 오기 전에 에사레스와 그를 공격한 자들이 나누는 대화로 다른 사실들을 알게 되었고, 제게 그걸 들려줌으로써 수수께끼의 해답을 알게 된 겁니다. 그 수수께끼가 완전히 해결될 때까지는 당신의 개입 없이 수사를 진행하고 싶었습니다. 게다가 그것은 내무장관의 명령이고 에사레스 부인도 그와 똑같은 의사를 표명했습니다. 하지만 당신의 열정을 보니 제가 망설이게 됩니다. 어쨌든 당신을 밀어낼 방법이 없기 때문에 그냥 이대로 담담하게 나아가려 합니다, 대위님…… . 당신 같은 기질을 가진 협력자는 쉽게 무시할 수 없으니까요」

「그렇다면 역시」

더 알고 싶어서 안달이 난 파트리스가 말했다.

「그러니까 음모의 우두머리는 여기 있었습니다. 에사레스 베입니다. 라파예트가에 위치한 프랑코오리앙탈 은행의 은행장이죠. 겉모습은 이집트 인이지만 실제로는 터키 인인 에사레스 베는 파리의 재계에서 큰 영향력을 행사해 왔습니다. 그는 영국인으로 귀화했지만 과거 이집트를 좌지우지했던 인사들과 은밀한 관계를 유지해 왔습니다. 그리고 아직은 정체를 정확하게 파악할 수 없는 외국의 어떤 권력을 위해 그가 할 수 있는 한 모든 금을 그 권력자의 금고로 흘러가게 함으로써 프랑스를 출혈시키는 임무를 맡았습니다. 그렇습니다. 그야말로 출혈입니다. 다른 단어는 없습니다.

어떤 자료에 의하면 그는 그런 식으로 2년 만에 7억 프랑을 내보내는 데 성공했다고 합니다. 마지막 반출은 전쟁이 선포되었을 때 준비되고 있었습니다. 잘 아시다시피 전쟁이 선포되고 나면 그때부터는 그렇게 엄청난 금액을 평화시만큼 쉽게 감출 수는 없습니다. 국경 근처에서는 차량들이 검문을 받고, 항구에서는 배들이 출항하기 직전에 수색을 당합니다. 간단히 말해 반출은 이루어지지 못했습니다. 2억 5000만에서 3억 프랑어치의 금이 프랑스에 남게 된 겁니다. 그 후 열 달이 흘렀습니다. 그리고 어쩔 수 없이 여기까지 오게 된 것입니다. 그 엄청난 보물을 자기 수중에 넣은 에사레스 베는 그것에 집착하다가 점점 자기 것으로 생각하게 되었는데, 결국엔 완전히 자기 것으로 만들 결심을 했던 것입니다. 다만 공모자들이 있었던 거죠……」

「제가 어젯밤에 본 그 자들이죠?」

「그렇습니다. 출신이 불분명한 여섯 명가량의 근동 제국 사람들입니다. 웬만큼 변장을 해서 불가리아 인으로 위장 귀화한 그들은 독일의 작은 영주들에게 속한 사설 요원들입니다. 전에는 그들 모두 지방에서 에사레스의 은행 지점들을 관리하고 있었습니다. 그들은 에사레스를 위해 수백 명의 대리인들을 고용하여 마을들을 싹쓸이했습니다. 대리인들은 장을 열어 농부들과 술을 마시면서 어음과 증권을 주고 프랑스의 금과 맞바꾸어 알뜰하게 모아 둔 금을 모조리 비워 갔습니다. 전쟁이 나자 그들은 모두 가게를 닫고 에사레스 베의 주위로 모여들었습니다. 에사레스 역시 라파예트가의 사무실을 폐쇄했지요」

「그래서요?」

「그래서 우리가 모르는 크고 작은 사건들이 일어났습니다. 틀림없이 공모자들은 그가 마지막 금을 보내지 않았다는 사실을 그들의 정부를 통해 알게 되었겠죠. 그리고 에사레스 베가 일당이 거둬들인 3억 프랑어치의 금을 혼자 차지하려고 한다고 생각했을 겁니다. 어쨌든 과거의 동지들끼리 싸움이 시작된 건 사실입니다. 치열하고 무자비한 싸움이죠. 한쪽의 무리들은 그들 몫의 과자를 요구하고, 다른 한 사람은 금을 보냈다고 주장하면서 결단코 그것을 내놓지 않으려 했겠죠. 어제 낮에 그 싸움은 최고조에 달했습니다. 일당들은 오후에 에사레스 부인을 납치하려고 했습니다. 남편과 협상할 때 이용할 인질을 확보하려는 속셈이었죠. 저녁에는…… 저녁에는 당신이 그 최후의 장면을 보았겠군요……」

「하지만 어째서 하필이면 어제 저녁입니까?」

「일당들에게는 그 금이 어제 저녁에 사라질 거라고 믿을 만한 확실한 이유가 있었기 때문입니다. 에사레스 베가 마지막 몇 번에 걸쳐 금을 보낼 때 사용한 방법을 모르는 그들은 금을 보낼 때마다, 아니 그보다는 자루들을 빼낼 때마다, 먼저 신호를 보낸다고 생각했던 겁니다」

「맞아요. 불똥비 아닙니까?」

「바로 그겁니다. 정원 한쪽 구석에는 옛날의 온실들이 있고, 거기에는 내부를 데우는 벽난로가 설치되어 있습니다. 오래 되어 못 쓰게 된 그 벽난로는 그을음과 찌꺼기가 잔뜩 끼어 있어서 불을 지피면 불티와 불똥을 내뿜습니다. 멀리서도 보이기 때문에 신호를 보내는 데 이용되었죠. 에사레스 베는 어제 저녁에 직접 그 불을 지폈습니다. 그 즉시 불안해진 일당들이 모든 것을 각오하고 들이닥친 것입니다」

「그럼 에사레스 베의 계획은 수포로 돌아갔습니까?」

「그렇습니다. 뿐만 아니라 공모자들의 계획도 역시 마찬가지입니다. 대령은 죽었습니다. 다른 사람들은 그들 몫으로 다시 돌아

온 몇 뭉치의 돈만을 챙길 수 있었죠. 하지만 싸움은 끝나지 않았고, 오늘 아침에 가장 비극적인 혈전이 벌어진 끝에 대단원의 막을 내린 것입니다. 당신 주장에 의하면, 당신을 알고 있었고, 애써 당신과 친분 관계를 가지려 했던 사람이 7시 19분에 살해되었는데, 범인은 틀림없이 에사레스 베라고 했습니다. 그가 개입했으리라고 의심했던 것입니다. 그리고 몇 시간 후 12시 23분에 에사레스 베 자신도 살해되었는데, 범인은 그의 공모자들 가운데 한 사람일 가능성이 크다는 것이지요. 이상이 사건의 전모입니다, 대위님. 이제 당신은 내가 알고 있는 모든 것을 알게 되었습니다. 그러니 이 사건의 예심은 비밀에 부쳐야 하며, 평상시의 규칙에서 약간은 벗어나 조사해야 한다고 생각하지 않으십니까?」

파트리스는 잠시 생각에 잠긴 후 대답했다.

「네, 그렇다고 생각합니다」

「그렇지요!」

데말리옹 씨가 큰 소리로 말했다.

「불안한 상상들을 낳게 될 사라진 황금, 찾을 수 없는 황금 이야기를 세상에 알리는 것이 쓸데없는 일이기도 하지만, 2년 동안 그렇게 많은 황금을 모으는 작업이 불온한 양심의 타협 없이는 이행될 수 없었다고 생각하실 겁니다. 확신하건대, 유력한 몇몇 은행들과 금융 기관들을 조사해 보면 일련의 과실과 흥정이 드러날 것입니다. 저는 그런 사실들을 강조하고 싶지 않지만, 그것을 발표한다면 참담한 결과를 초래할 것입니다. 그러므로 침묵해야 합니다」

「하지만 침묵이 가능합니까?」

「안 될 것 없지 않습니까?」

「저런! 시체 몇 구가 있습니다. 예를 들면 파키 대령의 시체 말입니다」

「자살입니다」

「갈리에라 정원에서 찾아내실, 아니 이미 찾았을지도 모르는 무스타파의 시체는요?」

「신문 사회면의 기사거리일 뿐입니다」

「에사레스 씨의 시체는?」

「사고입니다」

「결국 그 모든 동일한 범죄의 결과들이 각각 따로 취급되는 거로군요?」

「그것들을 서로 연결해 주는 관계는 절대로 드러나지 않을 겁니다」

「대중은 정반대를 생각할지도 모릅니다」

「대중은 우리가 그렇게 생각하는 것이 좋다고 결정내리는 대로 생각할 것입니다. 지금은 전시(戰時)입니다」

「언론이 떠들어 대겠죠」

「언론은 떠들어 대지 못할 것입니다. 검열이 있습니다」

「하지만 만약에 어떤 사건, 새로운 범죄가 일어난다면……?」

「새로운 범죄요? 왜죠? 사건은 종결되었습니다. 적어도 극적인 핵심 부분은 말입니다. 주요 등장인물들은 죽었습니다. 에사레스 베의 죽음을 끝으로 막이 내렸습니다. 부르네프를 비롯한 다른 단역들은 일주일 안에 수용소 신세가 될 겁니다. 우리는 그 누구도 감히 소유권을 주장하지 못할, 임자 없는 엄청난 돈을 앞에 두고 있습니다. 오직 프랑스만이 그 돈에 손을 댈 수 있습니다. 저는 그 일에 온 힘을 쏟아 부을 생각입니다」

파트리스 벨발은 고개를 저었다.

「아직 에사레스 부인도 있습니다. 우리는 너무도 분명한 그녀 남편의 위협을 소홀히해선 안 됩니다」

「그는 죽었습니다」

「천만에. 위협은 여전히 존재하고 있습니다. 시메옹 영감의 그 소름 끼치는 말을 들으셨지 않습니까」

「그는 반쯤 실성한 상태입니다」

「바로 그겁니다. 그의 두뇌는 가장 절박한 위험의 기억을 간직하고 있습니다. 아닙니다, 선생. 싸움은 끝나지 않았습니다. 어쩌면 이제 시작일지도 모릅니다」

「좋습니다, 대위님. 우리가 있지 않습니까? 당신이 할 수 있는 모든 수단을 동원하여 에사레스 부인을 보호하고 지키십시오. 또한 제가 당신에게 제공할 수 있는 모든 수단도 이용하십시오. 우리는 언제나 서로 협력해야 합니다. 내 임무가 바로 이런 것이니까요. 그리고 저는 부정하지만, 당신이 기대하는 그 싸움이 만약에 일어난다면, 그 장소는 바로 이 집과 정원의 울타리 안이 될 것입니다」

「그렇게 생각하시는 이유는……?」

「어젯밤에 에사레스 부인이 들은 몇 마디 말에 근거한 겁니다. 파키 대령이 몇 번이나 반복해서 말했답니다. 〈금은 여기 있다, 에사레스.〉 그리고 덧붙여 말했죠. 〈수년 전부터 매주 자네 자동차가 라파예트가의 자네 은행에 있는 금을 여기로 날랐지. 시메옹과 운전사, 그리고 자네 셋은 왼쪽 맨 끝의 환기창을 통해 자루들을 집어넣었어. 그곳에서 어떻게 금을 보냈나? 나는 모르지. 하지만 전쟁이 터졌을 때 여기에 있던 7, 8백 개의 자루들은 단 하나도 자네 집에서 나가지 않았어. 우리들이 저쪽에서 기다리고 있었는데도 말이야. 난 그때 알았다. 그래서 우리는 밤낮으로 감시했지. 금은 여기 있다.〉」

「아무 단서도 잡지 못했습니까?」

「전혀. 그것이 고작입니다. 저는 그 사실에 상대적 가치만을 부여할 뿐입니다」

그는 호주머니에서 구겨진 종이 한 장을 꺼내 펴더니 다시 말했다.

「에사레스 베의 손에는 메달과 함께 잉크로 더럽혀진 이 종이가 있었습니다. 하지만 급하게 써서 형태가 분명하지 않은 몇몇 단어를 볼 수 있는데, 그 가운데 가까스로 읽을 수 있는 유일한 것은 이것입니다. 〈황금 삼각형〉. 이 황금 삼각형은 무엇을 의미하는 걸까요? 이 사건과 어떤 관련이 있을까요? 지금으로선 전혀 모르겠습니다. 저는 기껏해야 이 구겨진 종이도 메달과 함께 오늘 아침 7시 19분에 죽은 사람에게서 에사레스 베가 빼앗았으며, 그리고 12시 23분에 살해될 때 그 자신도 그것을 살펴보던 중이었으리라고 추측할 뿐입니다」

「그렇습니다. 사태는 그렇게 벌어졌던 것 같습니다. 그렇다면 보시다시피, 선생, 이 모든 세부 내용들이 서로 연결되어 있지 않습니까. 그러니 단 하나의 사건만이 존재한다고 생각하십시오」

파트리스가 결론을 내렸다.

데말리옹 씨가 자리에서 일어나며 말했다.

「좋습니다. 두 부분으로 이루어진 하나의 사건으로 생각하지요. 대위님은 둘째 부분을 조사하십시오. 저는 하나의 사진첩과 하나의 메달에 들어 있는 에사레스 부인과 당신의 사진들을 발견한 사실보다 더 이상한 일은 없다는 데 동의합니다. 거기에 하나의 문제가 제기되어 있습니다. 그 문제를 해결하면 우리는 틀림없이 진실에 가까이 다가설 것입니다. 곧 다시 만납시다, 대위님. 그리고 다시 한번 말하지만 나와 내 사람들을 이용하십시오」

전직 사법관은 이 말을 하면서 파트리스의 손을 잡았다…….

파트리스는 그를 붙잡았다.

「선생을 이용하겠습니다. 하지만 바로 지금부터 필요한 대책을 세워야 하지 않을까요?」

「세워져 있습니다, 대위님. 우리가 집을 지키고 있지 않습니까?」

「그래요…… 그렇죠…… 알고 있습니다. 하지만 그래도…… 오늘 하루가 이대로 끝나지 않을 것만 같은 예감이…… 시메옹 영감의 이상한 말을 생각하십시오…….」

데말리옹 씨는 웃음을 터뜨렸다.

「자, 대위님, 어떤 것도 과장해서는 안 됩니다. 우리에게 싸워야 할 적들이 남아 있다 해도 그들은 지금 심사숙고할 필요를 절실히 느끼고 있을 겁니다. 거기에 대해서는 내일 이야기하기로 합시다. 그래도 되겠습니까?」

그는 파트리스와 악수하고 나서 에사레스 부인에게 고개를 숙이고는 밖으로 나갔다.

벨발 대위는 절도 있는 태도로 방문 근처까지 그를 따라갔다가 발소리를 내며 다시 돌아왔다. 에사레스 부인은 그의 소리를 듣지 못한 듯, 허리를 깊이 숙이고 고개를 돌린 채 움직이지 않고 있었다. 그가 그녀에게 말했다.

「코랄리……」

그녀가 대답하지 않자, 그는 다시 「코랄리」하고 불렀다. 그러나 사실 그는 그녀가 이번에도 대답하지 않기를 바랐다. 갑자기 그에게는 여자의 침묵이 가장 바람직한 것으로 생각되었기 때문이다. 이제는 거북함도, 반항도 없었다. 코랄리는 그가 도움을 주는 친구로서 그곳에, 그녀 곁에 있는 것을 받아들이고 있었다. 그리고 파트리스는 그를 고통스럽게 했던 온갖 문제들도, 그들 주위에서 연달아 일어났던 범죄 사건들도, 그들에게 닥쳐올 수 있는 위험들도 더 이상 생각하지 않고 있었다. 그는 오로지 여자의 외로움과 고통만을 생각하고 있었다.

「대답하지 말아요, 코랄리. 아무 말도 하지 말아요. 내가 얘기할게요. 당신이 모르는 사실을 말해 주어야 합니다. 당신이 나를 이 집에서 멀리 떼어 놓으려 했던 이유들을…… 이 집에서…… 이 집과 당신의 삶에서 말입니다……」

그는 그녀가 앉아 있는 안락의자의 등받이 위에 손을 올려놓았다. 그의 손이 여자의 머리쓰개를 스쳤다.

「코랄리, 당신은 부끄러운 당신의 부부 생활 때문에 내게서 멀어져야 한다고 생각하고 있습니다. 당신은 그 남자의 아내가 된 것이 부끄럽고, 그것이 당신을 혼란스럽고 불안하게 만들고 있습니다. 마치 당신이 스스로 죄를 지은 것처럼 말입니다. 하지만 무슨 이유로? 그게 당신의 잘못입니까? 당신 두 사람이 지나온 과거는 온통 괴로움과 증오에 차 있을 뿐이며, 어떤 음모였는지는 모르지만 당신은 그 결혼을 어쩔 수 없이 받아들여야만 했다는 사실을 내가 짐작하고 있다고는 생각하지 않습니까? 아닙니다, 코랄리. 다른 것이 있습니다. 내가 지금부터 말해 주겠습니다. 다른 것이 있어요……」

그는 그녀에게 더욱 몸을 숙였다. 그는 장작불에 비쳐 드러난 그녀의 매혹적인 윤곽을 보았다. 그는 연인 사이의 친밀한 말투를 사용하며 더욱 열렬하게 소리쳤다. 거기에는 사랑스러운 존경의 감정마저 배어 있었다.

「말을 해야 할까요, 코랄리 엄마? 아닙니다, 그렇지요? 당신은 이미 이해하고 있고, 당신 안에서 뚜렷이 보고 있어요. 아! 당신이 머리에서 발끝까지 떨고 있는 게 느껴져요. 맞아! 당신은 처음부터 온통 칼자국 투성이에 다리까지 절단된 당신의 그 악마 같은 부상자를 사랑했어요. 말하지 말아요. 거부하지 말아요. 그래, 이제 알겠어요……. 오늘 이런 말을 듣는다는 게 약간은 불쾌할 거예요. 내가 좀 더 기다렸어야 했는데……. 왜냐고요? 난 당신에게 아무것도 요구하지 않기 때문이지요. 알고 있어요. 그것으로 충분해요. 당신 스스로 어쩔 수 없이 내게 그 말을 해야 하는 때가 오기 전에는 더 이상 말하지 않을 겁니다. 그때까지 침묵을 지키겠어요. 그러나 우리 사이에는 바로 사랑이 있을 겁니다. 달콤하군요, 코랄리 엄마. 당신이 날 사랑하고 있다는 사실을 아는 것이 달콤합니다, 코랄리…… 아니! 당신 지금 울고 있잖아요! 또 부인하고 싶어서요? 하지만 코랄리, 나는 알고 있지요. 당신이 울 때는 당신의 그 아름다운 마음이 온통 사랑으로 넘쳐나기 때문이라는걸요. 울고 있어요? 아! 코랄리, 당신이 나를 그 정도로 사랑하고 있었다고는 생각하지 않았습니다!」

파트리스의 눈에도 역시 눈물이 고였다. 코랄리의 눈물은 그녀의 창백한 두 뺨위로 흘러내렸고, 그는 그녀의 젖은 뺨에 입을 맞추고 싶었다. 그러나 그런 상황에서는 아무리 작은 애정의 몸짓이라도 무례함이 될 것 같았다. 그는 그저 망연히 그녀를 바라

볼 뿐이었다.

그녀를 바라보고 있는 동안 그는 그녀가 자신의 생각과는 다른 것에 몰두하고 있으며, 그녀의 눈은 어떤 뜻밖의 광경에 이끌려 있고, 그들 사랑이 자리한 침묵 속에서 그는 듣지 못한 어떤 소리를 그녀가 듣고 있다는 생각이 들었다.

그리고 갑자기, 이번에는 그의 귀에도 들렸다. 그것은 사실 감지되지 않는 것이었다. 그것은 소리라기보다는 느낌이었다. 멀리 들리는 도시의 소음 속에 섞여 전해 오는 누군가 있다는 느낌.

도대체 무슨 일이 일어나고 있을까?

파트리스가 모르는 사이에 날이 저물어 있었다. 또한 부인의 안방이 크지 않고 난로의 열기가 후끈해져서 에사레스 부인은 파트리스 모르게 창문을 약간 열어 놓고 있었는데, 그래도 창문의 빗장은 거의 채워져 있었다. 그녀가 주의 깊게 살피고 있던 것은 바로 그것이었다. 그리고 위험은 거기로부터 닥쳐 왔다.

파트리스는 창문으로 달려가려 했다. 그러나 그가 움직이기 전에 위험이 드러나고 있었다. 바깥, 황혼의 어둠 속에서 그는 비스듬한 창유리 너머로 사람의 형체를 알아보았다. 이어서 그는 두 개의 빗장 사이로 난로의 불빛을 받아 빛나는 물체를 보았는데, 그것이 권총의 총구 같다고 생각했다.

〈저자는 내가 경계를 하고 있다는 의심이 조금이라도 들면, 코랄리를 쏠 것이다.〉

그는 생각했다.

실제로 코랄리는 창문을 마주보고 있었고, 그 사이에는 아무런 장애물도 없었다. 따라서 그는 거리낌 없는 어조로 소리 높여 말했다.

「코랄리, 당신은 좀 쉬어야 할 것 같군요. 그러니 여기서 그만 헤어집시다」

그는 그 말을 함과 동시에 그녀를 보호하기 위해 안락의자를 돌렸다.

그러나 의자를 완전히 돌릴 시간이 없었다. 틀림없이 그녀 역시 권총의 총구가 빛나는 것을 보았던 것이다. 그녀는 갑자기 뒤로 물러나면서 말을 더듬었다.

「아! 파트리스…… 파트리스……」

두 발의 총성이 울렸고, 이어 신음소리가 났다.

「당신 다쳤습니까?」

파트리스가 여자에게 달려들며 소리쳤다.

「아니, 아니에요. 하지만 두려워요……」

그녀가 말했다.

「아! 당신을 건드리기만 했다면 가만두지 않겠습니다!」

「아니에요, 아니에요……」

「정말입니까?」

그는 전등을 켜고 여자를 살핀 뒤 그녀가 완전히 정신을 차릴 때까지 초조하게 기다리느라 30~40초를 허비했다.

그런 뒤에야 그는 창가로 달려가 창문을 활짝 열어젖히고 발코니를 뛰어넘었다. 방은 2층에 있었다. 벽을 따라 많은 철망이 둘러쳐져 있었다. 파트리스는 불편한 다리 때문에 내려가기가 힘들었다.

밑에서 그는 테라스에 걸쳐 뒤집어져 있는 사다리에 다리가 끼고 말았다. 이어 1층에서 뛰어나온 경찰관들과 마주쳤고, 그중 한 사람이 고함을 쳤다.

「그림자 하나가 저쪽으로 도망치는 것을 보았습니다」

「어느 쪽으로?」

파트리스가 물었다.

경찰관이 좁은 골목길 쪽으로 달려갔다. 파트리스는 그 뒤를 따랐다. 그러나 그때, 골목길로 통하는 문 쪽에서 날카로운 비명 소리와 함께 헐떡이며 외치는 소리가 들렸다.

「살려 줘요……! 살려 줘요……!」

파트리스가 도착했을 때 경찰관은 이미 손전등을 켜고 땅바닥을 살피고 있었다. 그들은 덤불 속에서 버둥대고 있는 사람의 형체를 발견했다.

파트리스가 소리쳤다.

「문이 열려 있소. 침입자가 그리 도망친 것 같소……. 어서 가 보시오」

경찰관이 골목길로 사라졌고, 뒤따라온 야봉에게 파트리스가 명령했다.

「어서 가 봐, 야봉. 경찰관이 골목길을 올라가고 있으면 넌 반대편으로 내려가라. 어서! 난 희생자를 돌볼 테니」

그동안에 파트리스는 몸을 숙이고 경찰관의 손전등으로 땅바닥에 쓰러져 있는 사람을 비추었다. 그는 붉은 비단 끈을 목에 감은 채 반쯤 숨이 넘어 가 있는 시메옹 영감이었다.

「괜찮아요?」

그가 물었다.

「내 말 들려요?」

그는 끈을 풀어 주고 재차 물었다. 시메옹은 더듬거리며 횡설수설하더니 갑자기 노래를 부르기 시작했다. 그러고는 아주 낮은 소리로 발작적인 웃음을 터뜨리는 것이었다. 게다가 사이사이에 딸꾹질까지 해 대고 있었다. 그는 미쳐 있었다.

뒤늦게 달려와 상황을 전해 들은 데말리옹 씨에게 파트리스가 말했다.

「선생, 이래도 사건이 종결되었다고 생각하십니까?」

「당신 말이 옳았습니다」

데말리옹 씨가 그제야 인정했다.

「에사레스 부인의 안전을 위해 필요한 모든 대책을 마련하도록 하겠습니다. 밤새도록 이 집을 지키게 하지요」

몇 분 후, 경찰관과 야봉이 허탕을 치고 돌아왔다. 그들은 골목에서 문을 여는 데 사용되었던 열쇠를 발견했다. 그것은 파트리스가 가지고 있던 열쇠와 똑같은 것이었다. 그만큼 낡고 녹이 슬어 있었다. 침입자가 도주하면서 흘리고 간 것이었다.

파트리스가 야봉을 데리고 레이누아르가의 저택을 나와 뇌이이로 돌아오는 길에 들어선 것은 저녁 7시였다.

파트리스는 늘 하던 대로 세네갈 인의 팔을 잡고 그에게 몸을 의지한 채 걸으면서 말했다.

「네가 지금 무슨 생각을 하는지 알아맞힐 수 있다, 야봉」

야봉이 그르렁거렸다.

「바로 그거야」

벨발 대위가 인정했다.

「우리는 모든 점에 관해서 완전히 생각이 같다. 네가 다른 무엇보다도 놀라워하고 있는 것은 이번 사건에서 보여 준 경찰의 어이없는 무능이야, 그렇지? 그렇게 무능할 수가 없다고 생각하는 거지? 그런데 야봉 선생, 네가 그렇게 말하면 안 돼. 어리석고 건방진 말이다. 내게는 그렇게 놀랄 일도 아니지만, 그래도 넌 나한테서 그에 합당한 벌을 받을 수도 있어. 하지만 그냥 넘어가자. 그러니까 네가 뭐라고 하든 경찰은 능력껏 일을 한 거야. 전시에는 에사레스 부인과 벨발 대위 사이의 수수께끼 같은 관계를 알아내려고 힘쓰는 것 말고도 다른 많은 일을 해야 하는데도 말이야. 따라서 행동해야 할 사람은 바로 나다. 나밖엔 믿을 사람이 없어. 그런데, 내가 그런 놈들을 상대로 싸울 만한 능력이 되는지 의문이다. 생각해 봐. 뻔뻔스럽게도 경찰이 쫙 깔린 저택으로 다시 돌아와 사다리를 세워 나와 데말리옹 씨의 대화뿐만 아니라 내가 코랄리 엄마에게 한 말을 엿듣고, 그리고 우리에게 두 발의 권총까지 발사한 그런 놈이 아니냔 말이다! 이봐, 어떻게 생각하나? 내게 그럴 만한 힘이 있나? 프랑스 경찰은 모두 과로로 지쳐 있다. 그들이 내게 필요한 도움을 줄까? 아니야, 이런 사건을 해결하기 위해서는 온갖 능력을 두루 구사하는 비범한 사람이 필요할 거야. 그러니까 세상에는 없을지도 모르는 그런 사람 말이야」

파트리스는 야봉의 팔에 몸을 더욱 기댔다.

「넌 많은 사람들과 좋은 관계를 가지고 있잖아. 네 호주머니에 그런 사람 없나? 천재나 반신(半神) 같은 사람 말이야!」

야봉이 즐거운 듯 다시 그르렁거리며 팔을 뺐다. 그는 언제나 자그마한 손전등을 지니고 다녔다. 그는 손전등을 켜서 손잡이를 입으로 물었다. 그리고 가로 줄무늬가 수놓인 그의 군복에서 분필 한 조각을 꺼냈다.

길가에는 회반죽을 칠한 담장이 쳐져 있었는데, 세월의 때가 끼어 거무스름해져 있었다. 야봉은 그 벽 앞에 우뚝 서서 동그란 손전등 불빛을 비추고 한 손으로 서투르게 뭔가를 쓰기 시작했다. 그에게는 글자 하나하나를 쓰는 일이 엄청나게 힘이 드는 듯 했고, 또한 그 글자들을 조합하는 것도 이번이 처음이자 유일한 기회인 듯이 보였다. 마치 전에는 그것을 구성하고 기억해 내는 데 한 번도 성공한 적이 없는 것처럼. 그런 노력을 기울인 끝에 그는 마침내 두 개의 단어를 써 놓았고, 파트리스는 그것을 단숨에 읽을 수 있었다.

아르센 뤼팽.

「아르센 뤼팽」

파트리스가 작은 소리로 말했다.

그리고 놀란 눈으로 그를 쳐다보며 말했다.

「너 이제 머리가 돌아 버렸니? 아르센 뤼팽이라니, 이게 무슨 뜻이야? 뭐? 내게 아르센 뤼팽을 추천한다고?」

야봉이 그렇다는 몸짓을 했다.

「아르센 뤼팽? 그럼 네가 그 사람을 알고 있단 말이냐?」

「네」

야봉이 단호하게 말했다.

그러자 파트리스는 야봉이 병원에 있을 때 그의 마음씨 좋은 동료들을 시켜 아르센 뤼팽의 온갖 모험담들을 읽어 주게 하며 시간을 보냈던 일이 생각나서 이렇게 빈정거렸다.

「그래, 우리가 이야기 속에 나오는 사람을 알고 있듯이 그를 안단 말이지」

「아니요」

야봉이 부정했다.

「그럼 개인적으로 안단 말이냐?」

「네」

「이런 바보, 말도 안 돼! 아르센 뤼팽은 죽었어. 그는 암벽 꼭대기에서 바다로 뛰어들었단 말이다. 그런데도 그를 알고 있다고 주장하는 거냐?」

「네」

「그럼 그가 죽은 이후에 그를 만난 적이 있단 말이야?」

「네」

「저런! 아르센 뤼팽이 부활해서 야봉 선생의 신호 하나에 달려

올 정도로 아르센 뤼팽에 미치는 야봉 선생의 힘이 크단 말인가?」

「네」

「제기랄! 난 이미 네게 높은 존경심을 갖고 있는데, 이제는 고개를 깊이 숙여야 할 일만 남았군. 고(故) 아르센 뤼팽의 친구, 이보다 더 멋진 게 어디 있겠나! 그럼 그 망령을 우리 앞에 불러오려면 얼마나 시간이 필요할까? 여섯 달? 석 달? 한 달? 보름?」

야봉이 몸짓으로 말했다.

「보름 정도라」

그의 몸짓을 읽은 벨발 대위가 말했다.

「자, 그럼 네 친구의 혼백을 불러내. 그와 사귈 수만 있다면 얼마나 멋진 일인가 말이야. 다만, 이건 정말인데, 네가 날 생각해서 도와줄 사람을 찾으려고 한다면, 넌 나에 대해서 아주 평범한 생각을 가져야 해. 그렇다면 뭐? 날더러 바보라고? 무능한 사람이라고?」

파트리스와 코랄리

모든 일은 데말리옹 씨가 예언한 대로 진행되었다. 언론은 잠자코 있었다. 대중은 아무런 동요도 없었다. 잡다한 사고들과 신문의 사회면 기사거리들은 무관심하게 다루어졌다. 부유한 은행가 에사레스 베의 장례는 모르는 사이에 지나가 버렸다.

그러나 그의 장례식이 행해진 이튿날, 레이누아르가의 저택에는 새로운 명령이 시달되었다. 파리 시 경찰청의 지원을 받고, 벨발 대위가 몇 단계의 절차를 밟아 군 당국의 허가를 얻어 낸 끝에 이루어진 조치였다. 저택이 샹젤리제가에 있는 야전병원의 제2호 별관으로 지정되어, 에사레스 부인의 감독 하에 벨발 대위와 일곱 상이용사들만을 위한 전용 숙소로 된 것이었다.

그렇게 해서 코랄리는 그 집에 혼자 남았다. 하녀도 요리사도 없었다. 무슨 일이든 일곱 상이용사로 충분했다. 한 명은 문지기, 다른 한 명은 요리사, 또 한 명은 집사. 하녀로 임명된 야봉은 코랄리 엄마의 개인 시중을 드는 임무를 맡았다. 밤에는 그녀의 방문 앞 복도에서 잠을 잤다. 낮에는 그녀의 창문 앞에서 보초를 섰다.

「문이나 창문으로 아무도 접근하지 못하게 하도록!」

파트리스가 그에게 말했다.

「아무도 들어오지 못하게 해! 모기 한 마리라도 그녀 옆에서 얼씬대기만 하면 혼날 줄 알아」

그래도 파트리스는 불안했다. 그에게는 적이 어떤 대담한 짓을 할 수 있는지에 대한 증거들이 너무 많아서, 어떤 조치를 취한다 해도 완벽하게 효과적인 보호를 할 수 있다고 생각하기가 어려웠다. 위험은 언제나 예기치 못한 곳으로 숨어드는 법이다. 어느 쪽에서 위험이 닥칠지 모르는 만큼, 그것을 피하기가 쉽지 않을 것이었다. 에사레스 베가 죽었으니, 이제 그의 사업을 이어나갈 사람이 누구일까? 그리고 그가 마지막 편지에서 예고했던 코랄리 엄마에 대한 복수 계획을 이행할 사람은 누구일까?

데말리옹 씨는 즉시 그의 수사 업무를 시작했으나 사건의 극적인 면에는 무관심한 것처럼 보였다. 그는 파트리스가 단말마의 비명소리를 들었던 사람의 시체도 발견하지 못했을 뿐만 아니라, 파트리스와 코랄리에게 총을 쏜 그 베일에 싸인 범인의 단서도 전혀 잡지 못했고, 그 범인이 사용한 사다리가 어디에서 온 것인지 밝히지도 못했으면서, 그 문제들에 대해서는 더 이상 신경을 쓰지 않았다. 그리고 오로지 1,800개의 자루들에 대해서만 수사력을 집중하고 있었다. 그에게는 그것만이 중요했다.

그는 이렇게 말하곤 했다.

「우리에게는 그 자루들이 바로 여기, 정원과 집 건물들로 만들어진 사각형의 네 변 사이에 있다고 믿을 만한 충분한 이유들이 있습니다. 물론 50킬로그램의 황금 자루 하나가 같은 무게의 석탄 자루보다는 부피가 훨씬 작습니다. 하지만 그렇다 해도 1,800자루라면 아마 7, 8입방미터는 차지하는 양일 겁니다. 그리고 그만한 양을 숨기기는 쉽지 않습니다」

이틀 후, 그는 자루를 저택 안에도, 저택 밑 지하에도 숨기지 않았다는 확신을 얻었다. 에사레스 베의 자동차 운전사가 야음을 틈타 몇 차례에 걸쳐 프랑코-오리앙탈 은행의 금고에 들어 있던 것을 레이누아르가로 날랐을 때, 에사레스 베와 운전사 그리고 그레구아르라는 사람은 대령의 일당들이 말한 그 환기창을 통해 굵은 철사 줄을 집어넣었는데, 이것을 찾아낸 것이었다. 이 철사 줄에 고리들을 달고(이 고리들 역시 발견되었다), 거기에 자루를 매달아 미끄러지게 함으로써 그때부터 자루들을 쌓아 놓았던 것이다. 그곳은 정확하게 서재 밑에 위치한 커다란 지하실이었다.

데말리옹 씨와 그의 요원들이 얼마나 능란한 솜씨로 꼼꼼함과 인내심을 발휘하여 그 지하실의 구석구석을 면밀하게 조사했는지는 말할 필요도 없다. 그들은 그 노력을 통해 그 지하실에는 서재에서 내려오는 계단(계단 상부의 출입구는 뚜껑 문으로 닫혀 있고, 그것은 양탄자로 덮여 있다)이 숨겨져 있다는 것 외에는 아무 비밀도 없다는 사실을 알아내기까지는 했다. 거기에는 일말의 의혹도 없었다. 지하실에는 레이누아르가 쪽의 환기창 외에도 첫 번째 테라스와 같은 높이에 정원 쪽으로 난 환기창이 하나 더 있었다. 그 두 개의 환기창은 모두 안쪽에서 매우 육중한 철 덧문으로 차단되어 있어서 수없이 많은 황금 자루들이 지하실에 쌓여 반출되는 순간까지 잘 보관할 수 있었던 것이다.

데말리옹 씨는 생각했다.

〈하지만 반출은 어떻게 이루어졌을까? 알 수 없는 일이야. 그리고 레이누아르가의 지하실을 거친 이유는 뭘까? 그것 역시 알수 없는 일. 그리고 파키 대령, 부르네프와 그의 일당들이 단언하기를, 마지막에는 반출이 없었으니 금은 여기에 있다, 그러니까 찾기만 하면 나올 것이라고 했단 말이야. 집은 찾아보았고, 정원이 남았는데, 이쪽을 한번 찾아보자.〉

그것은 오랜 역사를 자랑하는 훌륭한 정원으로, 옛날에는 광활한 영지의 일부를 이루고 있었다. 18세기 말엽에는 사람들이 파시의 물을 길어가기 위해 몰려들었던 곳이었다. 정원은 레이누아르가로부터 센 강 기슭에 이르기까지 200미터의 폭에 걸쳐 네 개의 층을 이루고 있는 성토지(盛土地)를 지나 아름다운 잔디밭을 향해 아래로 펼쳐져 있었다. 잔디밭은 초록의 관목 숲으로 더욱 두드러져 보였고, 그 위에서는 여러 군집을 이루고 있는 커다란 나무들이 굽어보고 있었다.

그러나 정원에서 가장 아름다운 것들은 네 층의 성토지와, 그것들이 제공하는 전망이었다. 그곳에서는 강과 강 좌안의 평원, 그리고 멀리 언덕들이 보였다. 계단 스무 개가 그 성토층들을 연결해 주고 있었고, 축대들 가운데로 난 오솔길 스무 개가 때로는 위에서 아래로 부서져 내리는 송악(松嶽)의 물결 아래로 자취를 감추기도 하면서 서로 맞물려 오르고 있었다.

여기저기에는 조각상이라든가 윗부분이 잘린 원주(圓柱), 기둥머리의 잔해들이 솟아 있었다. 상층 성토지의 가장자리에 둘러쳐진 석조 발코니는 진흙을 구워 만든 매우 오래된 화병들로 장식되어 있었다. 그 성토지에서는 또한 옛날에는 약수터였지만 지금은 폐허가 된 원형의 작은 두 사원들도 보였다. 서재의 창문 앞에는 순환식 분수대가 있고, 그 중앙에는 아이 모양의 석상이 고동처럼 생긴 깔때기를 통해 가느다란 물줄기를 뿜고 있었다.

파트리스가 첫날 저녁에 부딪쳤던 바위 위로 흘러내리던 것은 바로 그 분수대로부터 넘쳐 흐르던 물줄기였다.

「결국 3, 4헥타르는 파 봐야겠군」

데말리옹 씨가 말했다.

그는 그 작업을 위해 파트리스의 상이용사들 외에도 열두 명 가량의 요원들을 투입했다. 그것은 사실 상당히 쉬운 작업이었고, 확실한 결과에 도달할 수밖에 없는 일이었다. 데말리옹 씨가 끊임없이 되풀이해서 말했던 것처럼, 1,800개의 자루를 흔적도 없이 숨길 수는 없는 일이다. 땅을 파는 일은 흔적을 남기기 마련이다. 들어가고 나가기 위해서는 출입구가 필요하다. 그런데 잔디밭의 잔디는 마치 통로에 깔린 모래처럼 최근에 흙이 파헤쳐진 흔적을 전혀 드러내고 있지 않았다. 송악일까? 아니면 축대? 성토지? 그 모든 것을 다 파 보았지만 소용없었다. 여기저기 파 놓은 긴 구덩이들 속에서는 센 강 쪽으로 나 있는 옛날의 수로들과 파시의 물을 흘려보내는 데 사용했던 수로관 토막들이 발견되었다. 그러나 참호, 토치카, 벽돌로 쌓은 둥근 천장 같은 것이나 뭔가를 숨길 만한 장소로 보이는 것은 전혀 발견되지 않았다.

파트리스와 코랄리는 그의 수색을 모두 지켜보았다. 하지만 그들은 그 일에 대해 십분 공감하고, 다른 한편으로는 얼마 전에 일어났던 극적인 사건들에 대해 아직 불안감을 떨쳐 버릴 수 없으면서도 사실 그들은 오로지 그들 운명의 풀리지 않는 문제에만 골몰하고 있었다. 그들이 나누는 말들은 대부분 캄캄하기만 한 과거에 대한 이야기였다.

코랄리의 어머니는 테살로니카 주재 프랑스 영사의 딸로, 그곳에서 세르비아의 유서 깊은 가문 출신의 오돌라비츠 백작이라는 매우 부유하고 나이 지긋한 남자와 결혼을 했다. 백작은 코랄리가 태어나고 1년 후에 세상을 떴다. 그리하여 미망인과 아이는 프랑스로 돌아왔는데, 오돌라비츠 백작이 그의 비서이자 잔심부름을 하는 이집트 청년 에사레스를 시켜 사 두었던 레이누아르가의 바로 그 저택에서 살게 된 것이다.

그리하여 어린 코랄리는 그곳에서 3년간 살았는데, 갑자기 어머니가 세상을 뜬 것이다. 에사레스는 세상에 홀로 남은 그녀를 테살로니카로 데려갔다. 그곳의 영사였던 그녀의 외할아버지는 그보다 한참 나이가 어린 누이를 남겨 두었는데, 그녀가 코랄리의 양육을 맡았다. 불행하게도 그 여자는 에사레스의 간계에 넘어가 서류에 서명을 했고, 그녀의 손녀뻘 되는 어린 코랄리에게도 서명을 하게 하여 이집트 인이 관리하게 된 아이의 모든 재산은 조금씩 사라져 갔다.

결국 코랄리가 열일곱 살쯤 되었을 때, 그녀는 한 사건의 희생자가 되었는데, 이 사건은 그녀에게 가장 끔찍한 기억을 남기고 그녀의 인생에 치명적인 충격을 준다. 어느 날 아침, 터키인 도적들에 의해 테살로니카의 시골로 납치된 그녀는 그 지방 수령의 욕망의 표적이 되어 그의 저택 깊은 곳에서 2주 동안을 보냈다. 에사레스가 그녀를 구출했지만, 그것은 참으로 이상한 방식으로 이루어져, 이후로 코랄리는 그 터키 인과 이집트 인이 서로 짜고 한 것이 아닌가 하는 의문을 수없이 가졌다.

병이 들어 쇠약해졌을 뿐만 아니라 또다시 납치되지 않을까 하는 두려움에 떨던 그녀가 한 달 후 고모할머니의 강압으로 에사레스와 결혼한 건 어쨌든 사실이었다. 그는 이미 코랄리에게 수작을 걸고 있었으며, 그때에는 코랄리의 눈에 완전히 구원자의 모습으로 비치고 있었다. 비통한 결합이었다. 에사레스에 대한 그녀의 공포는 결혼식이 치러진 바로 그날부터 드러나기 시작했다. 코랄리는 자기가 혐오하는 남자의 아내였고, 그의 사랑은 자기에 대한 온갖 증오와 멸시로 악화 일로를 치달았다.

결혼한 바로 그해에 그들은 레이누아르가의 저택으로 돌아와 살림을 차렸다. 오래전부터 테살로니카에 프랑코-오리앙탈 은행의 지점을 개설하여 운영해 오던 에사레스는 은행 본점을 설립하기 위해 은행의 거의 모든 주식을 긁어모아 라파예트가의 건물을 사들여 파리 재계의 큰손들 가운데 한 사람이 되었으며, 이집트에서는 베(bey, 총독──옮긴이)의 칭호까지 받았다.

어느 날 파시의 아름다운 정원에서 코랄리가 들려준 이야기는 그러했다. 그들은 함께 이야기를 나눈 그 슬픈 과거를 파트리스의 과거와 맞추어 보았다. 그러나 파트리스와 코랄리는 두 사람의 과거에서 단 하나의 공통점도 찾아낼 수 없었다. 그들은 서로 다른 곳에서 살았던 것이다. 두 사람의 기억 속에 똑같이 간직된 이름도 없었다. 어째서 그들이 동일한 자수정 알을 반쪽씩 나누어 가지고 있으며, 그들의 사진이 모아져 한 메달 속에 들어 있고, 또한 하나의 사진첩에 나란히 붙어 있는 이유는 무엇인지, 이야기의 어떤 내용을 봐도 이해할 수 없는 일이었다.

파트리스가 말했다.

「정확히 말하면, 에사레스의 손안에서 빼낸 메달은 우리들을 지켜보다가 결국 살해된 그 미지의 사람에게서 에사레스가 빼앗

은 것이라 할 수 있어요. 하지만 사진첩, 에사레스가 속옷 호주
머니에 지니고 있던 그 사진첩은……?」

　그들은 할 말이 없었다. 파트리스가 물었다.

　「시메옹은?」

　「시메옹은 줄곧 여기에서 살았어요」

　「당신 어머니가 살아 계실 때도?」

　「아니에요. 어머니가 돌아가시고 제가 테살로니카로 떠난 후
한두 해가 지나서부터예요. 에사레스는 그에게 이 영지를 지키면
서 관리를 잘하도록 시켰어요」

　「그는 에사레스의 비서였나요?」

　「그의 역할은 제대로 몰라요. 비서? 아니에요. 속이야기를 주
고받는 사람? 그것도 아니에요. 그들은 함께 이야기를 나눈 적이
전혀 없어요. 그는 세 번인가 네 번, 우리를 만나러 테살로니카
에 왔죠. 그중에 한 번은 기억이 나요. 제가 아주 어렸을 때였는
데, 그가 에사레스에게 아주 격하게 말하는 것을 들은 적이 있어
요. 그는 에사레스를 위협하고 있는 것 같았어요」

　「무엇에 관해서요?」

　「그건 모르겠어요. 저는 시메옹에 관해서 아무것도 몰라요. 그
는 여기에서도 혼자 떨어져서 살았어요. 거의 언제나 정원에서
파이프를 피우며 몽상에 잠긴 듯했지요. 가끔씩은 두세 명의 정
원사들을 오게 해서 그들과 함께 나무와 꽃들을 보살폈어요」

　「그가 당신의 어떤 행동을 눈여겨보던가요?」

　「그것 역시 명백하게 얘기할 수 있는 것이 전혀 없어요. 우리
는 이야기를 나눈 적이 없거든요. 그가 하는 일이 저와는 전혀 상
관없는 일이기 때문이에요. 그렇지만 가끔씩 저는 노란 안경 너

머로 그의 시선이 어떤 집요한 관심을 가지고 저를 쫓고 있다는 느낌이 들기도 했어요. 게다가 최근에는 야전병원까지 저를 데려다 주는 일을 매우 좋아했어요. 야전병원에서든 길에서든 더욱 주의를 기울여 절 받드는 듯이 보였어요……. 그래서 저는 하루 이틀 전부터 이런 의문이 들었죠……」

그녀가 잠시 머뭇거리더니 말을 계속했다.

「오! 아주 모호하긴 하지만…… 그래도…… 잠깐만요, 미처 생각하지 못하고 당신에게 말하지 않은 것이 있어요……. 어떻게 해서 제가 샹젤리제가의 야전병원에 들어갔는지 아세요? 당신은 이미 부상을 당해 환자로 있던 그 병원에 말이에요. 시메옹이 저를 그곳으로 안내했기 때문이에요. 그는 제가 간호사로 일하고 싶어하는 것을 알고 있었어요. 그래서 그가 내게 그 야전병원을 가르쳐 준 거예요…… 그곳은 우리 두 사람이 서로 만날 수 있는 상황이 마련되어 있다고 그는 확신했던 거예요……

다음에는, 잘 생각해 보세요……. 메달 속에 있는 당신과 나의 사진, 제복을 입은 당신과 간호사 복장의 제 모습을 담은 사진을 찍을 수 있는 곳은 그 야전병원밖에 없어요……. 그런데 여기 이 집에 있는 사람들 가운데 오직 시메옹만이 그 병원을 드나들었거든요.

그가 테살로니카에 왔으며, 거기에서 저의 어릴 적 모습과 처녀 때 모습을 보았고, 역시 그곳에서 사진첩 속의 사진들을 찍을 수 있었다는 사실을 당신에게 다시 한번 말해 드릴 필요가 있을까요? 따라서 만약 그에게 당신을 미행하도록 지시한 누군가가 있었다면, 우리는 충분히 이렇게 생각할 수 있죠. 즉, 우리들 사이에 개입하여 당신에게 정원의 열쇠를 보내 주었다고 당신이 가정한 그 미지의 친구가……」

「그 친구가 시메옹 영감이었다는 말인가요?」

파트리스가 급하게 말을 가로챘다.

「그 가설은 받아들일 수 없습니다」

「어째서요?」

「그 친구는 죽었기 때문입니다. 당신이 말한 대로 우리들 사이에 개입하려고 노력했고, 내게 정원의 열쇠를 보내 주었으며, 내게 진실을 가르쳐 주기 위해 전화를 걸었던 그 사람은 살해되었단 말입니다……. 그 점에 대해서는 추호도 의심의 여지가 없어요. 나는 목을 졸리는 사람의 비명소리, 그 단말마의 비명소리를 들었어요…… 그건 숨을 거둘 때 내는 소리였습니다」

「장담할 수 있나요……?」

「물론입니다. 내 확신에는 눈곱만큼의 망설임도 없어요. 내가 알 수 없는 우리 친구라고 부르는 그 사람은 그의 뜻을 이루지 못하고 죽었습니다. 그는 살해되었어요. 그런데 시메옹은 살아 있단 말입니다」

그리고 파트리스는 이렇게 덧붙였다.

「뿐만 아니라 그 사람은 목소리가 시메옹과 달라요. 한번도 들어 본 적이 없는 목소리였답니다. 앞으로도 못 듣겠지만」

그의 말에 일리가 있다고 생각한 코랄리는 더 이상 할 말이 없었다.

그들은 4월의 화창한 햇볕을 쬐며 정원의 벤치에 앉아 있었다. 마로니에의 꽃눈들이 가지 끝에서 빛나고 있었다. 꽃무의 진한 향기가 화단에서 올라오고, 노란색과 금갈색의 꽃들은 마치 말벌이나 꿀벌들이 무리 지어 서로 몸을 비벼 대는 것처럼 가벼운 미풍에 물결치고 있었다.

그때 갑자기 파트리스가 몸을 떨었다. 코랄리가 꾸밈없는 매력적인 몸짓으로 그의 손위에 그녀의 손을 살며시 올려놓은 것이다. 그 즉시 그녀를 살펴보던 그는 그녀의 눈에 눈물이 가득 고여 있는 것을 보았다.

「대체 무슨 일인가요, 코랄리 엄마?」

코랄리의 머리가 기울어지며 그녀의 뺨이 파트리스의 어깨에 닿았다. 파트리스는 몸을 움직일 수가 없었다. 그 순결한 움직임을 사랑의 뜻으로 여기는 것처럼 보이기 싫었기 때문이다. 그것은 코랄리의 기분을 상하게 할지도 모르는 일이었다. 그가 다시 물었다.

「무슨 일이죠? 무슨 일인데 그러는 거예요, 코랄리?」

그녀가 속삭였다.

「오! 너무 이상해요! 저것 좀 보세요, 파트리스. 저 꽃들을 좀 보세요」

세 번째 성토층에 앉아 있던 그들은 네 번째 테라스를 내려다보고 있었다. 가장 낮은 곳에 자리한 그 네 번째 성토층에는 꽃무화단 대신에 튤립, 데이지, 십자화 등 온갖 봄꽃들이 섞여 있는 화단이 있었다. 그리고 그 한가운데에는 팬지가 커다란 원을 그리며 심어져 있었다.

「저기, 저기요!」

그녀가 팔을 뻗어 그 원을 가리켰다.

「잘 보세요…… 보여요……? 글자들 말이에요……」

파트리스는 조금씩 이해하기 시작했다. 정말로 무리를 이룬 팬지들은 다른 꽃들을 배경으로 땅 위에 어떤 글자들을 새기고 있

174

었다. 그것은 단번에 드러나지 않고 한동안 바라보고 있어야 했다. 그러나 그것을 알아보기 시작하면 글자들이 조합을 이루어 한 줄로 무언가를 나타내고 있는 것을 알 수 있었다. 그것은 다음과 같은 말이었다. 〈파트리스와 코랄리.〉

그가 낮은 소리로 말했다.

「아! 알겠습니다……!」

어느 우정 어린 손길이 씨를 뿌려 그들 두 사람의 이름을 팬지 꽃으로 모아 놓았다니, 정말 너무도 신기하고 감격스러운 일이 아닌가! 또한 어떤 신비로운 힘으로 연결된 두 사람이 이제는 땅에서 솟아나 생명으로 깨어나며 이미 예정된 순서대로 활짝 핀 작은 꽃들의 힘든 노력으로 연결되어 서로 만나다니, 그 역시 참으로 신기하고 감격스럽지 않은가! 코랄리가 자리에서 다시 일어나며 말했다.

「시메옹 영감이에요. 정원 일을 하는 사람은」

마음이 약간 흔들린 그가 말했다.

「물론입니다. 하지만 그렇다고 내 생각이 바뀔 수는 없습니다. 미지의 우리 친구는 죽었습니다. 그러나 시메옹은 그를 알고 있을지도 모르지요. 시메옹은 아마 그와 일정 부분 공모했을 가능성이 있어요. 그에 대해서는 그가 자세히 알고 있을 겁니다. 아! 그가 제대로 말을 할 수 있어서 우리를 안내해 주면 좋으련만」

한 시간 후, 해가 지평선으로 기울어지자 그들은 성토층을 올라갔다.

맨 위의 성토층에 도착하자 데말리옹 씨가 보였다. 그는 그들에게 오라는 손짓을 했다. 그가 말했다.

「상당히 재미있는 사실을 말씀해 드리겠습니다. 부인께…… 그리고 대위님께도 특별히 흥미로울 만한 것을 발견했습니다」

그는 성토층의 맨 끝, 서재 옆으로 이어져 있는 건물 앞으로 그들을 데리고 갔다. 사람이 거주하지 않는 곳이었다. 거기에는 손에 곡괭이를 들고 있는 두 경찰관이 있었다. 데말리옹 씨의 설명에 의하면, 그곳을 탐색하던 그들은 먼저 작은 벽을 덮고 있던 송악을 걷어 냈다고 한다. 그 벽은 진흙을 구워 만든 화병들로 장식되어 있었다. 그런데 한 부분이 데말리옹 씨의 주의를 끌었다. 벽에는 몇 미터에 걸쳐 회반죽이 한 겹 덧칠해져 있었는데, 벽돌보다 훨씬 최근 것으로 보였다는 것이다.

데말리옹 씨가 말했다.

「이유가 뭘까요? 참고가 될 만한 단서가 아닐까요? 그 석고를 벗겨 내게 했더니 그 밑에는 먼저 것보다는 얇은 또 다른 덧칠이 있었는데, 벽돌 표면의 꺼끌꺼끌한 부분과 섞여 있었습니다. 자, 가까이 가 보세요……. 아니, 뒤로 조금만 물러나는 게 낫겠군요……. 더 잘 보일 겁니다」

안쪽의 덧칠은 사실 검은 조약돌 바탕에 모자이크처럼 박혀 있는 일련의 하얀 조약돌들을 고정시키는 데만 사용되고 있을 뿐이었다. 하얀 조약돌들은 커다란 글자들을 이루며 넓은 면적에 걸쳐 세 단어를 형성하고 있었다. 그것 역시 〈파트리스와 코랄리〉였다.

「어떻게 생각하십니까?」

데말리옹 씨가 물었다.

「이것이 새겨진 것은 수년 전입니다……. 벽에 퍼져 있던 송악으로 보아 적어도 10년은 될 것 같습니다만……」

「최소한 10년이라……」

파트리스가 코랄리와 단둘이 남게 되었을 때 다시 말했다.

「10년, 그렇다면 당신이 결혼하기 전이고, 아직 테살로니카에 살고 있던 때이니까 아무도 이 정원에 드나들지 않았을 터인데……. 시메옹과, 그가 굳이 이곳으로 데려 오려고 했던 사람들을 제외하고는 말입니다」

그리고 파트리스는 결론을 내렸다.

「코랄리, 그렇다면 그들 가운데 죽은 우리들의 친구가 있어요. 시메옹은 진실을 알고 있습니다」

그들은 날이 저물 무렵에 시메옹 영감을 보았다. 그는 사건이 일어난 후에 그들이 보아왔던 것처럼 머리에는 여전히 목도리를 감고 안경은 관자놀이에 동여맨 채, 불안하여 어쩔 줄 모르는 태도로 정원과 집 안의 복도를 배회하고 있었다. 그는 알 수 없는 말들을 중얼거리고 있었다. 밤에는 그의 옆방에 있는 상이군인이 그의 노랫소리를 몇 번이나 들었다고 했다.

파트리스는 두 번째로 그의 말문을 열려고 시도했다. 시메옹은 고개를 가로저으며 대답을 하지 않거나 순박한 웃음을 터뜨리곤 했다.

따라서 문제는 더욱 복잡해졌고, 해결될 기미를 조금도 보이지 않았다. 도대체 누가 어떤 거역할 수 없는 힘으로 그들을 어린 시절부터 미리 정해 놓은 약혼자로서 맺어 놓았단 말인가? 지난해 가을, 그들이 아직 서로 알지 못하던 때, 팬지 꽃을 준비해 놓은 사람은 누구란 말인가? 그리고 10년 전에는 누가 벽 속에 두 사람의 이름을 하얀 조약돌로 새겼단 말인가?

사랑이 자연스럽게 움트고 있는 두 사람에겐 혼란스럽기 짝이 없는 문제였다. 어느 날 갑자기 뒤를 돌아보게 된 그들은 두 사람이 공유하고 있는 기나긴 과거를 알게 된 것이었다. 정원에서 그들이 함께 내딛는 걸음걸음마다 잊혀진 기억 속을 순례하는 것 같았고, 다른 산책길로 돌아설 때마다 그들이 모르는 사이에 그들을 연결해 놓은 인연의 새로운 증거가 발견되기를 기대하곤 했다.

실제로 그들은 그 며칠 동안 나무의 줄기에서 두 번, 벤치의 등받이에서 한 번 서로 얽혀 있는 그들 이름의 이니셜을 보았다. 그리고 송악이 덮인 오래된 벽에서 회반죽 칠에 가려 있던 그들의 이름 음각이 두 번 더 나타났다.

그런데 벽에 새겨진 그들의 이름은 두 번 모두 연도가 함께 적혀 있었다.

　　파트리스와 코랄리, 1904년…….
　　파트리스와 코랄리, 1907년.

파트리스가 말했다.

「11년 전과 8년 전이군요. 여전히 우리 두 사람의 이름 파트리스와 코랄리……」

그들은 서로 손을 잡았다. 과거의 엄청난 비밀이 그들을 서로 가까워지게 하고 있었다. 그와 함께 서로 말은 하지 않았지만 깊은 사랑이 그들을 채우고 있었다.

그러면서 그들은 단둘만이 있을 곳을 찾고 있었다. 에사레스 베가 살해된 지 2주일이 지난 어느 날, 그들이 골목길로 난 작은 문 앞을 지나다가 그 문을 나가 센 강의 제방까지 내려가 보기로 결정한 것도 그런 이유였다. 그 문까지 이어진 길과 문의 주변이

키 큰 회양목으로 가려져 있어서 그들은 전혀 사람들의 눈에 띄지 않았다. 그때 데말리옹 씨는 그의 요원들과 함께 반대편 정원에 있는 옛날 온실들과 신호를 올릴 때 이용되었던 벽난로를 탐색하고 있었다.

그러나 밖으로 나온 파트리스가 멈춰 섰다. 정면에 있는 반대편 담에 그들이 방금 나온 문과 매우 비슷한 문이 있었다. 그가 그 문에 대해 생각하고 있을 때 코랄리가 말했다.

「그 문에 대해서는 하나도 놀라울 것이 없어요. 저 담 안의 정원이 옛날에는 우리가 방금 나온 정원에 속해 있었으니까요」

「누가 살고 있습니까?」

「아무도 살지 않아요. 정원을 내려다보고 있는 작은 집은 같은 레이누아르가의 우리 집보다 1번지 앞인데, 항상 닫혀 있어요」

파트리스가 중얼거렸다.

「같은 문이라…… 어쩌면 열쇠도?」

그는 얼마 전에 받았던 녹슨 열쇠를 구멍 안으로 집어넣었다.

열쇠가 제대로 돌아갔다.

「들어갑시다」

그가 말했다.

「기적이 계속되고 있습니다. 이번에는 우리에게 좋은 일이 될까요?」

상당히 협소한 띠 모양의 대지에는 온통 잡초가 우거져 있었다. 그러나 무성한 잡초 한가운데에는 사람들이 자주 다닌 듯한 잘 다져진 오솔길이 문에서 출발하여 하나밖에 없는 성토층을 향해 비스듬히 올라가 있었다. 성토층 위에는 허름한 별채가 단층으로 지어져 있었는데, 덧문은 닫혀 있고 지붕 위로 램프 모양의 망루가 있었다.

별채에는 레이누아르가로 통하는 출입문을 특별히 만들어 놓았는데, 그 사이에는 마당과 매우 높은 담이 있어서 거리와 차단되어 있었다. 그 출입문은 널빤지와 들보를 서로 엇갈리게 하여 못을 박아서 막아 놓은 상태였다.

그들은 집 주위를 둘러보다가 집의 오른쪽 측면에서 놀라운 광경을 보게 되었다. 그것은 장방형으로 생긴 일종의 야외 회랑으로, 정성스럽게 손질되어 있었다. 또한 회양목과 주목의 울타리를 깎아 만든 홍예문들이 규칙적으로 늘어서 있었다. 축소된 정원(19세기 중반 이후 프랑스에서 유행하던 일본식 정원——옮긴이)이 구상되어 있는 그 공간에는 적막함과 평화가 켜켜이 쌓여 있는 듯했다. 그곳에도 역시 꽃핀 향꽃 무와 팬지, 데이지가 있었다. 회랑의 네 귀퉁이로부터 뻗은 네 개의 오솔길이 중앙의 로터리까지 나 있고, 로터리에는 열려 있는 작은 사원의 다섯 기둥이 세워져 있었다. 사원은 조약돌과 석재를 고르게 섞어 대충 건축한 것이었다.

그 작은 사원의 둥근 지붕 아래에는 묘석이 있었다. 그 묘석 앞에는 나무로 된 낡은 기도대가 있고, 그 앞에 둘러쳐진 창살에는 왼쪽에 상아로 된 예수상이, 오른쪽에는 금세공을 한 자수정 알로 엮은 묵주가 매달려 있었다.

파트리스가 흥분하여 떨리는 목소리로 나지막이 말했다.

「코랄리, 코랄리, 여기에 대체 누가 묻혀 있는 거죠?」

그들은 가까이 다가갔다. 묘석 위에는 진주 화환이 나란히 놓여 있었다. 그들이 세어 보니 열아홉 개였다. 그것들은 각각 제작 연도가 표기되어 있었는데, 그것은 지난 19년간의 연도였다. 그

것들을 양쪽으로 밀어내니, 거기에는 빗물에 씻기고 더럽혀진 황
금색 글자들이 새겨져 있었다.

파트리스와 코랄리
여기에 잠들다.
1895년 4월 14일에
살해됨.
복수를 맹세하다.

붉은 노끈

코랄리는 다리가 휘청하는 것을 느끼고 기도대로 달려가 정신이 나간 듯 열렬하게 기도하고 있었다. 누굴 위해서? 모르는 영혼의 안식을 위해서? 그녀는 몰랐다. 그러나 그녀의 온 존재는 열기와 흥분에 들떠 있어서 오직 기도문만이 그녀를 가라앉힐 수 있을 것 같았다. 파트리스가 그녀의 귀에 대고 속삭였다.

「코랄리, 당신 어머니의 이름이 뭐였습니까?」

「루이즈였어요」

코랄리가 대답했다.

「내 아버지의 이름은 아르망이었어요. 그러니까 내 아버지도, 당신 어머니도 아니란 얘긴데, 하지만……」

파트리스 역시 극도의 흥분을 감추지 못했다. 그는 허리를 굽히고 열아홉 개의 화관을 살피고 나서 다시 묘석을 찬찬히 들여다본 후 이렇게 말했다.

「하지만 코랄리, 우연의 일치치곤 참으로 이상한 일입니다. 아버지께서는 1895년에 돌아가셨으니 말입니다」

「제 어머니도 그해에 돌아가셨어요」

그녀가 말했다.

「날짜는 정확히 모르지만」

「알 수 있을 겁니다, 코랄리」

그가 단호하게 말했다.

「이 모든 것들은 검증될 수 있습니다. 하지만 이제는 새로운 사실을 하나 알게 된 겁니다. 파트리스와 코랄리라는 이름을 엮어 놓은 사람은 단지 우리들만을 생각했던 게 아니고, 오로지 미래의 일에만 관련된 것도 아닙니다. 그는 어쩌면 오히려 과거를 더 생각하고 있었던 것 같습니다. 비참하게 죽은 파트리스와 코랄리를 말입니다. 그리고 그는 복수를 약속했습니다. 자, 이제 갑시다, 코랄리. 우리가 여기까지 왔다는 걸 의심하지 않게 말입니다」

그들은 오솔길을 다시 내려와 골목길에 나 있는 두 개의 문을 건넜다. 그들이 돌아오는 것을 본 사람은 아무도 없었다. 파트리스는 즉시 코랄리를 방에 데려다 주고, 야봉과 그의 동료들에게 경계를 더욱 철저히하라고 명령한 다음, 밖으로 나갔다.

그는 저녁이 되어서야 돌아왔고, 이튿날 아침에 다시 나갔다. 그리고 다음 날 오후 3시경에 그는 코랄리의 방문을 두드렸다.

그를 보자마자 그녀가 말했다.

「알아내셨나요……?」

「많은 것을 알아냈습니다, 코랄리. 현재의 어둠을 걷어내진 못하지만, (난 정말로 그 반대를 말하고 싶습니다만) 과거에 관해서는 매우 밝은 빛을 던져 주는 사실들을 말입니다」

「그럼 그저께 우리들이 보았던 것을 설명할 수 있단 말이죠?」

「내 말을 잘 들어요, 코랄리」

그는 그녀의 맞은편에 앉아 이야기를 시작했다.

「내가 조사한 모든 과정을 다 이야기하진 않겠습니다. 결론을 낼 수 있었던 과정들만을 간단하게 요약해 드리겠습니다. 제일 먼저 나는 파시의 구청으로, 다음에는 세르비아의 공사관으로 달려갔습니다」

그녀가 말했다.

「그러니까, 당신은 끝까지 제 어머니와 관련이 있다고 생각하시는군요?」

「그렇습니다. 난 당신 어머니의 사망 신고서 사본을 가져왔어요, 코랄리. 당신 어머니는 1895년 4월 14일에 돌아가셨습니다」

그녀가 말했다.

「오! 무덤에 새겨져 있던 날짜로군요」

「똑같은 날입니다」

「하지만 코랄리라는 이름은……? 어머니 이름은 루이즈였어요」

「당신 어머니 이름은 오돌라비치 백작 부인 루이즈 코랄리였습니다」

그녀가 입안으로 오물거리며 따라했다.

「오! 어머니…… 내 사랑하는 어머니……. 그럼 살해된 사람이 어머니였군요……. 그러니까 저는 그곳에서 어머니를 위해 기도했던 거예요」

「맞아요. 당신은 당신 어머니와 내 아버지를 위해 기도했던 겁니다. 내 아버지의 이름은 아르망 파트리스 벨발이었습니다. 아버지의 정확한 이름을 찾아낸 건 드루오가의 구청이었어요. 아버지도 1895년 4월 14일에 돌아가셨답니다」

파트리스가 이상한 빛이 이제 과거를 밝혀 줄 것이라고 말했던 것은 옳았다. 묘석에 새겨진 두 이름은 그의 아버지와 그녀의 어머니였으며, 두 사람 모두 같은 날에 살해되었다는 것이 지극히 명백한 사실로 밝혀진 것이다. 그런데 누구에게 살해되었단 말인가? 어떤 이유로? 그리고 어떤 치명적인 사건이 있었단 말인가? 그것이 코랄리가 파트리스에게 물은 것이었다.

그가 말했다.

「그에 대한 대답은 아직 할 수 없어요. 그러나 난 그보다 해결하기 쉬운 문제를 하나 생각했습니다. 이것 역시 우리에게 본질적인 문제에 대한 확신을 줄 것입니다. 별채는 누구의 소유인가 하는 문제입니다. 밖에서, 그러니까 레이누아르가에서 보면 아무 단서도 잡을 수가 없어요. 당신도 마당 끝의 담과 그 마당에 있는 문을 보아서 알겠지만 특별한 것은 하나도 없습니다. 하지만 부동산의 번지수만 있으면 충분했어요. 나는 구역의 세리(稅吏)를 방문하여 오페라가에 살고 있는 한 공증인이 세금을 내고 있다는 사실을 알아냈습니다. 나는 그 공증인을 찾아갔고, 그로부터 다음과 같은 사실을 알게 되었습니다……」

그는 잠시 말을 멈추었다가 단호하게 말했다.

「별채는 21년 전, 내 아버지가 사들인 거였어요. 2년 후에 아버지가 돌아가시자, 유산의 일부였던 이 별채는 현 공증인의 전임 공증인이 매매에 부쳤고, 시메옹 디오도키스라는 어느 그리스인이 그것을 사들였어요」

「그자예요!」

코랄리가 소리쳤다.

「디오도키스가 시메옹의 성이란 말이에요」

파트리스가 말했다.

「그런데 시메옹 디오도키스는 내 아버지의 친구였어요. 발견된 유언장에서 아버지는 포괄적인 유증(遺贈) 수혜자로 그를 지목했기 때문이죠. 그리고 시메옹 디오도키스는 전임 공증인과 런던의 사무 변호사를 통해 내 기숙사비를 지불하고 아버지 유산의 대부분인 20만 프랑을 내게 전달해 주었어요」

그들은 오랫동안 침묵을 지켰다. 많은 사실들이 드러났지만 아직은 불분명하고 흐린 상태였다. 마치 저녁 안개 속에 보이는 풍경들처럼.

그런데 그 사실들 가운데 하나가 다른 모든 사실들을 압도하고 있었다. 파트리스가 작은 소리로 말했다.

「당신 어머니와 내 아버지는 서로 사랑하는 사이였습니다, 코랄리」

이 말은 그들을 더욱 가까이 결합시켜 주면서 심히 혼란스럽게 했다. 그들의 사랑은 다른 또 하나의 사랑과 섞였다. 마치 그들의 사랑이 훨씬 비극적인 시련으로 살해되어 피와 죽음으로 막을 내리기라도 했던 것처럼.

「당신 어머니와 내 아버지는 서로 사랑했습니다」

그가 반복해서 말했다.

「그분들은 틀림없이 어린이와도 같은 순수한 사랑을 한 약간은 열정적인 연인들이었을 겁니다. 두 분은 아무도 부르지 않는 이름으로 서로를 부르고 싶어했으니까요. 그래서 그분들은 두 번째 이름을 선택했습니다. 그것은 또한 당신의 이름과 내 이름이기도

하지요. 어느 날 당신의 어머니께서는 자수정 알로 만든 묵주를 떨어뜨렸습니다. 그중 가장 굵은 알이 두 조각으로 깨어졌습니다. 아버지께서는 그중 한 조각을 시계 줄에 매달아 장신구로 만들었습니다. 당신의 어머니와 내 아버지는 둘 다 배우자를 잃은 상태였습니다. 당신은 두 살, 나는 여덟 살 때였죠. 아버지는 당신이 사랑하는 여인을 완전히 포기하기 위해 저를 영국으로 보냈고, 당신 어머니께서 살고 계시던 저택 옆의 별채를 사들였습니다. 당신 어머니께서는 골목길을 건너 제가 가지고 있는 이 열쇠와 똑같은 것을 사용하여 아버지를 만나러 가시곤 했죠. 두 분이 살해된 곳은 아마 이 별채 아니면 별채를 둘러싸고 있는 정원일 겁니다. 우리는 그 사실을 곧 알게 될 것입니다. 그 살인 사건의 명백한 증거들, 시메옹 디오도키스가 찾아낸 증거들이 남아 있을 테니까요. 그는 두려워하지 않고 묘석에 새긴 글을 통해 그 사실을 단언하고 있기 때문입니다」

「그럼 누가 살인자였죠?」

코랄리가 낮은 목소리로 물었다.

「코랄리, 당신도 나처럼 그를 의심하고 있어요. 확신을 가져다 줄 단서가 전혀 없는데도 그 증오해 마지않는 이름이 당신의 머릿속에 떠오를 겁니다」

「에사레스군요!」

코랄리가 고통스럽게 외치듯이 말했다.

「그럴 가능성이 큽니다」

그녀는 손으로 머리를 감싸 쥐었다.

「아니야, 아니야…… 그럴 수는 없어……. 있을 수 없는 일이야. 내가 어머니를 죽인 사람의 아내였다니」

「당신이 그의 이름을 가지고는 있지만, 그의 아내였던 적은 없습니다. 그가 죽기 전날, 내가 보는 앞에서 당신은 그 사실을 그에게 말했어요. 우리가 확신할 수 없는 이상 아무것도 단정 짓지 말기로 해요. 하지만 어쨌든 그가 당신에게 나쁜 영향을 준 사람이라는 것은 잊지 맙시다. 또한 시메옹이 내 아버지의 친구이자 포괄적인 유증 수혜자이며, 두 연인의 별채를 사들인 사람이고, 무덤 위에 그들의 복수를 맹세한 사람이라는 것도 기억해 둡시다. 시메옹은 당신 어머니께서 돌아가시고 난 몇 달 후에 자진해서 에사레스의 부동산 관리인으로 들어갔고, 그의 비서가 되면서 조금씩 그의 삶 속으로 들어갔습니다. 왜일까요? 그렇게 하지 않으면 어떻게 복수의 계획을 실행에 옮길 수 있겠습니까?」

「복수는 없었어요」

「우리가 그걸 어떻게 알죠? 에사레스 베가 어떻게 죽었는지 우리가 알고 있나요? 물론 그를 죽인 사람은 시메옹이 아닙니다. 시메옹은 그때 야전병원에 있었으니까요. 하지만 누굴 시켜 그를 죽이게 했을 수도 있잖아요? 그리고 복수의 방법은 수없이 많아요. 결국 시메옹은 아버지의 지시를 그대로 따랐던 것 같아요. 무엇보다도 먼저 내 아버지와 당신 어머니께서 정한 목표에 도달하고 싶었을 겁니다. 그 목표란 우리 두 사람의 운명의 결합이에요, 코랄리. 그리고 이것이 곧 그의 삶의 목표이기도 했습니다. 내가 어렸을 적에 작은 장신구들 사이에 반쪽의 자수정 알을 놓아 둔 사람은 물론 시메옹입니다. 나머지 반쪽은 당신 묵주에 달려 있지요. 우리의 사진을 모아 둔 사람도 시메옹입니다. 마지막으로 얼굴을 모르는 우리의 친구, 내게 편지와 함께 열쇠를 보내준 사람도 바로 그였습니다……. 애석하게도 편지는 받지 못했지만」

「파트리스, 그러면 당신은 이제 그 얼굴을 모르는 친구가 죽었다고 생각하지 않나요? 단말마의 비명소리를 들었다고 했잖아요」

「모르겠어요. 시메옹은 혼자 행동했을까요? 그가 하고자 하는 일을 위해 속마음을 주고받는 친구나 도움을 받은 사람이 있지 않았을까요? 7시 19분에 죽은 사람은 그의 친구가 아닐까요? 모르겠어요. 그 불길한 아침나절에 일어났던 모든 일들은 여전히 걷히지 않는 어둠 속에 싸여 있습니다. 우리가 가질 수 있는 단 하나의 확신은 시메옹 디오도키스는 20년 전부터 우리를 위해, 그리고 우리 부모님들의 살해에 맞서 인내심을 가지고 아무도 모르게 임무를 계속해 왔다는 사실입니다. 그리고 시메옹 디오도키스는 살아 있습니다」

그리고 파트리스는 이렇게 덧붙였다.

「살아 있지만 미쳐 버렸어요! 그래서 우리는 그에게 감사할 수도 없고 그가 알고 있는 음울한 이야기나 당신을 위협하는 위험들에 관해서 그에게 물어볼 수도 없습니다. 하지만, 하지만, 오직 그만이……」

파트리스는 역시 실패할 것이 뻔하지만 한 번 더 시도를 해 보고 싶었다. 시메옹의 방은 최근에 하인들의 숙소로 배정된 측면의 부속 건물에 있었다. 그의 방 양 옆에는 두 명의 상이군인이 이웃하고 있었다. 파트리스는 그리로 갔다. 시메옹은 방에 있었다.

정원을 향해 돌려 놓은 안락의자에 반쯤 잠들어 있는 그는 불 꺼진 파이프를 입에 물고 있었다. 가구가 거의 없는 방은 작았지만 깨끗하고 밝았다. 그 노인의 비밀스런 삶 전체가 방 안에 흐르고 있었다. 데말리옹 씨는 그가 없을 때 몇 번이나 그의 방을 찾았다. 파트리스 역시 마찬가지였지만 두 사람의 관점은 달랐다.

유일하게 특기할 만한 발견이라고 한다면, 서랍장 뒤에 연필로 그린 간단한 스케치였다. 그것은 세 개의 선이 서로 교차하면서 커다란 정삼각형을 이루고 있는 그림이었다. 그 기하학적 도형의 가운데에는 접착성 황금이 되는 대로 아무렇게나 칠해져 있었다. 황금 삼각형이었다! 그것을 제외하고는 데말리옹 씨의 탐색은 새로운 것이 전혀 없었고, 아무 단서도 잡지 못한 상태였다.

파트리스는 곧장 노인에게 걸어가 그의 어깨를 두드렸다.

「시메옹」

시메옹은 노란 안경을 그를 향해 추켜올렸다. 파트리스는 갑자기 그에게서 안경을 빼앗아 버리고 싶은 충동을 느꼈다. 그 장애물은 그의 두 눈을 감춰 주면서 그의 영혼 깊은 곳과 아련한 기억을 들여다볼 수 없게 만드는 것이었다.

시메옹은 멍청하게 웃기 시작했다.

파트리스는 생각했다.

〈아! 그는 내 친구이자 아버지의 친구야. 그는 아버지를 사랑했고 그의 뜻을 존중했으며, 그에 대한 기억에 충실했어. 그는 아버지의 무덤을 만들어 주고 그를 위해 기도하며 복수를 맹세한 사람이야. 그런데 지금은 실성을 하고 말았으니.〉

파트리스는 어떤 말도 소용 없음을 느꼈다. 그러나 사람의 목소리가 정신이 나간 두뇌에 아무런 반향을 불러일으키지 못한다 하더라도, 두 눈은 어쩌면 어떤 기억을 간직하고 있을지도 모르는 일이었다. 그는 하얀 종이 위에 시메옹이 수없이 생각했을 말들을 적었다.

파트리스와 코랄리. ──1895년 4월 14일.

영감은 그것을 바라보더니 고개를 저으며 다시 그 고통스럽고 바보 같은 냉소를 흘리기 시작하는 것이었다. 장교는 계속 적었다.

아르망 벨발.

영감은 여전히 무감각했다. 파트리스는 다시 시도해 보았다. 그는 에사레스와 파키 대령의 이름을 적었고, 삼각형을 그렸다. 영감은 이해하지 못하고 히죽거리기만 했다.

그런데 갑자기 그의 웃음에 어린애 같은 모습이 약간 걷히면서 뭔가 다른 것이 나타났다. 파트리스가 공범자 부르네프의 이름을 적었을 때였는데, 이번에는 어떤 기억이 그 늙은 비서의 심기를 흔드는 것 같았다. 그는 자리에서 일어나려 했지만 안락의자에 다시 주저앉고 말았다. 그러나 그는 다시 일어서더니 벽에 걸려 있던 모자를 잡는 것이었다. 그는 자기 방을 나갔고 파트리스는 그 뒤를 따랐다. 그는 집 밖으로 나가 오퇴이유 쪽을 향해 왼쪽으로 돌아갔다.

그는 마치 암시 작용에 의해 어디로 가는지도 모르고 걷기만 하는 몽유병 환자들처럼 앞으로 나아가고 있는 것 같았다. 그는 불랭빌리에가를 지나 센 강을 건너더니 조금도 망설임 없는 걸음으로 그르넬 구역에 접어들었다.

그리고 어떤 대로에서 멈춰 서더니 팔을 뻗어 파트리스도 멈추라는 신호를 보내는 것이었다.

가판 매점이 그들을 가려 주고 있었다. 그가 머리를 내밀었다.

파트리스도 그를 따라했다.

그들의 맞은편, 그들이 서 있는 대로와 다른 대로가 만나는 모퉁이에 카페가 하나 있었다. 카페 테라스의 가장자리는 참빗살나무 상자들이 늘어서 있었다.

그 참빗살나무 뒤에는 네 명의 손님들이 앉아 있었다. 세 사람은 등을 돌리고 있었다. 파트리스에게는 정면에 앉아 있는 사람만 보였는데, 그가 바로 부르네프였다.

그때 시메옹 영감은 벌써 멀어지고 있었다. 마치 자기 역할은 다 끝났으며, 그 일을 마무리할 임무는 다른 사람들에게 있다는 듯이. 파트리스는 주변을 둘러보다가 우체국을 발견하고는 황급히 안으로 들어갔다. 그는 데말리옹 씨가 레이누아르가에 있다는 것을 알고 있었다. 그는 전화를 걸어 부르네프가 있다는 것을 알렸다. 데말리옹 씨는 곧 가겠다고 대답했다.

에사레스 베가 살해된 이후, 파키 대령 일당 네 명에 대한 데말리옹 씨의 수사는 전혀 진전이 없었다. 그레구아르라는 사람의 은신처와 벽장이 있는 방들을 찾아내긴 했지만 모두 비어 있었다. 일당들은 사라지고 없었다.

파트리스는 생각했다.

〈시메옹 영감은, 그들의 습관을 알고 있었어. 그들이 무슨 요일, 몇 시에 이 카페에서 모이는지 알고 있었던 게 분명해. 그런데 갑자기 부르네프라는 이름을 떠올리자 생각이 난 거야.〉

몇 분 후, 데말리옹 씨가 경찰관들과 함께 차에서 내렸다. 상황은 오래 가지 않았다. 테라스가 포위되었다. 일당들은 저항하지 않았다. 데말리옹 씨는 세 사람을 철저한 경비 하에 파리 경시청의 유치장으로 호송하고 부르네프는 심문실로 밀어 넣었다.

「같이 가시죠. 그자를 심문할 겁니다」

그가 파트리스에게 말했다.

그는 거절했다.

「에사레스 부인이 집에 혼자 있어서……」

「아닙니다. 당신의 부하들이 모두 있습니다」

「압니다. 하지만 저는 거기 있고 싶습니다. 그녀 곁을 떠난 건 이번이 처음이라서 별의별 걱정이 다 되는군요」

「몇 분이면 됩니다」

데말리옹 씨가 고집을 부렸다.

「언제나 체포한 직후의 혼란을 이용해야 하는 법입니다」

파트리스는 그를 따라갔다. 그러나 그들은 부르네프가 쉽게 당황하는 사람이 아니라는 것을 알 수 있었다. 그들의 위협에 그는 어깨를 으쓱하며 대꾸했다.

「선생, 내게 아무리 겁을 주려고 해도 소용없소. 나는 아무것도 겁나지 않소. 총살이라고? 농담하지 마시오! 프랑스에서는 사소한 일로 총살하지 않소. 그리고 우리 네 사람은 모두 중립국 사람들이오. 소송? 판결? 감옥? 어림없는 소리요. 선생도 잘 알고 있다시피 선생께서 지금까지 사건을 덮어 왔고, 무스타파, 파키, 에사레스의 살인 사건을 감춰 온 것은 똑같은 사건을 특별한 이유 없이 다시 들춰내기 위한 것은 아니잖소. 아니오, 선생. 나는 걱정 없소. 기껏해야 수용소 신세나 지겠지」

「그러니까, 답변을 거부하시겠다?」

데말리옹 씨가 말했다.

「물론이오! 수용소나 보내 주시오. 그런데 수용소에는 등급이 20개나 있는데, 선생의 호의나 기대해 봅시다. 그래서 종전(終戰)을 편안하게 맞을 수 있게 말이오. 그런데 우선 선생은 무엇을 알고 있는 거요?」

「거의 전부를 알고 있소」

「저런, 내 가치가 떨어지는군. 에사레스 최후의 밤을 알고 있소?」

「그렇소. 400만 프랑의 거래까지도. 그 돈은 어떻게 되었소?」

부르네프가 성난 몸짓을 했다.

「도로 가져갔소! 도둑맞았단 말이오! 그건 함정이었소!」

「그걸 누가 가져갔단 말이오?」

「그레구아르라는 작자요」

「그게 누굽니까?」

「지옥에나 떨어질 악당이지. 우리도 나중에 알았소. 그 그레구아르는 알고 보니 필요할 때에는 에사레스의 운전 기사 노릇까지

했던 작자였소」

「결국 그 말은, 은행에서 저택으로 황금 자루들을 날라 준 사람이란 말이오?」

「그렇소. 그리고 우리가 아는 바로는…… 아니, 확실하다고 말해도 좋을 것 같소. 그러니까…… 그레구아르 말이오, 그 사람은 여자요」

「여자라고!」

「바로 그렇소. 에사레스의 정부(情婦)요. 우리는 그에 대한 몇 가지 증거들을 가지고 있소. 하지만 튼튼하고 대담하며 남자처럼 힘이 센 여자요. 절대로 물러서는 법이 없답니다」

「그 여자의 주소를 알고 있소?」

「아니오」

「그럼 황금에 대해서는 어떤 단서나 의혹도 없소?」

「없소. 황금은 레이누아르가의 정원이나 저택에 있소. 우리는 일주일 내내 그 황금이 집으로 들어가는 걸 보았소. 그 후로는 황금이 집 밖으로 나오지 않았소. 우리는 매일 밤 감시하고 있었소. 자루들은 그곳에 있소. 장담할 수 있소」

「에사레스의 살인범에 관련된 정보도 전혀 없는 거요?」

「전혀」

「정말 확실한 거요?」

「내가 왜 거짓말을 하겠소?」

「범인이 만약 당신이라면……? 또는 당신 친구들 중 한 사람이라면?」

「우리도 당신들이 그렇게 가정할 수 있으리라고 생각했소. 그런데 우연하게, 또 다행스럽게도 우리에겐 알리바이가 있소」

「증명할 수 있겠소?」

「너무도 명백하오」

「그건 조사해 보리다. 그밖에 다른 사실을 밝힐 건 없단 말이오?」

「없소. 한 가지 의문이…… 아니 그보다는 한 가지 질문이 있소. 꼭 대답해 주시오. 우리를 배신한 사람이 누구요? 선생 대답을 들어야 내 속이 후련해지겠소. 왜냐하면 우리가 매주 오늘 4시에서 5시까지 그곳에서 만난다는 걸 아는 사람은 단 한 사람밖에 없기 때문이오……. 단 한 사람, 에사레스 베 말이오……. 그도 역시 우리와 상의하기 위해서 모임에 자주 왔는데, 에사레스는 죽었소. 그런데 도대체 누가 우리를 신고했단 말이오?」

「시메옹 영감이오」

「뭐라고요! 시메옹! 시메옹 디오도키스!」

「에사레스 베의 비서 시메옹 디오도키스요」

「그자가! 아! 망할 놈의 영감, 어디 두고 보자……. 아니, 그건 아니오. 그건 불가능하오」

「어째서 불가능하다고 하는 거요?」

「어째서? 그건……」

그는 꽤 오랫동안 생각을 했다. 말을 하면 불리한 점이 없을지 확인하고 있는 것이 분명했다. 잠시 후 그가 말을 마무리했다.

「시메옹 영감은 우리와 뜻이 같았기 때문이오」

「무슨 말을 하는 거요?」

이번에는 파트리스가 놀라 크게 소리를 질렀다.

「분명히 말하지만 시메옹 디오도키스는 우리와 뜻이 같았단 말이오. 그는 우리 편이었소. 에사레스 베의 수상한 계략을 우리에게 알려 준 것도 시메옹이오. 저녁 9시에 우리에게 전화를 걸어 에사레스가 옛날 온실의 화덕에 불을 붙였으니 불똥 신호가 곧 올라갈 거라고 미리 말해 준 사람도 그 사람이오. 우리에게 문을 열어 준 것도 그 사람이오. 물론 저항하는 척하면서 말이오. 그리고 그는 자진해서 수위실에 묶여 있었소. 마지막으로 하인들에게 돈을 주고 휴가를 보낸 것도 그 사람이란 말이오」

「하지만 파키 대령은 그에게 자기 공범을 대하듯 말하지 않았는데……」

「에사레스의 마음을 돌리기 위한 연극이었소. 처음부터 끝까지 모두 연극이었단 말이오!」

「좋소. 하지만 시메옹은 무엇 때문에 에사레스를 배신했을까? 돈 때문에?」

「아니오, 증오 때문이오. 에사레스 베에 대한 그의 증오는 우리들까지도 종종 놀라게 했소」

「동기는?」

「모르오. 시메옹은 말이 없는 사람이오. 하지만 동기는 아주 오래전의 일 같았소」

「그는 황금을 감춰 둔 장소를 알고 있소?」

데말리옹 씨가 물었다.

「아니오. 찾아보았을 뿐이오. 그게 잘못은 아니잖소! 그는 자루들이 어떻게 지하실에서 나갔는지 전혀 모르오. 그곳은 임시 은닉처였을 뿐이오」

「어쨌든 자루들은 그의 집에서 빠져나갔소. 그렇다면 이번에는 동일한 경우가 아니었다고 누가 장담할 수 있겠소?」

「이번에는 우리가 밖에서 감시하고 있었소. 사방에서 말이오.

그건 시메옹 혼자서는 할 수 없는 일이오」

　이번에는 파트리스가 다시 말했다.

「그에 관해서 더 알고 있는 것이 없습니까?」

「없소. 아! 그러나 꽤 흥미로운 일이 있었지. 사건이 일어나던 날 오후에 나는 편지 한 통을 받았는데, 그건 시메옹이 내게 몇 가지 정보들을 알려 주는 편지였소. 그런데 그 봉투 안에는 다른 편지가 하나 더 있었는데, 그 안에 넣어진 건 어처구니없는 실수였던 것 같았소. 왜냐하면 그건 엄청나게 중요한 편지로 보였기 때문이오」

「그 편지에는 뭐라고 씌어 있었습니까?」

　파트리스가 불안하게 물었다.

「어떤 열쇠에 관한 문제였소」

「정확하게 말해 줄 수 있겠소?」

「여기 편지가 있소. 나는 그에게 편지를 돌려주고 주의를 주려고 몸에 간직하고 있었소. 자, 분명 그의 필체요……」

　파트리스는 종이를 건네받았다. 곧바로 그의 이름이 보였다. 편지는 그가 예감했던 대로 그에게 보낸 것이었다. 그가 받지 못한 바로 그 편지였다.

　파트리스,

　넌 오늘 저녁에 열쇠를 하나 받을 것이다. 그 열쇠로 센 강 쪽으로 내려가는 골목길 중간에 있는 두 개의 문을 열 수 있다. 하나는 네가 사랑하는 여자의 정원으로 들어가는 오른쪽 문이고, 다른 하나는 4월 14일 오전 9시에 너와 내가 만날 정원으로 들어가는 왼쪽 문이다. 네가 사랑하는 여자도 그날 그곳에 있을 것이다. 너희들은 내가 누구인지, 내가 이루려는 목적이 무엇인지 알게 될 것이다. 너희 둘은 모두 과거의 일들에 대하여 알게 될 것이고, 서로 더욱 가까워질 것이다.

4월 14일, 오늘 저녁 여기에서 시작되는 싸움은 끔찍할 것이다. 만약에 내가 죽는다면, 네가 사랑하는 여자에게 가장 큰 위험이 닥쳐올 것이 분명하다. 그녀를 잘 지켜봐라, 파트리스. 그녀에게서 잠시도 보호의 눈길을 떼어서는 안 된다. 그러나 나는 죽지 않을 것이다. 따라서 너희들은 내가 그토록 오랜 세월 동안 너희들을 위해 준비해 온 행복을 누리게 될 것이다.

내 모든 애정을 담아.

「편지에는 서명이 없소」
부르네프가 말했다.
「그러나 다시 말하지만 그건 시메옹의 필체요. 여자는 물론 에사레스 부인이오」
「그런데 그녀에게 무슨 위험이 닥친다는 거요?」
파트리스가 불안하게 소리쳤다.
「에사레스는 죽었습니다. 그러니까 두려워할 게 전혀 없어요」
「그건 모르는 일 아니오? 그는 무서운 사람이었소」
「그의 복수를 누구에게 맡겼을까요? 그의 사업을 계속할 사람은 누구일까요?」
「나는 모르오. 하지만 조심해야 합니다」

파트리스는 더 이상 듣지 않았다. 그는 황급하게 데말리옹 씨에게 편지를 건네주더니 아무 말도 들으려 하지 않고 자리를 떴다.

「레이누아르가로 갑시다. 빨리요」

자동차에 올라탄 그가 운전사에게 말했다.

그는 조바심이 났다. 시메옹 영감이 말한 위험이 갑자기 코랄리의 머리 위에 매달려 있는 것 같았다. 그가 없는 틈을 이용하여 적이 벌써 그의 사랑하는 여자를 공격하고 있는 듯한 기분이었다. 시메옹은 「내가 죽으면 누가 그녀를 지킬 수 있겠는가?」 하고 말했다. 그런데 그 가정은 일부가 현실로 나타나고 있었다. 그는 실성했기 때문이다.

파트리스는 중얼거렸다.

「이런, 이게 뭔가. 바보같이…… 내가 망상을 키우고 있어……. 아무 동기도 없는데……」

그러나 그의 고통은 시시각각으로 점점 커져 갔다. 그는 시메옹 영감이 열쇠로 코랄리의 정원 문을 열 수 있다는 것을 그에게 의도적으로 알린 것이라고 생각했다. 그렇게 해서 필요한 경우에는 파트리스가 여자의 옆에까지 잠입함으로써 효과적인 보호 감시를 할 수 있도록 말이다.

그는 멀리서 시메옹을 보았다. 밤이 되어 그 사람 좋은 노인은 저택으로 돌아가고 있었다. 파트리스는 수위실 앞에서 그를 앞질러 가면서 그의 흥얼거리는 노래 소리를 들었다. 파트리스가 보초병에게 물었다.

「별일 없나?」

「없습니다, 대위님」

「코랄리 엄마는?」

「정원을 한 바퀴 돌고 30분 전에 다시 올라가셨습니다」

「야봉은?」

「야봉은 코랄리 엄마의 뒤를 따라갔습니다. 엄마의 방문 앞에 있을 겁니다」

파트리스는 더욱 조용하게 계단을 올라갔다. 그러나 2층에 이르렀을 때, 그는 전등이 켜져 있지 않은 것을 보고 매우 놀랐다. 그는 스위치를 눌렀다. 그러자 복도 끝 코랄리 엄마의 방 앞에서 무릎을 꿇고 머리를 벽에 기대고 있는 야봉이 보였다. 방문이 열려 있었다.

「너 지금 뭐하고 있는 거야?」

그가 달려가며 외쳤다.

야봉은 대답이 없었다. 파트리스는 그의 군복 어깨 부위에 피가 있는 것을 확인했다. 그 순간 세네갈 병사가 쓰러졌다.

「이럴 수가! 야봉이 다쳤어……! 죽은 것 아닌가!」

그는 야봉의 몸을 뛰어넘어 방 안으로 뛰어들면서 전등을 켰다.

코랄리가 소파 위에 쓰러져 있었다. 끔직스런 붉은 비단 끈이 그녀의 목을 감고 있었다. 그러나 파트리스의 마음에는 치유할 수 없는 불행 앞에서 느끼게 마련인 절망의 끔찍한 중압감은 없었다. 그가 보기에 코랄리의 얼굴은 죽은 사람의 창백한 낯빛이 아니었기 때문이다. 실제로 코랄리는 숨을 쉬고 있었다.

「그녀는 죽지 않았어……. 죽지 않았다고……」

파트리스는 혼자 중얼거렸다.

「그녀는 죽지 않을 거야. 확실해……. 야봉도 마찬가지야…….

공격이 빗나갔어」

그는 노끈을 풀었다.

몇 초 후, 코랄리가 크게 숨을 쉬며 의식을 회복했다. 그녀는 그를 보고 미소 지었다.

그러나 곧바로 기억이 난 듯, 그녀는 아직 힘이 없는 양팔로 그를 잡으며 떨리는 목소리로 말했다.

「오! 파트리스, 무서워요……. 당신이 어떻게 될까 봐 두려워요……」

「뭐가 무섭단 말인가요, 코랄리? 어떤 놈이었습니까……?」

「보지 못했어요……. 그가 불을 껐어요……. 그리고 곧장 제 목을 잡고 낮게 말했어요. 〈네가 먼저…… 오늘 밤엔 네 애인 차례다…….〉 오! 파트리스, 당신이 걱정돼요…… 그대가 어떻게 될까 봐 두려워요, 파트리스……」

심연 속으로

파트리스는 즉각 결정했다. 그는 여자를 침대로 옮기고, 침대에서 꼼짝하지 말고 아무도 부르지 말라고 그녀에게 당부했다. 이어 그는 야봉이 중상을 입지 않았다는 걸 확인했다. 마지막으로 그는 세차게 종을 울렸다. 그가 집 안 곳곳에 설치해 둔 초소에 연락하는 모든 종들을 울리게 한 것이다.

부하들이 급히 몰려왔다. 그가 그들에게 말했다.

「너희들은 짐승만도 못한 놈들이다. 누군가 여기에 침입했다. 코랄리 엄마와 야봉이 살해될 뻔했다……」

그들이 놀라 웅성거렸다.

「조용히해!」

그가 명령했다.

「너희들은 몽둥이질을 당해도 싸다. 허나 용서하겠다. 단 조건이 하나 있다. 오늘 저녁부터 밤새도록 너희들은 코랄리 엄마가 죽은 것처럼 말해야 한다」

그들 중 한 사람이 이의를 제기했다.

「그런데 누구에게 말을 합니까, 대위님? 여기에는 아무도 없지 않습니까」

「이 바보 같은 녀석아, 누군가 있다. 코랄리 엄마와 야봉이 공격을 당하지 않았나? 최소한 너희들은 아닐 것이다……. 그렇지? 그러니까…… 자, 얼간이 같은 소리는 집어치워! 다른 사람들에게 말하라는 게 아니라 너희들끼리 얘기하란 말이다……. 그리고 너희들 혼자만의 의식 속에서까지 그렇게 생각하라는 뜻이다. 누군가 너희 얘기를 귀 기울여 듣고, 너희들을 염탐하고 있다. 너희들이 얘기하는 소리를 들으면서 너희들이 말하지 않는 것을 추측하고 있다. 따라서 코랄리 엄마는 내일까지 방에서 나오지 않을 것이다. 우리 모두 교대로 그녀를 지킬 것이다. 나머지는 저녁 식사를 마치자마자 곧 잠자리에 들도록. 집 안을 오고가는 것도 금한다. 절대 침묵이다」

「그럼 시메옹 영감은 어떻게 합니까, 대위님?」

「그의 방에서 나오지 못하게 해라. 그는 실성했기 때문에 위험하다. 그의 광기를 이용하여 그가 문을 열어 주게 한 적이 있었다. 그를 가두어 두도록!」

파트리스의 계획은 단순했다. 코랄리가 죽기 직전에 있다고 생각한 적은 파트리스 역시 죽이겠다는 자기의 목적을 코랄리에게 밝혔기 때문에, 아무도 그의 계획을 알지 못하며 그를 경계하지도 않으니 자유롭게 행동할 수 있다고 믿게 만들어야 했다. 적은 올 것이다. 그러면 그는 싸움을 해야 할 것이고, 함정에 빠질 것이다.

싸움을 기다리면서 파트리스는 야봉을 보살폈다. 그의 상처는 사실 그리 심각하지 않았다. 그는 야봉과 코랄리 엄마에게 물어 보았다.

그들의 대답은 같았다. 코랄리는 약간 피곤하여 누워서 책을 읽고 있었다고 했고, 야봉은 열린 방문 앞 복도에서 아랍인들처럼 쪼그리고 앉아 있었다고 했다. 그들은 둘 다 수상한 소리를 전혀 듣지 못했다. 그런데 갑자기 야봉이 복도의 빛과 자기 사이에 끼어드는 그림자를 보았다. 전구에서 발산되던 그 불빛은 방 안을 밝히고 있던 전구와 동시에 꺼졌다. 이미 반쯤 일어서던 야봉은 목덜미에 강한 가격을 받고 의식을 잃었다. 코랄리는 안방의 문을 통해 도망치려 했지만 문이 열리지 않아 소리를 지르기 시작했는데, 그만 그에게 붙잡혀 거꾸러지고 말았다. 그 모든 것은 단 몇 초 만에 일어난 일이었다.

파트리스가 끌어낼 수 있었던 단 하나의 단서는 범인이 계단으로 온 것이 아니라 하인들의 숙소라 불리는 측면의 부속 건물 쪽에서 왔다는 것이었다. 그 측면 건물은 좀 더 작은 계단으로 연결되어 찬방이 딸린 부엌으로 통해 있었는데, 거기에는 레이누아르가 쪽으로 난 뒷문이 있었다.

파트리스는 그 문이 열쇠로 잠겨 있는 것을 알았다. 하지만 누군가 그 문의 열쇠를 가지고 있을 수도 있었다.

파트리스는 저녁에 코랄리의 침대 맡에서 잠시 시간을 보내다가 9시에 자기 방으로 돌아갔다. 그의 방은 코랄리의 방과 같은 방향이었지만 약간 멀리 떨어져 있었다. 전에는 에사레스 베가 흡연실로 사용하던 방이었다.

한밤중이 될 때까지는 별다른 습격이 없을 거라고 생각한 파트리스는 벽에 대어 놓은 접개식 뚜껑이 달린 책상 앞에 앉아 기록장을 꺼냈다. 그는 그날 일어난 일들을 자세하게 일기로 적어 내려가기 시작했다.

그는 30, 40분 동안 일기를 썼다. 그가 쓰기를 거의 마치고 기록장을 덮을 무렵, 그는 뭔가 희미하게 스치는 소리를 들었다고 생각했다. 그의 신경이 극도로 긴장해 있지 않았더라면 물론 감지하지 못했을 것이었다. 그 소리는 창문 쪽 바깥에서 들려오고 있었다. 그는 코랄리와 자기가 총격을 받았던 날을 상기했다. 그러나 이제는 창문이 굳게 닫혀 있었다.

그래서 그는 고개를 돌리지 않고, 그의 주의력이 집중되어 있다고 생각하지 않도록 계속해서 일기를 쓰고 있었다. 그는 자기도 모르는 사이에 그의 불안한 심정을 나타내는 문장을 적고 있었다.

그가 저기에 있다. 나를 바라보고 있다. 그는 어떻게 할까? 그가 유리창을 깨고 내게 총을 쏠 것 같지는 않다. 그 방법은 불확실해서 그는 이미 실패한 적이 있다. 그래, 그는 다른 방식으로 좀 더 간교하게 계획을 세웠을 것이다. 내 생각엔 저 놈은 내가 잠자리에 들 때까지 지켜보고 있다가 내가 잠이 든 것을 확인한 다음에야 들어올 것 같다. 어떻게 들어올지는 모르겠다.

바로 지금 여기에서, 나는 그가 나를 바라보고 있음을 느끼면서 진정한 쾌락을 맛보고 있다. 그는 나를 증오한다. 우리 두 사람의 증오는 두 개의 검이 서로를 탐색하다가 쇳소리를 내며 부딪치는 것처럼 곧 서로 만날 것이다. 그가 나를 쳐다보고 있다. 마치 어둠 속에 웅크리고 있는 맹수가 먹이를 노려보며 어디를 물어뜯을지 고르고 있는 것처럼. 그러나 나는 그가 바로 패배와 진압의 제물로 미리 바쳐진 먹이라는 것을 알고 있다. 그는 칼과 붉은 노끈을 준비하고 있다. 나는 이 두 손으로 싸움을 끝낼 것이다. 내 손은 강하고 힘이 세다. 가차 없이 눌러 버릴 것이다…….

파트리스는 책상 뚜껑을 다시 닫았다. 그리고 매일 저녁 그랬던 것처럼 담배에 불을 붙이고 평온하게 연기를 내뿜었다. 그러고는 옷을 벗어 의자 등받이에 조심스럽게 걸쳐 놓고는 손목시계의 태엽을 감은 뒤 자리에 누워 불을 껐다.

〈마침내, 곧 알게 된다. 그가 누구인지를. 에사레스의 친구? 그의 사업을 계속할 후계자? 하지만 코랄리에 대한 증오는 무슨 까닭인가? 나까지 공격하려는 걸 보면 저놈도 그녀를 사랑하고 있단 말인가? 곧 알게 될 거야……. 알게 되겠지……〉

한 시간이 흘렀다. 그리고 다시 한 시간이 흘렀다. 그러나 창문 쪽에서는 아무 일도 일어나지 않았다. 책상 쪽에서 삐걱거리는 소리만 났을 뿐이었다. 하지만 그것은 틀림없이 조용한 밤이면 흔히 들리는 가구의 삐걱대는 소리였을 것이다.

파트리스의 기대는 깨지기 시작했다. 사실 그는 코랄리 엄마의 거짓 죽음에 관련된 모든 연극이 별 효과가 없으며, 그와 대적한다는 위인이 그렇게 쉽게 잡힐 만큼 호락호락하지는 않을 것이라는 사실을 깨닫고 있었다. 심기가 꽤 뒤틀린 그가 막 잠이 들려고 할 때였다. 전과 똑같이 삐걱이는 소리가 같은 곳에서 들려왔다.

위험하다고 생각한 그가 침대에서 뛰어내렸다. 그는 불을 켰다. 이상한 것은 아무것도 없어 보였다. 외부에서 침입한 흔적도 없었다.

〈이런, 정말로 내가 기력이 쇠한 거야. 적은 내 의도를 간파하고 그에게 파 놓은 함정을 눈치 챘어. 잠이나 자자. 오늘 밤은 아무 일도 없을 거야.〉

실제로 그날 밤엔 비상 경보가 없었다.

이튿날, 파트리스는 창문을 살펴보다가 정원 쪽을 향한 저택의 전면 전체에 걸쳐 1층 상단부에 석조 코니스가 길게 뻗어 있는 것을 보았다. 그것은 한 사람이 발코니의 난간과 빗물받이 홈통을 붙들고 걸을 수 있을 만큼 충분히 넓었다.

그는 그 코니스를 통해 들어갈 수 있는 방들을 모두 가 보았다. 그중 하나가 시메옹 영감의 방이었다.

「영감이 방에서 나가지 않았나?」

그의 감시 임무를 맡은 두 병사들에게 그가 물었다.

「믿으셔도 좋습니다, 대위님. 어떤 경우에도 그에게 문을 열어 준 적이 없습니다」

파트리스는 방으로 들어갔다. 그리고 여전히 불 꺼진 파이프를 입에 물고 있는 영감은 그대로 놔두고 방을 뒤지기 시작했다. 그 방이 적의 피신처로 사용될 수도 있다는 생각에서였다.

그 방에는 아무도 없었다. 그러나 그는 벽장에서 몇 가지 물건들을 발견했는데, 데말리옹 씨와 함께 가택 수색을 할 때는 전혀 보지 못했던 것들이었다. 그것은 줄사다리, 가스관처럼 생긴 납으로 만든 도관 한 묶음, 그리고 용접용 소형 램프였다.

〈이것들 모두 정말로 수상하군. 이 물건들이 어떻게 여기로 들어왔을까? 시메옹이 아무 뚜렷한 목적도 없이 그냥 모아 놓은 것일까? 아니면 시메옹은 단지 적의 끄나풀에 지나지 않는다고 생각해야 할까? 실성하기 전의 그는 적을 알고 있었다. 그런데 지금

은 적의 영향을 받고 있다.〉

시메옹은 그에게 등을 돌린 채 창문 앞에 앉아 있었다. 파트리스는 그에게 다가갔다가 깜짝 놀랐다. 영감은 두 손에 흑진주와 백진주로 된 장례 화환을 들고 있었다. 화환에는 1915년 4월 14일이라는 날짜가 새겨져 있었다. 그것은 시메옹이 그의 죽은 친구들의 무덤 위에 놓아둘 스무 번째 화환이었다.

「그는 화환을 갖다 놓을 거야」

파트리스가 큰 소리로 말했다.

「평생 동안 그를 이끌어 온 우정과 복수자의 본능이 광기에 빠졌어도 여전히 지속되고 있어. 그는 그것을 갖다 놓을 거야. 시메옹, 그렇지 않소? 내일 화환을 갖다 놓으러 갈 거잖소? 4월 14일, 성스러운 기념일이 내일이잖소……」

그는 시메옹에게 몸을 기울였다. 길들이 교차로에서 만나듯이 좋거나 나쁜, 또는 이롭거나 해로운 온갖 음모들이 그에게로 와서 서로 만나고, 그것으로 복잡하게 뒤얽힌 드라마가 연출되는 그 이해할 수 없는 존재에게. 시메옹은 그에게서 화환을 빼앗아 가려고 하는 줄 알았는지, 사나운 몸짓으로 화환을 자기 가슴에 세차게 끌어당겼다.

파트리스가 말했다.

「두려워하지 말아요. 가져가지 않을게요. 내일 봅시다, 시메옹. 내일 봐요. 코랄리와 나는 당신이 우리에게 정해 준 약속 시간을 정확하게 지킬 겁니다. 그리고 내일은 아마 끔찍한 과거에 대한 기억이 당신의 두뇌를 되살릴지도 모르겠군요」

파트리스에게는 그날 하루가 길게 느껴졌다. 그는 암흑을 밝혀 주는 한줄기 빛 같은 무엇을 얻으려고 너무나도 조바심이 났던 것이다! 그리고 그 빛은 4월 14일의 이 스무 번째 기념일에 일어날 사건들로부터 바로 솟아 나오지 않겠는가?

오후의 끝 무렵에 데말리옹 씨가 레이누아르가에 들러 파트리스에게 말했다.

「보십시오. 이게 내가 받은 것인데, 상당히 재미있어요…….
필체를 위조한 익명의 편지입니다……. 이 부분을 한번 들어 보십시오. 〈선생, 당신은 황금이 곧 사라질 거라는 통보를 받았습니다. 주의하십시오. 내일 저녁에 1,800개의 자루들이 외국으로 운송될 것입니다. ──프랑스의 한 친구.〉」

「내일이면 4월 14일이군요」

즉시 날짜를 계산한 파트리스가 말했다.

「맞습니다. 그런데 날짜를 말씀하시는 이유는?」

「아! 아무것도 아닙니다……. 그냥 생각이 나서……」

그는 4월 14일이라는 날짜에 관련된 모든 사실들과 시메옹 영감의 기이한 인품과 관련된 모든 것들을 데말리옹 씨에게 이야기할 뻔했다. 그가 말을 하지 않은 것은 이유가 분명치 않았기 때문이었다. 어쩌면 사건의 그 부분만큼은 끝까지 혼자 해결하고 싶었기 때문인 것도 같고, 또 어쩌면 과거의 온갖 비밀들을 데말리옹 씨에게 노출하기를 꺼리는 일종의 수치심 때문인 것도 같았다. 따라서 그는 그 점에 관해서는 침묵을 지키기로 하고 이렇게 말했다.

「그런데 그 편지는?」

「글쎄요, 뭔지 잘 모르겠습니다. 이것이 근거 있는 경고일까요? 아니면 우리에게 다른 행동보다는 하나의 행동을 하게 만들려는 계략일까요? 부르네프와 얘기해 봐야겠어요」

「그에겐 여전히 특기할 만한 것이 없습니까?」

「없습니다. 나도 그 이상을 기대하고 있지 않습니다. 그가 얘기한 알리바이는 사실입니다. 그와 그의 친구들은 이미 역할이 끝나 버린 단역에 지나지 않습니다」

이 대화에서 파트리스는 오로지 한 가지 사실, 날짜가 같다는 것만을 기억했다.

이 사건을 두고 데말리옹 씨와 그가 추적한 서로 다른 두 가지의 탐색이 그토록 오래전부터 운명적으로 정해져 있던 날짜에서 뜻밖의 일치점을 찾게 되었다. 곧 과거와 현재가 조우할 것이었다. 사건의 결말이 다가오고 있었다. 황금이 영원히 사라질 날도, 미지의 목소리가 파트리스와 코랄리를 20년 전, 그들의 부모들이 약속했던 만남의 장소에 불러낸 것도 같은 4월 14일이었다.

마침내 이튿날, 4월 14일이었다.

파트리스는 9시부터 시메옹 영감의 소식을 물었다.

「나갔습니다, 대위님」

그에게 병사들이 대답했다.

「외출 금지령을 해제하셨지 않습니까」

파트리스는 그의 방으로 들어가 화환을 찾아보았다. 당연히 화환은 없었다. 그러나 벽장 속의 세 가지 물건, 줄사다리, 납 도관 묶음, 용접용 램프도 보이지 않았다. 그가 물었다.

「시메옹은 아무것도 가져가지 않았나?」

「아니요, 대위님. 화환을 가져갔습니다」

「다른 건?」

「없습니다, 대위님」

창문이 열려 있었다. 파트리스는 그 물건들을 창문으로 내려

보냈을 거라고 생각했다. 영감의 무의식적인 공조가 있을 거라는 그의 가설이 확인된 셈이었다.

10시가 되기 조금 전에 그는 정원에서 코랄리를 만났다. 파트리스는 최근에 일어난 일들을 그녀에게 말해 주었다. 여자는 얼굴이 창백해지면서 불안해했다.

그들은 잔디밭을 한 바퀴 돈 다음, 아무도 보지 않는 사이에 골목 문을 가리고 있는 참빗살나무 숲으로 들어갔다. 파트리스는 그 문을 열었다.

다른 또 하나의 문을 열려고 할 때 그는 망설였다. 그는 데말리옹 씨에게 알리지 않고 코랄리와 단둘이서 그 순례를 감행하는 걸 후회했다. 몇 가지 징후들이 위험을 알려 주고 있었기 때문이다. 그러나 그는 그 생각을 떨쳐 버렸다. 그는 두 자루의 권총을 가져오는 것을 잊지 않았다. 두려워할 게 뭐가 있단 말인가?

「들어가는 겁니다. 그렇죠, 코랄리?」

「네」

「그런데 당신은 아직도 결정을 내리지 못하고 불안해 보이는데……」

「맞아요」

코랄리가 작은 소리로 말했다.

「마음이 조마조마해요」

「왜요? 두려워요?」

「아니에요……. 아니 맞아요……. 오늘 일에 대해서는 두렵지 않은데 옛날 일은 좀 두려워요. 4월의 어느 아침에 저처럼 이 문을 건너갔을 제 불쌍한 어머니를 생각하고 있어요. 어머니는 아주 행복했겠죠. 사랑을 향해 가고 있었으니……. 그래서 제가 어머니를 붙들고 소리치고 싶은 기분이에요.〈가지 마세요…… 죽음이 도사리고 있어요……. 가지 마세요…….〉그런데 그 무서운 말을 지금 제가 듣고 있어요……. 그 말들이 귓가에서 맴돌고 있어요……. 그래서 감히 걸음을 뗄 수가 없어요. 무서워요……」

「돌아갑시다, 코랄리」

그녀는 그의 팔을 붙잡았다. 그리고 단호한 목소리로 말했다.

「가요. 기도하고 싶어요. 기도를 하면 나아질 거예요」

그녀는 용감하게 어머니가 갔던 작은 오솔길을 따라갔다. 그리고 무성한 잡초와 길을 침범한 나뭇가지 사이를 헤치고 올라갔다. 그들은 별채를 왼쪽으로 끼고 그들의 부모들이 잠들어 있는 야외 회랑으로 들어섰다. 그곳에 도착하자마자 그들은 첫눈에 스무 번째 화환이 놓여 있는 것을 보았다.

「시메옹이 왔어요」

파트리스가 말했다.

「그 무엇보다도 강한 본능이 그를 이리로 오게 했어요. 여기에서 멀지 않은 곳에 있을 겁니다」

코랄리가 무릎을 꿇고 기도를 하는 동안, 그는 회랑의 주변을 살피면서 정원의 중간 지점까지 내려갔다. 그러나 시메옹은 여전히 보이지 않았다. 이제 남은 곳은 별채밖에 없었다. 그런데 그것은 그들이 지금까지 미뤄 온 위험한 행동임이 분명했다. 두려워서 그런 건 아니라 해도, 적어도 죽음과 범죄의 현장에 들어설 때 느끼는 신성한 공포 같은 무엇 때문이었다.

이번에도 행동의 개시를 알린 것은 여자였다.

「가요」

그녀가 말했다.

파트리스는 창문과 출입구가 모두 폐쇄된 것으로 보이는 별채 안으로 어떻게 들어가야 할지 몰랐다. 그러나 별채로 가까이 가면서 그들은 마당 쪽으로 난 뒷문이 활짝 열려 있는 것을 알았다. 그들은 즉시 시메옹이 안에서 그들을 기다리고 있다고 생각했다.

그들이 별채의 문턱을 넘어선 것은 10시 정각이었다. 작은 현관의 한쪽은 부엌으로 통하고, 다른 한쪽은 침실로 통해 있었다. 정면에 있는 방이 주로 생활하는 공간인 것 같았다. 방문은 살짝 열려 있었다. 코랄리가 더듬거렸다.

「옛날에…… 일이 일어난 곳이 여기인 것 같아요……」

「그래요」

파트리스가 말했다.

「시메옹이 있을 거예요. 하지만 코랄리, 내키지 않으면 그만두는 게 더 나아요」

본능적인 의지가 여자를 지탱해 주고 있었다. 아무것도 그녀의 충동을 멈추게 하지 못했다. 그녀는 앞으로 나아갔다.

방은 넓었지만 가구가 놓인 방식으로 인하여 어딘지 모르게 친밀감을 주었다. 등받이 없는 긴 소파, 안락의자, 양탄자, 벽지 등 모든 것이 그녀를 편안하게 만들어 주고 있었다. 그곳에 살던 사람들의 비극적인 죽음 이후로도 변한 것이 없는 것 같았다. 그런 느낌은 오히려 아틀리에의 모습에서 한층 강하게 풍겨 왔다. 망루가 있는 매우 높은 천장 한가운데로 유리창을 내어 그리로 빛이 쏟아지고 있었기 때문이다. 아틀리에에는 창문이 두 개 있었지만 커튼으로 가려져 있었다.

「시메옹이 없어요」

파트리스가 말했다.

코랄리는 대답하지 않았다. 그녀는 감격에 겨운 얼굴로 물건들을 살피고 있었다. 그곳에 있는 책들은 모두 지난 세기의 것들이었다. 그중 몇 권에는 노랗거나 파란 장정 위에 연필로 〈코랄리〉라는 서명이 되어 있었다. 자수용 캔버스, 모직물 가닥 끝에 바늘이 달려 있는 장식용 양탄자 등 부인의 작품들이 미완성으로 남아 있었다. 또한 〈파트리스〉라고 서명된 책들과 시가 상자, 필기용 밑받침, 펜 꽂이, 잉크 병도 있었다. 그리고 두 장의 작은 사진이 각각 사진틀 속에 들어 있었다. 파트리스와 코랄리의 어릴 적 사진이었다.

그렇게 옛날의 삶 전체가 계속되고 있었다. 그것은 열렬하고 순간적인 열정으로 서로 사랑하고 있는 두 연인의 삶일 뿐만 아니라, 오랜 세월 동안 삶을 공유해 왔다는 확신과 평온 속에 서로 만나는 두 존재의 삶이기도 했다.

「오! 엄마, 엄마」

코랄리가 속삭였다.

그녀는 그곳에 모여 있는 유품들 하나하나를 볼 때마다 더욱더 감정이 복받쳐갔다. 그녀가 몸을 떨면서 파트리스의 어깨에 기대어 왔다.

「나갑시다」

그가 말했다.

「네, 그래요. 그게 나을 것 같아요. 나중에 다시 오도록 하죠……. 부모님들 곁에 다시 오도록 해요……. 친밀했던 그분들의 깨어진 삶을 여기에서 다시 이어 가기로 해요. 가요. 오늘은 더 이상 힘이 없어요」

그러나 그들은 몇 걸음 가지 않아 아연실색하며 멈춰서야 했다. 문이 닫혀 있었다.

그들은 불안한 눈빛으로 서로를 바라보았다.

「우리는 문을 닫지 않았어요. 그렇죠?」

그가 말했다.

「네」

그녀가 말했다.

「안 닫았어요」

그가 문을 열기 위해 가까이 갔다. 그러나 문에는 손잡이도 열쇠도 없는 것을 알았다.

그것은 단 하나의 문짝으로 된 통나무 문으로, 튼튼하고 육중해 보였다. 그것은 떡갈나무의 중심부에서 떼어 내 통째로 깎아 만든 것 같았다. 니스나 페인트 칠도 하지 않은 문이었다. 누군가 어떤 도구를 이용하여 문을 두드린 듯, 여기저기 긁힌 자국이 있었다.

그런데…… 그런데…… 오른편에는 다음과 같은 말이 연필로 씌어 있었다.

파트리스와 코랄리——1895년 4월 14일
우리의 복수는 신께서 하시리라.

그 밑에는 십자가가 있고, 십자가 아래에는 다른 필체로 또 다른 날짜가 적혀 있었다. 그것은 최근에 쓴 듯했다.

1915년 4월 14일

「1915년……! 1915년이라고……!」

파트리스가 말했다.

「소름 끼치는군요……! 오늘 날짜예요! 이것은 누가 썼죠? 방금 썼어요. 오! 끔찍하군요……! 어디 봅시다…… 어디…… 그래도 우리는……」

그는 창가로 달려가 창문을 가리고 있던 커튼을 단번에 떼어내고 십자형 창문을 열었다.

그의 입에서 탄식이 흘러나왔다.

창문은 막혀 있었다. 유리창과 덧문 사이에 끼워 넣은 큼직한 석재들로 막혀 있었다.

그는 다른 창문으로 달려갔다. 역시 마찬가지였다.

두 개의 문이 더 있었다. 오른쪽에는 침실로 통하는 문이 있고, 왼쪽에는 부엌에 딸린 방으로 통하는 문이 있었다.

그는 신속하게 그 문들을 열어 보았다.

둘 다 막혀 있었다.

그는 순간 질겁하여 사방으로 뛰어다녔다. 그리고 세 개의 문 가운데 처음에 흔들어 보았던 문으로 다시 달려들었다. 꼼짝도 하지 않았다. 그것은 마치 움직이지 않는 바위 더미 같은 느낌을 주었다.

그들은 넋이 나간 듯 다시 서로를 쳐다보았다. 끔찍한 생각이 그들의 머릿속을 똑같이 엄습하였다.

옛날의 일이 다시 반복되고 있었다. 극적인 사건이 동일한 상황에서 다시 시작되고 있었다. 어머니와 아버지 다음으로 이번엔 딸과 아들 차례였다. 옛날의 연인들처럼 현재의 연인들이 잡혀 있었다. 적은 그들을 자기의 힘센 발톱 아래 두고 있었다. 그들은 틀림없이 그들 자신이 곧 당하게 될 죽음을 통해 그들의 부모들이 어떻게 죽었는지 알게 될 것이었다……. 1895년 4월 14일…… 1915년 4월 14일…….

2부

극심한 공포

「아! 안 돼, 안 돼. 그렇게 되진 않을 거야!」

파트리스가 소리쳤다.

그는 다시 창문과 문으로 돌진하였다. 그는 난로 안의 장작 받침쇠를 손에 들고 나무 문짝과 석재로 된 벽을 두들겼다. 소용없는 일이었다! 옛날에 그의 아버지도 그와 똑같이 해 보았던 일이었다. 그는 나무 문짝과 돌로 된 벽에 똑같이 긁힌 자국만 낼 수 있을 뿐이었다. 부질없고 터무니없는 일이었다.

그는 절망에 빠져 외쳤다.

「아! 코랄리 엄마, 코랄리 엄마, 내 잘못입니다. 당신을 이런 지경으로 내몰다니! 혼자 싸우려 했던 것이 어리석었어요. 요령을 알고 익숙한 사람들의 도움을 청했어야 했어요……! 아니오, 난 할 수 있으리라 생각했습니다……. 용서해 주십시오, 코랄리」

여자는 안락의자로 쓰러졌다. 그는 거의 무릎을 꿇고 두 팔로 그녀를 끌어안으며 애원했다.

그녀는 그를 진정시키려고 미소를 지으며 조용히 말했다.

「보세요, 우리 용기를 잃지 말아요. 우리가 잘못 생각하고 있는지도 몰라요……. 결국 이 모든 일이 우연의 결과일 수도 있잖아요」

「날짜요! 올해, 오늘 날짜는 다른 사람의 손으로 씌어졌어요! 다른 날짜는 우리 부모님들이 쓰신 겁니다……. 하지만 이것, 코랄리, 이 날짜는 계획적으로 우리를 해치려는 집요한 의지를 보여 주는 것 아니에요?」

그녀는 몸을 떨었다. 그러나 그녀는 끝내 그를 진정시키고 말겠다는 듯 다시 말했다.

「좋아요. 그렇다고 해요. 하지만 아직 거기까지 가진 않았잖아요. 우리에게 적이 있다면 친구들도 있어요……. 친구들이 우리를 찾을 거예요……」

「우리를 찾겠죠. 하지만 어떻게 우리를 찾아낼 수 있겠습니까, 코랄리? 우리는 모든 방법을 동원하여 사람들이 우리가 어디로 가는지 모르게 했고, 이 집을 알고 있는 사람도 아무도 없는데 말입니다」

「시메옹 영감은요?」

「시메옹은 여기에 와서 화환을 놓아두었지만, 그와 함께 다른 사람이 왔어요. 그 사람은 시메옹을 조종하는 사람인데, 시메옹이 자기 역할을 완수한 지금, 어쩌면 이미 그에게 죽임을 당했을지도 몰라요」

「그래서요, 파트리스?」

그는 그녀가 매우 놀란 상태임을 느끼고 자신의 나약함이 부끄러워졌다.

그는 스스로 자제하면서 말했다.

「그러니까, 기다려 봅시다. 결국엔 공격이 없을 수도 있어요. 갇혀 있다고 해서 우리가 패배했다는 걸 의미하지는 않아요. 어쨌든 우리는 싸울 거니까요, 그렇죠? 내게는 아직 힘도 수단도 남아 있답니다. 기다려 봅시다, 코랄리. 그리고 싸웁시다. 지금 가장 중요한 것은 예기치 않은 공격이 닥쳐올 수 있는 출입구가 있는지 조사하는 겁니다」

그들은 한 시간 동안 찾아보았지만 아무것도 발견하지 못했다. 벽에서는 어디에서나 같은 소리가 울렸다. 그들이 걷어 낸 양탄자 밑에는 타일 바닥이 있었고, 거기에서는 아무런 이상한 점도 발견할 수 없었다.

마지막으로 문이 있었다. 그 문은 바깥쪽으로 열리게 되어 있어서, 누군가 문을 열지 못하게 할 방법을 찾지 못한 그들은 문 앞에다 방 안에 있는 대부분의 가구들을 옮겨 쌓아 놓았다. 그렇게 바리케이드를 치고 나니 습격으로 깜짝 놀랄 일은 없을 것 같았다.

다음에 파트리스는 지니고 있던 두 자루의 권총에 장전을 하고 자기 가까이 잘 보이는 곳에 놓아두었다.

「이렇게 해 놓으면, 괜찮을 겁니다. 누구든 적이 나타나기만 하면 그는 죽은 목숨입니다」

그러나 과거의 기억이 엄청난 무게로 그들을 짓눌러 왔다. 그들의 모든 말과 행동은 그들의 부모님들이 비슷한 상황에서 똑같은 생각과 공포심을 가지고 이미 말하고 행동했던 것이었다. 파트리스의 아버지는 무기를 준비해 두었을 것이다. 코랄리의 어머니는 두 손을 모으고 기도했을 것이다. 그들은 함께 문을 막아 놓고, 또 함께 벽을 조사하고 양탄자를 들춰 보았을 것이다.

똑같은 극도의 불안이 또 겹쳐지다니, 그 얼마나 기구한 운명인가!

그들은 무서운 생각을 떨쳐 버리기 위해 그들의 부모님들이 읽었던 소설과 소책자들을 펼치고 책장을 넘겼다. 책에는 한 장(章)이 끝나는 부분이나 책의 마지막 부분에 글이 몇 줄 적혀 있었다. 그것은 파트리스의 아버지와 코랄리의 어머니가 서로 적어 놓은 편지들이었다.

나의 사랑하는 파트리스, 저는 오늘 아침 여기까지 달려와 어제의 우리 삶을 다시 느끼고 오늘 오후의 우리 삶을 꿈꾸었어요. 당신이 나보다 먼저 이곳에 온다면 이 글을 읽겠죠. 당신을 사랑한다는 이 말을······.

그리고 또 다른 책에는 이렇게 적혀 있었다.

나의 사랑하는 코랄리,

당신이 방금 내 곁을 떠났으니 내일까지는 당신을 볼 수 없겠지. 우리의 사랑으로 그토록 많은 기쁨을 맛보았던 은신처를 한번 더 당신에게 말도 없이 떠나고 싶지 않소······.

그들은 대부분의 책들을 그렇게 넘겨 보았다. 그러나 사랑과 정열의 고백만이 있을 뿐 그들이 바라던 탈출 방법에 대한 언급은 그 어디에도 없었다.

그리고 무엇이 닥쳐올지 모르는 불안과 기다림 속에 두 시간 이상이 흘렀다.

　파트리스가 말했다.

　「없어요. 아무 일도 없을 겁니다. 그런데 어쩌면 그게 가장 무서운 일일지도 모르겠습니다. 아무 일도 일어나지 않는다면 우리는 여기에서 나가지 못할 운명에 처하기 때문입니다. 그런 경우에는……」

　파트리스가 말을 다 마치지 않았지만 코랄리는 어떤 말이 이어질지 짐작할 수 있었다. 따라서 그들은 똑같이 굶주림으로 인한 죽음을 생각하고 있었다. 굶주림이 그들을 위협하고 있는 것 같았다. 그런데 파트리스가 소리를 쳤다.

　「아니, 아니야. 그걸 두려워할 필요가 없어요. 아니오. 우리 또래의 사람들이 굶어 죽으려면 여러 날이 걸려야 해요. 사흘, 나흘, 그 이상이. 그렇다면 우리는 구출될 것입니다」

　「어떻게요?」

　코랄리가 물었다.

　「어떻게? 우리 병사들이 있잖습니까. 야봉과 데말리옹 씨도 있고 말입니다. 오늘 밤이 넘도록 우리가 돌아오지 않는 걸 알면 그들이 가만 있지 않을 겁니다」

　「파트리스, 좀 전에 당신 입으로 말했잖아요. 그들은 우리가 어디 있는지 알 수가 없다고요」

　「알게 될 거예요. 어렵지 않으니까요. 두 정원 사이에는 골목길 하나밖에 없어요. 그뿐만이 아니에요. 우리의 모든 행적들은 내가 날마다 일기에 기록해서 내 방 책상 안에 넣어 두었으니까요. 야봉이 그걸 알고 있어요. 그는 분명히 데말리옹 씨에게 그 사실을 얘기할 거예요. 그리고…… 또 시메옹이 있어요……. 그 사람은 어떻게 됐을까요? 그가 오가는 것을 사람들이 알지 못할까요? 그가 어떤 식으로든 알리지 않을까요?」

그러나 그런 말들이 그들을 안심시키지는 못했다. 그들이 굶주림으로 죽는 것이 아니라면, 적이 다른 처치 방법을 생각하고 있을 터이기 때문이다. 그들은 아무 행동도 취할 수 없다는 사실이 고통스러웠다. 파트리스는 사태를 새로운 방향으로 끌고 갈 수 있는 묘책이 없는지 다시 찾아보기 시작했다.

그들이 아직 열어 보지 않은 책들 가운데 한 권을 펼친 파트리스는 두 장이 함께 귀가 접혀 있는 것을 발견했다. 1895년에 출판된 책이었다. 그는 붙어 있는 두 장을 다시 떼어 놓았다. 거기에는 그의 아버지가 그를 위해 적어 놓은 글이 있었다.

내 아들 파트리스, 언젠가 네가 우연하게 이 글을 보게 된다면, 그것은 지금 우리를 노리고 있는 끔찍한 죽음 때문에 내가 이 글을 지우지 못했기 때문일 것이다. 그러니 파트리스, 그 죽음의 진실에 관해서는 아틀리에의 두 창문 사이에 있는 벽을 찾아보아라. 아마도 그곳에 진실을 적어 놓을 시간은 있을 것 같다.

당시 두 희생자는 그들에게 닥쳐올 비극적 운명을 그렇게 예견하고 있었다. 파트리스의 아버지와 코랄리의 어머니는 이 별채로 오면서 그들이 위험을 향해 가고 있다는 것을 알고 있었던 것이다.

파트리스의 아버지가 그 계획을 실천할 수 있었는지 알아보아야 했다.

두 창문 사이는 방의 다른 벽면들과 마찬가지로 니스 칠을 한 나무 널빤지로 되어 있었고, 그 위로 2미터 높이에는 돌림띠가 둘러쳐져 있었다. 돌림띠 위로는 아무 장식도 없는 석회 벽이었다.

파트리스와 코랄리는 특별히 주의를 기울이지 않고도 그 지점의 널빤지가 다시 만들어졌으며, 니스 칠도 다른 곳과 구별되는 빛깔을 띠고 있다는 것을 벌써부터 알고 있었다. 파트리스는 난로 안의 장작 받침쇠를 끌로 삼아 돌림띠를 부수고 첫 번째 널빤지를 들어냈다.

그것은 쉽게 부서졌다. 널빤지 아래 석회 벽체에는 글이 씌어 있었다.

〈이건 나중에 시메옹 영감이 사용하는 방법과 동일하다. 벽 위에 글을 쓰고, 나무나 석회로 덮는 방법이지.〉

그가 다른 널빤지들의 윗부분도 부수자, 몇 줄의 글이 온전히 드러났다. 시간이 너무도 부족했던지 연필로 급히 써 내려간 글이었다.

파트리스는 얼마나 벅찬 감동으로 그 글을 읽어 내려갔던가! 그의 아버지는 죽음의 그림자가 그의 주위를 맴도는 순간에 그 글을 썼던 것이다.

그 몇 시간 후, 그는 더 이상 살아 있지 못했을 것이다. 그것은 그의 마지막 고통의 증언이었다. 아마도 그와 그의 사랑하는 여인을 살해하려는 적에 대한 저주였을 것이다.

그는 작은 목소리로 그것을 읽었다.

나는 악당의 의도가 끝까지 이루어지지 않게 하기 위해, 또한 그에 대한 응징을 약속하기 위해 이 글을 쓴다. 코랄리와 나, 우리는 틀림없이 죽을 것이다. 그러나 적어도 우리는 우리 죽음의 원인을 사람들에게 알리지 않고 죽지는 않을 것이다.

불과 며칠 전에 그가 코랄리에게 이렇게 말했다고 한다.

〈당신은 나의 사랑을 거부하고 당신의 증오로 나를 짓누르고 있소. 좋소. 하지만 나는 당신들을 죽일 것이오. 당신의 애인과 당신을. 사람들이 나를 살인범으로 내몰지 않도록 자살처럼 보이게 할 것이오. 모든 준비는 되어 있소. 조심하시오, 코랄리!〉

정말 모든 준비가 되어 있었다. 그는 나를 전혀 모르고 있었지만 코랄리가 날마다 여기에서 누군가를 만나고 있다는 것은 알고 있었을 것이다. 그래서 그는 바로 이 별채 안에 우리의 무덤을 준비해 둔 것이다.

우리는 어떻게 죽을 것인가? 우리는 그걸 모른다. 어쩌면 식량의 부족으로 죽을지도 모른다. 우리가 갇힌 지 네 시간이 지났다. 문은 닫혀 버렸다. 지난밤에 그가 설치했을 육중한 문이다. 문과 창문 등 다른 통로들도 역시 우리가 마지막으로 만난 이후 돌덩이들을 쌓고 시멘트를 발라 놓아 모두 막혀 있다. 탈출은 불가능하다. 우리는 어떻게 될 것인가?

드러난 부분은 거기에서 끝나 있었다. 파트리스가 말했다.

「코랄리, 보다시피 그분들도 우리와 똑같은 고통을 겪었어요. 그분들도 역시 굶주림을 무서워했어요. 또한 기나긴 시간을 기다리면서 아무것도 할 수 없다는 게 너무도 고통스럽다고 생각했어요. 이 글을 써 놓으신 것은 그분들의 생각을 약간이라도 달래기 위한 것이지요」

228

그는 잠시 살펴보더니 이렇게 덧붙였다.

「그분들은 당신들을 죽일 사람이 이 글을 읽지 못하리라고 생각했던 것 같아요. 그건 실제로 그렇게 됐지요. 보세요. 이 두 개의 창문과 그 사이의 벽 앞에는 단 하나의 커튼만 쳐져 있었어요. 이 공간을 차지하고 있는 단 하나의 커튼 봉이 그걸 증명하고 있어요. 우리 부모님들이 돌아가신 후, 아무도 이 휘장을 걷어 보려고 생각하지 않았기 때문에 이 진실이 은폐되어 왔던 거죠……. 시메옹이 그것을 알아내기 전까지는 말이에요. 시메옹은 신중을 기하기 위해 나무 널빤지 밑에 그것을 다시 감추고 하나 대신 두 개의 커튼을 달아 놓았어요. 그래서 모든 것이 아무렇지도 않게 보인 거지요」

파트리스는 다시 작업을 하기 시작했다. 또다시 몇 줄의 글이 드러났다.

아! 나 혼자서만 고통을 당하고 나 혼자서만 죽을 수 있다면! 그러나 이 모든 것보다 끔찍한 공포는 내 사랑하는 코랄리를 내가 끌어들였다는 사실이다. 그녀는 실신을 하여 지금은 안정을 취하고 있다. 극심한 공포로 쓰러져 그것을 극복하려 애쓰고 있다. 나의 가엾은 여인! 그녀의 온화한 얼굴에 벌써 창백한 죽음이 보이는 것 같다. 미안하오, 용서해 주오, 내 사랑하는 여인이여.

파트리스와 코랄리는 서로 바라보았다. 그것은 그들을 혼란스럽게 하고 있는 것과 똑같은 감정, 똑같은 조심성, 똑같은 애정, 상대방의 고통 앞에서 똑같은 자기희생이었다.

파트리스가 중얼거렸다.

「아버지는 내가 당신을 사랑하듯이 당신 어머니를 사랑하고 계셨습니다. 나 역시 죽음이 두렵지 않습니다. 나는 수없이 죽을 고비를 넘겼어요. 그것도 웃으면서 말이죠! 하지만 당신, 코랄리, 당신을 위해서라면 난 어떤 고문이라도 달게 받겠습니다……」

그는 서성이기 시작했다. 분노가 다시 끓어오르고 있었다.

「당신을 구해 내겠습니다, 코랄리. 내 맹세합니다. 복수를 했을 때 그 기쁨이 얼마나 크겠습니까! 그가 우리에게 계획한 그대로의 운명을 그에게 돌려주겠습니다. 알겠습니까, 코랄리. 그는 바로 여기에서 죽을 겁니다……. 바로 여깁니다. 아! 내 모든 증오를 그에게 쏟아 부을 겁니다!」

그는 자신에게 도움을 줄 만한 사실들을 찾겠다는 희망으로 다시 널빤지 조각들을 떼어 냈다. 동일한 상황에서 싸움이 다시 벌어지고 있기 때문이었다.

그러나 이어지는 문장들은 그가 조금 전에 읽었던 것처럼 복수의 맹세들이었다.

코랄리, 그는 응징을 받을 거요. 우리가 하지 못한다 하더라도 신의 정의가 그를 응징할 거외다. 아니오. 그의 극악무도한 계획은 성공하지 못할 것이오. 아니오. 사람들은 우리가 기쁨과 행복만이 가득했던 삶에서 해방되기 위해 자살했다고 생각하지 않을 거외다. 그의 죄는 알려질 것이오. 나는 매 시간 여기에 부인할 수 없는 엄연한 증거들을 적어 둘 것이오…….

「말! 말들뿐이야!」

파트리스가 소리쳤다.

「위협과 고통의 말들뿐이야. 우리를 도와주는 건 아무것도 없어……. 아버지, 당신이 사랑하신 코랄리의 딸을 구하기 위해 제게 아무 말씀도 해 주지 않으실 건가요? 당신의 사랑하는 여인이 죽었다 해도, 제 사랑하는 여인은 당신의 은혜로 불행을 벗어나야 하지 않겠습니까, 아버지! 도와주세요! 제게 말씀을 해 주시란 말이에요!」

그러나 아버지는 아들에게 또 다른 호소와 절망의 말들로만 대답할 뿐이었다.

누가 우리를 구해 줄 것인가? 우리는 이 무덤 속에 갇혀 있다. 우리를 방어할 수도 없이 산 채로 묻혀 사형될 운명에 처해 있다. 저기 탁자 위에 내 권총이 있다. 무슨 소용인가? 적은 우리를 공격하지 않는다. 그에겐 시간이 있다. 그 시간의 힘만으로도 가차없이 우리를 죽일 수 있다. 그의 무기는 바로 시간이다. 누가 우리를 구해 줄 것인가? 누가 내 사랑하는 코랄리를 구출해 줄 것인가?

무서운 상황이었다. 그들은 그러한 상황의 비극적인 공포를 느끼고 있었다. 그들은 이미 한 번 죽은 것 같았다. 다른 사람들이 겪은 고난을 그들이 겪었으며, 이제 똑같은 상황에서 다시 겪는 것 같았다. 다른 사람들이 거쳐 갔던 모든 과정을 그들은 어떻게 해도 피할 수 없는 것 같았다. 다른 사람들…… 그들의 아버지와 어머니가. 그들의 운명과 부모님들의 운명이 너무도 비슷해서 그들은 두 차례의 고통을 견디는 셈이었고, 이제는 그들의 두 번째 고통이 시작되고 있었다.

절망감에 사로잡힌 코랄리는 울기 시작했다. 그녀의 눈물을 보고 마음이 격해진 파트리스는 벽에 달려들어 널빤지를 뜯어내는 데 전력을 다했다. 그러나 횡목으로 보강된 널빤지는 그의 뜻대로 쉽게 뜯어지지 않았다.

그는 오랜 작업 끝에 마침내 벽에 적힌 글을 읽었다.

무슨 일인가? 누군가 바깥, 건물의 정원 쪽 정면 앞에서 걷고 있었다는 느낌이 든다. 그렇다. 창문틀 전체를 막기 위해 쌓아 올린 석재 벽체에 우리의 귀를 바짝 갖다 대니 발소리가 들리는 것 같았다. 정말일까? 오! 그것이 정말이라면! 그렇다면 마침내 싸움이 일어날 것이다……. 아무래도 좋다. 숨 막히는 적막과 끝없이 계속되는 불확실함보다는 오히려 그게 낫다.

맞다……! 그게 맞다……! 소리가 뚜렷해진다……. 또 다른 소리가 들린다. 곡괭이로 땅을 팔 때 나는 소리다. 누군가 땅을 파고 있다. 집 앞이 아니라 오른쪽, 부엌 근처에서.

파트리스는 더욱 열심히 널빤지를 뜯었다. 코랄리가 다가와 그를 도왔다. 이번에는 베일의 한 귀퉁이가 들릴 것 같은 느낌이 들었다. 글이 계속되고 있었다.

한 시간이 또 지났다. 그동안 소리와 침묵이 번갈아 반복되었다…… 여전히 땅을 파는 소리, 그리고 어떤 일이 계속되고 있음을 짐작케 하는 침묵.

그리고 누군가 현관으로 들어왔다……. 한 사람이다……. 분명히 그놈이다. 우리는 그의 발소리를 알고 있다……. 놈은 굳이 발소리를 죽이려고 하지도 않는다……. 그리고 부엌 쪽으로 가서 전과 같이 곡괭이로 일을 했다. 하지만 이번엔 온통 돌을 깨는 소리였다. 우리는 타일이 깨지는 소리도 들었다.

지금은 놈이 다시 밖으로 나갔다. 이번엔 또 다른 소리다. 집 위로 올라가는 것 같다. 놈이 계획을 실행에 옮기기 위해서는 부득불 올라가야 하는 모양이다……

파트리스가 읽기를 멈추고 바라보고만 있었다.

두 사람은 귀를 기울였다. 그가 낮은 소리로 말했다.

「들어 보세요……」

「네, 그래요」

그녀가 말했다.

「들려요…… 밖에서 나는 발소리……. 집 앞 아니면 정원에서 나는 발소리예요……」

그들은 창가로 걸어갔다. 창문의 십자형 유리창은 석재 위로 닫혀 있지 않았기 때문에 소리가 들려왔다.

정말 누군가 걷고 있었다. 그들은 적이 다가오고 있다고 생각하자 그들의 부모들이 느꼈던 것과 똑같은 위안을 느꼈다.

누군가 집 주위를 두 바퀴 돌았다. 그러나 그들은 그들의 부모들처럼 그것이 누구의 발소리인지 조금도 알지 못했다. 그것은 모르는 사람의 발소리이거나, 아는 사람이라 해도 보조를 바꾼 발소리였다.

다음 몇 분 동안은 아무 소리도 없었다. 그러다가 갑자기 다른 소리가 들려왔다. 그들은 그 소리를 식별할 수 있기를 마음속 깊이 기대했지만, 소리를 듣고는 역시 쩔쩔매고 있었다. 그런데 파트리스가 20년 전에 그의 아버지가 적어 놓은 문장을 박자에 맞추어 은밀히 읽었다.

그것은 곡괭이로 땅을 팔 때 나는 소리다.

그렇다. 그것은 그 소리일 것이었다. 누군가 땅을 파고 있었다. 집 앞이 아니라 부엌의 오른쪽에서.
그러니까 비극적인 사건이 악마의 기적처럼 부활하여 그렇게 계속되고 있는 것이었다. 옛날의 일이 다시 재연되고 있었다. 그것은 그 자체로는 지극히 단순하지만 불길하게 변해 있었다. 그것은 이미 일어난 일들 가운데 하나이기 때문만이 아니라, 옛날에 예고되고 준비된 죽음을 놈이 다시 예고하고 준비하고 있기 때문이었다.
한 시간이 흘렀다. 쉬었다가 다시 파고 하는 동안 작업이 끝나가고 있었다. 놈이 파고 있는 것은 무덤 같았다. 구덩이를 파는 사람은 서두르지 않았다. 그는 쉬었다가 다시 일을 했다.
파트리스와 코랄리는 서로 붙어 서서 두 손을 꼭 잡고 시선을 마주한 채 소리를 듣고 있었다.
「놈이 멈췄어요」
파트리스가 아주 작은 소리로 말했다…….
「예」
그녀가 말했다.
「그런 것 같아요…….」
「그래요, 코랄리. 놈이 현관으로 들어오고 있어요……. 아! 이젠 들을 필요도 없어요……. 기억해 내기만 하면 돼요……. 봐요⋯⋯. 〈놈은 부엌 쪽으로 가서 전과 같이 곡괭이로 일을 했다. 하지만 이번엔 온통 돌을 깨는 소리였다⋯⋯.〉 그리고 다음엔⋯⋯ 다음엔⋯⋯ 오! 코랄리, 역시 타일 깨는 소리가⋯⋯」

그것은 정말 기억이었다. 죽음의 실재(實在)와 뒤섞인 기억. 현재와 과거가 하나를 이루고 있었다. 그들은 일들이 벌어지는 바로 그 순간에 그 일들을 예견하고 있었다.

적이 밖으로 다시 나갔다. 그리고 즉시 이어서 〈집 위로 올라가는 것 같았다. 놈이 계획을 실행에 옮기기 위해서는 부득불 올라가야 하는 모양이었다.〉

그리고 다음엔⋯⋯ 다음엔⋯⋯ 무슨 일이 일어날 것인가? 그들은 더 이상 벽의 기록을 보려고 생각하지 않았다. 아니 어쩌면 감히 볼 수 없었는지도 모른다. 그들의 주의는 보이지 않는 행동에 온통 쏠려 있었다. 때로는 감지할 수조차도 없는 행동이었다. 그것은 그들이 모르는 사이에, 그들을 해치기 위해 간단(間斷)없이 수행하는 음험한 노력이요, 지극히 사소한 일까지도 마치 시계 부속이 움직이듯 정확하게 맞춰진 비밀스런 계획이었다. 그것도 무려 20년 전부터!

적이 집 안으로 들어왔다. 그들은 문 밑으로 스치는 소리를 들었다. 그것은 나무 문짝 아래로 물렁한 것들을 쌓아 누르는 것 같은 소리였다. 이어 두 옆방에서 막힌 문들에 부딪쳐 명료하지 않은 소리가 나고, 밖으로부터 창문의 석재와 열린 덧문 사이로 똑같은 소리가 들려왔다. 그리고 다음에는 지붕 위에서 기척이 있었다.

그들은 눈을 들어올렸다. 이번에는 의심할 여지없이 최후의 순간이 가까워 오고 있었다. 그게 아니라면 적어도 최후에 벌어질 장면들 가운데 하나일 것이었다. 그들에게 지붕이란 천장의 중앙에 나 있는 유리창을 말하는 것이었다. 빛이 들어와 그들의 방을 밝혀 주고 있는 유일한 곳이었다.

그들에게는 여전히 고통스러운 똑같은 의문이 떠오르고 있었다. 무슨 일이 벌어질 것인가? 적이 저 유리창 위로 자기 얼굴을 드러내고 마침내 그의 정체를 밝힐 것인가?

지붕 위에서의 일은 꽤 오랫동안 계속되었다. 그는 집의 오른편에서 천창(天窓) 근처까지 오고 있었는데, 그가 발걸음을 옮길 때마다 지붕을 덮고 있는 함석판이 흔들리는 것이었다.

그런데 갑자기 그 천창이, 아니 그보다는 그 천창의 일부가, 창유리 네 개가 달린 장방형의 천창 하나가 어떤 손에 의해 아주 가볍게 들어올려지는 것이었다. 그 손은 천창을 계속 열린 상태로 놓아두기 위해 막대기를 끼워 고정시키고 있었다.

그리고 적은 다시 지붕을 가로질러 아래로 내려갔다.

실망스러운 일이었다. 그에 대해 좀 더 알고자 했던 그들의 욕구가 너무 강했던 만큼, 파트리스는 남아 있던 마지막 널빤지들을 다시 떼어내기 시작했다. 기록의 끝부분이었다.

그리고 그 기록은 방금 흘러가 버린 마지막 순간들을 다시 느끼게 해 주었다. 집 안으로 들어온 적, 막혀 있는 문과 창문을 스치는 소리, 지붕 위의 소리, 천창의 열림과 그것을 고정시키는 방식 등 모든 일이 동일한 순서에 따라, 말하자면 동일한 시간 간격으로 배열되어 있었다. 파트리스의 아버지와 코랄리의 어머니도 똑같은 생각을 하고 있었다. 그들의 운명은 똑같은 몸짓을 하고, 똑같은 목적을 추구하면서 똑같은 길을 다시 지나가게 되어 있었다.

그리고 그런 상황은 계속되고 있었다.

「놈이 다시 올라가고 있어요…… 다시 올라가고 있습니다…….
놈의 발소리가 또 지붕 위에서 나고 있습니다……. 천창에 접근
하고 있어요……. 놈이 내려다볼까요……? 놈의 그 가증스런 얼
굴을 보게 될까요……?」

「다시 올라가고 있어요…… 다시 올라가……」

코랄리가 파트리스에게 몸을 바짝 붙이며 더듬거렸다.

적의 발걸음은 함석판을 밟아 쿵쾅거리는 소리를 냈다.

파트리스가 말했다.

「그래요……. 옛날에 다른 사람이 했던 순서에서 조금도 어긋
남이 없이 다시 올라가고 있습니다. 우리는 단지 놈의 얼굴을 모
르고 있을 뿐입니다……. 우리 부모님들은 적을 알고 계셨는데
말이오」

그녀는 어머니를 살해한 자의 얼굴을 떠올리며 몸을 떨었다.
그리고 이렇게 물었다.

「그자였어요, 그렇죠?」

「그렇소. 그자였소……. 여기 그자의 이름을 아버지가 적어 놓
았소」

파트리스는 기록 전체를 거의 찾아 놓고 있었다.

그는 몸을 반쯤 숙이고 손가락으로 가리켰다.

「자…… 이 이름을 읽어 봐요……. 에사레스……. 거기에서 보
여요? 아버지가 쓰신 마지막 말들 가운데 하납니다……. 읽어 봐
요, 코랄리」

천창이 더 들어올려졌다……. 손 하나가 천창을 밀치고 있었

다……. 그리고 우리는 보았다…… 놈이 우리를 보며 웃고 있었다……. 아! 악마…… 에사레스…… 에사레스…….

그리고 놈은 열린 천창으로 뭔가를 집어넣었다. 그것이 내려왔다. 방 한가운데, 우리 머리 위에서 벌어진 일이다……. 사다리, 줄사다리다…….

우리는 이해할 수가 없다……. 사다리가 우리 앞에서 흔들리고 있다……. 그러고는 마침내 뭔가 보였다……. 사다리 아랫부분의 가로 막대에 둘둘 말아 핀으로 꽂아 놓은 종이가 있다……. 그 종이에는 에사레스의 필체로 이런 말이 적혀 있다.

코랄리 혼자만 올라오라. 그녀는 목숨을 구할 수 있다. 코랄리에게 10분간의 여유를 준다. 그 안에 결정해라. 그렇지 않으면…….

파트리스가 다시 몸을 펴면서 말했다.

「아! 이런 일이 다시 시작될 것인가? 그 사다리는…… 그 줄사다리는 시메옹 영감의 벽장에서 보았는데」

코랄리는 천창에서 눈을 떼지 않고 있었다. 발소리가 주위를 맴돌고 있었기 때문이다. 위에서 발소리가 멎었다. 파트리스와 코랄리는 마침내 올 것이 왔으며, 그들 역시 이제는 누군가를 보리라고 믿어 의심치 않았다…….

파트리스가 긴장된 목소리로 은밀하게 말했다.

「누굴까? 이처럼 끔찍한 역할을 할 수 있는 사람은 세 사람밖에 없습니다. 그중 두 사람은 죽었습니다. 에사레스와 아버지요. 나머지 한 사람은 시메옹인데, 그는 실성을 했습니다. 과연 시메옹이 실성을 한 상태에서 이 모든 음모를 계속했을까요? 하지만

238

그가 그런 일을 그렇게 정확한 방법으로 할 수 있다고 어떻게 가정할 수 있겠습니까? 아닙니다…… 그건 아니에요……. 그건 지금까지 보이지 않는 배후에 남아서 그를 조종해 온 다른 사람입니다」

그는 코랄리의 손가락이 그의 팔을 움켜쥐는 것을 느꼈다.

「조용히해요, 저기에 그가 있어요……」

「아닙니다…… 아니에요……」

그가 말했다.

「맞아요…… 확실해요……」

그녀는 다른 일이 준비되고 있는 것을 알아차렸다. 실제로 옛날처럼 천창이 더 들어올려졌다……. 손 하나가 천창을 밀고 있었다. 그리고 그들은 갑자기 보았다…….

그들은 반쯤 열린 유리창 아래로 머리 하나가 들어오는 것을 보았다. 그건 시메옹 영감의 머리였다.

사실 그들은 그를 보고 그리 크게 놀라지는 않았다. 그들을 괴롭혀 온 자가 다른 사람이 아닌 바로 그자였다는 것, 그 사실이 그들에게 이상해 보일 수는 없는 일이었다. 그자는 진행되고 있는 극적인 사건의 한 배우로서 몇 주일 전부터 그들의 생활에 섞여 있었기 때문이다. 그들이 무슨 일을 하든지 그들은 언제나 어디서나 자기만의 비밀스럽고 알 수 없는 역할을 충실히하고 있는 그를 발견하곤 했다. 무의식적인 음모인가? 운명의 맹목적인 힘인가? 아무래도 좋다! 일을 꾸민 사람은 바로 그였다. 그가 바로 지칠 줄 모르는 공격을 해 댄 장본인이었다. 그에게 맞서 방어할 수 있는 사람은 없지 않았던가. 파트리스가 속삭였다.

「미친 사람…… 미친 사람……」

그러나 코랄리가 암시를 주었다.

「그는 어쩌면 미치지 않았는지도 몰라요…… 미치지 않았을 거예요」

그녀는 끝나지 않을 것 같은 전율에 사로잡혀 몸을 떨고 있었다.

위에서는 남자가 노란 안경 속에 숨어 그들을 내려다보고 있었다. 그의 냉정한 얼굴에는 증오의 빛도 만족한 기쁨의 빛도 어려 있지 않았다.

파트리스가 작은 소리로 말했다.

「코랄리, 가만히 있어요…… 이리 와요……」

그는 그녀를 부축하여 안락의자 쪽으로 데려가려는 동작을 보이며 그녀를 살며시 밀었다. 사실 그에게는 한 가지 생각밖에 없었다. 권총을 놓아둔 탁자에 다가가서 그 무기를 들어 방아쇠를 당기는 것.

시메옹은 움직이지 않고 있었다. 마치 폭풍우를 일으키기 위해 온 악의 정령처럼…… 코랄리는 그녀를 짓누르고 있는 그 시선을 피할 수가 없었다.

「아니야」

그녀는 마치 파트리스의 계획이 무서운 결말을 재촉하지나 않을까 두려워하는 것처럼 자신을 억제하며 중얼거렸다.

「아니야, 그래선 안 돼……」

그러나 그녀보다 결연한 각오를 다진 파트리스가 마침내 목표 지점에 이르렀다. 한 번 더 움직이자 그의 손이 권총에 닿았다.

그는 신속하게 결정을 내렸다. 무기는 단번에 방향이 꺾였다. 그리고 폭발음이 울려 퍼졌다.

위에 있던 머리가 사라졌다.

「아! 당신이 잘못 생각했어요, 파트리스. 복수하려 할 거예
요……」

「아니오……. 그러지 않을 거요……」

권총을 손에 쥔 채 파트리스가 말했다.

「아니오. 내가 놈을 맞췄을지도 모르잖소……! 총알이 유리창
가장자리에 맞긴 했지만…… 하지만 튀어서 놈이 맞았을지도 몰
라요. 그렇다면……」

그들은 손을 맞잡고 실낱 같은 희망을 가지고 기다렸다.

희망은 얼마 가지 않았다. 지붕 위에서 다시 소리가 나기 시작
했다.

그리고 옛날과 같았다. 그들은 정말로 그 광경을 이미 본 적이
있는 것 같았다. 옛날처럼 열린 천창으로 뭔가가 들어왔다. 그것
이 내려오고 있었다. 방 한가운데에서 벌어진 일이었다……. 사
다리…… 줄사다리였다……. 파트리스가 시메옹 영감의 벽장에서
발견했던 바로 그것이었다.

옛날처럼 그들은 바라보고 있었다. 그들은 모든 것이 다시 시
작되고 있으며, 여러 일들이 냉혹할 정도로 엄밀하게 서로 연결
되어 있다는 것, 그리고 사다리 아랫부분의 가로 막대에 핀으로
꽂혀 있는 종이를 곧 찾게 될 거라는 것을 잘 알고 있었다.

그것은 종이 두루마리 같은 모양으로 거기에 있었다. 낡은 종
이는 누렇게 말라 있었다.

그것은 에사레스가 20년 전에 쓴 옛날의 종이였다. 그것은 옛
날처럼 유혹과 협박을 하는 데 사용되고 있었다.

코랄리 혼자만 올라오라. 그녀는 목숨을 구할 수 있다. 코랄리에게 10분간의 여유를 준다. 그 안에 결정해라. 그렇지 않으면……

관에 못질하다

〈그렇지 않으면······.〉

파트리스는 이 말을 기계적으로 여러 번 되뇌었다. 그러는 동
안 그 무시무시한 의미가 두 사람 모두에게 드러나고 있었다. 〈그
렇지 않으면······.〉 이 말은 만약에 코랄리가 순종하지 않고 적에
게 투항하지 않으면, 또 만약에 그녀가 감옥의 열쇠를 가지고 있
는 사람을 따라가기 위해 감옥에서 도망치지 않으면, 그것은 곧
죽음이라는 걸 의미하는 것이었다.

그 순간에 그들 둘 중 어느 한 사람도 자기들에게 어떤 종류의
죽음이 준비되어 있는지 생각하지 못하고 있었다. 아니 죽음조차
도 생각하지 못하고 있었다.

그들은 오로지 적이 그들에게 내린 이별의 명령만을 생각하고
있었다. 한 사람은 떠나야 하고 다른 한 사람은 죽어야 한다. 만
약 코랄리가 파트리스를 희생시킨다면 그녀에게는 삶이 보장되어

있었다. 그러나 그 보장을 위해서는 어떤 대가를 치러야 할 것인가? 또한 그 희생은 무엇으로 보상받을 것인가?

불확실함과 번민으로 가득 찬 기나긴 침묵이 두 남녀 사이에 흘렀다. 이제는 뭔가 점점 명료해지고 있었는데, 비극적 사건은 그들 없이는 절대로 일어나지 않을 것이고, 그들은 오로지 무력한 희생자로서만 그 사건에 참여해야 하는 것이다. 그들 앞에 벌어지고 있는 일이었기 때문에 그들에게는 그 결말을 바꿀 권한이 있었다. 얼마나 풀기 힘든 난제인가! 그것은 이미 옛날의 코랄리에게 주어진 문제였고, 그녀는 사랑을 택함으로써 그것을 풀었다. 그녀는 죽지 않았던가…….

그 문제가 다시 주어진 것이다.

파트리스는 벽의 기록을 읽었다. 급히 갈겨쓴 말들은 전보다 알아보기가 쉽지 않았다. 파트리스가 읽은 내용은 이런 것이었다.

나는 코랄리에게 애원했다……. 그녀는 내 무릎으로 몸을 던졌다. 그녀는 나와 함께 죽기를 원하고 있다…….

파트리스는 여자를 살폈다. 그가 아주 조그맣게 읽었기 때문에 그녀는 전혀 듣지 못한 것 같았다.

그는 격한 정열에 사로잡혀 그녀를 자기 쪽으로 세차게 끌어당겼다. 그리고 큰 소리로 말했다.

「당신은 가요, 코랄리. 내가 이 말을 즉시 하지 않은 것은 망설임 때문이 아니라는 걸 당신이 잘 알 겁니다. 망설임이 아닙니다……. 난 다만…… 놈의 제안을 생각하고 있었을 뿐입니다……. 난 당신이 걱정입니다……. 놈이 요구하는 건 참으로 무서운 겁니다, 코랄리. 그가 당신의 목숨을 살려 주겠다고 약속한 것은 당신을 사랑하기 때문일 겁니다……. 그러니까 당신은 잘 알고 있지요……. 아무래도 좋습니다, 코랄리. 따라야만 해요……. 살아야 하지 않겠습니까……. 가요……. 10분을 다 기다릴 필요가 없어요……. 놈의 생각이 바뀔 수도 있어요……. 당신도 역시 죽이려 한다면…… 안 돼요, 코랄리, 가요, 지금 바로 가요」

그녀는 짧게 대답했다.

「여기 있겠어요」

그가 펄쩍 뛰었다.

「그건 정신 나간 짓입니다! 무엇 하러 쓸데없이 희생한단 말입니까? 당신이 놈의 말을 따랐을 때 일어날 일이 두려워서 그러는 건가요?」

「아니에요」

「그럼 가세요」

「있겠어요」

「대체 무엇 때문입니까? 왜 그렇게 고집을 부리느냔 말이에요? 쓸데없는 고집입니다. 이유가 뭔가요?」

「당신을 사랑하기 때문이에요, 파트리스」

그는 한동안 얼이 빠진 듯했다. 그는 여자가 자기를 사랑한다는 사실을 모르지 않았다. 그의 입으로도 그 사실을 그녀에게 말하지 않았던가. 하지만 그녀가 그의 곁에서 죽음을 선택할 정도로 그를 사랑하고 있다는 사실은 달콤하면서도 동시에 가혹한, 전혀 예상 밖의 기쁨이었다.

그가 말했다.

「아! 당신이 나를 사랑한다고, 코랄리……. 당신이 나를 사랑한다고……」

「당신을 사랑해요, 나의 파트리스」

그녀는 두 팔로 그의 목을 껴안았다. 그는 그 포옹이 누구도 떼어 놓을 수 없는 포옹이라는 것을 느꼈다. 그러나 그는 양보하지 않았다. 결단코 그녀를 살려야 했다.

그가 말했다.

「바로 그거예요. 당신이 나를 사랑한다면 내 말대로 해서 살아야 해요. 나로서는 혼자 죽는 것보다 당신과 함께 죽는 것이 100배는 더 고통스럽다는 것을 믿어 줘요. 당신이 풀려나 살아 있다는 걸 알면 난 기분 좋게 죽을 수 있어요」

그녀는 그의 말을 듣지 않았다. 그녀는 자신의 고백을 계속했다. 그녀는 고백을 할 수 있어서, 또 그렇게 오래전부터 마음속에 간직해 오던 말을 할 수 있어서 행복했다.

「처음 볼 때부터 당신을 사랑했어요, 파트리스. 당신이 그걸 알기 위해 제게 굳이 말할 필요도 없었어요. 좀 더 일찍 당신에게 말하지 않은 것은 어떤 엄숙한 상황을 기다리고 있었기 때문이에요. 당신의 눈을 깊이 바라보며, 또한 제 자신을 몽땅 당신에게 맡기면서 당신에게 그 말을 해도 좋을 그런 상황 말이에요. 이제 죽음을 눈앞에 둔 상황에서 말을 하게 되었으니 제 말을 들으세요. 그리고 제게 죽음보다 더 견디기 힘든 이별을 강요하지 마세요」

「안 돼, 그건 안 돼」

그가 몸을 빼내려고 하면서 말했다.

「당신이 떠나는 건 의무입니다」

246

「제 의무는 사랑하는 사람 곁에 남아 있는 거예요」

그는 다시 몸을 움직여 그녀의 두 손을 잡았다.

「당신의 의무는 빠져나가는 것입니다」

그가 속삭였다.

「그래서 자유의 몸이 되었을 때 날 구하기 위해 무슨 일이든 하는 것입니다」

「무슨 말이에요, 파트리스?」

그가 다시 말했다.

「그래요. 날 구하기 위해서요. 당신이 저 악마의 발톱에서 빠져나가 그를 신고하고, 날 도울 만한 방법을 찾고, 우리 친구들에게도 알리지 못하리란 법이 없지 않은가요……. 그러면 그때 소리를 치거나 어떤 꾀를 내 봐요……」

그녀는 매우 슬픈 미소를 지으며 그를 바라보고 있었다. 그는 너무도 의아해하는 그녀의 태도를 보고 말을 멈췄다.

「가엾은 내 사랑, 당신은 나를 속이려고 하는군요. 하지만 그 말이 옳지 않다는 건 당신이 더 잘 알고 있어요. 아니에요, 파트리스. 제가 만약 저자에게 간다면 그는 당신이 숨을 거둘 때까지 내 입을 막고 손과 발을 묶어 어느 외딴 곳에 감금할 거라는 사실을 당신은 잘 알고 있어요」

그녀가 말했다.

「정말 그럴 거라고 생각하나요?」

「당신도 그렇게 생각하잖아요, 파트리스. 다음에 어떤 일이 벌어질지 당신이 확신하고 있는 것처럼 말이에요」

「어떤 일이 벌어지겠습니까?」

「보세요, 파트리스. 저자가 나를 살려 주겠다는 건 관대해서가 아니에요. 저자의 계획일 뿐이에요. 일단 제가 저자의 포로가 되기만 하면 다음엔 어떻게 할지 그 추악한 계획을 예측할 수 있잖아요? 그렇게 되면 내가 그걸 피할 방법도 단 하나밖에 없다는 것역시 짐작할 수 있죠? 그러니까 파트리스, 어차피 몇 시간 뒤에죽어야 한다면, 지금 죽는 것이 낫지 않겠어요? 당신 품에서……당신과 같은 시간에, 내 입술에 당신의 입술을 맞대고 말이에요.죽음이란 그런 거잖아요? 한순간에 가장 아름다운 삶을 사는것, 그게 죽음 아닌가요?」

그는 그녀의 포옹을 뿌리쳤다. 그는 지금 그녀와 첫 입맞춤을 한다면 자신의 모든 의지를 상실할 거라는 사실을 잘 알고 있었다.

그가 속삭였다.

「끔찍한 일입니다. 날더러 당신의 희생을 묵인하라니, 어떻게그걸 바랄 수 있단 말인가요? 당신은 너무 젊어요……. 당신 앞에는 행복한 날들이 아직 많이 남아 있단 말입니다……」

「당신이 없다면 비탄과 절망의 시간들일 뿐이에요……」

「살아야 합니다, 코랄리. 내 온 마음을 다하여 부탁합니다」

「당신 없이는 살 수 없어요, 파트리스. 당신은 나의 유일한 기쁨이에요. 제게는 당신을 사랑하는 일 외에 다른 존재 이유가 없어요. 당신은 내게 사랑을 가르쳐 주었어요. 사랑해요……」

오! 얼마나 숭고한 말인가! 그 사랑의 말들은 방 안의 네 벽면에 부딪쳐 같은 장소에서 이미 두 번째로 울려 퍼지고 있었다. 어머니가 똑같은 열정과 똑같은 자기희생의 열정으로 말했던 똑같은 사랑의 말을 딸이 되풀이하고 있었다. 죽음의 기억과 똑같은말, 그래서 죽음은 두 배나 거룩한 감동에 젖어드는 것이었다!코랄리는 그 말들을 아무 두려움 없이 쏟아내고 있었다. 그녀의 모든 두려움은 그녀의 사랑 속에 사라지고, 그녀는 오직 사랑으로 몸을 떨고, 그녀의 아름다운 두 눈은 사랑으로 흔들리고 있었다.

파트리스는 강렬한 시선으로 그녀를 바라보고 있었다. 이제는 그도 역시 그런 순간이라면 죽어도 좋다고 생각하고 있었다.

그래도 그는 최후의 노력을 포기하지 않았다.

「코랄리, 만약에 내가 강제로 당신을 가게 한다면?」

코랄리가 속삭였다.

「그 말은, 저자를 다시 만나 저자에게 몸을 맡기라는 말인가요? 그게 당신이 바라는 건가요, 파트리스?」

그는 충격으로 몸을 떨었다.

「오! 안 돼! 저자…… 저 작자라니. 나의 코랄리, 이토록 순결하고…… 이토록 싱그러운 당신을……」

코랄리에게나 파트리스에게나 그 작자는 정확하게 시메옹의 이미지로 그려지지가 않았다. 적은 그 끔찍한 모습을 머리 위로 드러냈는데도 그들에게조차 여전히 신비로운 면을 그대로 간직하고 있었다. 그게 시메옹일 수도 있다. 또 어쩌면 시메옹을 앞세운 다른 사람일지도 모른다. 어찌 됐든 그는 적이요, 그들의 머리 위에 도사리고 앉아 그들의 죽음을 준비하고 더러운 욕망으로 여자를 쫓고 있는 악령이었다.

파트리스가 물었다.

「당신은 시메옹이 당신을 마음에 두고 있었다는 걸 전혀 몰랐습니까……?」

「전혀…… 전혀요……. 그는 내게 수작을 부리지 않았어요……. 어쩌면 오히려 날 피했다고 하는 편이……」

「그렇다면 제정신이 아니기 때문이란 말이군……」

「그는 미치지 않았어요……. 전 그렇게 생각하지 않아요…….
그는 복수를 하고 있어요」

「그건 불가능합니다! 그는 아버지의 친구였습니다. 그는 우리
를 맺어 주려고 평생을 노력해 왔어요. 그런데 이제 와서 일부러
우리를 죽인단 말이오?」

「모르겠어요, 파트리스. 이해할 수 없어요……」

그들은 더 이상 시메옹에 대하여 말하지 않았다. 누가 그들을
죽이든 그런 것은 중요하지 않았다. 누가 죽음을 도모하고 있든
그런 건 상관없이 죽음을 물리쳐야 했다. 그런데 그 죽음에 맞서
그들이 할 수 있는 일이 무엇이란 말인가?

「이제 제 말을 받아들이는 거죠, 파트리스?」

코랄리가 작은 소리로 말했다.

그는 대답하지 않았다. 그녀가 다시 말했다.

「난 가지 않을 거예요. 그리고 당신이 내 뜻에 동의해 주길 바
래요. 부탁이에요. 당신이 더 고통을 받는다고 생각하는 건 고문
이에요. 우리 두 사람의 몫이 똑같아야 해요. 받아들이는 거예
요, 그렇죠?」

「그렇습니다」

그가 말했다.

「두 손을 쥐 봐요. 내 눈을 똑바로 봐요. 그리고 우리 웃어 봐
요, 나의 파트리스」

그들은 순간 사랑과 욕망으로 정신이 아득해지는 일종의 황홀
경 속으로 깊이 빠져들었다. 그녀가 말했다.

「무슨 일이에요, 나의 파트리스? 또 불안해하고 있잖아요……」

「저길 봐요…… 저길……」

그가 쉰 목소리로 짧게 신음을 토했다. 이번에는 자기가 본 것을 확신하고 있었다.

사다리가 다시 올라가고 있었다. 10분이 지난 것이다.

그는 급히 달려가 황급히 사다리의 가로 막대 하나를 붙잡았다.

사다리가 더 이상 움직이지 않았다.

놈이 뭘 하려는 것일까? 알 수 없었다. 그 사다리는 코랄리에게 유일한 구원의 기회를 주고 있었다. 그는 단념하고 불가피한 운명을 그대로 감수할 것인가? 1, 2분이 흘렀다. 위에서 사다리를 다시 비끄러맨 것 같았다. 뭔가 단단하게 고정된 힘이 파트리스에게 느껴졌기 때문이다.

코랄리가 그에게 애원했다.

「파트리스, 파트리스, 뭘 바라는 거예요……?」

그는 무슨 생각을 해내려는 듯 자기 주위와 머리 위를 연신 두리번거리고 있었다. 또한 자신의 내면을 들여다보고 있는 것도 같았다. 마치 그의 아버지 역시 마지막 긴장된 의지를 불태우며 사다리를 잡고 있던 순간에 어떻게 했을지 그가 지금껏 읽어 온 기록 가운데서 찾고 있는 것 같았다.

그리고 갑자기 자신의 하나밖에 없는 왼쪽 다리를 들어올려 사다리의 다섯 번째 막대 위에 발을 올려놓는 것이었다. 동시에 그의 손도 줄사다리의 가로 막대를 따라 올라가고 있었다.

무모한 시도였다! 사다리를 올라가겠다? 천창까지 가겠다는 것인가? 적을 제압하고 자신과 코랄리를 구하겠다는 것인가? 만약 그의 아버지가 실패했다면 그가 성공할 수 있으리라고 어떻게 장담하겠는가?

물론 그 시도는 3초밖에 지속되지 못했다. 파트리스는 곧바로 떨어졌다. 사다리를 천창에 매달
아 고정시킨 너트에서 사다리가
즉각 떨어진 것이다. 너트 역시 파
트리스의 옆으로 떨어졌다.

그와 동시에 날카로운 웃음소리
가 위에서 터져 나왔다. 그리고 바
로 이어 천창이 닫히는 소리가 들
렸다.

파트리스는 화를 내며 다시 일
어나 적에게 욕설을 퍼부었다. 그
는 치밀어 오르는 분노를 이기지
못해 권총을 꺼내 두 발을 발사했
고, 유리창 두 장이 박살났다.

이어 그는 난로 장작 받침쇠로
창문과 문을 두드려 대며 화풀이
를 했다. 그는 벽을 후려쳤고, 마
룻바닥을 내리쳤으며, 그를 조롱
하고 있는 보이지 않는 악마에게
주먹을 들어 보였다. 그러나 그는
몇 번 허공에 주먹질을 하더니 갑
자기 움직이지 않았다. 두꺼운 천 같은 것이 위를 덮고 있었다.
그러고는 완전한 암흑이었다.

그는 깨달았다. 적은 천창 위에 덧문을 쳐서 완전히 빛을 차단
해 버렸다.

「파트리스! 파트리스!」

갑작스런 어둠으로 공포에 사로잡혀 자제력을 잃은 그녀가 소리쳤다.

「파트리스! 어디 있어요, 나의 파트리스? 아! 무서워요…….
당신 어디 있어요?」

그들은 장님처럼 손을 더듬어 서로를 찾았다. 그들에겐 그 무자비한 암흑 속에서 헤매는 것보다 더 무서운 일은 없을 것 같았다.

「파트리스! 어디 있어요, 파트리스?」

그들의 손이 서로 닿았다. 가엾은 코랄리의 차디찬 손과 열기로 뜨거워진 파트리스의 손이. 두 사람은 서로 손을 꼭 쥐었다. 마치 손이 그들의 존재를 만질 수 있는 증거이기라도 한 것처럼 두 사람의 손은 뒤엉켜 서로를 그러잡는 것이었다.

「아! 날 떠나지 말아요, 나의 파트리스」

여자가 애원했다.

「난 여기 있어요」

그가 대답했다.

「아무것도 걱정하지 말아요……. 아무도 우리를 떼어 놓을 수 없어요……」

그녀가 더듬거렸다.

「아무도 우릴 떼어 놓을 수 없어요. 당신 말이 맞아요…… 우리는 우리의 무덤 속에 있는 거예요」

너무도 끔찍한 말을 코랄리는 지극히 달콤한 목소리로 말하는 것이었다. 파트리스는 펄쩍 뛰며 부인했다.

「천만에……! 무슨 말을 하는 건가요? 절망해서는 안 돼요……. 최후의 순간까지도 구원은 가능해요」

그는 한 손을 빼내어 천창 주위의 틈으로 새어 들어오는 빛을 향해 권총을 겨누었다. 그리고 세 발을 발사했다. 총알이 나무에 맞아 튀는 소리와 적의 차디찬 웃음소리가 들려왔다. 그러나 덧문은 금속을 입혀 놓았는지 아무 구멍도 생기지 않았다.

거기다 곧이어 설상가상으로 천창 주위의 틈까지 막혀 버리고 말았다. 그들은 적이 창문과 문의 주위를 막은 것과 똑같은 수법으로 일을 하고 있다는 것을 깨달았다. 그 일은 꽤 오래 걸렸으며, 꼼꼼하게 처리하고 있는 게 틀림없었다. 그러고는 그 일을 마무리하는 작업이 이어졌다. 적은 덧문을 천창의 창틀에 대고 못질해 버린 것이다.

너무도 끔찍한 소리였다! 망치질은 경쾌하고 신속했지만, 그것은 마치 그들의 머릿속으로 깊이 침투해 들어오는 것 같았다. 그들의 관이 못질을 당하고 있었다. 완전히 밀폐된 덮개로 그들을 짓누르는 커다란 관이. 더 이상의 희망도, 더 이상의 구원도 없었다! 망치를 내려칠 때마다 캄캄한 감옥이 더욱 보강되고 있었고, 그들과 세상 사이에 인간의 힘으로는 도저히 무너뜨릴 수 없는 벽을 쌓음으로써 장애물이 더욱 많아지고 있었다.

코랄리가 더듬거리며 말했다.

「파트리스, 무서워요…… 오! 저 망치질을 견딜 수가 없어요」

그녀는 파트리스의 팔 안에서 정신을 잃어 가고 있었다. 그는 그녀의 뺨 위로 눈물이 흘러내리는 것을 느꼈다.

그동안 위에서는 작업이 끝나 가고 있었다. 그들은 사형수들이 최후의 날 새벽에 느낄 것 같은 무시무시한 공포를 느꼈다. 그들의 감방 안쪽에서 그들은 사형이 준비되는 소리, 끔찍한 기계를 조립하는 소리, 벌써부터 작동하고 있는 전기 배터리 소리를 들었다. 사람들은 조금도 살아남을 기회가 남아 있지 않도록, 한 치의 오차도 없이 생애가 마감되도록 만반의 준비를 하는 데 여념이 없다.

그들의 운명은 곧 끝날 것이다. 죽음은 적의 편이 되어 있어서, 적과 죽음이 함께 일하고 있다. 적은 죽음 그 자체였다. 그는 움직이고, 조립하고, 없애기로 작정한 사람들과 싸울 준비를 하고 있었다.

「내 곁을 떠나지 말아요」

코랄리가 흐느끼며 말했다.

「내 곁을 떠나지 말아요……」

「조금만 더……」

그가 말했다.

「우리는 나중에 복수해야 해요」

「소용없어요, 파트리스. 그렇다고 달라질 게 뭐가 있어요?」

그는 성냥갑 안에 성냥개비의 몇 개를 가지고 있었다. 그는 성냥을 그어 대며 코랄리를 기록이 적혀 있는 벽 쪽으로 데리고 갔다.

「뭘 하시게요?」

그녀가 물었다.

「사람들이 우리의 죽음을 자살이라고 생각하게 놔두고 싶지 않아요. 우리 부모님들이 하셨던 것을 따라 해서 미래를 준비하고 싶어요. 지금부터 내가 적을 내용을 누군가 읽고 우리의 복수를 해 줄 거요」

그는 몸을 숙이고 호주머니에서 연필을 꺼냈다. 널빤지 맨 밑에 빈 공간이 있었다. 그는 적어 나갔다.

파트리스 벨발과 그의 약혼녀 코랄리는 1915년 4월 14일, 시메옹 디오도키스에 의해 살해되어 똑같이 죽음을 맞이하다.

그런데 그가 위의 내용을 다 적었을 때, 그가 여태까지 읽지 못했던 옛날 기록 몇 단어가 눈에 들어왔다. 그 단어들은 여백에 따로 떨어져 있어서 기록의 일부로 보이지 않았던 단어들이었다.

그가 말했다.

「성냥을 하나 더 켜야겠군요. 당신 보았습니까……? 저기에 뭐가 적혀 있어요……. 틀림없이 아버지가 써 놓으신 마지막 말 같은데」

그녀가 성냥을 켰다.

그들은 서둘러 급히 갈겨써 놓아서 형태가 분명치 않은 몇몇 글자들을 흔들리는 불빛 아래 해독해 나갔다. 그 글자들은 두 개의 단어를 구성하고 있었다…….

질식…… 산화물…….

성냥불이 꺼졌다. 그들은 말없이 일어섰다. 질식…… 그들은 알았다. 그들의 부모들을 죽음에 이르게 하고 그들 자신 역시 죽게 될 방법이 바로 그것이라는 사실을. 그러나 그들은 그런 일이 어떻게 일어날 수 있을지 아직 납득하지 못하고 있었다. 그 커다란 방에서 그들이 질식할 만큼 공기가 부족할 일은 절대로 없을 것 같았다. 방 안에 있는 공기의 양은 며칠이 지나더라도 여러 날을 지속하기에 충분해 보였기 때문이다.

파트리스가 속삭였다.

「적어도 이 공기의 질이 변질되지 않는 한, 그러니까 결과적으로……」

그는 잠깐 멈췄다가 다시 말했다.

「그래…… 그거야……. 기억이 나요……」

그는 자기가 짐작한 것을 코랄리에게 말했다. 짐작이라기보다는 더 이상 의심할 여지가 없이 현실에 딱 들어맞는 사실이었다.

그는 시메옹 영감의 벽장에서 그 실성한 영감이 가져다 놓은 줄사다리만 보았던 것이 아니라 납으로 된 도관 묶음을 보았던 것이다. 따라서 그들이 방 안에 갇힌 이후로 시메옹 영감이 별채 주위를 오갔던 것하며, 세심한 주의를 기울여 모든 틈들을 막은 일, 벽과 지붕에서 한 작업 등 시메옹의 모든 행동이 지극히 명료하게 이해되었다. 시메옹 영감은 아주 간단하게, 부엌에 있는 것이 분명한 가스 계량기에 도관을 연결하여 그것을 벽에 붙이고 지붕 위에 깔았던 것이다.

따라서 그들의 부모가 죽은 것과 마찬가지로 그들도 역시 그런 방법으로 조명용 가스에 질식해 죽을 것이었다.

그들 두 사람은 동시에 질겁하여 마치 발작을 일으킨 것 같았다. 그들은 손을 잡고 아무 생각 없이, 아무 의지도 없이 머릿속이 혼란한 상태로 무턱대고 방 안을 뛰어다녔다. 마치 격렬한 폭풍에 휘둘리는 미물들 같았다.

코랄리는 앞뒤가 맞지 않는 말들을 주워섬기고 있었다. 파트리스는 그녀에게 침착해야 한다고 연신 말하면서도 그 자신 역시 거센 혼란에 빠져 있었고, 죽음이 노리고 있는 암흑의 무게로 인해 생겨난 사지(死地)의 끔찍한 느낌을 떨쳐 버릴 수가 없었다.

도망치고 싶은 것이다. 벌써부터 당신의 목덜미를 서늘하게 하는 그 차가운 바람을 피하고 싶은 것이다. 도망쳐야 한다. 반드시 그래야 한다. 하지만 어디로? 어디를 통해서? 넘지 못할 벽들이 가로막고 있고, 암흑은 그보다 훨씬 무자비한데.

그들은 기진맥진하여 멈춰 섰다. 어디에선가 공기를 가르는 날카로운 소리가 새어 나오고 있었다. 그것은 잘 잠기지 않은 가스등의 화구(火口)에서 나는 약한 소리였다. 귀를 기울이고 듣던 그들은 그 소리가 위에서 나는 것을 알았다.

사형 집행이 시작되고 있었다. 파트리스가 속삭였다.

「30분, 길어야 한 시간 정도의 분량이오」

그녀는 다시 정신을 바짝 차리고 대답했다.

「우리 용기를 내요, 파트리스」

「아! 나 혼자라면! 내 가엾은 코랄리……」

그녀가 아주 작은 목소리로 말했다.

「고통스럽지 않을 거예요」

「당신은 고통을 받을 겁니다. 너무도 약한 당신은 말이에요!」

「약한 만큼 고통도 덜할 거예요. 그리고 우리는 고통을 받지 않을 거예요, 파트리스. 난 알아요」

갑작스럽게 그녀가 어찌나 평온해 보이던지 파트리스도 넉넉한 평화가 마음속에 가득 채워지는 것이었다.

그들은 여전히 서로 손을 움켜쥐고 등받이 없는 넓은 긴 의자에 앉아 침묵하였다. 그들은 조금씩 커다란 평정에 젖어들고 있었다. 그 평정은 말하자면 모든 일들은 이미 끝난 셈이라는 생각, 그리고 우월한 힘에 대한 체념과 복종에서 오는 것이었다. 그들과 같은 천성을 지닌 사람들은 운명의 질서가 명백해져서 복종하고 기도하는 일밖에 남지 않았을 때는 더 이상 반항하지 않는다.

그녀가 파트리스의 목을 껴안고 말했다.

「하느님 앞에서 당신은 나의 약혼자예요. 하느님께서 우리를 부부로 인정해 주시길 바라요」

그는 그녀의 온화함에 눈물을 흘렸다. 그녀는 키스로 그의 눈물을 닦아 주었다. 그녀가 파트리스에게 입술을 준 것이었다.

그가 말했다.

「아! 당신이 옳아요. 이렇게 죽는 건 곧 사는 것이오」

그들은 끝없는 침묵 속에 빠졌다. 그들은 그들 주위로 내려온 가스 냄새를 처음으로 맡았다. 그러나 그들은 조금도 두려움을 느끼지 않았다.

파트리스가 속삭였다.

「모든 일은 최후의 순간까지 옛날과 똑같이 진행될 겁니다, 코랄리. 우리가 서로 사랑하고 있는 것처럼 서로 사랑하셨던 당신 어머니와 나의 아버지도 역시 서로 꼭 껴안고 입을 맞춘 채 돌아가셨습니다. 그분들은 우리를 맺어 주기로 결정하셨고, 결국 이렇게 우리를 맺어 주셨습니다」

그녀가 속삭였다.

「우리의 무덤은 그분들의 무덤 옆에 있게 될 거예요」

그들의 정신이 점점 흐려지기 시작했다. 그들은 점점 짙어지는 안개 너머로 보고 있다고 생각하였다. 그들의 정신이 서서히 혼미해지는 일종의 현기증 같은 것이었다. 게다가 그들은 아무것도 먹지 않기 때문에 배고픔이 그 곤궁함을 더하고 있었다. 그런데 현기증이 점점 심해짐에 따라 불안이나 근심 같은 것은 모두 사라지고 있었다. 그것은 오히려 황홀경이요, 무감각 상태, 무화(無化)되는 느낌이며 일종의 휴식이었다. 그들은 그런 상태 속에서 곧 이 세상에 존재하지 않을 거라는 공포감을 잊고 있었다.

먼저 기력을 잃기 시작한 건 코랄리였다. 그녀는 착란 현상에서 오는 말들을 늘어놓아 파트리스를 놀라게 했다.

「사랑하는 나의 파트리스, 꽃들이 떨어지고 있어요. 장미꽃이에요. 오! 정말 기분이 좋아요!」

그러나 그도 역시 그녀와 똑같은 도취와 열광을 느끼고 있었다. 그것은 달콤함과 환희와 감동으로 나타나고 있었다.

그는 코랄리의 기력이 점차로 쇠해지며 몸이 축 늘어지는 것을 두 팔에 느꼈지만 공포심은 없었다. 그는 빛이 넘쳐 나는 거대한 심연 속으로 그녀를 따라가고 있다는 느낌이 들었다. 그들은 함께 그곳을 날고 있었다. 천천히, 힘들이지 않고 행복한 나라를 향해 내려가고 있었다.

그러나 그가 그곳에 가까이 갈수록 그는 더욱 피곤함을 느꼈다. 팔을 굽혀 안고 있는 코랄리가 무겁게 느껴졌다. 하강이 빨라졌다. 빛의 물결이 어두워졌다. 두터운 구름 하나가 오더니 곧 다른 구름들이 몰려와 암흑의 소용돌이를 이루었다.

그리고 갑자기 기진맥진해진 그는 이마에 땀방울이 맺히고 열에 들떠 온몸을 떨며 커다란 검은 구멍 속으로 떨어졌다……

낯선 사람

아직 완전한 죽음은 아니었다. 가사 상태에서 지속되던 그의 의식은 일종의 악몽 속에서 삶의 실재들과 그가 처해 있던 새로운 세계, 곧 죽음의 세계의 상상적 실재들을 뒤섞고 있었다.

그 세계에서 코랄리는 더 이상 존재하지 않았고, 그로 인해 그는 미칠 듯한 슬픔을 느끼고 있었다. 그러나 그는 누군가의 모습을 보고 그 목소리를 듣는 것 같았다. 그 사람의 존재는 감고 있는 눈꺼풀 위로 어떤 그림자가 지나가는 것을 느끼면서 드러나고 있었다.

그는 그 사람을 그냥 아무 이유도 없이 시메옹 영감의 모습으로 머릿속에 그리고 있었다. 그가 희생자들의 죽음을 확인하러 와서 먼저 코랄리를 데려가고 난 다음 파트리스에게로 돌아와 그역시 옮겨 가서 어딘가에 눕히는 것이라 생각하고 있었다. 그 모든 일들이 너무도 생생해서 파트리스는 자기가 깨어 있지 않은 것인지 어떤지 의문이었다.

그리고 몇 시간이 흘렀다……. 또는 몇 초일지도 모른다. 결국 파트리스는 자기가 자고 있지만 그것은 지옥에서의 잠이며, 그동안 그는 육체적으로나 정신적으로 사형수가 당하는 고통을 받고 있다는 느낌이 들었다. 그는 검은 구멍 깊숙이 떨어져, 마치 바다에 빠진 사람이 수면 위로 다시 올라가기 위해 안간힘을 쓰는 것처럼 그곳에서 나가기 위해 절망적인 몸부림을 치고 있었다. 그는 그렇게 여러 겹의 수층(水層)을, 그 무게 때문에 숨이 막혀 헐떡이며 어렵사리 통과하고 있었다. 그는 미끈거리는 것들을 손과 발로 붙잡고, 매어 놓지 않아 자꾸만 내려앉는 줄사다리에 매달려 그 수층들을 기어 올라가야 했다.

그렇지만 어둠은 조금씩 걷히고 있었다. 청록색의 빛이 약간 섞여 들고 있었다. 파트리스는 답답함이 약간 가셔지는 것을 느꼈다. 그는 눈을 반쯤 뜨고 몇 번 숨을 고른 다음 주위의 광경을 둘러보다가 깜짝 놀랐다. 열려 있는 문의 문틀이 보였고, 그 옆의 등받이 없는 긴 의자에 바깥의 공기를 흠뻑 마시며 그가 누워 있었던 것이다.

그의 옆에 있는 또 다른 긴 의자에는 코랄리가 누워 있었다. 그녀는 몸을 움직이며 끝없이 고통스러워하고 있는 것 같았다.

그는 생각했다.

〈코랄리는 검은 구멍에서 다시 올라오고 있어……. 그녀도 나처럼 안간힘을 쓰고 있어……. 내 가엾은 코랄리……〉

그들 사이에는 작은 원탁이 하나 있었고, 그 위에는 두 개의 물 컵이 놓여 있었다. 심한 갈증을 느낀 그는 그중 하나를 집어 들었다. 그러나 그 물을 삼킬 엄두가 나지 않았다. 그때 누군가 열려 있는 문으로 나왔다. 파트리스는 그 문이 별채의 문이라는 것을 알았다. 파트리스는 그 사람이 자기가 생각했던 것처럼 시메옹 영감은 아니지만, 한번도 본 적이 없는 낯선 사람이라는 것을 확인했다.

그는 생각했다.

〈난 지금 자고 있는 게 아니야……. 분명히 자고 있지 않아. 그리고 저 사람은 친구가 확실해.〉

그는 자기의 확신을 더욱 굳히기 위해 그 사실을 큰 소리로 말하려고 해 보았다. 그러나 그에겐 힘이 없었다.

낯선 남자가 그에게 다가와 부드럽게 말했다.

「대위, 무리하지 마시오. 모두 무사하오. 자, 물을 마시시오」

낯선 남자가 그에게 컵 하나를 내밀었고, 파트리스는 아무 의심 없이 그것을 단번에 비웠다. 코랄리도 마찬가지로 물을 마시는 걸 본 그는 행복했다.

그가 말했다.

「오! 다 괜찮아요. 하느님! 산다는 게 이렇게 좋은 것을! 정말 코랄리가 살아 있는 거죠, 그렇죠?」

그는 대답을 듣지 못하고 곧 지친 몸을 추슬러 줄 잠 속으로 빠져들었다.

그가 깨어났을 때는 이미 위기를 모두 넘긴 상태였다. 그러나 아직은 머릿속이 얼마간 윙윙거리고 큰 호흡으로 숨을 쉬기가 어려웠다. 그렇지만 그는 자리에서 일어났고, 그의 모든 느낌이 정확했다는 것을 알았다. 그는 별채의 입구에 있었으며, 코랄리는 두 번째 물 잔을 비우고 평화롭게 잠들어 있었다. 그는 큰 소리로 되풀이해서 말했다.

「산다는 게 이렇게 좋은 것을!」

그는 움직이고 싶었지만 별채의 문이 열려 있는데도 그 안으로 들어갈 엄두가 나지 않았다. 그는 별채를 떠나 무덤이 있는 회랑을 따라갔다. 다음에는 뚜렷한 목표도 없이(그는 아직 자신이 그렇게 행동하는 이유를 모르고 있었으며, 그에게 일어난 일을 전혀 모르는 채 무턱대고 걷고 있었기 때문이다) 정원이 내려다보이는 별채의 다른 쪽으로 돌아와 갑자기 멈춰 섰다.

집에서 몇 미터 앞, 비탈진 오솔길 가장자리에 심어진 나무 밑에 한 남자가 버들가지로 만든 긴 의자 위에서 몸을 뒤로 젖히고 머리는 그늘에, 다리는 햇볕 아래 두고 앉아 있었다. 그는 선잠을 자고 있는 것 같았다. 그의 무릎 위에는 책 한 권이 펼쳐져 있었다.

바로 그제야 파트리스는 코랄리와 자기가 죽음을 면하여 둘 다 살아 있고, 그들을 구해 준 사람이 바로 그 남자일 것이라는 사실을 분명하게 깨달았다. 그 남자의 수면은 절대적인 안전과 만족스런 의식 상태에 있다는 것을 보여 주고 있었다.

그는 그를 찬찬히 뜯어보았다. 마른 체격에 넓은 어깨, 파리한 얼굴, 입술 위의 가느다란 콧수염, 관자놀이께의 머리칼이 반백인 그 미지의 남자는 아무리 많아야 50대 정도의 나이로 보였다. 그가 입고 있는 옷의 재단은 한껏 우아함을 부린 듯이 보였다. 파트리스는 몸을 숙여 책의 제목을 보았다. 벤저민 프랭클린의 『회상록』이었다. 그는 풀밭 위에 놓인 모자의 안쪽을 장식하고 있는 이니셜도 읽었다. 〈L. P.〉라고 되어 있었다.

파트리스는 생각했다.

〈이 사람이 날 구해 준 사람이야. 그를 알아보겠어. 이 사람이

우리 두 사람을 아틀리에 밖으로 옮기고 보살펴 준 거야. 그런데 어떻게 그런 기적이 일어났을까? 누가 우리에게 그를 보냈지?〉

대위는 그의 어깨를 건드렸다. 남자는 즉시 일어났고, 그의 얼굴은 미소로 밝아졌다.

「미안하오, 대위. 내 생활이 너무 꽉 짜여 있다 보니 몇 분이라도 짬이 나면 이렇게 잠을 자 둔다오…… 아무데서나……. 나 폴레옹 같지 않소? 이런, 하긴 이렇게 사소한 유사점도 기분 나쁜 건 아니라오……. 나에 관한 얘기는 그만합시다. 그런데 대위, 당신은 몸이 좀 어떻소? 그리고 〈코랄리 엄마〉께선 불편한 기운이 가셨소? 문을 모두 열고 밖으로 당신들을 옮긴 후에 나는 당신들을 굳이 깨울 필요가 없다고 생각했소. 그래서 가만히 있었지요. 필요한 일은 이미 다했으니까. 당신들은 둘 다 숨을 쉬고 있었소. 나머지는 맑은 공기가 알아서 해 줄 테고」

잔잔하게 웃음 짓던 그는 파트리스의 당황한 모습을 보더니 한껏 쾌활하게 웃는 것이었다.

「아! 잊고 있었소. 당신은 나를 모르지요? 사실이오. 내가 당신에게 보낸 편지는 중간에서 누가 가로채 갔소. 그러니까 나를 소개해야겠군요. 내 이름은 돈 루이스 페레나요. 에스파냐의 오래된 가문 출신이고, 정식 신분증명서가 있는 정통 귀족이라오……」

그가 다시 웃음을 터뜨렸다.

「하지만 그렇게 말해 봤자 모르겠다는 표정이군요. 한 보름 전, 어느 날 저녁에 야봉이 이 거리의 벽에 내 이름을 썼을 때는 틀림없이 나를 다른 이름으로 지칭했겠죠? 아! 아! 이제 이해하기 시작하는군요……. 그렇습니다. 당신이 도와달라고 요청한 사람…… 그냥 노골적으로 이름을 말해야 할까요……? 그럽시다, 대위. 자, 무엇이든 하명만 해 주시지요. 아르센 뤼팽이올시다」

파트리스는 아연실색했다. 그는 야봉의 제안과, 그에게 이 유명한 모험가를 부르라고 건성으로 허락했던 일을 까맣게 잊고 있었던 것이다. 그런데 그 아르센 뤼팽이 여기, 바로 그의 눈앞에 있었다. 또한 바로 그 아르센 뤼팽이 단 한 번의 수고로, 정말 믿지 못할 기적과 같이, 완전히 밀폐된 그들의 관 속 깊은 곳에서 코랄리와 함께 그를 끌어낸 것이다.

그는 그에게 손을 내밀며 말했다.

「고맙습니다」

돈 루이스가 유쾌하게 말했다.

「쉿! 고맙다는 말은 마시오. 손을 한 번 잡는 것으로 족하다오. 누구든 나와 악수할 수 있어요. 믿으시오, 대위. 내게도 가벼운 죄의식이 어느 정도 있긴 하지만, 그래도 나는 꽤 많이 착한 일을 했기 때문에 정직한 사람들의 존경을 받을 수도 있을 거요……. 나의 존경부터 시작해서 말이오……. 그러니까……」

그는 다시 말을 멈추고 곰곰이 생각하는 듯하더니 파트리스가 입고 있는 군복 단추 하나를 붙들고 또박또박 말했다.

「움직이지 마시오……. 누가 우릴 염탐하고 있소……」

「누가요?」

「강둑 위에 있는 사람이오. 정원 맨 끝에…… 담이 높지 않소. 담 위에는 철창이 있어요. 그 철창의 창살을 통해 보고 있소. 우리를 보려고 애쓰고 있소」

「그걸 어떻게 아십니까? 당신은 강둑을 등지고 있고, 게다가 나무들도 있는데」

「잘 들어보시오」

「제겐 특별히 들리는 소리가 없습니다」

「아니오. 엔진 소리……. 멈춰 있는 자동차 엔진 소리요. 그런데 담벼락 맞은편의 강둑 위에 멈춰 있는 차가 무엇을 하고 있겠소? 담 옆에는 아무도 살지 않는데 말이오」

「그렇다면 당신은 그게 누구일 것 같습니까?」

「그야 당연하지요! 시메옹 영감이오」

「시메옹?」

「물론이오. 그는 내가 당신들을 구해 냈다는 걸 아주 확실하게 알고 있소」

「그럼 그자가 미친 게 아니란 말인가요?」

「미치다니, 그가? 당신이나 나처럼 멀쩡하오」

「그렇지만……」

「그렇지만 시메옹이 당신을 보호했고, 그의 목적이 당신들 두 사람을 결합해 주는 것이었으며, 당신에게 정원의 열쇠를 보내 주었다, 뭐 이런 것들을 말하고 싶은 거요?」

「그런 일들을 다 알고 계십니까?」

「당연히 알아야죠. 그렇지 않고서는 어떻게 내가 당신들을 도울 수 있었겠소?」

파트리스가 걱정스럽게 말했다.

「하지만, 그 악당이 다시 일을 도모하려고 한다면 어떤 대비책을 세워야 하지 않을까요? 별채로 돌아가시죠. 코랄리가 혼자 있습니다」

「전혀 위험하지 않소」

「왜요?」

「내가 여기 있잖소」

파트리스는 더욱 놀랐다. 그가 물었다.

「그럼 시메옹이 당신을 알고 있단 말입니까? 당신이 여기에 계신 걸 알고 있단 말이에요?」

「그렇소. 내가 야봉을 경유하여 당신에게 보낸 편지를 그가 가로챘기 때문에 알고 있소. 나의 도착 시간을 편지로 알렸기 때문에 그가 일을 서두른 거요. 다만 그런 경우에 내가 늘 하던 대로 도착 시간을 몇 시간 앞당겼을 뿐이고, 따라서 모든 일을 해결함으로써 그를 놀라게 한 것이오」

「그때는 그가 적이라는 사실을 모르고 계셨군요……. 아무것도 모르고 계셨어요……」

「전혀 몰랐소……」

「그럼 오늘 아침에 아셨습니까?」

「아니오, 오늘 오후 1시 45분에 알았소」

파트리스가 시계를 꺼냈다.

「지금은 4시군요. 그러니까 두 시간 만에……」

「그것도 채 안 되오. 내가 여기에 온 건 한 시간 전이오」

「야봉에게 물어보셨습니까?」

「당신은 내가 시간 낭비를 했다고 생각하는군! 야봉은 내게 당신이 자리에 없다고만 대답하고는 그때부터 당황하기 시작했소」

「그래서요?」

「난 당신이 어디 있는지 찾아보았소」

「어떻게요?」

「먼저 당신 방을 뒤졌소. 그런 일에는 익숙해 있던 터라, 당신 방을 뒤져서 마침내 당신의 개폐식 뚜껑 책상 안쪽에 틈이 있는 걸 발견했소. 그런데 그 틈은 옆방의 벽에 나 있는 또 하나의 틈 쪽으로 열려 있었소. 그래서 나는 당신이 일기를 써 놓은 기록장을 꺼내 사건에 대해 알 수 있었소. 그런데 시메옹도 그런 식으로 해서 당신의 아주 사소한 의도까지 알고 있었던 거요. 그렇게 해서 그는 4월 14일에 당신이 여기로 참배하러 올 거라는 계획도 알았던 거요. 따라서 어젯밤, 당신이 일기를 쓰는 것을 본 그는 당신을 공격하기 전에 당신이 무엇을 썼는지 알려고 했던 거외다. 당신 자신이 그에게 그 사실을 알려 준 셈이지. 어쨌든 그는 당신이 경계를 하고 있다는 걸 알고는 공격을 그만둔 거요. 그런 일들이 얼마나 쉬운지 이제 알 것이오. 당신이 사라져서 불안해할 데 말리옹 씨도 역시 훌륭하게 일을 해냈을 거요. 하지만 그건 내일

쯤이 될 거요……」

「말하자면 이미 늦었을 때이군요」

파트리스가 말했다.

「그렇소. 이미 상황은 끝나 있을 때요. 그건 그의 업무도 아니
고 경찰의 업무도 아니오. 나 역시 이 일이 그들의 업무와 연루되
지 않았으면 좋겠소. 난 당신의 상이용사들에게도 수상하게 보이
는 것이 있더라도 그것이 무엇이든 침묵을 지키라고 부탁했소.
따라서 데말리옹 씨가 오늘 오더라도 그는 모든 것이 아무 이상
없다고 생각할 거요. 그렇게 그 점에 대해서는 안심을 하고 당신
일기에서 필요한 정보를 알게 된 나는 야봉과 함께 골목을 건너
이 정원으로 들어온 것이오」

「정원 문이 열려 있었습니까?」

「아니오. 하지만 우리가 도착했을 때 시메옹이 정원에서 나오
고 있었소. 그로서는 운이 없는 거지. 그렇지 않소? 그래서 나는
과감하게 그 틈을 이용한 거요. 난 걸쇠를 손으로 잡고 있다가 안
으로 들어갔소. 그는 감히 저항하지 못했소. 물론 그는 내가 누구
인지 알고 있었지」

「하지만 당신은 그때 그가 적이라는 사실을 모르고 계셨잖아
요?」

「아니, 내가 모르고 있었다고……? 그럼 당신 일기는 뭐요?」

「전 그가 적이라고 생각지 못했는데……」

「하지만 대위, 당신 일기는 온통 그에 대한 비난이었소. 그가
관련되지 않은 일이 없었소. 그가 준비하지 않은 범죄도 없었고
말이오!」

「그렇다면 그의 덜미를 잡았어야 했죠」

「그 뒤에는? 그렇게 해서 그가 내게 무슨 소용이 있겠소? 그를 다그쳐서 실토하게 하겠소? 아니오. 내가 그를 잡는 가장 좋은 방법은 그냥 마음대로 하게 내버려 두는 것이오. 그러면 그는 갈피를 잡지 못할 거요. 당신도 지금 보고 있다시피 그는 도망가지 않고 벌써부터 집 주위를 어슬렁거리고 있어요. 무엇보다도 당신들 두 사람을 구해 내는 일이 급선무였소……. 아직 시간이 있다면 말이오. 그래서 야봉과 나는 별채의 문까지 급히 달려갔소. 문은 열려 있었지만 계단 문은 열쇠와 빗장으로 잠겨 있더군. 나는 두 개의 빗장을 잡아당겼고, 자물쇠를 부수는 일은 우리에게 일도 아니었소.

그런데 온통 가득 차 있는 가스 냄새로 바로 알았소. 시메옹이 낡은 계량기를 외부의 파이프, 아마도 골목의 가로등에 가스를 공급하는 파이프에 연결하여 당신들을 질식시키고 있었던 게 틀림없었소. 우리에게는 당신들 두 사람을 밖으로 끌어내고 마사지, 인공호흡 등 응급조치를 하는 일만 남아 있었소. 그렇게 해서 당신들이 구조되었던 거요」

파트리스가 물었다.

「그자는 틀림없이 살인 장치를 모두 없애 버렸을 텐데요?」

「아니오. 분명히 그는 다시 돌아와서 모든 것을 정리하는 일을 보류해 두고 있었소. 그가 개입했다는 사실이 전혀 드러나지 않고 사람들이 자살로 생각하도록 말이오……. 의문의 자살, 겉으로 드러난 동기가 없는 죽음, 간단히 말해 옛날 당신 아버지와 코랄리 엄마의 어머니 사이에 일어났던 것과 똑같은 비극적 사건이라고 말이오」

「그럼 뭔가를 알고 계시는군요……?」

「아니 그럼, 내게는 읽을 눈도 없다는 겁니까? 벽에 기록해 놓은 당신 아버지의 폭로는 뭐요? 당신이 아는 만큼은 알고 있소, 대위…… 아마 그 이상을 알고 있을 거요」

「그 이상을?」

「맙소사, 그 이상이란 습관이오…… 경험이고. 다른 사람들이 풀 수 없는 많은 문제들이 내게는 세상에서 제일 단순하고 명확해 보인다오. 그래서……」

「그래서요……?」

돈 루이스는 망설이더니 대답했다.

「아니, 아니오…… 말하지 않는 게 낫겠소…… 어둠은 조금씩 걷힐 것이오. 기다립시다. 지금으로서는……」

그가 귀를 기울였다.

「자, 그가 당신을 보았을 거요. 이제 정보를 얻었으니 자리를 뜰 거요」

파트리스가 흥분했다.

「자리를 뜨다니! 이것 보세요……. 그자를 붙잡는 것이 훨씬 나을 겁니다. 그 악당을 다시는 못 찾는 게 아닐까요? 우리가 복수를 할 수 있을까요?」

돈 루이스는 미소를 지었다.

「20년 전부터 당신을 지켜보며 당신을 코랄리 엄마에게 가까이 가게 해 준 사람을 이제는 악당 취급을 하다니! 당신의 은인을 말이오!」

「아! 알고 있어요! 정말이지 아무것도 모르겠어요! 그를 미워할 수밖에…… 그의 도망가는 건 참을 수 없어요……. 그에게 고통을 주고 싶어요. 그렇지만……」

그는 절망의 몸짓을 하며 두 손으로 머리를 감쌌다. 돈 루이스가 그를 위로했다.

「아무것도 걱정하지 마시요. 지금만큼 그를 치기 좋은 때는 없소. 이 나뭇잎처럼 그는 내 손안에 있어요」

「하지만 어떻게요?」

「그의 자동차를 운전하는 사람이 내 부하요」

「뭐라고요? 그게 무슨 말씀인가요?」

「내 부하 중 하나에게 택시를 운전하게 했소. 그 택시는 내 지시에 따라 골목 어귀를 배회하고 있었는데, 시메옹이 어김없이 그 안에 올라탔소」

「말하자면 그렇게 가정하신다는 거로군요……」

갈수록 어리둥절해진 파트리스가 말했다.

「나는 정원 아래에서 엔진 소리를 알아들었소. 당신에게 경고할 때 말이오」

「그러면 당신 편의 사람은 확실히 믿으십니까?」

「물론이오」

「그래도 모르는 일입니다! 시메옹은 파리를 멀리 벗어나서 그 사람에게 치명타를 줄 수도 있어요……. 그렇게 되면 우리는 언제쯤 알게 될까요?」

「파리를 벗어나 특별 허가도 없이 아무 대로(大路)든 마음대로 돌아다닐 수 있다고 생각한다면 그렇소……! 하지만 아니오. 시메옹이 파리를 떠난다면 그는 우선 아무 역으로나 가려고 할 겁니다. 그러면 우리는 그 사실을 20분 후에는 알게 될 거고, 그 즉시 우리는 뒤를 쫓는 거지요」

「어떻게요?」

「자동차로」

「그럼 당신은 차량 통행증을 가지고 계신가요?」

「그렇소. 프랑스 전국에 유효한 거요」

「그게 가능한가요?」

「물론이오. 게다가 공인된 차량 통행증이오. 돈 루이 페레나의 이름으로 내무장관이 서명하고 연서(連署)는……」

「연서는……?」

「공화국 대통령이 했소」

파트리스는 너무도 놀라 얼이 빠진 듯했다. 그리고 그의 놀람은 갑자기 벅찬 감동으로 바뀌었다. 사건에 휘말린 이후 적의 무자비한 의지에 휘말려 언제나 위협적인 죽음의 고통과 패배밖에는 모르던 상황에 갑자기 더욱 강력한 능력을 지닌 사람이 불쑥 나타나 자기편이 된 것이다. 그리하여 갑자기 모든 상황이 바뀌고 있었다. 운명이 방향을 바꾸는 것 같았다. 마치 뜻밖의 순풍이 불어 배를 항구로 데려가는 것처럼.

돈 루이스가 그에게 말했다.

「이런, 대위, 당신도 코랄리 엄마처럼 곧 울 것 같소이다. 신경이 너무 날카로워졌소, 대위……. 그리고 배가 고프기도 할 거요……. 우선 기운을 차려야겠소. 갑시다……」

그는 파트리스를 부축하여 별채 쪽으로 천천히 걸음을 옮겼다. 그리고 약간 심각한 목소리로 이렇게 말했다.

「대위, 내가 말한 모든 사실은 절대로 비밀에 부쳐 주시오. 몇몇 옛날 친구들과 아프리카에서 만나 내 생명을 구해 준 야봉을 제외하고는 프랑스에서는 나를 진짜 이름으로 알고 있는 사람이 아무도 없소. 내 이름은 돈 루이스 페레나요. 내가 싸웠던 모로코에서 나는 프랑스와 이웃하고 있는 나라의 아주 호의적인 왕을 위해 일할 기회가 있었는데, 중립국의 왕이었던 그는 자기의 진짜 감정을 숨겨야 하는 처지였는데도 프랑스가 이기기를 열렬히 기원했소. 그가 나를 불렀고, 결국 나는 내게 신임장을 주고 차량 통행증을 내 달라고 그에게 부탁했소. 그래서 나는 비공식적으로 비밀 임무를 맡게 되었는데, 그 기한이 이틀밖에 남지 않았소. 이틀 안에 나는 다시 돌아가야 하오……. 내가 있던 곳으로 말이오. 거기에서 나는 전쟁 동안 나름대로 프랑스를 위해 일하고 있소……. 그것도 나쁘진 않소. 믿어 주시오. 언젠가는 알게 되겠지만. (아르센 뤼팽 전집 중 『호랑이의 이빨』을 볼 것. ──지은이)

두 사람은 코랄리 엄마가 자고 있던 곳 가까이에 도착했다. 돈 루이스가 파트리스를 멈추게 했다.

「한마디만 더 합시다, 대위. 나는 그 임무를 수행하는 동안, 내 능력이 닿는 한, 내가 가진 모든 시간을 오로지 내 조국의 이익을 지키는 데 바치기로 나를 신임해 준 사람에게 맹세하고 약속했소. 따라서 당신에게 미리 말해 두어야 할 것은, 당신에게 많은 호의를 가지고는 있지만 내가 1,800개의 황금 자루를 발견하는 순간부터는 단 1분도 여기에서 지체할 수 없다는 사실이오. 내 친구 야봉이 불렀을 때 응한 것도 오로지 이 이유 때문이었소. 황금 자루가 우리 수중에 들어오면, 다시 말해서 아무리 늦어도 모레 저녁에는 이곳을 떠날 거요. 게다가 두 사건이 서로 연결되어 있소. 한 가지가 풀리면 다른 것도 따라서 해결될 것이오. 자, 이제 그만 하면 충분히 말하고 설명한 것 같소. 나를 코랄리 엄마에게 소개해 주시오. 그리고 일을 합시다!」

그는 웃기 시작했다.

「그녀에게는 숨기지 마시오, 대위. 내 진짜 이름을 말해 주시오. 난 아무렇지도 않소. 여자들은 모두 아르센 뤼팽 편이니까」

40분 후, 코랄리 엄마는 자신의 방에서 세심한 보살핌과 보호를 받고 있었다. 파트리스가 영양이 풍부한 식사를 하는 동안 돈 루이스는 담배를 피우며 성토층을 거닐고 있었다.

「이제 됐소, 대위? 시작하겠소?」

그는 시계를 꺼내 쳐다보았다.

「5시 30분이군. 낮 시간이 아직 한 시간 이상 남아 있소. 그 시간이면 충분하오」

「충분하다고요……? 혹시 한 시간 안에 모든 것을 해결하겠다는 의도는 아니겠지요?」

「완전히 해결하겠다는 것은 아니지만 내가 스스로 정한 것은 해결할 생각이오……. 그전이 될 수도 있소. 한 시간? 이거 원, 뭐 그 정도까지 필요하겠소? 몇 분 안에 우리는 황금의 은닉처를 알게 될 텐데」

돈 루이스는 에사레스 베가 황금 자루들을 감추어 두었다가 반출하곤 했던 서재 밑 지하 저장고로 안내를 받았다.

「바로 이 환기창을 통해서 자루들을 던져 넣었다는 거요, 대위?」

「그렇습니다」

「다른 출입구는 없소?」

「서재로 올라가는 계단과 또 하나의 환기창 외에는 없습니다」

「그건 성토층 쪽으로 나 있소?」

「그렇습니다」

「그렇다면 확실합니다. 자루들은 첫 번째 환기창으로 들어와 두 번째 환기창을 통해 나갔소」

「하지만……」

「〈하지만〉은 없소, 대위. 그 일이 달리 어떻게 진행되었으리라
고 생각하시오? 보시오, 사람들이 항상 범하는 오류는 유달리 더
어렵게만 생각하려고 한다는 데 있소」

그들은 성토층을 쳐다보았다. 돈 루이스는 환기창 옆에 바짝
붙어 서서 가까운 주위를 세심하게 살폈다. 그 일은 오래 걸리지
않았다. 서재의 창문 앞으로 4미터 지점에 원형의 분수대가 있었
고, 그 중앙에는 소라 고동 모양의 깔때기를 통해 물줄기를 뿜어
내는 동자상(童子像)이 있었다.

돈 루이스는 가까이 다가가 분수대를 살폈다. 그리고 몸을 숙
여 작은 조각상에 손을 대더니 오른쪽에서 왼쪽으로 돌려 보는
것이었다.

조각상의 받침도 함께 90도로 돌아갔다.

「됐소」

그가 다시 일어나며 말했다.

「뭐가요?」

「분수대가 비워질 것이오」

정말로 물이 매우 빠른 속도로 줄어들었고, 이내 수반(水盤)의
바닥이 드러났다.

돈 루이스가 내려가 쪼그리고 앉았다. 수반의 내벽은 흰색과
붉은색의 커다란 데생이 그려진 대리석 모자이크로 덮여 있었다.
이른바 그리스 식이었다. 그중 한 데생의 중앙에 고리 하나가 박
혀 있었는데, 돈 루이스가 그것을 들어올려 잡아당겼다. 데생 전
체를 이루고 있던 내벽의 일부가 그 신호에 화답하여 무너지면서
가로 약 30센티미터에 세로 25센티미터 정도 크기의 구멍을 남

겼다.

돈 루이스가 단언하였다.

「자루들은 이 구멍을 통해 옮겨졌소. 이것이 제2단계요. 그 자루들은 철사 줄에 갈고리를 달아 미끄러지게 했던 것과 똑같은 방법으로 보내졌소. 여기 이 도관 끝에 철사 줄이 있소」

벨발 대위가 소리쳤다.

「빌어먹을! 하지만 철사 줄은 우리가 쫓아갈 수 없습니다!」

「그렇소. 그러나 우리는 그것이 어디까지 이어져 있는지만 알면 되오. 자, 대위, 집과 직각을 이루는 선을 따라서 정원 밑 담벼락 근처까지 가시오. 그곳에서 약간 높은 나뭇가지 하나를 꺾으시오. 아! 잊고 있었소. 난 골목을 통해 나가야 하오. 문 열쇠를 가지고 있소? 그렇소? 그걸 내게 주시오」

파트리스는 열쇠를 주고 강둑 가장자리의 담벼락 옆으로 갔다.

「오른쪽으로 조금만 더. 조금 더. 좋소. 이제 기다리시오」

돈 루이스는 정원에서 골목길로 나가 강둑으로 간 다음, 담벼락 건너편에서 그를 불렀다.

「대위, 거기 있소?」

「네」

「당신이 갖고 있는 나뭇가지를 여기에서 내가 볼 수 있도록 꽂으시오……. 아주 좋소!」

그리고 파트리스는 강둑을 가로지른 돈 루이스를 다시 만났다.

연안 무역을 위해 강의 제방 위에 건설된 강둑은 센 강을 따라 낮은 쪽으로 펼쳐져 있다. 하천용 수송선들이 그곳에 배를 대고 가져 온 화물들을 하역하고 다른 화물들을 싣는데, 나란히 정박한 채 머무는 일이 흔하다.

파트리스와 돈 루이스가 계단을 밟아 내려간 지점에는 작업장들이 있었는데, 그 가운데 그들이 들어간 작업장은 아마도 전쟁이 난 이후 방치되어 있는 것 같았다. 쓸모없는 자재들 가운데는 몇몇 석재와 벽돌 더미들, 유리창이 깨진 선실, 그리고 증기 기중기의 받침대가 있었다. 말뚝에 걸린 간판에는 이렇게 적혀 있었다.

베르투 작업장, 건설

돈 루이스는 축대를 따라갔는데, 그 위에는 강둑이 테라스를 형성하고 있었다.

모래 더미가 축대의 절반 높이까지 차지하고 있어서 축대는 철망의 창살들만 보였고, 그 아랫부분은 널빤지로 받쳐 놓은 모래가 가리고 있었다.

돈 루이스가 철망을 치우고 농담조로 말했다.

「당신은 이 사건에서 문은 모두 열려 있었다는 걸 알아차렸소……? 이번에도 마찬가지의 경우이길 기대해 봅시다」

그 가설은 바로 확인되었다. 그런데도 돈 루이스는 어김없이 놀랐다. 그들은 일꾼들이 연장을 보관해 놓는 구석진 곳으로 들어갔다.

「여기까지는 이상한 점이 전혀 없었소」

돈 루이스가 전등을 켜며 속삭였다.

「삽, 곡괭이, 손수레, 사다리……. 아! 아! 내가 생각하고 있던 것이 바로 여기 있군……. 레일 말이오……. 협궤(挾軌) 한 세트 전체요……. 날 좀 도와주시오, 대위, 바닥을 치웁시다. 좋소…… 이제 됐소」

철망 맞은편, 지면과 같은 높이에 분수대의 구멍과 똑같은 사각 구멍이 입을 벌리고 있었다. 그 위로 철사 줄이 보였다. 일련의 갈고리들이 거기에 매달려 있었다.

돈 루이스가 설명했다.

「그러니까 여기로 자루들이 도착한 거요. 자루들은 말하자면 저 구석에 보이는 작은 광차(鑛車)들 가운데 하나로 떨어졌소. 제방을 가로질러 레일들이 펼쳐졌고, 광차들은 하천용 수송선으로 가서 내용물들을 쏟아 놓은 것이오……. 간단하게 한쪽 끝을 누르기만 하면 쏟아지는 것 아니겠소!」

「그래서요……?」

「그래서 프랑스의 황금이 저곳을 통해서 나간 거지……. 나도 어딘지는 모르오……. 외국이겠지」

「그럼 당신은 마지막 1,800자루 역시 유출되었다고 생각하십니까?」

「그게 걱정스럽소」

「그럼 우리가 너무 늦게 온 건가요?」

두 사람 사이에 상당히 긴 침묵이 끼어들었다. 돈 루이스는 생각에 잠겨 있었다. 파트리스는 그가 전혀 예측하지 못했던 결과에 실망하면서도, 복잡하게 엉킨 실타래의 일부를 그렇게 짧은 시간 안에 해결한 돈 루이스의 비범한 솜씨에 아연실색해 있었다.

그가 속삭였다.

「이건 정말 기적입니다. 어떻게 그 일이 가능했습니까?」

돈 루이스는 아무 말 없이 그의 호주머니에서 책을 꺼냈다. 파트리스가 오후에 그의 무릎에서 보았던 벤저민 프랭클린의 회상록이었다. 돈 루이스는 손가락으로 몇 줄을 가리키면서 그에게 읽어 보라는 시늉을 했다.

그 글은 루이 16세 시대 말기에 씌어진 것으로, 내용은 이랬다.

우리는 매일 내가 사는 집에 인접한 파시 마을에 간다. 사람들은 그곳의 아름다운 정원에서 물을 긷는다. 사방에서 시냇물과 폭포가 그곳에 흘러들어 매우 훌륭하게 정비된 수로를 따라 다시 흘러나간다.

내가 기계 공학 애호가로 알려져 있는 덕에 사람들은 모든 샘물이 모여드는 분수대를 내게 보여 주었다. 대리석 동자상을 왼쪽으로 90도만 돌리면 된다. 그러면 내벽에서 열리는 수로를 통해 모든 물이 센 강까지 일직선으로 흘러나간다…….

파트리스는 책을 덮었다. 돈 루이스가 설명했다.

「그 이후 상황이 바뀌었소. 아마 에사레스 베 때문일 것이오. 물은 다른 방식으로 빠져나가고 수로는 황금을 유출하는 데 사용된 거요. 게다가 강바닥도 좁아졌소. 강둑들을 쌓아 올려 그 아래로 운하가 지나가고 있소. 대위, 당신도 보다시피 이 책이 내게 정보를 주었기 때문에 이 모든 것을 찾아내기가 쉬웠다오. 독투스 쿰 리브로(Doctus cum libro, 책을 읽으면 유식해진다오.)」

「네, 물론입니다. 하지만 왜 하필이면 이 책을 읽어야 한다고 생각하셨습니까?」

「우연이었소. 시메옹의 방에서 이 책을 발견하고는 내 호주머니에 넣었소. 그가 이 책을 읽는 이유가 무엇인지 궁금했소」

파트리스가 소리쳤다.

「아니! 그럼 그자도 역시 에사레스 베의 비밀을 그렇게 발견한 거로군요. 그자도 몰랐던 비밀을 말이에요. 자기 주인의 서류 가운데서 책을 발견하고 그런 방법으로 자료를 수집했던 거예요. 어떻게 생각하십니까? 아닙니까? 제 의견과 다르신 것 같군요? 다른 의견이 있으십니까?」

돈 루이스 페레나는 대답하지 않았다. 그는 강을 쳐다보고 있었다. 작업장에서 약간 떨어진 곳에 수송선 한 척이 강둑을 따라 정박해 있었다. 배에는 아무도 없는 것 같았다. 그런데 다리에서 불거져 나온 도관으로부터 가느다란 연기가 피어오르기 시작하였다.

「가 봅시다」

그가 말했다.

수송선에는 농샬랑트루아 호(號)라는 이름이 새겨져 있었다.

그들은 강둑과 배 사이의 공간을 건너뛰어야 했고, 다리의 평평한 부분을 가득 채우고 있는 밧줄과 빈 통들을 건너가야 했다. 사다리를 타고 올라가자 침실과 부엌으로 사용되고 있는 일종의 선실이 나왔다. 그곳에는 한 남자가 있었는데, 단단해 보이는 체격에 넓은 가슴, 검은 곱슬 머리에 수염이 없는 맨 얼굴을 하고 있었다. 복장은 여러 군데를 기운 더러운 작업복 차림이었다.

돈 루이스가 그에게 20프랑짜리 지폐를 내밀자 남자는 재빨리 그것을 받아 챙겼다.

「여보게, 하나만 물어보세. 자네 요즈음 베르투 작업장 앞에서 수송선을 본 적이 있는가?」

「예, 동력선 한 척이 어제 떠났습니다」

「그 수송선의 이름은?」

「벨엘렌 호였습니다. 두 남자와 한 여자가 그 배에 타고 있었는데, 그 사람들은 외국인이었습니다. 말하는 것이…… 어느 나라 말인지 저는 모르겠습니다……. 영어 같기도 하고 스페인 어 같기도 하고……. 어쨌든 저는 모르겠습니다……」

「그렇지만 베르투 작업장은 이제 일을 안 하고 있지 않나?」

「그렇습니다. 사장이 군대에 동원되었다고 하던데…… 그리고 작업 감독들도 마찬가지고…… 누구나 다 군대는 가야죠, 안 그렇습니까? 나도 가야죠. 징집령을 기다리고 있습니다……. 심장이 안 좋긴 하지만」

「작업장이 일을 하지 않는데 그 배는 거기에서 무엇을 하고 있었나?」

「저는 모릅니다. 그렇지만 그 사람들은 밤새도록 일을 했습니다. 강둑 위에 레일을 깔았어요. 광차 소리가 들려왔고 뭔가 싣고 있었던 것 같은데……. 뭐냐고요? 전 모르죠. 그리고 새벽에 떠났습니다」

「어디로 가던가?」

「망트 쪽으로 강을 내려갔습니다」

「고맙네, 친구. 그걸 알고 싶었네」

10분 후, 파트리스와 돈 루이스는 에사레스 저택에 도착하면서 시메옹 디오도키스가 잡아탔던 자동차 운전 기사를 발견했다. 돈 루이스의 예상대로 시메옹은 생라자르 역으로 가서 표를 끊었다.

「행선지는?」

돈 루이스가 물었다.

운전 기사가 대답했다.

「망트입니다!」

벨엘렌 호

파트리스가 말했다.

「틀림없습니다. 황금이 유출되었다고 데말리옹 씨에게 전해진 통보도 그렇고…… 아무 준비 단계도 없이 야음을 틈타 배에 탄 사람들로만 작업을 한 것도…… 또 그 외국 국적의 사람들…… 그들이 간 방향…… 모든 것이 일치합니다. 그들이 황금을 던져 넣은 지하 저장고와 황금이 도착한 그 외딴 곳 사이에는 아무래도 황금이 잠시 머물렀던 중간 은닉처가 있을 것 같습니다. 어디론가 보내질 때까지 1,800자루의 황금이 운하를 따라서 일렬로 나란히 매달린 채 대기할 수는 없는 일 아닙니까……?

하지만 그런 건 중요하지 않습니다. 중요한 것은 벨엘렌 호가 근교의 한쪽 구석에 숨어서 유리한 때를 기다리고 있었다는 사실입니다. 옛날에 에사레스 베는 불똥비를 이용하여 신중하게 그 배에 신호를 보내곤 했습니다. 저도 그걸 보았습니다. 이번에는 에사레스의 사업을 이어받은 시메옹 영감이 틀림없이 자기 자신의 이익을 위해 배에 탄 사람들에게 미리 알렸고, 황금 자루들을 루앙과 르아브르 쪽으로 옮긴 다음, 거기에서 증기선에 실어 동양으로 보내겠죠. 결국 배 밑창에 수십 톤의 황금을 깔고 그 위에 석탄을 한 층 덮어 놓으면 아무 일 없는 것처럼 감쪽같지요. 어떻습니까? 지금 상황은 그렇지 않습니까? 저로서는 그게 확실한 것 같은데…….

그리고 망트, 이 도시로 가려고 시메옹이 표를 산 것이고, 〈벨엘렌〉호 역시 그리로 향하고 있지 않습니까? 그게 확실하죠? 망트에서 그는 자기의 황금 화물을 되찾게 될 것이고, 선원이나 어떤 다른 사람으로 변장하여 배에 올라탈 것입니다……. 눈에 띄지도 않고 알아보는 사람도 없죠……. 황금과 도둑이 사라지는 것입니다. 어떻습니까? 틀림없지 않습니까?」

돈 루이스는 이번에도 대답하지 않았다. 그렇지만 파트리스의 생각에는 동의하고 있는 것 같았다. 그가 잠시 후에 이렇게 말했기 때문이다.

「좋소. 그리 갑시다. 확실히 알 수 있을 테니까……」

그리고 그는 운전 기사에게 말했다.

「차고로 가서 80마력의 차를 가지고 오게. 한 시간 안에 망트에 도착해야겠어. 대위, 당신은……」

「저도 같이 가겠습니다」

「그럼 보호는 누가……?」

「코랄리 엄마요? 무슨 위험이 있겠습니까? 이제 그녀를 공격할 수 있는 사람은 아무도 없습니다. 시메옹은 자기 계획이 수포로 돌아갔기 때문에 지금은 자기 신변의 안전만 생각하고 있는

데……. 아, 그리고 황금 자루도 생각하겠죠」

「정말이오?」

「물론입니다」

「어쩌면 잘못 생각하고 있는지도 모르오. 그러나 어쨌든 이 일은 당신과도 관계가 있소. 갑시다……. 아! 그래도 대비는 해야지……」

그가 소리쳐 불렀다.

「야봉!」

세네갈 병사가 곧장 달려왔다.

야봉이 파트리스에게 충직한 동물 같은 끈끈한 정을 느끼고 있다면, 돈 루이스에게는 종교적인 숭배심을 공공연하게 드러내고 있는 것 같았다. 이 모험가의 극히 사소한 몸짓에도 그는 황홀경에 빠져들곤 했다. 그는 대가 앞에서 연신 웃고 있었다.

「야봉, 완전히 괜찮아진 건가? 상처는 아물었고? 이제 피곤하지도 않지? 좋아. 그렇다면 날 따라오게」

그는 강둑까지 야봉을 데리고 갔다. 베르투 작업장에서 조금 떨어진 곳이었다.

「오늘 저녁 9시부터 여기 이 벤치에 앉아 경계를 서도록 하게. 먹을 것과 마실 것을 가지고 와서 특히 저 아래에서 무슨 일이 일어나는지 잘 감시해. 무슨 일이 일어나는 거냐고? 아마 아무 일도 없을 거야. 어쨌든 자네는 내가 돌아올 때까지 자리를 뜨면 안 돼……. 적어도…… 무슨 일이 일어나지 않는 한 말이야……. 일이 생기면 그에 대처하도록 하게」

그는 잠시 말을 멈췄다가 다시 이어갔다.

「야봉, 특히 시메옹을 조심하게. 자네에게 상처를 입힌 사람이야. 그가 보이거든 숨통을 조여 버리게……. 그리고 여기로 데리고 와……. 하지만 죽여선 안 돼, 절대로! 농담이 아닐세, 알겠나? 자네에게서 내가 넘겨받길 바라는 건 시체가 아니라……살아 있는 사람일세. 알겠나, 야봉?」

파트리스는 불안했다.

「그러니까 당신은 이쪽의 뭔가가 걱정되시는군요? 그건 이해할 수가 없는데요. 시메옹은 떠나지 않았습니까……」

돈 루이스가 말했다.

「대위, 현명한 장군은 적을 추격하기 시작할 때, 반드시 정복한 지역을 확실히해 두고 세력이 강한 장소에도 수비대를 남겨 두는 법이오. 베루투 작업장은 물론 상대방의 집결지 가운데 하나요. 어쩌면 가장 중요한 집결지일지도 모르오. 그래서 감시하는 겁니다」

돈 루이스는 코랄리 엄마에 대해서도 역시 꼼꼼하게 대비책을 세워 놓았다. 매우 지쳐 있는 코랄리에게는 휴식과 보살핌이 필요한 상황이었다. 그들은 그녀를 자동차에 태우고 혹시 있을지도 모르는 정탐 행위를 따돌리기 위해 파리 중심부를 향해 최대 속력으로 달렸다. 그들은 마이요 대로의 병원 별관으로 그녀를 데리고 가서 병원감(病院監)의 손에 그녀를 맡기고 의사에게 그녀를 부탁해 두었다. 그녀 곁에 외부인은 아무도 들이지 못하도록 했다. 그녀는 〈파트리스 대위〉라는 서명이 없는 한 어떤 편지에도 답장을 해서는 안 되었다.

저녁 9시에 자동차는 생제르맹과 망트 사이의 도로 위를 달리고 있었다. 뒷좌석의 돈 루이스 옆에 앉은 파트리스는 승리감에 도취되어 여러 가지 가설을 세우는 데 온 정신을 집중하고 있었다. 뿐만 아니라 그 가설들은 모두가 부인할 수 없이 확실한 것으로 그는 생각하고 있었다. 그러나 그의 머릿속에는 여전히 몇 가지 의문이 따라다니고 있었다. 몇몇 문제들이 여전히 모호한 채로 남아 있어서 그는 매우 들뜬 기분으로 그에 관한 아르센 뤼팽의 의견을 구하고자 했다. 그는 이렇게 말했다.

「저로서는 지금도 두 가지 사실을 도저히 이해할 수 없습니다. 첫째는, 4월 4일 오전 7시 19분에 에사레스에게 살해된 사람이 도대체 누구냐는 겁니다. 저는 최후의 고통스러운 비명소리를 들었습니다. 누가 죽었을까요? 그리고 시체는 어떻게 되었을까요?」

돈 루이스는 여전히 대답을 하지 않고 있었다. 파트리스가 다시 말을 이었다.

「두 번째는, 더욱 알 수 없는 일입니다만, 시메옹의 행동입니다. 그러니까 그 사람은 오로지 한 가지 목표에만 자기 인생을 바쳐왔습니다. 자기 친구 벨발을 살해한 자에 대한 복수, 그리고 저와 코랄리의 행복을 보장해 주는 일이 그것입니다. 단 한 가지 사실도 어긋남이 없이 그의 인생은 한결같았습니다. 그에게는 강박 관념이, 심지어는 편집증까지도 있을 거라 짐작됩니다. 그런데 그의 적인 에사레스 베가 죽던 날, 그는 갑자기 표변하여 우리들, 즉 코랄리와 나를 괴롭혔습니다. 급기야는 에사레스 베가 우리 부모님들을 상대로 성공했던 그 끔찍한 음모를 꾸미고 실행에 옮기기까지 하지 않았습니까!

자, 거기에는 뭔가 놀라운 것이 있다고 말씀해 주십시오. 그의 머리가 돈 것이 과연 황금의 유혹 때문일까요? 그가 비밀을 알게 된 날부터 엄청난 보물이 자기 손에 쥐어졌기 때문에? 그의 가증할 죄악이 그렇게 설명이 될까요? 갑자기 깨어난 본능을 만족

288

시키기 위해 정직한 사람이 악당이 되었을까요? 어떻게 생각하십니까?」

돈 루이스는 침묵했다. 모든 수수께끼가 그 저명한 모험가에 의해 손바닥을 뒤집듯이 단번에 해결되기를 기대했던 파트리스는 그의 침묵이 기분 나쁘기도 하고 놀랍기도 했다.

그는 마지막 시도를 해 보았다.

「그리고 황금 삼각형은? 그것 역시 수수께끼 아닙니까? 결국 어떤 경우에도 삼각형의 흔적은 없기 때문입니다. 황금 삼각형은 어디 있단 말입니까? 그 점에 대해서는 어떻게 생각하십니까?」

돈 루이스는 여전히 침묵했다. 결국 장교는 이렇게 말하지 않을 수 없었다.

「도대체 무슨 일입니까? 대답을 하지 않으시니…… 근심스러워 보이십니다……」

「아마 그럴 거요」

「무엇 때문입니까?」

「오! 이유는 없소」

「그렇지만……」

「그러니까 나는 일이 너무 잘되어 가고 있다는 생각이오」

「뭐가 너무 잘되어 가고 있습니까?」

「우리 일 말이오」

파트리스가 그에게 더 물으려고 하자 그가 말했다.

「대위, 나는 당신에 대해 지극히 순수한 호의를 가지고 있으며 당신과 관련된 모든 일에 매우 큰 관심을 기울이고 있소. 하지만 고백하건대, 현재 내 생각을 온통 지배하는 한 가지 문제가 있고, 또한 내 모든 노력을 기울이고 있는 한 가지 목적이 있습니다. 그것은 우리에게서 훔쳐 간 황금을 추적하는 일이오. 나는 이 황금이 우리에게서 빠져나가게 하고 싶지 않소……. 당신에 관한 일은 성공했지만 다른 건 아직 그렇지 않소. 당신들은 이제 둘 다 건강해졌고 위험도 벗어났지만, 난 아직 1,800자루의 황금을 손에 넣지 못했소. 내겐 그것이 필요하오……. 반드시 말이오……」

「하지만 그 일도 성공하실 겁니다. 그게 어디 있는지 알고 계시니까요」

돈 루이스가 말했다.

「그렇소. 단, 내 눈앞에 펼쳐져 있어야만 내 것이오. 그때까지는 내 것이 아니오」

망트에서의 수색은 오래 걸리지 않았다. 그들은 망트에 도착하고 얼마 지나지 않아 시메옹 영감의 인상착의와 일치하는 여행객이 트루아장프뢰르 호텔에 내렸으며, 현재 4층의 객실에서 자고 있다는 사실을 알아내고는 만족해했다.

돈 루이스는 그 호텔의 1층에 묵었고, 파트리스는 그의 다리가 사람들의 주의를 끌기 쉬울 거라 생각하여 그랑 호텔로 갔다.

그는 이튿날 늦게 잠에서 깼다. 돈 루이스가 전화를 걸어, 시메옹이 우체국을 들른 다음 센 강변으로 갔다가, 역에 들러 모자의 두터운 베일로 얼굴을 가린 꽤 우아한 부인을 데리고 왔으며, 두 사람은 4층 객실에서 점심 식사를 하고 있다고 일러 주었다.

4시에 다시 전화벨이 울렸다. 돈 루이스는 대위에게 도시를 벗어나는 길목에 위치한 강 맞은편의 작은 카페로 지체 없이 와 달라고 말했다. 파트리스는 그곳에서 강둑 위를 산책하고 있는 시메옹을 볼 수 있었다.

그는 뒷짐을 지고 이렇다할 목적 없이 한가롭게 거니는 사람처럼 산책하고 있었다.

「저 목도리, 안경, 늘 똑같은 차림에 언제나 같은 걸음걸이군요」

파트리스가 말했다.

그리고 이렇게 덧붙였다.

「저 사람을 잘 보십시오. 태평함을 가장하고 있지만 그의 시선은 강 상류에 쏠려 있는 것을 알 수 있습니다. 벨엘렌 호가 오는 쪽이죠」

「그렇소, 맞소」

돈 루이스가 속삭였다.

「보시오. 부인이 나타났소」

「아! 저 여자군요?」

파트리스가 말했다.

「전에 거리에서 두세 번 마주친 적이 있습니다」

개버딘 망토 바깥으로 다소 튼튼해 보이는 넓은 어깨와 허리의 윤곽이 드러나 있었다. 챙 넓은 펠트 모자 주위로는 베일이 쳐져 있었다. 그녀는 시메옹에게 파란색 종이로 된 전보를 한 통 내밀었고, 그는 그것을 바로 읽었다.

그러고 나서 그들은 잠시 이야기를 나누다가 어디론가 가는 듯하더니 카페 앞을 지나쳐 좀 더 멀리 떨어진 곳에서 멈춰 섰다.

거기에서 시메옹은 종이에 몇 자를 적은 다음 그것을 그녀에게 주었다. 여자는 그의 곁을 떠나 도시로 돌아갔다. 시메옹은 계속해서 강을 따라 걷고 있었다.

「그대로 있으시오, 대위」

돈 루이스가 말했다.

파트리스는 투덜댔다.

「그렇지만, 적은 경계를 하고 있는 것 같지 않습니다. 뒤를 돌아보지도 않아요」

「신중한 게 낫소, 대위. 시메옹이 종이에 적은 내용을 알아낼 수 없었다는 게 얼마나 애석한지 모르겠소」

「그럼 제가 가서……」

「가서 부인을 만나시겠다고? 그건 안 되오, 대위. 기분을 상하게 하려는 건 아니지만 당신에겐 그만 한 힘이 없소. 나라고 해도 역시 마찬가지고……」

그가 자리를 떴다.

파트리스는 기다렸다. 몇 척의 보트가 강을 오르내리고 있었다. 그는 기계적으로 그 배들의 이름을 바라보고 있었다. 그런데 돈 루이스가 자리를 뜬 지 30분이 지났을 때, 갑자기 수년 전부터 몇몇 하천용 수송선에 장착하기 시작한 강력한 동력 엔진의 망치질 하는 듯한 소리가 율동적으로 아주 뚜렷한 템포에 맞추어 들려왔다.

실제로 수송선 한 척이 강어귀를 돌아 들어오고 있었다. 배가 그의 앞을 지나갈 때 그는 떨리는 가슴으로 분명하게 읽었다. 벨 엘렌 호였다!

배는 규칙적인 폭발음을 내며 꽤 빠른 속도로 미끄러져 왔다. 그것은 땅딸막하고 불룩하고 육중해 보였는데, 화물을 전혀 싣고 있지 않은 것 같은데도 꽤 깊이 가라앉아 있었다.

파트리스는 뱃사람 두 명이 앉아서 멍하니 담배를 피우는 것을 보았다. 배 뒤에는 보트 한 척이 매달려 떠가고 있었다.

수송선은 점점 멀어져 가서 모퉁이에 이르렀다.

돈 루이스는 파트리스가 한 시간을 더 기다린 후 돌아왔다. 파
트리스가 즉시 그에게 말했다.

「벨엘렌 호는요?」

「여기서 2킬로미터 떨어진 곳에서 그들은 보트를 풀어 시메옹
을 찾으러 왔소」

「그럼 시메옹은 그들과 함께 떠났습니까?」

「그렇소」

「아무 눈치도 채지 못했습니까?」

「그런 것까지 묻는 건 좀 지나치오, 대위」

「아무래도 좋습니다! 따 놓은 당상인걸요. 우리는 자동차로 그
들을 따라잡을 것이고, 그들을 앞질러서, 가령 베르농 같은 데서
군대와 다른 여러 당국에 알려 체포하게 하면……」

「우리는 아무에게도 알리지 않을 것이오, 대위. 우리는 이 소
규모 작전들을 우리 힘으로 수행할 겁니다」

「우리 힘으로요? 어떻게요? 하지만……」

두 사람은 서로를 쳐다보았다. 파트리스는 자기 머리에 떠오른
생각을 감출 수 없었다.

그러나 돈 루이스는 화를 내지 않았다.

「당신은 내가 3억 프랑을 가져갈까 걱정이오? 제기랄! 윗저고
리에 감추기가 어려운 양이란 말이오」

파트리스가 말했다.

「그렇지만, 그 점에 대해서 당신의 의도가 무엇인지 여쭤 보아
도 되겠습니까?」

「물론이오, 대위. 하지만 우리 일이 성공할 때까지 대답을 보
류하는 걸 양해해 주시오. 지금은 우선 수송선을 찾아내야 하오」

그들은 트루아장프뢰르 호텔로 돌아갔다가 다시 자동차를 타고 베르농을 향해 출발했다. 이번에는 두 사람 모두 입을 다물고 있었다.

길은 몇 킬로미터를 더 가서 로니에서 시작되는 깎아지른 언덕길 아래에서 강과 다시 만나고 있었다. 그들이 로니에 도착했을 때 벨엘렌 호는 정점에 로쉬귀용이라는 마을이 있는 커다란 만곡에 들어가 있었는데, 여기에서는 보니에르의 국도를 향해 다시 돌아 나오게 되어 있었다. 배로 그 여정을 소화하려면 최소한 세 시간이 걸려야 하지만, 자동차가 언덕을 넘어 직선거리로 달려 보니에르에 당도한 것은 그로부터 15분 후였다.

그들은 마을을 가로질러 갔다.

조금 더 멀리 가자 오른편에 시골 여인숙이 하나 있었다. 돈 루이스는 거기에서 차를 멈추게 하고 그의 운전사에게 말했다.

「만약 자정까지 우리가 돌아오지 않으면 파리로 돌아가게. 나와 함께 가시겠소, 대위?」

파트리스는 그를 따라 오른쪽으로 돌아갔다. 그들은 소로를 통해 강둑에 이르렀고, 다시 강둑을 따라 15분 동안 걸어갔다. 마침내 돈 루이스는 자기가 찾고 있던 것을 발견했다. 말뚝에 매어 놓은 보트였다. 거기서 멀지 않은 곳에 덧문이 닫혀 있는 별장이 보였다.

돈 루이스가 사슬을 풀었다.

시간은 저녁 7시경이었다. 어둠이 빠르게 몰려왔지만 환한 달빛이 사방을 비추고 있었다.

돈 루이스가 말했다.

「무엇보다도 먼저, 설명해 두겠소. 우리는 10시 종이 울릴 때쯤 도착할 수송선을 기다릴 것이오. 우리는 강을 가로질러 배를 만날 것이오. 그리고 달빛 아래…… 아니면 내 전등을 비추면서 정지 명령을 내릴 것이오. 틀림없이 배는 당신의 제복을 보고 순순히 따를 것이오. 그러면 우리가 배 위로 올라가는 겁니다」

「만약 순순히 따르지 않는다면요?」

「뱃전으로 접근하는 수밖에 없소. 그들은 셋이지만 우리는 둘이오. 그러니까……」

「그 뒤에는요?」

「그 뒤에? 배에 탄 사람들 가운데 두 사람은 시메옹을 위해 일하긴 하지만 그가 무슨 일을 하는지, 화물의 성격이 무엇인지도 모르는 단역에 지나지 않을 것이 분명하오. 시메옹을 제압하고 그들에게 돈을 넉넉히 집어 주면 그들은 내가 원하는 곳으로 수송선을 끌고 갈 거요. 하지만 말이오, 이것이 내가 말하고자 하는 결론인데, 대위, 나는 이 수송선으로 내가 하고 싶은 일을 할 것이라는 사실을 당신에게 미리 말해 두어야겠소. 내가 적절하다고 생각하는 때에 배의 화물을 인도할 것이오. 그것은 내 전리품이고, 내가 취득한 것이오. 나 외에는 아무도 그것에 대한 권리가 없소」

장교가 발끈했다.

「하지만 그런 역할은 받아들일 수 없습니다……」

「그렇다면 당신의 명예를 걸고 비밀을 지키겠다는 약속을 해주시오. 이건 당신이 마음대로 할 수 있는 비밀이 아니니 말이오. 그리고 헤어집시다. 각자 자리로 가는 거요. 나는 혼자서 배에 접근할 테니 당신은 당신 업무로 복귀하시오. 뿐만 아니라 나는 이 자리에서 당신의 대답을 요구하지도 않는다는 걸 알아두시오. 당신에겐 생각할 시간이 충분히 있소. 당신의 이익과 매우 고귀한 양심에 따라 결정하시오.

미안하지만, 당신에게 내 작은 약점을 고백했듯이, 나는 이제 약간의 짬이 생겼으니 잠을 좀 자두어야겠소. 〈카르페 솜늄〉(Carpe somnum 잠을 따 모아라)(고대 로마의 서정시인 호라티우스의 오드 시집에 나오는 〈Carpe diem(햇빛을 따 모아라)〉을 응용한 것. 이 시구는 에피쿠로스 파 시인인 그가 서정의 한 테마로 삼았던 것으로서, 서양에서는 그의 지혜의 요체로 간주되는 매우 유명한 시구이다──옮긴이)이라고 어느 시인이 말했다오. 잘 가시오, 대위」

그리고 돈 루이스는 더 이상 말을 하지 않고 외투로 몸을 감싸고는 보트 안으로 뛰어올라 거기에 드러눕는 것이었다.

파트리스는 끓어오르는 분노를 억제하기 위해 매우 힘든 노력을 기울여야 했다. 그는 이 기인(奇人)의 영향을 받고 있었고, 그의 도움 없이는 행동하기가 어렵다는 것을 알고 있었기 때문에, 돈 루이스의 아이러니컬한 침착함과 약간의 빈정거림이 들어 있는 공손한 억양이 더욱 신경에 거슬렸다. 하지만 돈 루이스가 자기와 코랄리의 목숨을 구해 준 일을 어떻게 잊을 수 있겠는가?

몇 시간이 흘렀다. 모험가는 선선한 밤 공기 속에서 자고 있었다. 파트리스는 그 엄청난 보물에 돈 루이스가 손을 대지 못하도록 막으면서 무자비한 적 시메옹을 잡아 없앨 수 있는 행동 계획을 궁리하며 망설이고 있었다. 그는 이미 공범이 되어 있는 자신의 모습이 놀라웠다. 어쨌든 멀리서 모터 소리가 처음으로 들리기 시작하고 돈 루이스가 잠에서 깨어났을 때, 파트리스는 돈 루이스의 옆에서 행동할 태세를 취하고 있었다.

그들은 서로 아무 말도 하지 않았다. 마을의 어느 괘종시계가 11시를 울렸다. 벨엘렌 호는 앞으로 나아가고 있었다.

파트리스는 흥분이 커지는 것을 느끼고 있었다. 벨엘렌 호, 그 것은 바로 시메옹을 잡고, 황금을 되찾는 것이며, 코랄리가 위험에서 벗어나고, 가장 무서운 악몽이 끝나는 것이며, 에사레스의 사업이 영원히 사라지는 것이었다. 모터 소리가 점점 가까워지고 있었다. 그 규칙적이고 강한 리듬이 잔잔한 센 강 위에 퍼져나가고 있었다. 돈 루이스는 노를 열심히 저어 강 가운데로 나갔다.

그러자 갑자기 멀리서 시커먼 물체가 하얀 빛 속에서 솟아나는 것이 보였다. 12분에서 15분 정도가 다시 흘렀지만 그것은 그대로 있었다.

「제가 도와드릴까요? 물길이 당신을 끌고 가는 것 같습니다. 똑바로 서 있기도 힘들어 보이는데요」

파트리스가 속삭였다.

「조금도 힘들지 않소」

돈 루이스는 그렇게 말하며 노래를 흥얼거리기 시작했다.

「하지만 결국엔……」

파트리스는 깜짝 놀랐다. 보트가 그 자리에서 방향을 바꿔 다시 기슭으로 돌아오고 있었다.

「하지만 결국…… 결국……」

그는 같은 말만 되풀이했다.

「결국 뭡니까? 그에게서 등을 돌리시는 겁니까……? 뭡니까? 포기하시는 겁니까……? 이해할 수 없군요…… 그럼 우리 두 사람뿐이라서 그러시는 겁니까? 2대3이라서…… 그게 두려우십니까……? 그거예요?」

돈 루이스는 기슭으로 펄쩍 뛰어내린 다음 파트리스에게 손을 내밀었다.

파트리스는 그를 밀어내며 투덜거렸다.

「설명을 해 주시겠습니까……?」

「너무 길다오」

돈 루이스가 대답했다.

「딱 한 가지만 물어봅시다. 내가 시메옹 영감의 방에서 발견한 그 책, 벤저민 프랭클린의 회상록 말이오, 당신이 그 방을 수색할 때도 거기 있었소?」

「제기랄! 지금 그런 걸 얘기할 때가 아니잖습니까……」

「급한 질문이오, 대위」

「아니요. 없었습니다」

돈 루이스가 말했다.

「그럼, 우리가 속았소. 아니 정확히 말하면 내가 속았소. 갑시다, 대위. 어서」

파트리스는 보트에서 움직이지 않았다. 그러다 그는 후닥닥 배를 밀고는 노를 잡으며 중얼거렸다.

「빌어먹을! 나를 우습게 보는 것 같아, 이 작자가!」

그리고 10미터 정도 멀어지자 이렇게 소리쳤다.

「두려우시면 저 혼자 가겠습니다. 아무도 필요 없어요!」

돈 루이스가 대답했다.

「그럼 조금 있다 봅시다, 대위. 여인숙에서 기다리겠소」

파트리스의 조사는 아무 어려움이 없었다. 위압적인 목소리로 내린 단 한 번의 명령에 벨엘렌 호는 멈췄고, 따라서 뱃전에 배를 대는 과정도 매우 조용하게 이루어졌다.

배에 타고 있던 두 명의 선원은 바스크 연안 출신의 나이가 좀 들어 보이는 남자들이었다. 파트리스가 그들에게 군 당국의 조사 요원이라고 자기를 소개하자, 그들은 파트리스를 배로 안내하였다.

그는 배에서 시메옹 영감을 발견하지 못했을 뿐만 아니라 황금 자루 비슷한 것도 볼 수가 없었다. 배 밑창은 거의 비어 있었다.

심문은 간단했다.

「어디로 가십니까?」

「루앙으로 갑니다. 우리는 군수(軍需) 보급창으로 징집되었습니다」

「그런데 오는 도중에 누구를 태우지 않았소?」

「그렇습니다. 망트에서요」

「그 사람 이름이 뭐요?」

「시메옹 디오도키스입니다」

「그 사람은 어디 갔소?」

「탄 지 얼마 안 되어 기차를 타게 내려 달라고 했습니다」

「그 사람이 원한 것은 무엇이었소?」

「우리들에게 돈을 줬습니다」

「무엇 때문에?」

「이틀 전에 파리에서 하역 작업을 한 대가입니다」

「자루들 말이오?」

「그렇습니다」

「무슨 자루요?」

「우리는 모릅니다. 돈을 넉넉히 받았습니다. 그걸로 충분합니다」

「그럼 그때 실은 것들은 어디 있소?」

「어젯밤, 푸아시의 하류에서 갑자기 접근한 작은 증기선에 넘

300

겨주었습니다」

「그 증기선의 이름은?」

「샤무아 호입니다. 여섯 명이 타고 있었습니다」

「그 배는 어디 있소?」

「앞질러 갔습니다. 속도가 빨랐어요. 루앙보다 더 멀리 갔을 겁니다. 시메옹 디오도키스가 그 배와 합류할 겁니다」

「당신들은 언제부터 시메옹 디오도키스를 알고 있었소?」

「그 사람을 본 건 이번이 처음입니다. 하지만 그 사람을 안 건 에사레스 씨의 일을 하면서였습니다」

「아! 에사레스 씨를 위해서 일을 했소?」

「몇 차례요…… 늘 똑같은 일에 똑같은 항로였습니다」

「어떤 신호를 보내서 당신들을 불렀소?」

「어떤 공장의 낡은 굴뚝에 불을 붙여서 신호를 했습니다」

「나른 것은 항상 자루였소?」

「네, 자루였습니다. 그것이 무엇인지는 몰랐죠. 하여튼 돈은 많이 받았습니다」

파트리스는 더 이상 묻지 않았다. 그는 보트로 다시 내려가 강 기슭으로 서둘러 돌아갔다. 그가 돈 루이스에게 갔을 때, 그는 밤참을 먹으려고 식탁에 편안하게 앉아 있었다.

그가 말했다.

「빨리요. 화물은 샤무아 호라는 증기선에 있습니다. 루앙과 르 아브르 사이에서 따라잡을 수 있을 겁니다」

돈 루이스는 자리에서 일어나 하얀 종이로 싼 뭉치 하나를 장 교에게 내밀었다.

「샌드위치 두 개요, 대위. 오늘 밤은 바쁠 것 같소. 당신이 나처럼 잠을 자 두지 않아 정말 유감이오. 갑시다. 그리고 이번에는 내가 운전을 하겠소. 엔진 소리가 시끄러울 거요. 당신은 내 옆에 앉으시오, 대위」

그들은 운전사와 함께 차에 올랐다. 그러나 출발하자마자 파트리스가 소리쳤다.

「어! 아니에요, 조심하세요! 이쪽이 아닙니다! 지금 망트와 파리 쪽으로 돌아가고 있어요!」

「이게 내가 가려고 하는 쪽이오」

돈 루이스가 빈정거렸다.

「아니, 뭐라고요? 파리로 말입니까?」

「물론이오」

「아! 아닙니다! 안 돼요! 고집이 좀 지나치십니다. 제가 말씀 드리지 않았습니까? 선원 두 사람이……」

「그 선원들 말이오? 거짓말쟁이들이오」

「그 사람들이 분명히 말했습니다. 하역 작업이……」

「하역 작업이라고? 그렇게 말하라고 시켰다오」

「그렇지만 샤무아 호가……」

「샤무아 호? 거짓말이오. 다시 말해 드리지. 우리는 속았소, 대위. 완전히 속았단 말이오! 시메옹 영감은 정말 대단한 노인이오! 시메옹 영감은 우리의 적수라 할 만하오! 우리는 그와 함께 게임을 하고 있는 거요! 그가 파 놓은 함정에 나는 목까지 빠져 버리고 말았소. 좋소! 단, 제아무리 기막힌 농담이라 해도 한계가 있는 법이오. 안 그렇소? 이제 웃음은 끝이오!」

「그렇지만……」

「아직도 충분하지가 않소, 대위? 벨엘렌 호 다음으로 이젠 샤무아 호를 공격하고 싶소? 편할 대로 하시오. 망트에서 내려 주겠소. 단지 미리 말해 두지만, 시메옹은 파리에 있소. 우리보다 서너 시간 먼저 가 있을 거요」

파트리스는 몸을 떨었다. 시메옹이 파리에 있다니! 코랄리가 있는 파리에. 그는 더 이상 대꾸할 말이 없었다. 돈 루이스가 말을 계속했다.

「아! 망나니 같으니라고! 놈이 게임을 잘한 건가? 프랭클린의 회상록이라니! 대가의 솜씨야……. 내가 온다는 것을 알고 놈은 이렇게 생각한 거요. 〈아르센 뤼팽이라고? 사건을 해결하고 황금 자루는 물론 나까지 호주머니에 집어넣을 수 있는 위험한 놈이야. 그놈을 따돌리려면 한 가지 방법밖에 없다. 놈에게 진짜 단서를 주어 정신없이 달려들게 하는 것이지. 그런 상태에서는 진짜 단서가 가짜로 변하는 절묘한 순간을 눈치 채지 못하는 법이야.〉 어떻소? 놀랍지 않소? 프랭클린 책을 미끼로 던진 거요. 놈이 의도한 부분의 책장이 우연히 펼쳐진 것처럼 해서, 내가 수로를 쉽게 발견할 수밖에 없게 만들어 놓은 거지. 친절하게도 아리아드네의 실(크레타 섬의 미궁을 빠져나올 수 있도록 아리아드네가 테세우스에게 준 실 ── 옮긴이)이 내게 주어진 셈이고, 나는 지하 저장고에서부터 베르투 작업장까지 시메옹의 손이 이끄는 대로 온순하게 따라간 겁니다. 그리고 거기까지는 이상이 없었소. 그런데 그 다음부터 문제가 발생하기 시작했소. 베르투 작업장에는 아무도 없었고, 그 옆에 하천용 수송선만 한 척 있었을 뿐이니 거기에 정보가 있을 가능성이 있는 것이고, 그러면 나는 그 배로 갈 것이 뻔한 거 아니오. 그리고 실제로 그랬고 말이오. 일단 정보를 알아본 나는 이미 패배한 거요」

「그럼 그 배에 있던 사람은……?」

「그야 당연히 시메옹의 하수인이오. 생라자르 역까지 추격당할 것을 예상한 시메옹은 그에게도 망트를 말하게 함으로써 내게 두 번이나 망트로 간다는 걸 알려 준 거요.

망트에서도 연극은 계속되었소. 벨엘렌 호는 시메옹과 황금 자루를 모두 싣고 지나가는 셈이니, 우리는 벨엘렌 호를 뒤쫓는 거요. 물론 벨엘렌 호에는 시메옹도, 황금 자루도 없소.〈그러니 샤무아 호를 쫓아라. 우리는 샤무아 호로 모두 옮겨 실었다.〉우리는 샤무아 호를 쫓아 루앙까지, 르아브르까지, 세상 끝까지 가는 거요. 물론 헛수고요. 샤무아 호는 존재하지 않으니까 말이오. 그러나 시메옹의 각본에 의하면 우리는 그 배가 존재하는데 우리의 수사망을 벗어난 것이라고 끈질기게 믿는 것이지. 그렇게 되면 곡예는 잘 끝난 거고, 엄청난 금액의 돈도 떠나 버렸고, 시메옹은 사라진 거요. 그리고 우리는 한 가지밖에는 할 일이 없는 거요. 우리의 추적을 포기하고 물러나는 것이오. 알겠소? 우리의 추적을 포기하는 것, 바로 그것이 놈의 목표란 말이오. 그리고 놈은 그 목표를 이룰지도 모르오. 만약에……」

자동차는 최대 속력으로 달리고 있었다. 가끔씩 돈 루이스는 놀라운 솜씨로 사뿐하게 자동차를 세우기도 했다. 국민군의 검문소였다. 차량 통행증 검사. 그리고 출발! 다시 현기증 나는 광란의 질주.

「그런데…… 뭐죠……?」

아직도 반신반의하는 파트리스가 물었다.

「당신을 이렇게 파리로 가게 만든 단서가 뭡니까?」

「망트에서 보았던 그 여자 때문이오. 아직은 모호한 단서요.

하지만 갑자기 그 농샬랑트 호라는 첫 번째 수송선에서 우리에게 정보를 주었던 사내가 생각났소……. 생각해 보시오……. 베르투 작업장 말이오! 그런데 나는 그 사내를 보고 좀 이상하다는 생각이 들었소……. 뭐라고 딱 꼬집어 말할 수는 없지만, 어쩌면 변장한 여자가 아닐까 하는 느낌이 들었던 거요. 그런데 그 느낌이 갑자기 다시 떠오르더군요. 그래서 망트의 여자와 비교해 보았소……. 그런데…… 그런데 말이오, 그 순간 빛이 번쩍 하는 것 같았소……」

돈 루이스는 잠깐 생각에 잠기더니 작은 소리로 다시 말했다.

「그 여자는 도대체 누구란 말이오?」

잠시 침묵이 흐르다가 파트리스가 무의식적으로 입을 열었다.

「그레구아르가 아닐까요……」

「뭐? 뭐라고 했소? 그레구아르?」

「네, 그레구아르란 자가 실은 여자이니까요」

「이럴 수가! 도대체 무슨 소릴 하는 거요?」

「확실합니다……. 생각해 보십시오……. 카페 테라스에서 공범자들을 체포하던 날, 그들이 제게 알려 준 겁니다」

「뭐라고요! 그런데 당신 일기에는 그런 말은 한마디도 없었잖소!」

「아……! 맞아요……. 그런 사소한 일은 잊어버렸죠」

「사소한 일! 아니 그걸 사소한 일이라고 하다니. 그건 제일 중요한 거요, 대위! 내가 그걸 알고 있었다면 그 뱃사람이 그레구아르라는 걸 짐작했을 테고, 이렇게 하룻밤을 완전히 허비하지도 않았을 거요. 이럴 수가 있나! 당신 크게 실수한 거요, 대위!」

그러나 그런 일도 돈 루이스의 유쾌한 기분을 바꿀 수는 없었다. 이번에는 파트리스가 좋지 않은 예감에 사로잡혀 갈수록 우울해지고, 돈 루이스는 승리의 노래를 부르고 있었다.

「좋아! 싸움이 점점 심각해지고 있어! 그런데 사실 너무 간단한 것 같기도 하고. 그래서 내가 침울했던 거야, 이 뤼팽이 말이야! 상황이 실제로 그렇게 진행될까? 모든 일이 어김없이 이렇게 연결되어 있을까? 프랭클린, 황금 운하, 계속되는 에사레스의 사업, 저절로 드러나는 흔적, 망트에서의 만남, 벨엘렌 호, 아니야, 난 이 모든 것들이 어딘지 거북했어. 유혹이 좀 지나쳤소, 부인. 이제 그만하시지! 그리고 수송선으로 황금을 빼돌린다는 것도 말이 안 돼……! 평화시에는 가능할지 몰라도 전시에는 차량 통제, 초계정, 검문 검색, 압류 등으로 모든 것이 통제되기 때문이지……. 시메옹 같은 인간이 위험을 무릅쓰고 그런 여행을 할 것으로 보이오? 아니오, 난 경계하고 있었소. 대위, 바로 그 때문에 혹시 일어날지도 모르는 일에 대비하여 야봉을 시켜 베르투 작업장 앞에서 보초를 서게 한 거요. 내 생각은 그렇소……. 내가 보기에 그 작업장은 이 사건의 중심에 있소. 어떻소? 내 생각이 옳은 거요? 뤼팽 씨가 통찰력을 잃어버린 거요? 대위, 분명히 말하지만 난 내일 저녁에 떠날 것이오. 당신에게 이미 말한 사실이기도 하오. 또 그래야만 하오. 이 싸움에서 이기든 지든 떠날 거요……. 그러나 우리는 이길 거요……. 모든 게 밝혀질 것이오……. 남김없이 말이오……. 그 황금 삼각형까지도……. 아! 당신에게 그 귀금속으로 된 삼각형을 가져다 주겠다고 약속은 못하겠소. 그렇소. 말로 현혹해서는 안 되지. 그건 틀림없이 황금 자루들을 삼각형 모양으로 쌓아 기하학적으로 배치한 도형일 거요……. 아니면 그런 형태로 땅에 파 구덩이거나. 아무래도 좋소.

곧 밝혀질 거요! 황금 자루들도 우리 것이 될 테고 말이오! 그리고 파트리스와 코랄리는 시장님 앞으로 가서 내 축복을 받을 것이고, 아이들을 많이 낳게 될 거요!」

그들은 파리 외곽의 문에 다다르고 있었다. 갈수록 불안해지기만 하던 파트리스가 물었다.

「그러니까 이제 조금도 걱정할 것이 없다는 말씀이지요?」

「오! 오! 그렇지는 않소. 사건은 아직 끝나지 않았으니까. 일산화탄소의 장(場)이라고 할 수 있을 제3막의 마지막 장 다음에는 분명히 제4막이 있을 것이고, 어쩌면 제5막까지 있을지도 모르오. 적은 조금도 누그러지지 않았소!」

그들은 강둑을 따라 달리고 있었다.

「여기서 내립시다」

돈 루이스가 말했다.

그는 세 번을 반복해서 가볍게 휘파람을 불었다.

「아무 대답이 없군」

그가 중얼거렸다.

「야봉이 저기에 없어. 싸움이 시작된 거야」

「코랄리는……」

「코랄리를 걱정할 게 뭐가 있단 말이오? 시메옹은 그녀가 어디 있는지 모르오」

베르투 작업장에는 아무도 없었다. 아래쪽 강둑에도 마찬가지였다. 그러나 수송선 농샬랑트 호가 달빛 아래 보였다.

돈 루이스가 말했다.

「가 봅시다. 이 수송선이 그레구아르라는 작자의 평상시 거처일까? 우리가 르아브르로 가고 있다고 생각하고 벌써 돌아와 있겠지? 그러길 바라오. 어쨌든 야봉은 저기를 거쳐 갔을 테고, 틀림없이 뭔가 흔적을 남겨 놓았을 거요. 같이 가겠소, 대위?」

「물론입니다, 그런데 이상하게도 왜 이리 겁이 나는지 모르겠습니다」

「뭐가 두렵소?」

그런 느낌을 이해할 만큼 너그러운 아량을 가진 돈 루이스가 말했다.

「우리가 보게 될 것이……」

「괜찮소, 아무것도 없을 거요」

두 사람은 각자 휴대용 전등을 켜고 권총의 손잡이를 더듬어 잡았다.

그들은 배를 강기슭에 연결해 놓은 갑판을 건너갔다. 몇 걸음을 가자 선실이 나왔다.

선실의 문은 닫혀 있었다.

「어이! 친구, 문을 열게」

아무 대답이 없었다. 어쩔 수 없이 그들은 문을 부수기 시작했다. 그러나 일반 선실의 문보다 훨씬 커서 작업하기가 매우 힘들었다.

마침내 문이 열렸다.

선실 안으로 먼저 들어간 돈 루이스가 말했다.

「제기랄! 이런 걸 기대하진 않았는데!」

「뭡니까?」

「보시오……. 그레구아르라는 이 여자 말이오……. 죽은 것 같소……」

여자의 시선이 작은 철제 침대 위에 나뒹굴고 있었다. 그녀가 입고 있는 남성용 작업복이 V자형으로 깊이 패여 가슴이 드러났다. 얼굴은 극도의 공포를 머금은 표정으로 굳어 있었다. 흐트러진 선실은 격렬한 싸움이 있었다는 것을 말해 주고 있었다.

「내 생각이 틀리지 않았소. 이 여자 바로 옆에 망트에서 입었던 옷이 있소. 무슨 일이오, 대위?」

파트리스가 터져 나오려는 비명을 억누르고 있었던 것이다.

「저기…… 우리 바로 앞에…… 창문 아래……」

그것은 강 쪽으로 난 작은 창문이었다. 유리창들이 깨져 있었다.

돈 루이스가 말했다.

「흐음, 저거요? 그렇소. 물론 누군가 저 창문으로 몸을 던진 것 같소만……」

「저 두건…… 저 파란 두건은……」

파트리스가 말을 더듬거렸다.

「저건 그녀의 간호사 두건입니다……. 코랄리의 두건 말입니다……」

돈 루이스가 화를 냈다.

「그럴 리가 없소! 보시오, 그녀가 있는 곳은 아무도 모르오」

「그렇지만……」

「그렇지만 뭐요? 당신 혹시 그녀에게 편지를 쓴 거 아니오? 전보를 보내지 않았소?」

「맞습니다……. 전보를 쳤습니다……. 망트에서……」

「무슨 말을 하는 거요? 그러니까…… 이것 보시오……. 그건 말이 안 되오……. 당신이 그런 일을 했을 리가 없어!」

「했습니다……」

「망트의 우체국에서 전보를 쳤단 말이오?」

「네」

「그럼 그 우체국에 누가 있었소?」

「네, 여자 한 사람이요」

「누구요? 여기 이 살해된 여자요?」

「네」

「하지만 당신이 쓴 걸 읽지는 않았을 거 아니오?」

「네. 하지만 전보 내용을 두 번이나 다시 썼습니다」

「그럼 아무 생각 없이 바닥에 버렸다는 말이군…… 아무나 볼 수 있게…… 아! 사실대로 말해 보시오, 대위……」

파트리스는 벌써 멀어지고 있었다. 그는 있는 힘을 다해 자동차로 뛰어가고 있었다. 30분 후, 그는 두 통의 전보를 손에 들고 돌아왔다. 코랄리의 탁자에서 발견한 전보였다.

처음 것은 그가 보낸 것으로, 이렇게 적혀 있었다.

모든 일이 순조롭소. 마음을 편안히하고 밖으로 나가지 마시오. 당신에게 내 사랑을 보내오.

——파트리스 대위.

두 번째 것은 물론 시메옹이 보낸 것으로, 이렇게 적혀 있었다.

심각한 사태. 계획 변경. 되돌아감. 당신 집 정원의 작은 문에서 오늘 저녁 9시에 기다리겠음.

——파트리스 대위.

코랄리는 이 두 번째 전보를 8시에 받고 즉시 출발했던 것이다.

제4막

돈 루이스가 지적하고 나섰다.

「대위, 당신은 두 가지 중대한 실수를 저질렀소. 첫 번째는 그 레구아르가 여자라는 사실을 내게 미리 말해 주지 않은 것이오. 두 번째는……」

그러나 돈 루이스는 장교가 너무나 풀이 죽어 있는 것을 보고는 그에 대한 비난을 그만두었다. 그는 그의 어깨에 손을 얹고 말했다.

「자, 대위, 낙담하지 마시오. 당신이 생각하는 것만큼 상황이 나쁜 건 아니오」

파트리스가 힘없이 말했다.

「코랄리는 그놈을 피하기 위해 저 창문으로 뛰어내렸습니다」

돈 루이스는 어깨를 으쓱했다.

「코랄리 엄마는 살아 있소……. 시메옹에게 붙잡혀 있지만 살아 있소」

「허! 당신이 어떻게 아십니까? 그리고, 그 괴물의 손에 있다면 그건 죽은 거 아닙니까? 죽음의 공포 그 자체가 아니겠습니까?」

「그건 죽음의 위협이오. 하지만 우리가 제때에 도착한다면 살 수 있소. 이제 곧 도착할 테고 말이오」

「흔적을 발견했습니까?」

「내가 팔짱만 끼고 있다고 생각하시오? 그리고 나 같은 백전노장에겐 이 선실에서 생긴 수수께끼를 풀기에 30분이라는 시간이 충분하지 않다고 생각하는 거요?」

이미 싸울 태세를 갖춘 파트리스가 소리쳤다.

「그럼 어서 갑시다. 적에게 달려갑시다」

「아직은 아니요」

계속해서 주위를 탐색하며 돈 루이스가 말했다.

「내 말을 잘 들으시오. 내가 알고 있는 것은 이렇소, 대위. 내 추리로 당신을 현혹하려 하지 않고 간단하게 요점만 말하겠소. 내가 증거로 잡은 온갖 사소한 것들도 말하지 않겠소. 있는 그대로의 사실만 말하겠소. 딱 한 가지, 그게 전부요. 그러니까……」

「그러니까?」

「코랄리 엄마는 9시에 약속 장소에 나갔소. 그곳에는 시메옹이 그레구아르라는 여자와 함께 있었소. 그들 두 사람은 그녀를 꼼짝 못하게 붙들어 재갈을 물리고 여기까지 데리고 왔소. 그들이 보기에는 이곳이 은신처로 안전하다고 여겼다는 점을 주목하시오. 당신과 내가 함정을 발견하지 못했을 거라고 확신했기 때문이오. 그렇지만 이곳은 오늘 밤, 그것도 잠깐 동안 사용할 임시 은신처이며, 시메옹은 공범의 손에 코랄리 엄마를 맡겨 두고 결정적인 은신처, 곧 그녀를 가두어 둘 감옥을 찾아 나서려고 했다는 가정을 할 수 있소. 하지만 다행히도, 이건 내가 생각해도 참 잘했다는 판단이오만, 야봉이 거기에 있었소. 야봉은 어둠 속에 몸을 숨기고 벤치에 앉아 여기를 감시하고 있었소. 그는 그들이 강둑을 건너는 것을 보았을 것이고, 틀림없이 멀리서도 시메옹의 걸음걸이를 알아보았을 것이오.

그 즉시 그들을 추격한 야봉은 수송선의 다리 위로 뛰어올라 그 두 납치범들과 동시에 이곳에 들이닥친 것이오. 그들이 이 선실의 문을 걸어 잠그기 전에 말이오. 이 비좁은 방에 네 사람이 깜깜한 어둠 속에서 있었으니, 끔찍한 혼란이 있었을 거요. 나는 그런 경우에 야봉이 얼마나 무서운지 알고 있소. 그러나 불행하게도 그의 가차 없는 손끝에 매달린 것은 시메옹이 아니라 바로…… 바로 이 여자였소. 시메옹은 그 틈을 이용했지. 그는 코랄리를 놓지 않았소. 그는 그녀를 끌어안고 다시 올라가 그녀를 계단 위로 던졌소. 그리고 다시 돌아와 열쇠를 돌려 싸우고 있는 두 사람을 가두어 버린 거요」

「그렇게 생각하십니까……? 이 여자를 죽인 사람이 시메옹이 아니라 야봉이라고 생각하시는 겁니까?」

「물론이오. 다른 증거가 없다 해도 이 후두 골절이 그 증거요. 이건 야봉이 남긴 자국이오. 내가 이해할 수 없는 것은 어째서 야봉은 시메옹이 도망쳤는데도 그를 뒤쫓기 위해 어깨로 문을 부수지 않았는가 하는 점이오. 내 생각에는 그가 부상을 당해 필요한 조치를 하지 못했을 것 같소. 또 생각할 수 있는 것은 즉시 숨을 거두지 않은 여자가 자기를 지켜 주기는커녕 내팽개치고 도망간 시메옹을 욕했을 것이오. 어쨌든 야봉이 유리창을 깬 것은 사실이오······」

「그럼 한쪽 팔밖에 없는데 부상당한 몸으로 센 강에 뛰어들었단 말입니까?」

파트리스가 반박했다.

「그렇지 않아요. 이 창문 주위엔 모두 테두리가 쳐져 있소. 거기를 밟고 빠져나갔을 거요」

「좋습니다. 하지만 그는 시메옹보다 10분, 20분은 족히 늦었을 겁니다」

「상관없소. 만약에 이 여자가 죽기 전에 시메옹이 어디로 도망갔는지 야봉에게 말해 줄 시간이 있었다면 말이오」

「그걸 어떻게 알 수 있습니까?」

「이렇게 얘기하면서도 난 그걸 찾고 있었소, 대위······ 그리고 방금 그것을 발견했소」

「여기에서요?」

「그것도 금방 발견한 거요. 그리고 난 야봉이 뭔가 남겨 놓았으리라 기대하고 있었소. 이 여자는 야봉에게 선실의 어느 지점을 가리켰소. 보시오, 열려 있는 이 서랍이 틀림없소. 서랍 안에는 주소가 적힌 명함이 들어 있었소. 야봉은 그 명함을 꺼내 내게 알리기 위해서 이 커튼에 핀으로 꽂아 놓았소. 난 이미 그걸 보았지만 명함에 꽂힌 핀은 조금 전에서야 알아보았소. 그 핀은 내가 야봉의 가슴에 모로코 십자 훈장을 직접 달아 줄 때 사용했던 금으로 만든 핀이오」

「그럼 이 주소는요?」

「〈기마르가 18번지, 아메데 바슈로〉라고 되어 있소. 기마르 가는 여기서 아주 가깝소. 이건 정보가 확실하다는 거요」

314

그들은 여자의 시체를 남겨 두고 즉시 출발했다. 돈 루이스가 말한 대로 시체는 경찰이 처리할 일이었다.

베르투 작업장을 건너가면서 그들은 구석진 자리를 한 번 쳐다보았다. 돈 루이스가 뭔가를 발견했다.

「사다리 하나가 없소. 기억해 둡시다. 시메옹이 저기를 거쳐 갔소. 시메옹도 이제는 실수를 범하기 시작하는군」

그들은 자동차를 타고 파시의 작은 동네인 기마르가로 갔다. 18번지는 이미 오래전에 지어진 커다란 임대용 주택이었다. 그들이 그 집의 문 앞에서 초인종을 누른 것은 새벽 2시였다.

한참 만에 열린 문으로 들어서서 마차가 드나들 수 있는 궁륭형의 커다란 대문을 넘어설 때 문지기가 수위실에서 머리를 내밀었다.

「누구시오?」

「우리는 아메데 바슈로 씨를 꼭 만나야 합니다」

「나요」

「당신이라고요?」

「그렇소, 나요. 여기 수위 일을 보고 있소. 그런데 어디서 나온 거요?」

「파리 시 경찰청의 명령입니다」

아무 메달이나 보여 주며 돈 루이스가 말했다.

그들은 수위실로 들어갔다.

아메데 바슈로는 정직하게 생긴 얼굴에 구레나룻이 하얗게 센 키 작은 노인으로, 교회지기 같은 선한 인상을 지니고 있었다.

「똑바로 대답해 주시오」

돈 루이스가 거친 목소리로 명령했다.

「말을 돌려선 안 되오, 알겠소? 우리는 시메옹 디오도키스라는 사람을 찾고 있소」

수위가 질겁했다.

「그 사람을 해치려는 거요? 만약 그 사람을 해치려 한다면 내게 물어봤자 소용없소. 그 선량한 시메옹 씨에게 해를 입히느니 내가 괴로움을 당해 죽는 게 낫소」

돈 루이스의 말투가 누그러졌다.

「그 사람을 해치다니? 그 반대요. 우리는 그를 도와주고, 그를 큰 위험에서 지켜 주기 위해 찾고 있는 겁니다」

바슈로 씨가 소리쳤다.

「큰 위험이라니, 아! 그건 놀라운 일이 아니오. 그 사람이 그렇게 흥분해 있는 것을 한번도 본 적이 없었소」

「그렇다면 여기 왔다는 말이군요?」

「네, 자정이 조금 지나서였소」

「지금 여기에 있습니까?」

「아니요, 다시 나갔소」

파트리스가 절망의 몸짓을 하며 물었다.

「여기에 누군가를 두고 갔겠죠?」

「아니요, 하지만 누군가를 데려오겠다고는 했소」

「여자요?」

바슈로 씨는 망설였다.

「우리는 다 알고 있습니다」

돈 루이스가 다시 말했다.

「시메옹 디오도키스가 가장 깊이 경애해 마지않는 부인을 보호하려 한다는 사실을요」

316

「그럼 그 부인의 이름을 말할 수 있겠소?」

수위가 여전히 경계하는 태도로 물었다.

「물론이오. 은행가의 미망인 에사레스 부인이오. 시메옹은 그녀의 집에서 비서 일을 수행하고 있소. 에사레스 부인이 공격을 당했소. 그래서 그가 적으로부터 그녀를 보호하고 있는 것이고, 우리는 우리대로 그 두 사람을 돕고, 이 범죄 사건을 해결하려고 당신에게 이렇게 와 있는 겁니다……」

「좋아요, 됐습니다」

완전히 안심한 바슈로 씨가 말했다.

「나는 시메옹 디오도키스를 아주 오래전부터 알고 있습니다. 그는 내가 목수로 일하고 있던 시절에 저를 도와주었습니다. 내게 돈을 빌려 주었고, 지금 이 자리를 맡게 해 주었습니다. 그리고 이 수위실로 자주 찾아와 참으로 많은 얘기를 나누었습니다……」

「그와 에사레스 베의 관계에 대한 이야긴가요? 파트리스 벨발과 관련된 그의 계획에 대해서 말인가요?」

돈 루이스가 무심하게 물었다.

수위는 다시 한번 망설이다가 말했다.

「많은 얘기를 했습니다. 시메옹 씨는 참으로 훌륭한 사람입니다. 좋은 일을 많이했는데, 그의 자선 사업을 위해 나를 이 구역에 고용한 겁니다. 그리고 조금 전에도 에사레스 부인을 위해 목숨을 잃을 뻔했답니다……」

「조금만 더 얘기해 주시죠. 에사레스 베가 죽은 후에 그를 본 적이 있습니까?」

「아니요, 그 후로는 오늘이 처음이었습니다. 그는 1시 종이 울릴 때 도착했습니다. 그는 숨을 헐떡이며 거리에서 나는 소리에 귀를 기울인 채 작은 목소리로 말했습니다. 〈쫓기고 있어. 누가 날 쫓고 있다고…… 거짓말 아니야…….〉 그래서 내가 물었죠. 〈도대체 누가요?〉 그랬더니 〈자넨 그를 몰라……. 팔이 하나밖에 없는데, 그 팔로 목을 비틀어…….〉 그러고는 입을 다물었습니다. 그리고 잠시 후에 다시 아주 작은 소리로 말했습니다……. 겨우 알아들었죠. 〈자네, 나와 함께 가세. 부인을 찾으러 갈 거야, 에사레스 부인 말일세……. 누가 그녀를 죽이려고 해……. 내가 잘 숨겨 놓았는데, 그녀는 지금 기절해 있어……. 그녀를 데려와야 해……. 아, 아니야, 나 혼자 가겠네. 내가 해결할 거야…… 하지만 한 가지만 말해 주게……. 내 방은 항상 비어 있지?〉 여기에 그의 작은 방이 하나 있다는 걸 말씀드려야겠군요. 그도 역시 언젠가 피신해야 했던 일이 있었습니다. 그때부터 여기에 방을 하나 마련해 두었지요. 그는 가끔씩 여기에 오곤 했습니다. 그는 만약의 경우에 대비하여 그 방을 소유하고 있었습니다. 그 방은 다른 세입자들의 방에서 멀리 떨어진 외딴 방이거든요」

「그 다음에는요?」

파트리스가 불안하게 물었다.

「그 다음에? 다시 나갔죠」

「하지만 왜 여태 돌아오지 않는 겁니까?」

「저도 그게 걱정이 됩니다. 그를 쫓고 있던 자의 공격을 받지 않았을까요? 아니면 아마 부인이…… 부인에게 좋지 않은 일이 생긴 건 아닐까요……?」

「무슨 말이오? 그 부인에게 좋지 않은 일이라니?」

318

「걱정스럽습니다. 처음에 우리가 그녀를 찾으러 가야 하는 곳이 어딘지 그가 내게 말해 줄 때 이러더군요. 〈어서 서두르세. 난 그녀를 구하기 위해 어쩔 수 없이 그녀를 구덩이 안에 들어가게 했어……. 두세 시간은 괜찮겠지만 그 이상 놔두면 질식할 거야……. 공기가 부족해서 말이야…….〉」

파트리스가 노인의 멱살을 움켜쥐었다. 그는 이성을 잃은 상태였다. 그렇지 않아도 몸이 불편하고 지쳐 있는 코랄리가 어딘가에서 끔찍한 공포와 학대의 먹이가 되어 죽음의 고통을 당하고 있다는 생각, 그 생각 때문에 그는 미칠 지경이었다.

그가 소리쳤다.

「말하시오! 지금 당장! 그녀가 어디 있는지 말하란 말이오! 아! 당신은 우리가 이 정도로 무시당해도 싸다고 생각하는군! 어디 있소? 그가 당신에게 말했잖아……. 당신은 알고 있어……」

그는 바슈로 씨의 어깨를 잡고 흔들며 그의 얼굴에 극을 치닫는 분노를 쏟아 내고 있었다.

돈 루이스가 빈정거렸다.

「아주 잘하고 있소, 대위! 진심으로 축하하오! 내 도움으로 당신은 장족의 발전을 했소이다. 바슈로 씨는 지금 우리 포로요」

파트리스가 큰 소리로 말했다.

「아! 그렇소. 내가 이 사람의 입을 어떻게 여는지 보게 될 거요」

수위가 매우 단호하고 침착하게 말했다.

「소용없소, 선생. 당신들은 나를 속였소. 당신들은 시메옹 씨의 적이오. 나는 당신들에게 정보가 될 수 있는 말은 단 한마디도 하지 않을 것이오」

「말을 하지 않겠다고? 말을 하지 않아?」

격분한 파트리스가 그에게 권총을 겨누었다.

「셋까지 세겠다. 그때까지 결단을 내리지 않으면 벨발 대위가 얼마나 무서운 사람인지 보게 될 것이다」

수위가 몸을 떨었다. 그의 얼굴에 서린 표정으로 보아 현재의 상황을 몽땅 뒤집어 놓을 뭔가 새로운 일이 발생한 것 같았다.

「벨발 대위라고! 지금 뭐라고 했소? 당신이 벨발 대위요?」

「아! 이 작자야, 내 이름을 들으니 정신이 버쩍 드는 모양이군」

「당신이 벨발 대위요? 파트리스 벨발?」

「그렇다고 해 두지. 자, 지금부터 2초 안에 말하지 않으면……」

「파트리스 벨발! 당신이 파트리스 벨발, 그런데도 자신이 시메옹 씨의 적이라고 하는 거요? 자, 이봐요, 이럴 수는 없소. 이게 뭐요! 당신이 어떻게……」

「놈을 개처럼 죽여 버리겠어…… 그래, 네놈이 존경해 마지않는 그 악당 시메옹 말이다. 그리고 공범인 너도……. 아! 파렴치한 놈들! 아! 그래! 이제 결단을 내릴 테냐?」

「불쌍한 사람……!」

수위가 더듬거렸다.

「불쌍한 사람! 당신은 지금 당신이 무슨 일을 하는지 모르고 있소…… 시메옹 씨를 죽이겠다니! 당신이! 당신이 말이오! 그렇다면 당신은 인간 말종이오! 그런 죄를 범할 수는 없는 거요!」

「그래서 어떻다는 말이냐? 그러니까 말하란 말이다, 이 노망난 늙은이야!」

「당신이, 시메옹 씨를 죽이다니, 파트리스, 당신이! 당신, 벨발 대위, 당신이!」

「그래서 안 될 이유가 없잖아?」

「사연이 있소……」

「무슨 사연……?」

「그건……」

「뭐야! 말하라고, 이 노망난 늙은이야! 무슨 얘기야?」

「파트리스, 당신이! 시메옹 씨를 죽이겠다니!」

「그래선 안 될 이유? 말해, 제기랄! 뭐야?」

수위는 얼마 동안을 침묵하고 있더니 이렇게 중얼거렸다.

「당신은 그의 아들이오」

코랄리가 시메옹의 손에 있거나 어떤 구덩이 깊숙이 버려져 있다는 생각에 격분하고 번민하고 고통스럽게 초조해하며 두려움에 떨던 파트리스의 그 모든 감정이 순간 참을 수 없는 쾌활함으로 바뀌며 폭소가 터져 나왔다.

「시메옹의 아들이라고! 무슨 소리를 지껄이는 거야! 아! 정말 웃기는군! 넌 그 늙은 도둑놈을 구하려고 참으로 재미있는 말을 하는군! 그래! 편리하군.〈그 사람을 죽이지 마라, 네 아버지.〉내 아버지가 더러운 시메옹이라니! 시메옹 디오도키스가 벨발 대위의 아버지라니! 쓰러지겠군」

돈 루이스는 말없이 듣고만 있었다. 마침내 그가 파트리스에게 신호를 보내며 말했다.

「대위, 이 일을 내가 해결하도록 맡겨 주겠소? 몇 분이면 충분할 거요. 그래도 늦지 않소. 아니 오히려 더 빠를 거요」

그리고 장교의 대답은 기다리지도 않고 그는 노인에게 몸을 숙이고 천천히 물었다.

「바슈로 씨, 얘기를 좀 해 봅시다. 우리는 이 일에 관심이 많소. 확실한 얘기만 합시다. 쓸데없는 말로 본질을 흐리지 맙시다.

게다가 당신은 너무 많은 말을 했기 때문에 끝까지 밝힐 수밖에 없소. 시메옹 디오도키스는 당신 은인의 진짜 이름이 아닙니다, 그렇죠?」

「그렇습니다」

「그의 이름은 아르망 벨발이고, 그를 사랑했던 여자는 그를 파트리스 벨발이라고 불렀소」

「그렇습니다. 그의 아들처럼 말입니다」

「그렇지만 그 아르망 벨발은 그가 사랑했던 여자, 즉 코랄리 에사레스의 어머니와 똑같은 살인 사건의 희생자였죠?」

「그렇습니다. 하지만 코랄리 에사레스의 어머니는 죽었고, 그는 죽지 않았습니다」

「그때가 1895년 4월 14일이었습니다」

「1895년 4월 14일, 맞습니다」

파트리스가 돈 루이스의 팔을 붙잡았다.

「가시죠」

그가 우물쭈물 말했다.

「코랄리가 죽어 갑니다. 그 괴물 같은 놈이 코랄리를 땅에 묻었어요. 중요한 건 그것뿐입니다」

돈 루이스가 대답했다.

「그 괴물이 그래도 당신 아버지라는 생각은 들지 않는단 말이오?」

「제정신이 아니군요!」

「그렇지만 당신은 떨고 있소, 대위……」

「어쩌면…… 그럴지도 모르죠……. 하지만 코랄리 때문에……! 저는 이 사람이 말하는 것이 들리지 않습니다! 아! 그런 말을 하

다니, 이 얼마나 끔찍한 악몽입니까! 입을 다물게 하세요! 입 좀
닥치라고! 목을 졸라 죽일 것만 같아요!」

그는 의자 위에 주저앉아 탁자에 팔꿈치를 괴고 두 손으로 머
리를 감싸 쥐었다. 그 순간은 참으로 끔찍했다. 어떤 재앙도 사람
의 마음을 그보다 더 크게 휘저어 놓을 수는 없을 것이었다.

돈 루이스는 그를 애처롭게 바라보았다. 그리고 수위에게 몸을
돌려 말했다.

「바슈로 씨, 설명을 좀 해 보시오. 간단하게 말이오. 자세한
건 나중에 알게 될 테니까. 그러니까 1895년 4월 14일에……」

「1895년 4월 14일, 어느 공증인 사무소의 서기가 경찰서장과
함께 여기서 아주 가까운 곳에 있는 우리 사장 가게에 와서 관 두
개를 즉시 만들어 달라고 했습니다. 작업장이 총가동되었죠. 저
녁 10시에 사장과 나, 그리고 동료 한 명이 레이누아르가의 어느
별채에 도착했습니다」

「어딘지 알고 있소. 계속하시오」

「거기에는 두 구의 시체가 있었습니다. 우리는 그 시체를 둘
다 수의로 싸서 관 속에 눕혔습니다. 그리고 11시에 사장과 내 동
료는 나와 수녀 한 분만 남겨 두고 갔습니다. 못질만 하면 일은
끝나는 셈이었죠. 그런데 그 자리를 지키며 기도하고 있던 수녀
님이 졸았습니다. 그때 그런 일이 일어난 것입니다……. 오! 나는
머리칼이 곤두서도록 얼마나 놀랐던지, 절대로 잊지 못할 겁니
다, 선생……. 나는 더 이상 서 있을 수가 없었습니다……. 나는
겁에 질려 몸을 떨고 있었습니다……. 선생, 남자의 시체가 움직
였습니다……. 남자가 살아 있었어요」

돈 루이스가 물었다.

「그때 당신은 범죄 사실을 전혀 몰랐습니까? 살해 음모를 몰랐나요?」

「몰랐습니다. 사람들이 말하기를, 그들 두 사람은 가스를 이용해서 스스로 질식사했다고 했습니다. 뿐만 아니라 그 남자가 완전히 의식을 되찾기까지는 몇 시간이 걸렸습니다. 그는 마치 독극물에 중독된 것 같았습니다」

「그런데 수녀님에게는 왜 알리지 않았소?」

「말을 할 수가 없었습니다. 넋이 나가 있었거든요. 나는 죽은 사람이 다시 살아나고 있는 것을 보고 있었습니다. 조금씩 생기가 돌더니 마침내 눈을 뜨더군요. 그가 처음으로 한 말은 〈그녀는 죽었습니까?〉였습니다. 그리고 바로 이어 이렇게 말했습니다. 〈한마디도 하지 마시오. 입을 꼭 다물어 주시오. 사람들은 내가 죽었다고 생각할 것이오. 나로선 그게 낫습니다.〉 그런데 왠지는 모르지만 나는 그의 생각에 동조했습니다. 그 기적이 내게서 모든 의지를 앗아 가고 있었어요……. 나는 아이처럼 복종하였습니다……. 마침내 그가 일어났습니다. 그는 다른 관에 몸을 숙이고 수의를 벗겨내더니 죽은 여자의 얼굴에 몇 번이나 입을 맞추었습니다. 이렇게 중얼거리면서요. 〈당신의 복수를 해 주겠소. 당신의 복수를 하는 데 내 일생을 모두 바치겠소. 또한 당신이 바라던 대로 우리 아이들을 맺어 주겠소. 내가 죽지 않은 것은 우리 아이들, 파트리스와 코랄리를 위해서요. 잘 가시오.〉 그리고 내게 말했습니다. 〈날 좀 도와주시오.〉 우리는 관에서 그녀를 들어내 옆에 있는 작은 방으로 옮겼습니다. 그런 다음 정원으로 나가, 커다란 돌덩이를 몇 개 주워서 두 사람의 관 속에 넣었습니다. 그일을 끝낸 뒤 나는 관에 못질을 했고, 수녀님을 깨워 집을 나왔습니다. 그는 죽은 여자와 함께 방 안에 틀어박혔어요. 그리고 아침에 장의사들이 관을 찾으러 왔습니다」

파트리스는 머리의 손을 풀고 경련으로 일그러진 그의 얼굴을 돈 루이스와 수위 사이로 들이밀었다. 그는 험상궂은 눈으로 수위를 뚫어져라 바라보며 낮은 목소리로 말했다.

「그렇지만 무덤은……? 살인 사건이 일어난 별채 근처에 죽은 두 사람이 편안히 쉬고 있다고 적힌 비명은……? 그 묘지는?」

「아르망 벨발이 그렇게 하기를 원했습니다. 당시에 나는 지금 이 집의 고미다락방에 살고 있었습니다. 나는 그를 위해서 방을 하나 내주었고, 그는 시메옹 디오도키스라는 이름으로 몰래 들어와 살았습니다. 아르망 벨발은 법적으로는 죽은 사람이었으니까 말입니다. 그리고 그는 거기에서 밖으로 나오지 않고 몇 달간을 살았습니다. 그 후 그는 나의 중개로 그의 새로운 이름을 사용하여 자기의 별채를 다시 사들였지요. 그리고 우리 둘은 함께 코랄리와 그의 무덤을 조금씩 파기 시작했습니다. 그래요, 그의 무덤도 팠습니다. 다시 말하지만 그가 원한 겁니다. 파트리스와 코랄리는 둘 다 죽은 셈이지. 그로서는 그렇게 해야 그녀 곁을 떠나지 않는 거라 느끼는 듯했습니다. 또 어쩌면, 이건 내 생각입니다만, 너무 절망한 나머지 약간 정신의 균형을 잃었는지도 모르죠…… 아! 그거야 극히 미미한 정도죠……. 단지 1895년 4월 14일에 죽은 그녀를 추억하고 숭배하는 일만 그렇다는 겁니다. 그는 그녀의 이름과 그의 이름을 사방에 적었습니다. 무덤 위에도, 벽에도, 나무에도, 심지어는 화단에까지. 그건 당신과 코랄리의 이름이었습니다……. 그건 살인자에 대한 복수를 위해서, 죽은 여인의 딸과 자기 아들을 위해서였습니다……. 오! 바로 그런 일을 위해서였단 말입니다, 선생. 그 사람은 정신이 멀쩡합니다! 아주 멀쩡하단 말이오!」

파트리스는 그를 향해 움켜쥔 주먹과 일그러진 얼굴을 들이 댔다.

「증거를 대」

그가 숨이 넘어가는 목소리로 천천히 말했다.

「당장 증거를 대란 말이야. 지금 이 순간에도 그 악당의 추악한 의지 때문에 죽어 가는 사람이 있어…… 죽어 가는 여자가 있단 말이다. 증거를 대!」

바슈로 씨가 말했다.

「걱정할 것 없습니다. 내 친구에겐 단 한 가지 생각밖에 없습니다. 그 여자를 죽이는 것이 아니라 구하는 것입니다……」

「그는 그녀와 나를 죽이기 위해 별채로 끌어들였어. 우리 부모님들을 죽인 것처럼 말이야……」

「그는 오로지 당신들을 맺어 주려고만 했소. 그녀와 당신을」

「그래, 저승에서 맺어 주려 했지」

「이승이오. 당신은 그의 사랑하는 아들이오. 그는 내게 당신에 대해 자랑스럽게 말하곤 했소」

「그는 악당이야! 괴물이란 말이다!」

장교가 으르렁거렸다.

「그는 세상에서 가장 정직한 분이오. 그리고 당신 아버지요」

파트리스는 무자비한 모욕에 자극을 받아 펄쩍 뛰었다.

「증거를, 증거를 대란 말이야!」

그가 소리쳤다.

「부인할 수 없이 확실한 방식으로 진실을 증명해 보이기 전엔 한마디라도 더 하면 가만두지 않겠어」

　노인은 자기 자리에서 꼼짝도 하지 않았다. 그는 단지 낡은 마호가니 책상으로 팔만 뻗어 서랍 덮개를 내린 다음 용수철 스위치를 눌러 서랍을 열었다. 그리고 종이 묶음을 내미는 것이었다.

　「당신은 아버지의 필체를 알고 있겠죠, 대위? 영국에서 학교를 다니던 시절에 받은 아버지의 편지를 보관하고 있을 겁니다. 자, 그가 내게 쓴 편지를 읽어 보십시오. 당신 이름이 백 번이나 반복되고 있는 걸 보게 될 겁니다. 그의 아들 이름이지요. 그리고 그가 당신에게 맺어 주려 한 코랄리의 이름도 보게 될 겁니다. 당신의 삶 전체, 당신의 학창 시절, 여행, 당신의 일, 모든 것이 그 안에 다 있습니다. 그리고 현지의 여러 사람들에게 부탁해서 찍은 당신 사진들과, 그가 테살로니카에 직접 가서 찍은 코랄리의 사진도 보게 될 겁니다. 그리고 특히 그가 자진해서 비서 노릇을 했던 에사레스 베에 대한 그의 증오와 복수 계획, 그리고 끈기와 인내를 알게 될 겁니다. 또한 그의 절망을 보게 될 겁니다. 그건 에사레스와 코랄리의 결혼을 알았을 때입니다. 그런데 바로 이어 그가 느낀 기쁨도 볼 수 있습니다. 만약 그의 아들 파트리스를 에사레스의 부인과 맺어 주는 데 성공한다면 그의 복수는 더욱 통쾌할 거라는 생각을 했을 때지요」

　노인은 편지들을 차례대로 파트리스에게 보여 주었다. 파트리스는 한눈에 아버지의 필체를 알아보았다. 그는 문장 끝에 끊임없이 등장하는 자기 이름을 열에 들떠 읽고 있었다.

　바슈로 씨가 한동안 그를 쳐다보던 끝에 이렇게 말했다.

　「이제 의심이 풀립니까, 대위?」

　장교는 다시 주먹을 불끈 쥐어 자기의 관자놀이에 갖다 대었다. 그가 또박또박 말했다.

「난 그가 우리를 가둔 별채에서 천창 위로 나타난 그의 얼굴을 보았소……. 그는 우리가 죽어 가는 것을 쳐다보고 있었지……. 증오를 이기지 못해 미쳐 버린 듯한 얼굴…… 그는 에사레스보다 더 우리를 미워하고 있었소……」

「틀렸소! 착각이오!」

노인이 대들었다.

「또는 광기지」

파트리스가 중얼거렸다.

그러나 그는 분노가 폭발하여 난폭하게 책상을 내리쳤다.

「사실이 아니야! 그럴 수가 없어!」

그가 외쳤다.

「그 사람은 내 아버지가 아니야. 절대로! 그렇게 간악한 인간이……」

그는 돌아서서 수위실로 몇 걸음을 옮기다가 돈 루이스의 앞에 멈춰 서서 발작적인 말투로 그에게 말했다.

「갑시다. 나도 미친 사람이 될 것 같아요. 악몽입니다……. 다른 말로 표현할 수가 없어요……. 사물들이 거꾸로 돌아가고 머릿속이 뒤집히는 악몽입니다. 이제 갑시다……. 코랄리가 위험해요……. 지금 중요한 건 그것뿐입니다……」

노인이 고개를 가로 저었다.

「내가 정말로 두려운 건……」

「그게 뭐요?」

장교가 부르짖었다.

「내 가엾은 친구가 자기를 쫓는 자에게 잡히지나 않았을까 하는 거요……. 그랬다면 에사레스 부인을 구할 수 없었을 테니까 말이오. 그의 말로는 그 불쌍한 여인이 숨을 쉬기 힘들 거라고 했는데」

「숨을 쉬기 힘들다……」

파트리스가 혼잣말처럼 따라서 했다.

「코랄리는 그렇게 죽어 가고 있어……. 코랄리……」

그는 취한 사람처럼 돈 루이스에 매달려 수위실에서 나왔다.

「그녀는 죽었겠죠?」

그가 말했다.

돈 루이스가 말했다.

「천만에. 시메옹도 당신처럼 흥분해 있소. 파국에 거의 다다르고 있지. 놈은 두려움에 떨고 있어서 자기 말을 통제하지 못했소. 코랄리 엄마는 지금은 위험한 상태가 아니오. 내 말을 믿으시오. 우리에겐 아직 몇 시간이 남아 있소」

「정말입니까?」

「물론」

「하지만 야봉이……」

「어떻단 말이오……?」

「만약에 야봉이 놈에게 손을 댔다면?」

「내가 야봉에게 놈을 죽이지 말라고 지시했소. 그러니 무슨 일이 있더라도 시메옹은 살아 있소. 시메옹이 살아 있는 게 확실하니 걱정할 건 아무것도 없소. 그가 코랄리 엄마를 죽게 하진 않을 거요」

「어째서요? 그는 그녀를 증오하고 있는데 말입니다. 이유가 뭡니까? 도대체 그 사람의 본심이 뭐란 말입니까? 그는 자기의 삶을 몽땅 우리를 사랑하는 일에 바쳤는데, 그 사랑이 시간이 지남에 따라 증오로 변하고 있단 말입니다」

그는 갑자기 돈 루이스의 팔을 붙잡으며 약해진 목소리로 말했다.

「그가 제 아버지라고 생각하십니까?」

「대위…… 몇 가지 일치점은 부인할 수 없는데……」

「부탁입니다……」

장교가 그의 말을 끊었다.

「돌려서 말씀하지 마시고…… 명확한 대답을 해 주십시오. 〈그렇다〉, 〈아니다〉로만 말씀해 주십시오」

돈 루이스가 대답했다.

「시메옹 디오도키스는 당신의 아버지요, 대위」

「아! 집어치워요! 그만하라고요! 끔찍합니다! 제기랄, 온통 암흑뿐이에요!」

「그 반대요」

돈 루이스가 말했다.

「암흑이 조금 걷히고 있소. 당신에게 말하리다. 바슈로 씨와의 대화가 내게 얼마간 빛을 던져 주었소」

「그럴 수가……」

파트리스의 혼란스러운 머릿속에서는 여러 생각들이 서로 겹쳐지고 있었다.

그가 갑자기 멈춰 섰다.

「시메옹이 어쩌면 수위실로 돌아오지 않을까요……? 우리가 거기에 없을 때 말입니다! 코랄리를 데려오지 않을까요?」

돈 루이스가 단호하게 말했다.

「아니오. 그렇게 할 수 있었다면 벌써 그랬을 거요. 그건 아니오. 우리가 놈에게 가야 하오」

「하지만 어느 쪽으로요?」

「이런! 그거야 당연하지 않소! 모든 싸움이 벌어졌던 쪽이오……. 황금이 있는 곳 말이오. 적의 모든 작전은 그 황금을 중심으로 전개되고 있소. 분명히 알아 두시오. 그곳은 은신처에서도 그리 멀지 않을 거요. 뿐만 아니라 베루투 작업장에서도 멀지 않다는 걸 우리는 이미 알고 있는 거요」

파트리스는 아무 말 없이 그의 뒤를 따랐다. 그런데 갑자기 돈 루이스가 소리쳤다.

「들었소?」

「예, 총소립니다」

그때 그들은 레이누아르가로 들어서는 지점에 있었다. 집들이 가리고 있어서 총소리가 난 지점을 정확하게 분간하기는 어려웠지만, 대충 에사레스의 저택 아니면 그 근처에서 난 것 같았다. 파트리스가 불안하게 물었다.

「야봉일까요?」

「그게 불안하오」

돈 루이스가 말했다.

「야봉은 총을 사용하지 않으니 이건 그에게 발사되었을 가능성이 있소. 아! 빌어먹을, 내 가엾은 야봉이 죽었다면……」

「그게 만약 코랄리에게 발사된 것이라면!」

파트리스가 작은 소리로 말했다.

돈 루이스가 웃음을 터뜨렸다.

「아! 대위, 내가 이 사건에 끼어든 게 유감이오. 내가 오기 전에 당신은 참으로 강한 사람이었소……. 판단력도 꽤 정확했고 말이오. 그 망할 시메옹이 무엇 때문에 코랄리 엄마를 공격하겠소? 그의 수중에 있는 그녀를 말이오」

그들은 급히 서둘렀다. 그들이 에사레스의 저택 앞을 지나갈 때는 사방이 조용했다. 그들은 계속해서 골목길을 내려갔다.

파트리스가 열쇠를 가지고 있었지만 별채 정원으로 열리는 작은 문은 안쪽에서 잠겨 있었다.

돈 루이스가 외쳤다.

「오! 오! 이건 일이 급하게 됐다는 신호요. 강둑에서 만납시다, 대위. 나는 베르투 작업장으로 달려가 알아봐야겠소」

몇 분 전부터 희미한 빛이 어둠 속에 스며들기 시작하고 있었다.

그러나 강둑에는 아직 그림자 하나 얼씬하지 않았다.

돈 루이스는 베르투 작업장에서 특별한 것을 발견하지 못했지만, 파트리스를 다시 만났을 때 별채의 정원을 따라 둘러쳐진 보도 아래쪽에 사다리 하나가 넘어져 있는 것을 파트리스에게 가리켰다. 돈 루이스는 그것이 작업장 구석에서 없어진 사다리라는 것을 금세 알 수 있었다. 그 즉시 그는 그만이 지닌 특유의 천부적인 통찰력으로 사태를 설명했다.

「시메옹은 열쇠를 가지고 있으니, 이 사다리를 이용하여 집으로 들어간 사람은 야봉이 틀림없소. 따라서 야봉은 시메옹이 그의 친구 바슈로를 만나고 돌아와 은신처를 찾고 있는 것을 보았던 거요. 코랄리 엄마는 이미 다시 데려왔겠지. 그러면 지금 시메옹은 코랄리 엄마를 다시 데려온 것이겠소, 아니면 그녀를 데려오기 전에 아직 도망을 치고 있는 상태겠소? 나는 모르겠소. 하지만 어쨌든……」

그는 몸을 숙여 보도를 살피면서 말을 이어갔다.

「그러나 어쨌든 확실해진 건, 야봉은 황금 자루가 감춰진 장소를 알고 있다는 거요. 그곳에 코랄리도 있을 가능성이 매우 높소. 그리고 만약 적이 우선 자신의 안전을 생각해서 거기에서 그녀를 빼낼 여유가 없었다면 그녀는 아직도 그곳에 있을 거요. 큰일이오!」

「확실합니까?」

「대위, 야봉은 항상 분필 조각을 몸에 지니고 다닌다오. 내 이름 외에는 다른 것을 쓸 줄 모르기 때문에 이 두 개의 직선을 그어 놓은 거요. 이 선들은 야봉이 강조해 놓은 벽의 선과 함께 삼각형을 이루고 있소. 황금 삼각형이오」

돈 루이스가 다시 일어섰다.

「그가 표시해 놓은 것이 약간 간결하긴 하지만, 야봉은 나를 마법사로 생각하고 있소. 그는 내가 이곳까지 반드시 올 것이며, 내게는 이 세 개의 선만으로도 충분하다고 확신하고 있었던 거요. 가엾은 야봉!」

파트리스가 이의를 제기했다.

「하지만, 당신 말에 따르면 이런 것들은 모두 우리가 파리에 도착하기 전, 그러니까 자정 아니면 1시경에 일어난 일이 아닙니까?」

「그렇소」

「그렇다면 우리가 조금 전에 들었던 총소리는 그보다 네다섯 시간 뒤가 아닙니까?」

「바로 그 점을 나도 단정 짓기가 어렵소. 가정하건대, 시메옹

은 어둠 속에서 웅크리고 있었을 거요. 그런데 날이 조금씩 밝아
지며 더욱 조용해지고 야봉의 소리도 들리지 않자 그는 용기를
내어 몇 걸음을 옮겼을 것이오. 그리고 쥐 죽은 듯이 지키고 있던
야봉이 그에게 달려들었을 테고 말이오」

「따라서 당신 생각으로는……」

「내 생각엔 격투가 벌어졌고, 야봉이 다친 것 같소. 그리고 시
메옹은……」

「시메옹은 도망쳤습니까?」

「아니면 죽었을 거요. 어쨌든 몇 분 후면 알게 될 거요」

그는 사다리를 철창에 기대어 벽을 넘어갈 수 있게 세웠다. 대
위가 돈 루이스의 도움을 받아 넘어갔다. 그리고 이어 돈 루이스
도 철창을 넘어간 후 사다리를 들어올려 정원 안으로 던져 넣고
는 주의 깊게 정원을 살폈다. 이윽고 그들은 키가 자라 무성한 풀
밭과 우거진 잡목 한가운데를 지나 별채로 향했다.

날이 빠르게 밝아 오고 있었다. 사물들이 제 모습을 찾아 가고
있었다. 그들은 별채 주위를 돌아보았다.

그들은 길 쪽의 마당 앞에 이르렀고, 앞장서서 가던 돈 루이스
가 그를 돌아보며 말했다.

「내 생각이 틀리지 않았소」

그는 말을 마치자마자 내달렸다.

현관 문 앞에 두 사람의 몸이 엉켜 널브러져 있었다. 야봉은
머리에 끔찍한 부상을 입어 얼굴 위로 온통 피가 흘러내리고 있
었다. 그는 오른손으로 시메옹의 목을 잡고 있었다.

돈 루이스는 야봉이 죽었음을 곧 알았다. 시메옹 디오도키스는
살아 있었다.

334

시메옹, 싸움을 시작하다

그들이 야봉의 움켜쥔 손을 푸는 데는 시간이 걸렸다. 세네갈인은 죽어서도 먹이를 놓지 않고 있었다. 호랑이 발톱처럼 날카로운 손톱으로 무장한 그의 강철 같은 손가락이 실신하여 힘없이 헐떡이는 적의 목에 들어가 있었다.

마당의 포석 위에 시메옹의 권총이 보였다.

돈 루이스가 낮은 목소리로 말했다.

「넌 운이 좋았다, 이 늙은 악당 놈. 네 놈이 총질을 하기 전에 야봉이 네 놈의 목을 미처 비틀어 버리지 못했다니. 하지만 너무 좋아할 필요는 없다. 그는 아마 네 놈의 목숨을 살려 주었을 것이다……. 야봉이 죽었으니 이제 네 놈도 가족들에게 편지나 써 두고 지옥에서 편히 쉴 의자나 하나 예약해 두어라. 데 프로푼디스(De Profundis, 애도의 뜻을 표한다. 성경의 〈깊은 연못에서〉로 시작되는 애도가——옮긴이), 디오도키스. 너는 더 이상 이 세상 사람이 아니야」

그리고 그는 슬픈 목소리로 이렇게 덧붙였다.

「가엾은 야봉, 그는 언젠가 아프리카에서 나를 끔찍한 죽음에서 구해 주었다……. 그런데 오늘 그가 죽다니. 그것도 내가 시킨 일을 하다가…… 내 가엾은 야봉!」

그는 세네갈 인의 눈을 감겨 주었다. 그는 그의 곁에 무릎을 꿇고 피범벅이 된 이마에 입을 맞춘 뒤, 그의 귀에 대고 아주 작은 소리로 말하였다. 소박하고 충직한 영혼들에게 위안이 될 수 있는 모든 것, 그에 대한 추억과 복수를 약속하며…….

마침내 그는 파트리스의 도움을 받아 거실 옆의 작은 방으로 시체를 옮겼다.

그가 말했다.

「대위, 오늘 저녁에 사건이 마무리된 뒤에 경찰에 알리도록 합시다. 지금은 그의 복수를 해야겠소. 다른 사람들의 복수도 겸해서 말이오」

그리고 그는 싸움이 벌어졌던 장소를 면밀하게 조사하기 시작했다. 그리고 야봉에게 돌아왔다가 다시 시메옹에게로 가서 그의 옷과 신발을 살피는 것이었다.

파트리스 벨발도 그의 악랄한 적을 마주하고 있었다. 그는 적을 별채의 벽에 기대어 앉혀 놓고 아무 말 없이 증오를 잔뜩 품은 눈으로 그를 뚫어져라 쳐다보고 있었다. 시메옹! 시메옹 디오도키스! 그 불세출의 악마는 그저께 밤, 그 무서운 음모를 꾸미지 않았던가! 그리고 천창으로 몸을 숙이고 그들의 죽음의 고통을 웃음을 터뜨리며 지켜보던 놈이 아닌가! 시메옹 디오도키스, 그는 맹수처럼 코랄리를 어느 구덩이 깊숙이 숨겨 놓고 제 마음대로 그녀를 고문하려고 하지 않는가!

그는 고통스러워하며 아주 힘겹게 숨을 쉬고 있는 것 같았다. 틀림없이 야봉의 무자비한 완력에 후두를 다쳤을 것이다. 격투를 하는 동안 그의 안경은 벗겨지고 없었다. 반백의 두터운 눈썹이 그의 무거운 눈꺼풀 위로 불거져 있었다.

돈 루이스가 말했다.

「그를 뒤져 보시오, 대위」

그러나 파트리스가 그 일을 꺼려하는 듯하자, 그가 직접 호주머니를 뒤지더니 지갑을 꺼내 장교에게 내밀었다.

우선 체류 허가증이 있었다. 그리스 국적의 시메옹 디오도키스 이름으로 되어 있었고, 위쪽에는 그의 사진이 붙어 있었다. 안경, 목도리, 긴 머리 등의 사진은 최근에 찍은 것이었고, 파리 시 경찰국의 소인이 1914년 12월자로 찍혀 있었다. 그리고 에사레스 베의 비서 시메옹 앞으로 온 일련의 사업 문서들, 견적서, 계산서들이 있었다. 그 가운데에는 수위 아메데 바슈로의 편지도 한 장 있었다.

그 편지에는 이렇게 씌어 있었다.

친애하는 시메옹 씨,

성공했습니다. 젊은 친구 한 명이 야전 병원에서 에사레스 부인과 파트리스의 사진을 찍을 수 있었습니다. 두 사람이 서로 나란히 있을 때 찍은 사진입니다. 당신을 기쁘게 해 드려 정말 기분이 좋습니다. 그런데 당신의 사랑하는 아들에게는 도대체 언제쯤 진실을 말씀해 주시렵니까? 그에게는 얼마나 큰 기쁨일까요……!

편지 밑에는 시메옹 디오도키스가 쓴 글이 있었는데, 사적인 메모 같았다.

다시 한번 나는 내 자신에게 엄숙한 맹세를 한다. 내 사랑하는 코랄리의 복수를 하기 전에는, 그리고 파트리스와 코랄리 에사레 스가 자유롭게 서로 사랑하고 맺어지기 전에는 내 사랑하는 아들 에게 절대 비밀로 해 둘 것을.

「당신 아버지의 필체가 맞소?」
돈 루이스가 물었다.
「그렇습니다……」
파트리스가 흥분한 채 말했다.
「이 악당이 그의 친구 바슈로에게 보낸 편지들의 필체이기도 합니다……. 오! 이렇게 치욕스러울 수가……! 이 사람……! 이 악당이……!」
시메옹이 움직였다. 그의 눈꺼풀이 몇 번이나 열렸다가 다시 닫혔다. 그리고 완전히 깨어난 그가 파트리스를 쳐다보았다.
파트리스는 그가 쳐다보자마자 숨이 넘어가는 듯한 목소리로 말했다.
「코랄리는……?」
아직 정신이 멍한 시메옹이 이해하지 못하는 듯 멍청히 그를 쳐다보고만 있자, 파트리스는 더욱 거칠게 재차 물었다.
「코랄리는……? 코랄리는 어디 있소……? 그녀를 어디에 숨겨 두었냐 말이오? 혹시 죽은 거 아니오……?」
시메옹은 조금씩 의식이 돌아오며 생기를 되찾고 있었다.

그가 속삭였다.

「파트리스…… 파트리스……」

그는 주위를 둘러보았고, 돈 루이스도 보았다. 그리고 야봉과의 처절한 격투가 생각나는지 다시 눈을 감는 것이었다. 그러나 더욱 분노한 파트리스가 소리쳤다.

「잘 들으시오…… 망설이지 말고……! 대답을 해야 합니다……. 당신 목숨이 달려 있소」

남자가 다시 눈을 떴다. 그의 눈은 핏발이 서서 주위가 빨갛게 충혈되어 있었다. 그는 자기의 목 부위 쪽을 가리키며 말하기가 얼마나 어려운지를 알렸다. 마침내 그가 힘겨운 노력을 보이며 다시 말했다.

「파트리스, 너냐……? 얼마나 오래전부터 이 순간을 기다려 왔는지……! 그런데 오늘, 우리는 마치 적이 된 것처럼……」

「서로 죽여야 하는 적이오」

파트리스가 또박또박 말했다.

「우리 사이에는 죽음이 있소……. 야봉의 죽음…… 어쩌면 코랄리의 죽음도…… 그녀는 어디 있소? 말하시오…… 아니면……」

남자가 아주 작은 소리로 반복했다.

「파트리스…… 정말 너냐?」

자식에게나 하는 그의 이 말투가 파트리스를 화나게 했다. 그는 상대방의 멱살을 잡고 난폭하게 흔들었다.

그러나 시메옹은 파트리스의 다른 한 손에 들려 있는 지갑을 보았고, 파트리스의 난폭한 행동에도 아무런 저항을 하지 않고 또렷하게 말했다.

「날 괴롭히지 마라, 파트리스……. 넌 편지들을 발견했을 테고, 우리들을 서로 이어 주는 관계를 알고 있을 것이다……. 아!
참으로 행복할 수도 있었을 텐데……!」

파트리스는 그의 멱살을 놓고 두려운 마음으로 그를 바라보았
다. 그리고 아주 낮은 소리로 말했다.

「그 일에 대해서는 말하지 마시오……. 그건 절대로 불가능한
일이오」

「그건 진실이다, 파트리스」

「거짓말! 거짓말이오!」

더 이상 참기 어려워진 장교가 소리쳤다. 그의 얼굴은 알아보
기 힘들만큼 고통으로 일그러져 있었다.

「아! 네가 이미 짐작하고 있었다는 걸 알겠구나. 그럼 굳이 설
명할 필요도 없겠다……」

「거짓말이오……! 당신은 악당일 뿐이야……! 그게 만약 사실
이라면 어째서 코랄리와 나에 대한 음모를 꾸몄단 말이오? 두 번
씩이나 살인할 이유가 뭐냔 말이오?」

「난 제정신이 아니었다, 파트리스……. 그렇다, 나는 가끔씩
실성을 한다……. 그 모든 재앙들로 인해 내 머리가 돌아 버렸
다……. 옛날 내가 사랑하던 코랄리의 죽음…… 그리고 에사레스
의 그늘에 있어야만 했던 나의 삶…… 그리고…… 그리고…… 특
히 황금……. 내가 정말로 너희 두 사람을 죽이려 했느냐? 난 기
억이 없다……. 그런데 내가 꾸었던 꿈은 생각이 난다……. 그건
별채에서 일어난 일이었다. 그렇지? 그리고 옛날에도…… 아! 광
기란…… 얼마나 큰 형벌이냐! 마치 도형수처럼 자신의 의지에
반하는 일들을 어쩔 수 없이 해야 하는 것 아니냐……! 그래, 그
건 별채 안이었지. 어쩌면 옛날처럼, 그리고 똑같은 방식이었

지……? 똑같은 도구로……? 그래, 맞다. 난 꿈속에서 나와 내 사랑하는 여인이 당한 죽음의 고통을 다시 시작했다……. 그런데 고문을 당하는 게 아니라 내가 고문을 하고 있었어……. 얼마나 큰 형벌이냐……!」

그는 때로는 망설이기도 하고 때로는 침묵하기도 하며, 자기가 표현하는 것 이상으로 고통스럽다는 태도로, 자기 자신에게 말하듯 낮게 말하고 있었다. 파트리스는 자꾸만 커져 가는 불안한 마음으로 그의 말을 듣고 있었다. 돈 루이스는 끼어들 틈을 찾기라도 하는 것처럼 그에게서 눈을 떼지 않고 있었다.

시메옹이 다시 말했다.

「내 가엾은 파트리스……. 난 너를 무척 사랑했다……. 그런데 지금은 내게 너보다 더 악착스러운 적이 없다……. 어떻게 하면 달라질 수 있을까……? 어떻게 하면 잊을 수 있겠니……? 아! 에사레스가 죽은 뒤 어째서 나를 가두지 않았단 말이냐? 난 그때 이성을 잃어버린 걸 느꼈는데……」

「그렇다면 에사레스를 죽인 게 당신입니까?」

파트리스가 물었다.

「아니다, 그게 아니야……. 내 대신 복수를 한 사람은 다른 사람이다」

「누구요?」

「나도 모른다……. 그 모든 일을 이해할 수가 없다. 그 이상은 말하지 말자……. 나를 고통스럽게 할 뿐이다……. 난 코랄리가 죽은 이후 너무 많은 고통을 받았다!」

「코랄리의 죽음이라고요!」

파트리스가 외쳤다.

「그래, 내가 사랑했던 코랄리 말이다……. 그 딸 때문에도 고통을 많이 받았다……. 그녀는 에사레스와 결혼하지 말았어야 했다. 그러면 아마 많은 일들이 일어나지 않았을 거야……」

파트리스는 가슴이 조여드는 것을 느끼며 속삭였다.

「그녀는 어디 있소……?」

「그건 말해 줄 수 없다」

분노에 몸을 떨며 파트리스가 말했다.

「아! 그녀가 죽었기 때문이야!」

「아니다. 그녀는 살아 있다. 네게 맹세한다」

「그럼 어디 있소? 지금 중요한 건 그것뿐이오……. 나머지는 모두 과거의 일이오……. 하지만 이건 한 여자의 생명, 코랄리의 목숨에 관한 문제요……」

「잘 들어라」

시메옹은 말을 멈추고 돈 루이스 쪽을 쳐다보더니 이렇게 말했다.

「말해 주겠다…… 하지만……」

「뭐가 문젭니까?」

「이 사람이 있기 때문이다, 파트리스. 먼저 이 사람을 좀 다른 곳으로 가게 해다오」

돈 루이스 페레나는 웃음을 터뜨렸다.

「이 사람이란 나를 말하는 거요?」

「그렇소, 당신이오」

「내가 이 자리를 떠나야 한다고?」

「그렇소」

「이 늙은 악당 놈, 그렇게 해야 코랄리 엄마가 있는 장소를 가

342

르쳐 준단 말이지?」

「그렇소……」

돈 루이스의 웃음이 더욱 커졌다.

「이봐! 코랄리 엄마는 분명히 황금 자루들을 숨겨 놓은 곳에 있다. 코랄리 엄마를 구한다는 것은 곧 황금 자루들을 넘겨받는 것이지」

「그래서요?」

파트리스가 약간 적의를 띤 어조로 말했다.

돈 루이스가 빈정거리듯 대답했다.

「대위, 그러니까, 나는 저 존경하옵는 시메옹 씨께서 약속대로 그걸 말해 줌으로써 코랄리 엄마를 찾으러 가게 할 거라고는 생각하지 않는단 말이오. 당신이 그의 제의를 받아들이리라고 생각하지 않는데?」

「그렇소」

「그것 보시오. 당신은 눈곱만큼도 그를 믿지 않고 있소. 당신이 옳소. 존경하옵는 시메옹 씨는 자기가 미쳤다고 하셨지만 우리를 망트 쪽으로 보내 그곳에서 얼쩡거리도록 할 정도로 탁월한 능력과 균형 감각을 보여 주었소. 따라서 그의 약속을 조금이라도 믿었다간 위험해질 것이오. 그러니까 결국……」

「결국……?」

「대위, 결국 저 존경하옵는 시메옹 씨는 당신과 흥정하려고 할 거란 말이오…… 〈내가 네게 코랄리를 넘겨주는 대신, 나는 황금을 갖겠다.〉 뭐 이런 식이 되지 않겠소?」

「그 다음에는요?」

「다음에? 만약 당신이 저 존경하옵는 신사와 단둘이 있게 된다면 그로서는 그 이상 좋을 게 없겠지. 흥정이 쉽게 이루어질 테니까. 하지만 내가 있단 말이야……. 난 절대로 물러날 수 없지!」

파트리스가 일어섰다. 그는 돈 루이스 앞으로 가서 이번엔 분명히 공격적인 목소리로 말했다.

「내 생각엔 당신도 역시 그의 말에 반대하지 않을 것 같은데? 한 여자의 생명에 관한 일입니다」

「물론이오. 하지만 다른 한편으론 3억 프랑이 걸린 일이기도 하오」

「그럼 거부하시겠단 말입니까?」

「물론 거부하오!」

「여자가 죽어 가는데도 거부하시겠다니! 그녀가 죽어도 좋다는 말 아니오……! 하지만 결국 이건 내 일이라는 사실을 당신은 잊고 있어요……. 이 사건은…… 이 사건은……」

두 사람은 서로 버티고 서 있었다. 돈 루이스는 약간은 조소하는 듯한 냉정함과 이 일을 더 알아보아야겠다는 태도를 견지하고 있었고, 그런 그의 태도는 파트리스의 신경을 자극하고 있었다. 사실 파트리스는 돈 루이스에게 시종일관 압도되어 기분이 상해 있었고, 지나온 과거를 잘 알고 있는 협력자를 이용하자니 조금은 거북함을 느끼고 있었다. 그는 주먹을 불끈 쥐고 또박또박 말했다.

「거부하시겠습니까?」

「그렇소」

돈 루이스가 여전히 침착하게 말했다.

「그렇소, 대위. 이 이치에 맞지 않다고 생각되는 흥정을 난 거부하겠소……. 이 흥정은 정말 속임수요. 제기랄! 3억 프랑……

그런 횡재를 포기하라니! 절대로 그럴 순 없소! 하지만 그렇다 해
도 난 당신이 저 존경하옵는 시메옹 씨와 단둘이서 얘기하는 건
조금도 거부할 생각이 없소……. 날 너무 멀리 떼어 놓지만 않는
다면 말이오. 그 정도면 되겠지, 시메옹 영감?」

「그렇소」

「자 그럼, 둘이 얘기를 나누시오. 합의를 보란 말이오. 아들을
전적으로 신뢰하시는 존경하옵는 시메옹 디오도키스 씨, 그리고
대위, 은닉처가 어디인지 어서 얘기를 하시오. 그리고 코랄리 엄
마를 풀어 주시오」

「하지만 당신은? 당신은 어쩌시겠습니까?」

격분한 파트리스가 따졌다.

「난 당신이 죽을 뻔했던 방을 다시 둘러보며 현재와 과거의 일
에 대해 소소한 마무리 조사를 할 작정이오, 대위. 그럼 조금 있
다가 봅시다. 무엇보다도 당신이 갖고 있는 카드를 잘 지키시오」

그리고 돈 루이스는 휴대용 손전등을 켜고 별채 안으로 들어가
아틀리에로 갔다. 파트리스는 손전등의 불빛이 벽의 널빤지 위로
이리저리 옮겨 다니는 것을 벽으로 막아 놓은 창문들 틈으로 보
았다.

장교는 즉시 시메옹에게 돌아와 위압적인 목소리로 말했다.

「됐소. 그는 갔소. 어서 얘기합시다」

「그가 듣지 않는 게 확실하냐?」

「물론이오」

「저놈을 조심해라, 파트리스. 황금을 가로채서 자기가 가지려
고 한다」

파트리스가 참지 못하고 말했다.

「시간을 낭비하지 맙시다. 코랄리는……」

「내가 코랄리는 살아 있다고 했잖아」

「당신이 그녀 곁을 떠날 때는 살아 있었지만 그 후로는……」

「아! 그 후에……」

「뭐요? 죽었을지도 모른단 말이오……?」

「아무 대답도 할 수 없다. 지난밤, 대여섯 시간 전이니 걱정이
되는구나……」

파트리스는 등줄기로 땀이 흘러내리는 것을 느꼈다. 그는 확실
한 말만 들을 수 있다면 무엇이든 다 주었을 것이다. 동시에 그는
노인을 벌하기 위해 그의 목을 조르고 싶은 충동을 느꼈다.

그가 자제하고 되풀이해서 말했다.

「시간을 허비하지 맙시다. 다른 말은 필요 없소. 그녀가 있는
곳만 가르쳐 주시오」

「아니다. 같이 가자」

「당신에겐 그럴 만한 힘이 없소」

「아니…… 아니야……. 힘이 있어…… 여기서 멀지 않다. 다
만, 다만, 내 말을 좀 들어봐라……」

노인은 기진맥진한 듯이 보였다. 가끔씩 그의 호흡이 끊어졌
다. 마치 야봉의 손이 다시 그의 목을 조르는 것처럼. 그는 신음
소리를 내며 다시 주저앉았다.

파트리스가 그에게 몸을 숙이고 말했다.

「당신 말을 듣겠소. 하지만 좀 서둘러 주시오!」

「그래……」

시메옹이 말했다.

「그래…… 몇 분 안에…… 코랄리는 자유의 몸이 될 것이다.

하지만 조건이 하나 있다……. 딱 하나다……. 파트리스」

「좋소. 그게 뭐요?」

「그래, 파트리스. 그녀의 목숨을 두고 맹세해다오. 황금은 그
대로 놔둘 것이고, 이 세상 그 누구에게도 말하지 않겠다고……」

「그녀의 목숨을 두고 맹세하겠소」

「너의 맹세는 됐다. 하지만 또 한 사람…… 네 그 가증스런 동
료 말이다……. 그놈이 우리 뒤를 쫓아올 것이다……. 그가 보게
되겠지」

「그건 아니오」

「아니다……. 네가 동의하지 않는 한……」

「뭘 동의한단 말이오? 아! 제발……!」

「이거다……. 들어 봐……. 하지만 코랄리를 구하러 가야 한다
는 걸 생각해라……. 서둘러야 해……. 그렇지 않으면……」

파트리스는 왼쪽 다리를 구부리고 무릎을 꿇다시피 하며 숨을
헐떡이고 있었다.

「자…… 이리 오세요……」

이제는 그의 적에게 부자지간의 친근한 말투까지 써 가며 파트
리스가 말했다.

「이리 와요, 그러니까 코랄리가……」

「그래, 하지만 그 사람이……」

「아니! 코랄리가 우선입니다!」

「무슨 말이냐? 그가 우리를 본다면……? 그가 내게서 금을 빼
앗아 간다면?」

「상관없어요……!」

「오! 그렇게 말하지 마라, 파트리스……! 황금! 그게 전부다!

그 황금이 내 것이 된 후로 내 인생이 바뀌었다. 과거는 이제 중요하지 않아……. 증오도…… 사랑도…… 오직 황금만이…… 황금 자루들만이 있을 뿐이다. 그걸 잃는다면 차라리 내가 죽고 코랄리도 죽는 편이 낫다……. 이 세상이 몽땅 사라져 버리는 게 나아……」

「결국 뭐요, 뭘 원하는 거요? 요구하는 게 뭐냔 말이오?」

파트리스는 자기의 아버지라는 그 사람의 두 팔을 붙잡았다. 그를 그토록 격렬하게 혐오한 적은 일찍이 없었다. 그는 자기의 온몸을 바쳐 그에게 애원했다. 눈물로 노인의 마음이 흔들릴 것이라 생각했다면 그는 눈물이라도 흘렸을 것이다.

「원하는 게 뭐요?」

「이거다. 들어 봐. 놈이 저기 있지?」

「그렇소」

「아틀리에에?」

「그렇소」

「그러면…… 그가 거기에서 나오지 못하게 해야 한다……」

「뭐라고!」

「아니…… 우리가 일을 끝내기 전까지는 그가 저기에 그대로 있어야 한다는 말이다」

「하지만……」

「간단하다. 날 이해해다오. 네가 한 번만 움직이면 된다……. 그가 안에 있으니 문만 닫으면 된다……. 자물쇠는 뜯겨졌지만, 빗장이 두 개 있으니 그거면 충분하다……. 알겠니?」

파트리스가 화를 냈다.

「당신 정말 미쳤군! 내가 동의할 것 같소? 내가……? 내 생명을 구해 준 사람이오……. 코랄리도 그가 구했소!」

「하지만 지금은 저 사람 때문에 코랄리를 잃었잖아. 생각해 봐라……. 그가 여기에 있지 않았다면, 그가 이 사건에 끼어들지 않았다면……. 코랄리는 자유로웠을 것이다……. 동의하니?」

「못하오」

「왜? 그 사람이 누군지 알고 있니? 악당이야……. 오로지 한 가지 생각밖에 없는 사기꾼이란 말이다. 3억 프랑의 돈을 빼앗겠다는 생각 말이야. 그러니 망설일 필요도 없는 거 아니겠냐? 자, 파트리스, 이러는 건 말이 안 되잖아? 받아들이겠냐?」

「안 되오. 절대로 안 돼」

「그렇다면 코랄리에게는 안된 일이군……. 그래! 넌 상황을 제대로 이해하지 못하고 있다는 걸 알겠다. 시간이 됐다, 파트리스. 어쩌면 너무 늦었을지도 몰라」

「오! 조용히하시오」

「천만에. 넌 알아야 한다. 그리고 네가 책임을 져야 한다. 그 가증스런 흑인이 나를 추격할 때, 난 내가 할 수 있는 대로 코랄리를 떼어 놓았다. 한두 시간 후에 다시 찾으러 올 생각으로 말이야……. 그리고…… 그리고…… 무슨 일이 일어났는지는 너도 알고 있다……. 그때가 밤 11시였다……. 곧 있으면 여덟 시간이 지난 것이다……. 그러니 잘 생각해 보거라……」

파트리스는 주먹을 비틀었다. 한 사람에게 그런 고통이 주어질 수 있다고는 한번도 생각해 본 적이 없었다. 시메옹은 무자비하게 계속 말을 이어 갔다.

「그녀는 숨을 쉴 수가 없다. 맹세하지……. 그녀가 있는 곳까지 약간의 공기가 도달할 수 있다 해도 그건 극히 미미할 뿐이다……. 더욱이 그녀를 보호하려고 위에 덮어 놓은 것이 몽땅 무너지지나 않았을지 걱정이다. 그러면 숨을 쉴 수 없을 거야……. 네가 여기에 남아서 쓸데없는 얘기나 하고 있는 동안 그녀는 숨이 막혀 가고 있다. 자, 저 사람을 10분 동안 가두어 둔다고 네가 어떻게 된다는 거냐……? 딱 10분이다. 그 이상도 아니야. 알겠니…… 그래도 망설여? 그럼 네가 그녀를 죽이는 셈이다, 파트리스. 생각해 봐라……. 산 채로 땅에 묻는 거다……!」

파트리스가 결연하게 다시 일어섰다. 그 순간에는 어떤 행동도, 그것이 아무리 힘든 것이라 하더라도, 그는 마다하지 않을 것이었다. 그런데 시메옹이 그에게 요구한 것은 정말 아무것도 아니었다.

「뭘 원하는 거요? 말하시오」

그가 말했다.

시메옹이 속삭였다.

「내가 뭘 원하는지 너도 잘 알고 있다. 아주 간단하다! 가서 문을 잠그고 다시 오너라」

「이것이 당신의 마지막 조건이오? 다른 조건은 이제 없기요?」

「다른 조건은 없다. 네가 그 일만 하면 코랄리는 바로 풀려날 것이다」

장교는 단호한 걸음으로 별채로 들어가 현관을 건넜다.

아틀리에 안에서는 불빛이 춤을 추고 있었다.

그는 한마디도 하지 않았다. 그는 주저하지 않았다. 그는 급히 문을 닫고 단번에 두 개의 빗장을 밀어붙인 다음 서둘러 돌아왔다. 그는 한결 마음이 가벼워짐을 느끼고 있었다. 비열한 행동이었지만 그는 어쩔 수 없이 해야만 하는 일을 한 것뿐이라고 믿고

350

있었다.

「됐소…… 이제 서두릅시다」

「좀 도와다오」

노인이 말했다.

「일어설 수가 없어」

파트리스는 그의 양쪽 겨드랑이에 손을 넣어 그를 잡아 일으켰다. 그러나 노인의 다리가 휘청거려서 노인을 부축해야 했다.

「오! 저주받을 놈」

시메옹이 중얼거렸다.

「그 저주받을 검둥이가 날 이 꼴로 만들었어. 숨이 막혀 걸을 수가 없구나」

파트리스는 그를 거의 들다시피 하였고, 반면에 시메옹은 힘없이 중얼거렸다.

「이쪽으로…… 이제 똑바로 가면 돼……」

그들은 별채의 모퉁이를 지나 무덤 쪽으로 향했다.

「문은 확실하게 잠근 거지?」

노인이 말을 계속했다.

「그렇지? 알았다……. 아! 그 녀석은 무서운 놈이야……. 녀석을 경계해야 한다……. 하지만 넌 아무 말도 하지 않겠다고 맹세했지? 다시 맹세해라. 네 어머니에 대한 기억을 걸고 말이야……. 아니, 그보다는 코랄리를 걸고 맹세해라……. 네가 맹세를 어긴다면 그 즉시 그녀는 죽는다고 말이야!」

노인이 말을 멈췄다. 그는 더 이상 말을 하지 못하고 경련을 일으키며 약간의 공기를 허파까지 들이마시는 것이었다. 그런데도 그는 다시 말을 이어 갔다.

「내가 안심해도 되는 거지? 게다가 넌 황금을 좋아하지도 않잖아. 그러니까 넌 굳이 떠들어 댈 필요도 없겠지? 어쨌든 입을 다물겠다고 약속해라. 자, 네 명예를 걸고 약속해 줘……. 그래야 마음이 더 놓이겠다. 약속하는 거다, 그렇지?」

파트리스는 여전히 그의 허리를 붙들고 있었다. 장교에게는 그리스도가 십자가를 지고 골고다 언덕을 오르는 것처럼 끔찍한 시련이었다. 그렇게 한 사람을 부둥켜안고 그토록 느린 걸음을 걸어야 했지만, 코랄리를 구하기 위해서는 어쩔 수 없는 일이었다. 그렇게도 싫어하는 사람의 몸을 자기 몸에 느끼면서 차라리 그의 목을 졸라 죽이고 싶다는 충동을 느끼고 있었다.

그렇지만 그의 마음속 깊은 곳에서는 끔찍한 말이 되풀이되고 있었다.

〈나는 그의 아들이다…… 나는 그의 아들이다…….〉

「여기다」

노인이 말했다.

「여기? 이건 무덤이 아니요?」

「내가 사랑했던 코랄리의 무덤이다. 그리고 내 무덤도 있지. 우리 목적지는 여기다」

노인이 겁에 질려 뒤를 돌아보았다.

「발자국이 나 있잖아? 저것들은 돌아가면서 지우도록 해라, 알았지? 놈이 우리 흔적을 발견할 거야. 그러면 여기라는 걸 알 수 있겠지……」

파트리스가 외쳤다.

「걱정할 것 없소! 서두르시오. 그럼 코랄리가 여기 있소……? 이 밑에? 벌써 땅 속에 묻혀 있소? 아! 끔찍한 일이야!」

파트리스에게는 1분이 지나갈 때마다 한 시간 이상이 지체되는 것 같았다. 코랄리를 구출하는 일이 망설임이나 쓸데없는 행동 때문에 실패로 돌아갈 것만 같았다. 그는 그가 하라는 대로 모든 서약을 했다. 그는 코랄리를 걸고 맹세했다. 그의 명예를 걸고 약속도 했다. 그 순간에 그가 하지 못할 행동은 없었을 것이었다.

시메옹은 작은 사원 모양의 납골당 아래 풀밭에 웅크리고 손가락을 편 채 반복했다.

「여기다……. 이 아래야……」

「믿어도 됩니까? 묘비 아래입니까?」

「그렇다」

「그럼 돌이 들어올려지겠습니까?」

파트리스가 불안하게 물었다.

「그렇다」

「그런데 나 혼자 힘으론 들어올릴 수 없군요……. 가능하지 않아요……. 세 사람은 필요하겠어요」

「아니다」

노인이 말했다.

「지렛대처럼 들어올려 주는 장치가 있다. 쉽게 할 수 있을 거야……. 한쪽 끝만 누르면 된다……」

「어느 쪽이죠?」

「여기, 오른쪽이다」

파트리스는 가까이 다가가서 석판을 잡았다. 그 위에는 〈파트리스와 코랄리, 여기에 편히 쉬다…….〉라고 새겨져 있었다. 그는 끝을 눌렀다.

정말로 단번에 돌이 들어올려졌다. 마치 평형추가 다른 한쪽을 가라앉게 만드는 것 같았다.

노인이 말했다.

「기다려라. 그걸 잡고 있어야 한다. 그렇지 않으면 다시 닫혀 버리지」

「어떻게 이 돌을 받치죠?」

「철봉으로」

「철봉이 있습니까?」

「그래, 둘째 계단 밑에 있다」

작은 구멍으로 내려가는 계단이 세 개 보였다. 몸을 완전히 구부린 한 사람이 겨우 드나들 수 있을 정도의 크기였다. 파트리스는 철봉을 발견하고는 그의 어깨로 돌을 받친 다음, 철봉을 잡아서 세웠다.

시메옹이 다시 말했다.

「잘했다. 그렇게 하면 움직이지 않을 거다. 이제 동굴 속으로 몸을 숙이기만 하면 된다. 거기에 내 관이 있을 게다. 나는 여기에 자주 와서 내 사랑하는 코랄리 곁에 누워 있곤 했다. 땅바닥이긴 하지만 나는 몇 시간 동안을 그대로 있었다……. 그녀에게 말을 하면서 말이야. 우리 두 사람은 이야기를 나누었다. 정말이다. 우리는 이야기를 나누었어……. 아! 파트리스……!」

파트리스는 그 좁은 공간 속으로 그의 큰 키를 구부려 들어갔다. 하지만 자세를 지탱하기가 어려워 그가 물었다.

「어떻게 해야 합니까?」

「너의 사랑하는 코랄리 목소리가 들리지 않느냐? 너희들 사이에는 칸막이 하나밖에 없다……. 몇 장의 벽돌을 쌓고 흙을 약간 덮어 가려 놓았는데……. 그리고 문이 하나 있다……. 뒤에는 다

354

른 묘소다. 그건 코랄리의 묘소야……. 그리고 뒤에, 파트리스, 또 다른 묘소가 하나 있다…… 거기에 황금 자루들이 있다」

노인은 몸을 숙이고 그에게 지시하고 있었다. 풀밭 위에 무릎을 꿇은 채…….

「문은 왼쪽에 있다……. 그보다 좀 더 멀리……. 못 찾겠니? 이상하군……. 그렇지만 서둘러야 한다……. 아! 찾은 것 같구나. 아니야? 아! 내가 내려갈 수만 있다면! 그러나 한 사람밖에는 들어갈 공간이 없지」

오랫동안 침묵이 흘렀다. 그리고 그가 다시 말했다.

「한 번 누워 봐라……. 좋아……. 움직일 수 있니?」

「네」

파트리스가 대답했다.

「많이는 움직이지 못하겠지?」

「아주 조금요」

「그럼 계속 그렇게 있어라, 내 아들아」

노인이 소리치며 웃음을 터뜨렸다.

그리고 신속한 동작으로 황급히 몸을 빼며 철봉을 넘어뜨리는 것이었다. 거대한 석판이 평형추의 작용으로 서서히, 그러나 저항할 수 없는 힘으로 육중하게 내려오고 있었다.

파헤쳐진 땅속에 완전히 들어가 있긴 했지만, 위험에 직면한 파트리스는 다시 일어나려 했다. 시메옹이 철봉을 붙잡아 그의 머리 위에 일격을 가했다. 파트리스는 비명을 질렀고, 더 이상 움직이지 않았다. 석판이 그의 위로 덮였다. 단 몇 초 만에 일어난 일이었다.

「이제 알겠냐?」

시메옹이 소리를 질러댔다.

「내가 얼마나 훌륭하게 너와 네 동료를 떼어 놓았는지 말이다. 그놈이라면 함정에 빠지지 않았을 거야! 그래도 네 놈이라서 내가 이런 연극을 다한 거 아니냐!」

시메옹은 더 이상 시간을 낭비하지 않았다. 그는 파트리스가 머리에 상처를 입었을 테고, 꼼짝없이 당한 자세 때문에 힘을 쓰지 못할 테니까 무덤의 석판을 들어올리기 위해 필요한 노력을 할 수 없으리라는 것을 알고 있었다. 그러므로 파트리스 쪽은 더 이상 걱정할 것이 전혀 없었다.

그는 별채 쪽으로 돌아갔다. 그는 힘들게 걷고 있긴 하지만 자기의 고통을 과장했던 것이 틀림없었다. 현관까지 한 번도 멈추지 않았기 때문이다. 그는 그의 발자국을 지우는 일조차도 개의치 않았다. 그는 목표를 향해 곧장 갔다. 마치 계획을 세운 사람이 그것을 서둘러 실행하려는 듯, 그리고 그 계획을 실행한 뒤에는 모든 길이 자유롭다는 것을 알고 있는 사람처럼.

현관에 도착한 그는 귀를 기울였다. 아틀리에 안에서, 그리고 침실 쪽에서 돈 루이스가 벽과 칸막이를 때리는 소리가 들렸다.

시메옹이 빈정거렸다.

「완벽해. 이놈 역시 속아 넘어갔어. 그런데 알고 보니 이 두 양반 모두 그렇게 센 편은 아니구먼」

그는 신속했다. 그는 오른편에 있는 부엌으로 걸어가 계량기의 문을 열고 열쇠를 돌려 가스를 틀었다. 그는 파트리스와 코랄리에게 성공하지 못한 일을 돈 루이스에게 다시 시도하고 있었다.

그는 다만 그때 그를 짓누르고 있던 엄청난 피로를 이기지 못하고 2, 3분가량 실신하고 말았다. 그에게도 역시 가장 무서운 적은 사건과 무관한 곳에 있었던 것이다.

그러나 일이 끝난 것은 아니었다. 아직은 할 일이 더 남아 있었고, 자기 자신의 안전을 확실하게 해 두어야 했다. 그는 별채 주위를 돌면서 그의 노란 안경을 찾아 쓰고 정원을 내려가 문을 열고 밖으로 나갔다. 그리고 골목길을 통해 강둑으로 들어섰다.

이번에는 베르투 작업장을 굽어보고 있는 흙벽 앞에서 다시 멈춰 섰다. 그는 어느 쪽을 택해야 할지 망설이는 것 같았다. 그러나 짐수레꾼, 야채상 등 지나가는 행인들을 보고 바로 결정을 내렸다. 그는 자동차를 한 대 불러 기마르가에 있는 수위 바슈로 씨에게 갔다.

그는 수위실 문 앞에서 그의 친구를 만났다. 바슈로 씨는 그를 보자마자 황망하게 맞이하였다. 그를 맞이하는 그의 흥분된 태도에는 사람 좋은 천성이 역력히 드러나고 있었다.

「아! 시메옹 씨, 당신인가요?」

수위가 큰 소리로 말했다.

「이런, 이럴 수가! 몰골이 왜 이렇습니까!」

「조용히하게. 내 이름을 말하지 마」

시메옹이 수위실로 들어서며 속삭였다.

「아무도 본 사람이 없겠지?」

「없습니다. 이제 겨우 7시 30분인걸요. 잠에서 깬 사람도 얼마 없어요. 그런데, 맙소사! 그 몹쓸 놈들이 당신에게 어떻게 했습니까? 꼭 죽을상이로군요. 지독한 공격을 받았나 보군요」

「그래, 나를 쫓던 그 검둥이 놈이……」

「다른 사람들요?」

「다른 사람들이라니?」

「여기 왔던 사람들 말입니다……. 파트리스요」

「뭐라고! 파트리스가 왔었나?」

여전히 작은 목소리로 시메옹이 말했다.

「예, 간밤에 여기 왔습니다. 당신이 가고 난 뒤에 어떤 친구하고 함께」

「그럼 그에게 말했나?」

「그가 당신 아들이라고요……? 물론입니다. 그럴 수밖에 없었어요……」

노인이 중얼거렸다.

「그랬군……. 내가 사실을 밝힐 때 어쩐지 놀라지 않는 것 같더니만, 그래서였군」

「그들은 지금 어디 있습니까?」

「코랄리와 함께 있네. 난 그녀를 구할 수 있었어. 그들의 손에 그녀를 맡겼다네. 하지만 지금 중요한 건 그녀가 아닐세. 어서…… 의사를……빨리 서둘러야 하네……」

「이 집에 의사가 한 명 있습니다」

「그 사람은 놔두게. 전화번호부 가지고 있나?」

「여기 있습니다」

「그걸 펼쳐서 찾아보게……」

「어떤 이름을 찾을까요?」

「제라덱 박사」

「뭐라고요? 그럴 순 없습니다. 제라덱 박사라고요? 그 사람은 생각하지 마세요!」

「어째서? 그의 병원은 여기서 가까운 몽모랑시 대로, 외떨어진 곳에 있네」

358

「알고 있습니다. 하지만 알고 계시지 않습니까……? 그에 대해 좋지 않은 소문이 있습니다, 시메옹 씨……. 여권과 증명서 위조 사건들 말입니다……」

「그래도 그렇게 하게……」

「보십시오, 왜 그러십니까, 시메옹 씨, 떠나려고 하십니까?」

「내 말대로만 해 주게」

시메옹은 전화번호부를 찾아 전화를 걸었다. 통화 중이었기 때문에 그는 신문 끄트머리에 전화번호를 적고 나서 다시 전화를 걸었다.

통화에는 성공했지만 박사는 외출 중이어서 아침 10시에나 돌아온다는 것이었다.

「잘됐군」

시메옹이 말했다.

「지금 당장은 거기까지 갈 힘이 없었는데. 내가 10시에 갈 거라고 미리 알려 주게」

「시메옹이라는 이름으로 예약할까요?」

「내 진짜 이름인 아르망 벨발로 하게. 아주 급하다고 하게……. 외과 수술이 필요하다고」

수위는 그의 말대로 한 뒤, 수화기를 내려놓으며 슬퍼하는 것이었다.

「아! 가엾은 시메옹 씨! 당신같이 선하고 자애로우신 분에게 도대체 무슨 일이 일어난 겁니까?」

「상관 말게. 내 숙소는 준비됐나?」

「물론입니다」

「사람들 눈에 띄지 않게 내 방으로 가세」

「아무도 우리를 볼 수 없습니다. 당신도 잘 아시지 않습니까」

「서두르게. 자네 권총을 가지고 가게. 자네 숙소는? 그냥 비워 둬도 되나?」

「예…… 5분 정도는 괜찮습니다」

수위실은 뒤쪽으로 작은 안뜰에 면해 있었고, 안뜰은 긴 복도로 연결되어 있었다. 그 복도의 끝에는 또 다른 작은 뜰이 있었고, 그 뜰 안에는 다락방이 있는 단층짜리 작은 집이 있었다.

그들은 그 안으로 들어갔다.

현관이 있고, 이어서 세 개의 방이 일렬로 늘어서 있었다.

그 가운데 둘째 방에만 가구가 배치되어 있었다. 끝 방에는 기마르가로 곧장 나가는 문이 있었다.

그들은 둘째 방에서 멈춰 섰다.

시메옹은 기력이 완전히 쇠진한 듯이 보였다. 그렇지만 그는 결연한 각오를 다진 사람의 몸짓을 하며 바로 다시 일어났다. 그를 굴복시킬 수 있는 건 아무것도 없을 것 같았다.

그가 말했다.

「문은 잘 잠갔겠지?」

「예, 시메옹 씨」

「우리가 들어오는 걸 본 사람은 아무도 없나?」

「없습니다」

「자네가 여기에 있으리라고 짐작하는 사람도 전혀 없겠지?」

「없습니다」

「자네 권총을 이리 주게」

수위가 권총을 내밀었다.

「여기 있습니다」

「내가 총을 쏘면 사람들에게 총성이 들리리라고 생각하나?」

시메옹이 속삭였다.

「물론 아닙니다. 누가 들을 수 있겠습니까? 하지만……」

「하지만 뭔가……?」

「총을 쏘려는 건 아니겠죠?」

「내가 힘들어질 것 같아!」

「시메옹 씨, 당신에게? 당신을 쏘시겠다는 겁니까? 자살을 하시려고요?」

「어리석군」

「그럼 누구에게 쏘시려고요?」

「날 어렵게 하고, 배신할 수도 있는 사람에게」

「그게 누굽니까?」

「바로 네 놈이야, 제기랄!」

시메옹이 비웃었다.

그리고 방아쇠를 당겨 그의 머리를 쏘았다.

바슈로 씨는 단번에 쓰러져 즉사했다.

시메옹은 권총을 던지고 약간 비틀거리며 무표정하게 서 있었다. 그는 손가락을 하나씩 펴기 시작하여 여섯까지 세었다. 몇 시간 전부터 그가 해치운 여섯 사람을 세고 있었을까? 그레구아르, 코랄리, 야봉, 파트리스, 돈 루이스, 그리고 바슈로를?

그는 만족스럽게 입을 비죽거렸다. 아직도 해야 할 일이 하나 더 남아 있었다. 그것은 자신의 구원, 곧 도망이었다.

당장은 그 일을 할 수 없는 상태였다. 그의 머리는 빙빙 돌고, 두 팔은 허공을 휘젓고 있었다. 그는 엄청난 무게에 가슴을 짓눌린 듯 숨을 헐떡이며 그 자리에 쓰러져 졸도하고 말았다.

그러나 9시 45분에 그는 의지력에 의해 소스라치며 다시 일어났고, 고통을 꾹 참고 몸을 추스르며 집의 다른 출구를 통해 밖으로 나갔다.

그는 두 번이나 차를 갈아탄 뒤, 10시에 몽모랑시 대로에 도착했다. 그때 마침 제라덱 박사가 그의 리무진에서 내려 호화로운 빌라의 현관 앞 계단을 올라가고 있었다. 그는 전쟁이 난 이후로 그곳에 그의 병원을 개설해 놓고 있었다.

제라덱 박사

 제라덱 박사의 병원은 아름다운 정원에 둘러싸여 있었다. 정원 안에는 몇 채의 별채들이 모여 있었는데, 그것들은 각각 특별한 목적을 지니고 있었다. 빌라는 큰 수술을 위한 용도로만 쓰이고 있었다.

 빌라에는 박사의 진료실도 있었는데, 시메옹 디오도키스가 먼저 안내를 받은 곳은 바로 그곳이었다. 그러나 간호사의 간단한 검사를 받은 후, 시메옹은 따로 떨어진 측면 건물 깊숙이 위치한 방으로 안내되었다.

 박사는 그곳에 있었다. 그는 약 60세가량의 남자였는데, 아직 건강해 보였고, 깨끗하게 면도한 얼굴을 하고 있었다. 오른쪽 눈에 언제나 끼고 있는 외눈안경 때문에 그의 얼굴은 찌푸려질 수밖에 없어 전체적으로 찡그린 인상이었다. 그는 머리에서 발끝까지 흰색의 커다란 앞치마를 입고 있었다.

시메옹은 말하기가 매우 어려웠기 때문에 자기의 증상을 간신히 설명했다. 지난밤에 어떤 부랑자가 그를 공격하여 숨통을 조이고 금품을 털었으며, 그래서 보도 위에 반쯤 죽은 상태로 방치되어 있었다고 했다.

「그 후에 의사를 부를 수 있었을 텐데요」

박사가 그를 뚫어지게 쳐다보며 말했다.

시메옹이 대답을 하지 않자, 그가 이렇게 덧붙였다.

「게다가 이건 별 것 아닙니다. 당신이 살아 있는 걸 보니 골절은 없었습니다. 따라서 후두 경련으로 범위가 축소되는데, 이것은 삽관법(挿管法)으로 쉽게 치료할 수 있습니다」

그는 조수에게 지시를 내렸다. 환자의 목구멍으로 기다란 알루미늄 관이 들어갔고, 그는 30분 동안 그 상태를 유지하고 있었다. 그동안 자리를 비웠던 의사가 다시 돌아와 관을 빼내고 환자의 상태를 살폈다. 그는 이미 훨씬 쉽게 호흡하기 시작한 상태였다.

제라덱 박사가 말했다.

「끝났습니다. 생각했던 것보다 훨씬 빨리 끝났군요. 당신의 경우에는 목구멍을 수축시키는 저해 현상이 분명히 있었습니다. 집으로 돌아가십시오. 약간의 휴식만 취하면 더 이상 그런 현상이 나타나지 않을 겁니다」

시메옹은 치료비를 물어 돈을 지불했다. 그러나 박사가 그를 문으로 다시 안내하자, 그는 멈춰 서더니 갑자기 말했다. 비밀 이야기를 하는 듯한 말투였다.

「나는 알부앵 부인의 친구입니다」

박사가 그 말을 언뜻 이해하지 못하는 듯하자, 그가 다시 말했다.

「아마 이름이 생각나지 않는 모양이죠? 하지만 그 이름 뒤에 모스그라넴 부인이라는 사람이 숨어 있다고 말씀드리면 제 말뜻을 쉽게 알아들으실 수 있을 겁니다」

「쉽게 알아듣다니, 뭘 말이오?」

놀라움 때문에 얼굴이 더욱 찌푸려진 박사가 물었다.

「자, 박사님, 경계하시는 모양인데, 괜찮습니다. 여기에는 우리 두 사람만 있습니다. 문이란 문은 모두 이중으로 되어 있고 방음 장치까지 되어 있습니다. 말씀하셔도 괜찮습니다」

「말을 하지 않겠다는 게 아니오. 하지만 당신이 무슨 말을 하는지 내가 알아야 할 거 아니겠소……」

「잠깐만 시간을 내주십시오, 박사님」

「환자들이 기다리고 있소」

「빨리 끝날 겁니다, 박사님. 상담을 하자는 게 아니라 몇 마디만 말씀드릴 시간을 내주시라는 겁니다. 앉아서 얘기하시죠」

그가 단호한 태도로 자리에 앉았다. 박사는 갈수록 놀랍다는 표정으로 그의 앞에 앉았다.

시메옹이 단도직입적으로 말했다.

「제 국적은 그리스입니다. 그리스는 중립국이고 지금까지 프랑스의 우방이기도 합니다. 따라서 여권을 취득하고 프랑스에서 출국하는 일이 제게는 어렵지 않습니다. 하지만 개인적인 이유 때문에 저는 제 이름이 아닌 다른 이름으로 된 여권이 필요하게 됐습니다. 그 이름이야 박사님과 함께 만들면 되지 않겠습니까. 박사님의 도움을 받으면 아무 위험 없이 떠날 수 있을 것 같습니다만」

화가 난 박사가 자리에서 일어났다.

시메옹이 계속 말했다.

「부풀려서 말씀하진 마십시오. 부탁입니다. 가격을 결정하는 일이 중요하지 않겠습니까? 난 이미 결심했습니다. 얼마입니까?」

박사가 그에게 손짓으로 문을 가리켰다.

시메옹은 이의를 제기하지 않았다. 그는 모자를 썼다. 그러나 문 가까이 가자 다시 말했다.

「2만 프랑……? 그거면 되겠소?」

「내가 기어이 전화를 걸어야겠소? 그래서 당신을 밖으로 끌어내게 해야 되겠소?」

시메옹 디오도키스가 웃음을 터뜨렸다. 그리고 침착하게 숫자와 숫자 사이에 약간의 간격을 두며 말하기 시작했다.

「3만……? 4만……? 5만……? 오! 오! 그 이상? 아무래도 큰 도박이 될 것 같군……. 상당한 금액인데……. 해봅시다. 하지만 결정된 가격에는 모든 비용이 포함된 걸로 합시다. 누가 봐도 의심할 수 없는 확실한 여권을 만들어 주는 것뿐만 아니라 프랑스를 떠나는 수단까지도 보장해 주어야 하오. 당신이 내 친구 모스그라넴 부인에게 해 준 것처럼 말이오. 놀라운 일이지만 그 친구에게는 특별히 좋은 조건으로 해 주지 않았소? 하지만 나는 지금 흥정을 하는 게 아니오. 나는 당신이 필요해요. 자, 10만 어떻소? 이만하면 되지 않겠소, 박사?」

제라덱 박사는 한동안 그를 쳐다보다가 급히 가서 빗장을 걸었다. 그리고 책상 앞으로 돌아와 앉아 짧게 말했다.

「얘기해 봅시다」

「나는 다른 걸 원하는 게 아니오. 정직한 사람들끼리는 언제나 서로 통하는 법이오. 하지만 무엇보다도 먼저 다시 묻겠소. 10만 프랑으로 합의한 거요?」

의사가 말했다.

「좋소……. 하지만 당신이 말한 상황보다 나쁘게 돌아가지 않아야 한다는 조건이오」

「무슨 말이오?」

「10만이라는 숫자는 우리가 적절한 토론을 하기 위한 기본 액수이라는 뜻이오. 그게 전부요」

시메옹 디오도키스는 잠시 망설였다. 상대는 욕심이 좀 많은 사람이었다. 그래도 그는 다시 앉았고, 박사가 바로 말을 이어갔다.

「실례지만 당신의 진짜 이름은 뭡니까?」

「말할 수 없소. 다시 말하지만 개인적인 이유로……」

「그렇다면 20만이오」

시메옹이 펄쩍 뛰었다.

「뭐요? 제기랄! 이거 너무 하는 거 아니오. 어떻게 그런 액수를!」

제라덱이 조용히 말했다.

「누가 그걸 강제로 받아들이라고 했소? 우리는 흥정을 하는 거요. 당신 마음대로 할 수 있소」

「그러니까 뭐요, 당신이 내게 위조 여권을 만들어 주기로 한 판국에, 내 이름을 아는 게 뭐가 그리 중요하단 말이오?」

「내게는 매우 중요하오. 이건 도주 아니오? 따라서 나는 도피시키는 일을 하기 때문에 정직한 사람 말고 첩자를 도피시키는 것은 훨씬 엄청난 위험 부담이 생기는 거요」

「난 첩자가 아니오」

「그걸 내가 어떻게 안단 말이오? 아니, 당신은 위험한 일을 부탁하려고 날 찾아온 거요. 당신은 당신 이름과 신상을 숨기고 있고, 10만 프랑을 바로 지불할 정도로 서둘러 잠적하려 하고 있소. 그런데도 당신은 어떻게든 정직한 사람으로 행세하려 한단 말이오. 생각해 보시오. 이건 이치에 맞지 않아요. 정직한 사람은 도둑놈이나…… 살인자처럼 행동하지 않는 법이오」

시메옹 영감은 잠자코 있었다. 잠시 후, 그는 손수건으로 이마를 닦았다. 그는 제라덱이 만만찮은 적수이며, 어쩌면 그에게 부탁하지 않는 편이 훨씬 나았을지도 모른다는 생각을 하고 있는 게 분명했다. 그러나 어쨌든 계약은 조건부였다. 언제든 파기할 수는 있는 것이었다.

그가 애써 웃음을 지어 보이며 말했다.

「오! 오! 그런 말씀을 하시다니!」

박사가 말했다.

「말이 그렇다는 것뿐이오. 난 절대 가정은 절하지 않아요. 상황을 요약해서 내 주장이 옳다는 것을 증명하는 게 전부요」

「당신 말이 전적으로 옳소」

「그럼 당신이 한 질문을 내가 다시 하리다. 합의를 본 거요?」

「그렇소. 하지만, 이건 내 마지막 부탁이오만, 모스그라넴 부인의 친구인 나를 좀 더 친절하게 대해 주실 수는 없겠소?」

박사가 물었다.

「내가 그 부인을 당신과 다르게 대했다니, 그걸 어떻게 알고 있소? 거기에 대해서 들은 거라도 있소?」

「모스그라넴 부인이 직접 내게 고백한 겁니다. 당신이 그녀에

368

게서는 한 푼도 받지 않았다고 말이오」

박사는 약간 거만한 미소를 짓고는 이렇게 속삭였다.

「사실이오. 한 푼도 받지 않았소. 하지만 그녀는 내게 많은 것을 주었다고 할 수 있을 거요. 모스그라넴 부인은 남자에게 바치는 사랑의 행위에서 높은 등급으로 분류되는 멋진 여자들 가운데 한 사람이었소」

이 말 뒤에는 두 사람 모두 입을 다물었다. 시메옹 영감은 박사 앞에서 갈수록 불편해지는 듯이 보였다. 마침내 박사가 입을 열었다.

「나의 경솔함이 당신을 불쾌하게 한 것 같소. 당신과 모스그라넴 부인 사이에도 그런 애정 관계가 있었소……? 그렇다면 용서하시오……. 더욱이 최근에 일어났던 일 이후로는 그런 것은 이제 조금도 중요하지 않습니다」

그가 한숨을 쉬며 탄식했다.

「가엾은 모스그라넴 부인!」

「어째서 그녀를 그렇게 말하는 겁니까?」

시메옹이 물었다.

「어째서요? 그건 최근에 일어난 일 때문이 아니요?」

「난 전혀 모르고 있소……」

「아니, 그 끔찍한 사건을 모른다고요?」

「그녀가 떠난 후로는 편지를 받지 못했소」

「아……! 난 어제 저녁에 한 통을 받았소. 난 그녀가 프랑스로 돌아왔다는 걸 알고 무척 놀랐소」

「프랑스에! 모스그라넴 부인이!」

「그렇다마다요. 그리고 날더러 오늘 아침에 만나자고까지 했다오……. 이상한 만남이었지만……」

「어디에서요?」

시메옹이 눈에 띄게 불안한 태도로 물었다.

「1,000프랑을 내면 말해 드리리다」

「어서 말하시오!」

「그게 하천용 수송선 위였소」

「뭐라고!」

「그래요, 하천용 수송선 위에서였소. 파시 부두의 베르투 작업 장을 따라 정박한 농샬랑트 호라는 이름의 배였소」

「어떻게 그럴 수가?」

시메옹이 중얼거렸다.

「사실이오. 그런데 편지의 서명이 어떻게 되어 있었는지 아시 오? 그레구아르라는 서명이 되어 있었소」

「그레구아르…… 남자 이름인데……」

노인이 들릴 듯 말 듯한 목소리로 말했다.

「맞소. 남자 이름이오…… 자, 나는 편지를 갖고 있소. 그녀는 살얼음판 위를 걷는 듯 살고 있으며, 그녀의 재산과 연관된 남자 를 경계하고 있는데, 내게 조언을 구한다고 했소」

「그럼…… 그럼…… 거기에 갔소?」

「갔소」

「언제?」

「오늘 아침이오. 당신이 여기로 전화할 때 난 거기에 있었소. 불행하게도……」

「불행하게도……?」

「내가 너무 늦게 도착했소」

「너무 늦게……?」

「그렇소. 그레구아르라는 사람, 아니 모스그라넴 부인은 죽어 있었소」

「죽다니!」

「목이 졸려 있었소」

「끔찍하군요」

다시 숨이 막히는 듯 힘겹게 시메옹이 말했다.

「더 자세히는 모르시오?」

「더 자세히라니, 뭘 말이오?」

「그 여자가 말한 남자에 관해서요」

「그 여자가 경계하고 있었다는 남자요?」

「그렇소」

「그야 당연하오. 이 편지에 그의 이름을 써 놓았소. 시메옹 디오도키스라는 이름으로 행세하는 그리스 인이오. 그 사람의 인상 착의도 설명했는데…… 그다지 주의 깊게 읽진 않았소」

그는 편지를 펼쳐 둘째 장을 중얼거리며 읽었다.

「꽤 늙고…… 허리가 굽은 사람…… 목도리를 두르고 있고…… 목도리와 두툼한 노란 안경을 항상 착용하고 있다」

제라덱 박사는 읽기를 중단하고 아연실색한 표정으로 시메옹을 쳐다보았다. 순간 두 사람은 아무 말도 하지 못한 채 얼어붙은 듯했다. 이윽고 박사가 기계적으로 반복했다.

「꽤 늙고…… 허리가 굽은 사람…… 목도리를 두르고 있고…… 그리고 두툼한 노란 안경……」

문장이 끝날 때마다 그는 읽기를 멈추고 시메옹을 쳐다보며 내용을 확인하고 있었다.

마침내 그가 말했다.

「당신이 시메옹 디오도키스……」

시메옹은 부인하지 않았다. 그 모든 일들이 이상하면서도 동시에 너무 자연스럽게 이어졌기 때문에 그는 거짓말이 통하지 않을 것을 감지하고 있었다.

제라덱 박사가 커다란 몸짓을 하며 단언하고 나섰다.

「보시오. 내가 정확하게 예견하지 않았소? 당신이 내게 설명한 상황하고는 전혀 맞지 않아요. 허튼 소리는 이제 그만하시오. 내게는 아주 심각한 문제이고, 끔찍하게 위험한 일이오」

「무슨 뜻이오?」

「이제는 가격이 같을 수 없다는 뜻이오」

「그럼 얼마를 원하시오?」

「100만 프랑이오」

「아! 안 되오! 그건 안 되오!」

시메옹이 격하게 소리쳤다.

「안 되오! 난 모스그라넴 부인은 건드리지도 않았소. 그 여자의 목을 조른 놈에게 나도 공격을 받았소. 같은 놈이오. 야봉이라는 검둥이인데, 나를 붙잡아서 내 목을 조였소」

박사가 그의 팔을 붙잡았다.

「그 이름을 다시 한번 말해 보시오. 야봉이라고 했소?」

「그렇소. 한쪽 팔이 없는 세네갈 인이오」

「그럼 그 야봉과 당신이 격투를 벌였소?」

「그렇소」

「그래서 당신이 그를 죽였소?」

「정당방위였소」

372

「좋소. 어쨌든 당신이 그를 죽인 거요?」

「말하자면 그렇소……」

박사는 미소를 지으며 어깨를 으쓱했다.

「잘 들으시오, 선생. 재미있는 우연의 일치요. 수송선에서 나오면서 난 내게 말을 걸어 오는 여섯 명가량의 상이군인들을 만났소. 그들은 바로 그들의 동료인 야봉을 찾고 있었소. 그리고 벨발 대위라는 그들의 상관과, 그 장교의 친구라는 사람, 그리고 그들이 묵고 있는 집의 주인 여자를 찾고 있었소.

그 네 사람이 실종됐는데, 그 범인으로 어떤 한 사람을 지목하고 있었소……. 내게 그 이름을 말해 주었는데…… 아! 갈수록 묘하게 되어 가는구먼! 그들이 지목한 사람이 바로 당신, 시메옹 디오도키스란 말이오……. 재미있소? 하지만 다른 한편으로 생각하면, 그 모든 일로 인해 이제 우리 얘기도 새로운 국면으로 넘어가는 것이 당연하지 않겠소? 따라서……」

박사는 말을 잠시 멈추더니 분명하게 말하는 것이었다.

「200만 프랑」

이번에 시메옹은 전혀 동요하지 않았다. 그는 마치 고양이의 발톱 사이에 낀 생쥐처럼 박사의 발톱 안에 붙잡혀 있다는 것을 감지하고 있었다. 박사는 그와 함께 게임을 하고 있었다. 그를 빠져나가게 놔두었다가 다시 붙잡았다가 하면서 그 죽음의 게임을 벗어나리라는 희망을 단 한순간도 가질 수 없게 만드는 것이었다.

그가 짧게 말했다.

「이건 협박이오……」

박사는 수긍한다는 몸짓을 했다.

「그렇소. 나도 다른 말은 못 찾겠소. 이건 협박이오. 더구나 이 협박은 내가 굳이 구실을 만들어 낼 필요도 없이 생겨난 경우요. 나는 그걸 이용하는 것뿐이오. 우연하게도 내게로 호박이 넝쿨째 굴러 들어왔소. 나는 거기에 달려드는 거고. 당신이 내 위치에 있다고 해도 마찬가지였을 거요. 달리 어떻게 하겠소? 당신도 아시겠지만 나는 우리나라의 사법부와 얼마간 분쟁이 있었소. 사법부와 나는 싸우지 않기로 합의했지만, 내 병원의 수입 사정이 워낙 좋지 않아서 당신이 내게 가져다 준 커다란 호의를 야박하게 물리칠 수 없구려」

「그런데 내가 당신의 말을 따르기를 거부한다면?」

「그렇다면 파리 시 경찰국에 전화를 하는 수밖에. 나는 지금 그들에게 일거수일투족을 감시당하고 있소. 그들에게 얼마간의 봉사를 해야 하는 상황에 처해 있기 때문이오」

시메옹은 창문 쪽과 문 쪽을 쳐다보았다. 박사는 전화 수화기를 잡았다. 당장에는 그의 말을 따르는 수밖에 없었다……. 앞으로 좋은 상황이 올 수도 있으니 그때를 기약하기로 하고.

시메옹이 단호하게 말했다.

「좋소. 결국엔 그게 낫겠소. 당신도 나를 알고, 나도 당신을 알고 있으니 말이오. 우리는 서로 얘기가 통할 수도 있소」

「내가 말한 대로 하겠소?」

「그렇소」

「200만?」

「그렇소. 당신 계획을 설명해 주시오」

「아니오, 그럴 필요가 없소. 나는 내 나름의 방식이 있소이다. 그걸 미리 나불대는 건 쓸데없는 짓이라 생각하오. 중요한 건 당신의 도피 아니오? 그리고 현재 당신이 처한 위험에서 벗어나는 것 아니오? 그 모든 것을 처리해 주겠소」

「그걸 어떻게 보장한단 말이오……?」

「절반은 현금으로 지불하고, 나머지 절반은 일이 끝났을 때 지불하시오. 이제 여권 문제가 남았소. 여권은 내게는 부차적인 일이오. 그걸 다시 하나 작성해야 하오. 무슨 이름으로 하겠소?」

「좋을 대로 하시오」

박사는 인상착의를 적기 위해 종이를 한 장 꺼냈다. 그리고 시메옹을 살펴보며 중얼거렸다. 회색 머리칼…… 수염 없는 얼굴…… 노란 안경…… 그가 물었다.

「그런데 당신은…… 틀림없이 지불하겠다고 어떻게 보장하겠소……? 나는 은행권 지폐를 원하오……. 진짜 은행권 지폐 말이오……」

「확실히 받을 거요」

「돈이 어디 있소?」

「아무도 접근할 수 없는 은닉처에 있소」

「정확하게 말해 주시오」

「말해 줄 수는 있소. 하지만 그 위치를 가르쳐 준다 해도 당신은 찾지 못할 거요」

「그래서요?」

「그걸 지키고 있던 사람이 그레구아르요. 400만 프랑이 있소……. 수송선 안에 있소이다. 당신과 함께 가서 1차로 100만 프랑을 계산해 주겠소」

박사가 탁자를 쳤다.

「뭐라고? 뭐라고 했소?」

「그 돈이 수송선 안에 있다고 했소」

「베르투 작업장 가까이에 정박한 수송선 말이오? 모스그라넴 부인이 그 안에서 목이 졸려 죽은 그 배?」

「그렇소. 거기에 400만 프랑을 감춰 두었소. 거기서 100만 프랑을 당신에게 줄 거요」

박사는 고개를 가로저으며 단호하게 말했다.

「안 되오. 나는 그 돈을 대가로 받지 않겠소!」

「왜 그러시오? 당신 미쳤소?」

「왜냐고? 이미 자기 수중에 있는 돈을 남에게서 또 받지는 못하기 때문이오」

「무슨 말을 하는 거요?」

시메옹이 기겁을 하며 소리쳤다.

「그 400만 프랑은 내 것이오. 따라서 당신은 그 돈을 내게 줄 수 없소」

시메옹이 어깨를 으쓱했다.

「농담을 하고 있군요. 그 돈을 당신 것으로 만들려면 우선 당신이 그것을 가져야 하오」

「물론이오」

「그럼 가지고 있단 말이오?」

「가지고 있소」

「뭐라고? 어떻게 된 거요? 설명해 보시오. 당장!」

이성을 잃은 시메옹이 으르렁거렸다.

「설명하리다. 당신의 그 아무도 접근할 수 없는 은닉처는 사용하지 않는 낡은 상공연감(商工年鑑) 네 권이었소. 파리 상공연감 두 권과 도(道) 상공연감 두 권으로 되어 있더군. 안을 파내고 표지 장정 아래에 공간을 만든 그 네 권의 연감에는 각각 100만 프랑씩 보관되어 있었소」

「거짓말이오……! 당신은 거짓말을 하고 있어!」

「그 연감들은 선실 옆의 작은 창고 선반 위에 있었소」

「그래서? 그래서 어떻게 했소?」

「그래서? 그야 여기에 가져다 두었지」

「여기에?」

「당신 눈앞에 있는 선반 위에 있소. 그러니까 이런 상황에서 이미 400만 프랑의 정당한 소유자가 된 나는 받아들일 수가 없단 말이오……」

「도둑놈! 도둑놈!」

주먹을 들어 보이며 분노로 몸을 떠는 시메옹이 외쳐 댔다.

「당신은 도둑놈이오. 내 반드시 토해 내도록 만들겠소…… 아! 악당 같으니……」

제라덱 박사는 매우 침착하게 미소를 지으며 동의할 수 없다는 듯이 손을 들었다.

「그게 바로 어리석은 말이오. 이 얼마나 부당한 일이오! 그렇소, 다시 한번 말하리다. 얼마나 부당한 일이오! 당신의 정부(情婦)인 모스그라넴 부인이 내게 호의를 베풀었다는 사실을 상기시켜 드릴까? 어느 날, 아니 어느 아침, 그녀는 속에 있는 말을 하던 끝에 이렇게 말했소. 〈친구, (그녀는 나를 친구라고 불렀소. 그리고 그때는 연인들처럼 내게 말을 놓고 싶어했소) 내가 죽게 되면, (그녀는 기분 나쁜 예감을 하고 있었소) 내가 죽게 되면 내 집에 있는 모든 것을 당신에게 물려줄 거야.〉 그녀가 죽을 당시에 그녀의 집은 문제의 그 수송선이었소. 그토록 신성한 뜻을 따르지 않는다면 그녀에게 얼마나 큰 모욕이겠소?」

시메옹 영감은 그의 말을 듣고 있지 않았다. 그의 머릿속에서 극악무도한 생각이 고개를 쳐들고 있었다. 그는 얼이 빠진 듯한 동작으로 박사를 향해 일어섰다.

박사가 그에게 말했다.

「우리는 귀중한 시간을 낭비하고 있소. 자, 선생, 어떻게 하시겠소?」

그는 여권에 필요한 사항들을 적어 놓은 종이를 만지작거리고 있었다. 시메옹은 아무 말 없이 그를 향해 걸어갔다. 노인이 그에게 속삭였다.

「그 종이, 내게 주시오……. 내 여권을 어떻게 작성했는지 보고 싶소……. 그리고 어떤 이름으로 했는지도……」

그는 종이를 빼앗아 눈으로 읽어 내려가다가 갑자기 뒤로 펄쩍 물러서는 것이었다.

「당신, 어떤 이름을 넣은 거요? 이게 어떤 이름이오? 무슨 권리로 내게 이런 이름을 주는 거요? 어째서? 무슨 이유로?」

「당신이 내 마음대로 아무 이름이나 넣으라고 하지 않았소?」

「하지만 이 이름은? 이 이름은 뭐요……? 어째서 이 이름을 적어 넣은 거요?」

「그건 모르겠소……. 그냥 생각이 났을 뿐이오. 시메옹 디오도키스라고 넣을 수가 없어서 그랬소. 당신은 그렇게 불리지 않았으니까……. 아르망 벨발로 할 수도 없었소. 그렇게도 불리지 않으니까. 그래서 그 이름을 넣었던 거요」

「그렇지만 어째서 하필이면 이 이름이오?」

「그야 물론 그게 당신의 진짜 이름이니까 그런 거 아니겠소?」

노인은 공포에 질린 몸짓을 하더니, 박사에게 몸을 점점 가까이 숙이며 떨리는 목소리로 아주 낮게 말했다.

「단 한 사람…… 단 한 사람만이 이런 일을 할 수 있었지……」

또 다시 긴 침묵. 이윽고 박사가 빈정거렸다.

「사실 나도 단 한 사람만이 할 수 있다고 생각하고 있소. 그러니까 내가 그 유일한 사람이라고 해 둡시다」

「단 한 사람……」

다시 호흡하기가 곤란해지는 듯한 시메옹이 계속 말했다.

「당신이 발견한 것처럼 400만 프랑이 감춰진 곳을 단 몇 초 만에 찾을 수 있는 사람도 역시 단 한 사람이야……」

박사는 대답하지 않았다. 그는 미소를 짓고 있었다. 그의 얼굴은 조금씩 긴장이 풀리고 있었다.

시메옹은 그의 입술까지 올라온 그 무서운 이름을 감히 입 밖으로 뱉어 내지 못하고 있는 것 같았다. 그는 고개를 떨어뜨렸다. 그는 주인 앞의 노예 같았다. 싸우는 도중에 이미 그 무게를 느꼈던 어떤 엄청난 것이 그를 짓이기고 있었다. 그의 마음속에서는 앞에 있는 남자가 한마디 말로 그를 제거하고 하나의 동작으로 그를 없애 버릴 수 있는 거인의 크기로 각인되어 있었다. 그 단한 사람은 인간의 잣대 바깥에 있는 그런 크기의 사람이었다.

마침내 그가 형언할 수 없는 공포심에 휩싸여 중얼거렸다.

「아르센 뤼팽…… 아르센 뤼팽……」

「맞았어」

박사가 자리에서 일어나며 외쳤다.

그는 외눈안경을 떼어 냈다. 그는 호주머니에서 포마드가 들어 있는 작은 상자를 꺼내 포마드를 얼굴에 바른 다음, 벽장 속에

있는 대야를 꺼내 얼굴을 씻었다. 그리고 다시 나타난 그의 얼굴
빛은 해맑았고, 얼굴에는 비웃는 듯한 미소를 띠고 있었으며, 의
젓한 몸짓을 지니고 있었다.

「아르센 뤼팽……」

돌처럼 굳어 버린 시메옹이 반복했다.

「아르센 뤼팽…… 내가 졌다……」

「그것도 철저하게 진 거다, 이 멍청한 영감탱이. 넌 정말 어리
석은 놈이야! 아니, 네 놈이 내 명성을 익히 들어 알고 있는데
도, 그리고 나를 마주 대하면 나처럼 강하고 정직한 사람이 너
같은 늙은 악당에게 품게 할 유익하면서도 강도 높은 두려움을
느끼면서도, 네 놈은 내가 너의 그 가스실에서 빠져나오지 못할
만큼 멍청할 거라고 생각했다는 거지」

뤼팽은 노련한 연극배우처럼 방 안을 이리저리 서성이며 긴 독
백을 낭송하고 있었다. 그는 적절한 곳에서 말을 끊어 가며, 자
기 말로 생겨난 효과를 즐기고, 자신에게 얼마간 만족한 듯 그
독백에 도취되어 있었다. 세상 그 무엇을 준다 해도 자기 자리를
내주며 역할을 포기하지는 않을 것 같았다.

그가 말을 계속했다.

「바로 그 순간에 나는 네 놈의 모가지를 틀어쥐고 우리가 지금
열연하고 있는 제5막의 대단원을 즉시 연출할 수도 있었다는 점
을 잘 알아 둬라. 다만 그러면 나의 이 5막이 약간 짧아. 나는 연
극인이 아닌가! 이렇게 하면 얼마나 흥미가 고조되는가! 독일 놈
보다 못한 종족인 네 놈의 대가리 속에서 생각이 움트는 것을 보
는 것도 얼마나 재미있었던지! 아틀리에로 가서 내 손전등을 실
끝에 매달아 그 선량한 파트리스로 하여금 내가 거기에 있다고

믿게 하고, 거기에서 나온 뒤 파트리스가 나를 세 번 부인하며 조심스럽게 가두어 버리겠다는 말을 듣는 것은 또 얼마나 우스운 가! 내 손전등을 가두겠다니!

그 모든 것이 훌륭한 솜씨였지, 어때……? 안 그래? 감탄하느라 네 놈의 입이 다물어질 줄 모르는구먼…… 그리고 10분 후에 네 놈이 돌아왔을 때 무대 뒤에서는 얼마나 멋진 장면이 연출되고 있었는지! 물론 나는 아틀리에와 왼쪽 방 사이에 벽을 쌓아 막아놓은 문을 두드리고 있었지……. 그런데, 시메옹 영감, 난 아틀리에가 아니라 침실에 있었단 말이다! 네 놈은 전혀 의심하지 않았어. 그리고 자기 뒤에 곧 죽을 사람을 남겨 두었다고 믿고는 조용히 자를 뜨더군. 대가의 솜씨였지, 어때? 난 네 놈을 굳이 끝까지 쫓아가지 않아도 될 만큼 상황을 장악하고 있었지. 2 더하기 2는 4가 되는 것처럼 나는 네 놈이 수위인 네 친구 아메데 바슈로 씨를 찾아가리라고 확신하고 있었다. 실제로 네 놈은 곧장 그리로 가더군」

뤼팽은 잠시 숨을 고른 후 계속했다.

「아! 시메옹 늙은이, 거기에서 네 놈은 놀랍게도 중대한 실수를 저지르더군. 난 그로 인해 혼란에서 빠져나올 수 있었다……. 내가 갔을 때는 수위실에 아무도 없었다. 어떻게 할 것인가? 어떻게 네 놈의 흔적을 찾을 것인가? 다행히도 신의 섭리가 나를 보호하고 있었다. 신문 끄트머리에서 내가 뭘 읽었겠나? 연필로 금방 적어 놓은 듯한 전화번호였지. 오호! 그게 바로 흔적 아닌가! 난 교환원에게 그 번호를 신청했지. 전화가 연결되자 나는 태연하게 말했지. 〈여보세요, 댁 전화번호는 가지고 있는데, 주소가 없습니다.〉 그랬더니 주소를 바로 불러 주더군. 〈제라덱 박사, 몽모랑시 대로〉라고 말이야. 그래서 알게 됐지. 제라덱 박사? 바로 그렇군. 시메옹 영감은 먼저 삽관법 치료를 받을 테고, 다음에는 여권에 대해 상의하겠지. 제라덱 박사는 위조 여권의 전문가 아닌가.

아하! 그러니까 시메옹 영감이 도망을 치시겠다? 그렇게는 안 되지, 약삭빠른 노예여! 그래서 이곳으로 왔지. 후환을 없애기 위해 네 놈이 어느 방구석에서 죽인 그 불쌍한 친구 바슈로 씨는 돌보지도 못하고 말이야. 그리고 여기에서 나는 제라덱 박사를 만났다. 할 일이 없어 현명해지고 유순해진 그 상냥한 남자는 내게…… 오전 동안 자리를 내주더군. 좀 비싸게 먹혔지. 하지만 어쩌겠나? 일은 끝내야지……. 요컨대, 네 놈의 진료 시간은 10시로 되어 있었으니, 내겐 아직도 족히 두 시간이 남아 있었지. 그래서 난 수송선에 가서 400만 프랑을 손에 넣은 뒤 몇 가지 일을 정리해 두었다. 그리고 이렇게 이곳에 납신 거지!」

뤼팽은 노인 앞에서 멈춰 서더니 이렇게 말했다.

「자, 그럼 준비됐나?」

혼이 나간 듯한 시메옹이 몸을 떨었다.

대답을 기다리지도 않고 뤼팽이 다시 말했다.

「무슨 준비냐고? 그야 기나긴 여행이지. 네 여권에는 하자가 없다. 파리 발 지옥행 편도 티켓. 특급열차. 관(棺) 침대차. 자, 승차!」

꽤 긴 침묵이 흘렀다. 노인은 생각에 잠겨 있었다. 적의 속박에서 벗어나기 위해 출구를 찾고 있는 것이 확연히 드러나 보였다. 그러나 아르센 뤼팽의 농담이 그를 깊이 흔들어 놓은 까닭에 알아듣지 못할 음절들만을 더듬거리고 있었다.

이윽고 그가 간신히 말문을 열었다.

「그럼 파트리스는?」

「파트리스?」

뤼팽이 반복했다.

「그렇소. 파트리스는 어떻게 됐소?」

「그 일에 대해 생각나는 거라도 있나?」

「그의 목숨과 내 목숨을 바꾸겠소」

뤼팽이 깜짝 놀라는 것 같았다.

「네 놈 말대로라면 그가 죽을 지경에 처해 있다는 말인가?」

「그렇소. 그래서 내가 흥정을 하려는 거요. 그의 목숨과 내 목숨을 맞바꾸자고」

뤼팽은 팔짱을 끼고 분하다는 태도를 보였다.

「그래, 정말이군! 뻔뻔한 놈이야! 아니, 파트리스는 내 친구인데, 네 놈은 내가 그를 그렇게 내버려 둘 거라고 생각하나? 나, 이 뤼팽이, 내 친구 파트리스가 위험에 처해 있는데도, 네 놈의 임박한 죽음에 대해서 재치 있는 말들이나 지껄이고 있겠나? 늙은 시메옹, 넌 이제 끝장이다. 네 놈이 더 좋은 세상에서 편히 쉬기 위해 떠날 시간이 됐다」

그가 벽걸이 천을 들어올려 문을 열고 소리를 질렀다.

「자, 대위?」

그리고 다시 한번 더 그를 부른 뒤, 말을 계속했다.

「아! 이제 의식이 돌아온 걸 알겠소, 대위. 잘됐소! 그런데 날 보고도 그리 놀라지는 않는 것 같소이다? 아니오! 아! 특히 부탁이오만 감사의 말은 하지 마시오. 그냥 이리로 좀 오기만 해 주시오. 우리의 시메옹 영감이 당신을 필요로 하고 있소. 지금은 시메옹 영감에게 당연히 예의를 갖추어야 하오」

　그리고 노인을 향해 돌아서서는 이렇게 말했다.

「자, 네 아들이다. 자식을 버린 악독한 아비여」

시메옹의 마지막 희생자

머리에 붕대를 감은 파트리스가 들어왔다. 시메옹이 가한 타격과 석판의 무게 때문에 옛날에 입은 상처가 도졌기 때문이었다. 그의 안색은 창백했고, 통증 또한 심한 모양이었다.

시메옹 디오도키스를 보자 그는 무서운 분노의 몸짓을 했다. 그러나 그는 자제했다. 두 사람은 못 박힌 듯 서로 마주선 채 움직이지 않았다. 그러자 뤼팽이 두 손을 연신 비벼 대며 작은 소리로 말하는 것이었다.

「볼 만한 장면이야! 얼마나 멋진 장면인가! 이거 훌륭한 연극 아닌가? 아버지와 아들! 범죄자와 희생자! 잠깐, 교향악단이……트레몰로를 낮게 깔고…… 그들은 어떻게 할 것인가? 아들이 아버지를 죽일 것인가, 아니면 아버지가 아들을 죽일 것인가? 가슴이 두근거리는 순간……얼마나 조용한가! 피의 목소리만이 암시하고 있다……. 그들이 어떤 관계인가를! 때가 왔도다! 피의 목소리가 말해 주었다. 그들은 이제 팔을 벌리고 서로에게 달려들어 상대의 숨통을 조이려 한다」

파트리스가 두 걸음 앞으로 나아갔다. 뤼팽이 말한 동작을 실행에 옮길 참이었다. 장교는 두 팔을 벌리고 이미 싸울 태세를 갖추고 있었다. 그러나 갑자기 고통을 이기지 못한 시메옹이 자기보다 강한 상대에 압도되어 싸우기를 포기하고 애원했다.

「파트리스…… 파트리스…… 뭘 하려는 것이냐?」

그는 두 손을 내밀며 상대방의 동정심에 호소하고 있었다. 그의 격한 감정에 흠칫 멈춰선 파트리스는 당황했다. 그는 아직 해명되지 않은 알 수 없는 관계로 자신과 연결되어 있는 그 사람을 바라보았다.

그는 여전히 주먹을 치켜든 채 말했다.

「코랄리……! 코랄리……! 그녀가 어디 있는지 말해라. 그러면 목숨을 살려 주겠다」

노인이 펄쩍 뛰었다. 코랄리에 대한 기억으로 자극을 받은 그의 증오로 인하여 그는 기력을 다시 찾은 듯했다. 그가 잔인한 웃음을 흘리며 대답했다.

「안 돼, 그건 안 되지……. 코랄리를 구하겠다고? 안 돼. 차라리 죽겠다. 그리고 코랄리를 숨겨 놓은 곳에는 황금이 있어……. 절대로 안 된다. 죽는 한이 있어도……」

돈 루이스가 끼어들었다.

「그럼 놈을 죽이시오, 대위. 죽이란 말이오. 그게 더 좋다고 하지 않소」

다시 즉각적인 살인과 복수의 욕망이 피를 타고 끓어오르며 장교의 얼굴을 붉게 물들였다. 그러나 조금 전과 똑같은 망설임이 충동을 억제했다.

그가 작은 소리로 말했다.

「안 돼, 안 돼. 아니야, 할 수 없어……」

「도대체 이유가 뭐요……?」

돈 루이스가 계속 부추겼다.

「아주 쉬운 일이오! 자! 닭을 잡듯이 놈의 목을 비틀어 버리시오!」

「그럴 수 없어요」

「어째서? 놈의 목을 조르는 일이 자네에게는 대단한 일이라도 되나? 역겨운 일이겠지! 하지만 놈이 만약 전장에서 만난 독일 놈이라면……」

「그래요…… 하지만 이 사람은……」

「당신 손이 말을 안 듣는다, 이거요? 놈의 육신을 움켜쥐고 조른다는 생각 때문에……? 자, 대위, 내 권총을 잡으시오. 그리고 놈의 머리통을 날려 버리시오」

파스리스는 탐욕스럽게 권총을 잡아 시메옹 영감을 향해 총구를 겨눴다. 무서운 침묵이 흘렀다. 시메옹은 눈을 감았다. 땀방울이 그의 창백한 얼굴 위로 흘러내리고 있었다.

그러나 결국 장교는 팔을 내리며 이렇게 말했다.

「할 수 없어요」

「어서 하시오」

참지 못한 돈 루이스가 명령했다.

「아닙니다…… 아니에요……」

「다시 한번 묻겠소. 도대체 왜 그러시오?」

「할 수가 없습니다」

「할 수 없다? 내가 그 이유를 말해 주리까, 대위? 당신은 이 사람을 마치 자네 아버지인 것처럼 생각하고 있소」

장교가 힘없이 말했다.

「그런 것 같습니다……. 드러난 상황 때문에 어쩔 수 없이 가끔씩 그렇게 믿게 됩니다」

「그런 건 상관없소. 비열한 악당이라면 말이오!」

「아닙니다, 아니에요. 제게는 권리가 없습니다. 그는 죽어야 하지만, 내 손으로는 안 됩니다. 그럴 권리가 제게는 없어요」

「그럼 당신은 복수를 포기하겠다는 거요?」

「하지만 끔찍할 겁니다. 흉측한 일이라고요!」

돈 루이스는 가까이 다가가 그의 어깨를 두드리며 심각하게 말했다.

「그럼 만약에 그가 자네 아버지가 아니라면 어쩔 거요?」

파트리스가 그를 쳐다보았다. 그는 그의 말을 이해하지 못하고 있었다.

「그게 무슨 말씀입니까?」

「이 세상에 확실한 것은 존재하지 않는다는 말이오. 그리고 상황, 또는 가설에 근거한다면 의혹은 어떤 증거로도 보강되지 않는 법이라오. 그런데 다른 한편으로 당신의 역겨움과 혐오감을 생각해 보시오……. 결국 그것 역시 고려되어야 하기 때문이오.

당신처럼 깨끗하고 충성스러우며 명예심과 긍지로 충만한 사람이 있다고 해 보시오. 스스로 저놈과 같은 악당의 아들이라는 사실을 수긍할 수 있겠소? 그걸 곰곰이 생각해 보시오, 파트리스」

그는 잠시 쉬었다가 다시 한번 되풀이했다.

「그걸 생각해 보란 말이오, 파트리스……. 그리고 다른 것도 한 번 생각해 보시오. 그만한 가치가 있을 거요. 내 맹세하오」

「어떤 것을 말입니까?」

놀란 눈으로 그를 응시하며 파트리스가 물었다.

돈 루이스가 말했다.

「내 과거가 어떠했든, 당신이 나에 대해 어떻게 생각하든, 당신은 얼마간 나의 양심을 인정하고 있소. 그렇지 않소? 이번 사건 전체를 통해 내 행동은 오로지 내가 아무 거리낌 없이 말할 수 있는 동기들에 의해서만 좌우되어 왔다는 것을 당신도 잘 알고 있소. 그렇지 않소?」

「그럼요. 그렇습니다」

파트리스 벨발이 힘 있게 단언했다.

「자, 그렇다면 대위, 저 사람이 만약 당신 아버지라면, 내가 그를 죽이라고 자네 등을 떼밀 거라 생각하오?」

파트리스는 얼이 빠진 듯이 보였다.

「당신은 틀림없이 확신을 하고 계시는군요……. 오! 제발……」

돈 루이스가 말을 계속했다.

「저 사람이 만약 당신 아버지라면, 내가 당신더러 그를 미워하라고 말할 것 같소?」

「오! 그러니까 이 사람은 내 아버지가 아니란 말입니까?」

「아니지! 아니야!」

돈 루이스가 갈수록 감정이 격해지며 분명한 확신을 가지고 소리쳤다.

「아니오. 절대로 아니야! 그를 한 번 자세히 보시오! 이 깡패 자식의 머리를 보시오! 모든 범죄와 모든 악이 이 짐승 같은 얼굴에 새겨져 있소. 이 사건의 첫날부터 마지막 날까지 모든 범죄가 그의 작품이었소……. 단 하나도. 알겠소? 우리는 지금까지 생각해 온 것처럼 두 사람의 범인을 대하고 있었던 게 아니오. 그 끔찍한 일을 시작한 사람이 에사레스이고, 그 일을 마무리한 사람이 시메옹이 아니란 말이오. 범인은 단 한 사람, 단 한 사람밖에 없소. 알겠나, 파트리스? 우리 앞에 있는 이 악당이, 말하자면 야봉을 죽이고, 수위 바슈로를 죽이고, 그의 공범도 죽였다오. 이 악당이 그보다 훨씬 전에 음모를 꾸몄고, 자기 신경에 거슬리는 사람들을 진작에 죽였소. 그 사람들 가운데는 당신이 알고 있던 사람도 있소, 파트리스. 당신에게 살과 피를 준 사람도 그가 죽였단 말이오」

「누굽니까? 누구를 말씀하시는 겁니까?」

파트리스가 거칠게 물었다.

「당신이 전화기를 통해 단말마의 비명을 들었던 사람이오. 당신을 파트리스라 불렀고, 오직 당신을 위해서만 살았던 분이라오! 놈이 그분을 죽였소, 그분을! 그분이 바로 당신 아버지였네, 파트리스! 그분이 아르망 벨발이었소! 이제 알겠소?」

파트리스는 이해하지 못했다. 돈 루이스의 말은 암흑 속으로 떨어지고 있었다. 그의 말 어느 것도 최소한의 빛도 솟아나게 하지 못했다. 그렇지만 한 가지 놀라운 사실이 그의 의식에 주입되고 있었다. 그가 더듬거리며 말했다.

「제가 아버지의 목소리를 들었다니…… 그럼 나를 부른 사람이 그분이었단 말입니까?」

「그분이 당신 아버지오, 파트리스」

「그럼 그분을 죽인 사람은……?」

「이놈이오」

돈 루이스가 노인을 가리키며 말했다.

시메옹은 사형 판결을 기다리는 악당처럼 공포로 인해 눈에 초점을 잃은 채 꼼짝도 하지 않고 있었다. 파트리스는 그에게서 눈을 떼지 않았다. 분노의 전율이 그를 뒤흔들고 있었다.

그렇지만 어떤 기쁨이 그의 혼란한 감정으로부터 조금씩 빠져나와 그의 내부에서 점점 커지더니 그의 온 생각을 꽉 채우는 것이었다. 이 더러운 자는 그의 아버지가 아니었다. 그의 아버지는 죽었다. 그 편이 훨씬 좋았다. 그는 호흡이 수월해짐을 느꼈다. 그는 고개를 들고 마음 놓고 증오할 수도 있었다. 정당하고 거룩한 증오를.

「넌 누구냐? 넌 누구야?」

그리고 돈 루이스를 향해 말했다.

「놈의 이름이 뭡니까……? 제발 가르쳐 주십시오……. 놈을 죽이기 전에 이름을 알고 싶습니다」

「이름?」

돈 루이스가 말했다.

「이름 말이오? 아니, 아직도 짐작이 가지 않소? 사실은 나도 오랫동안 찾았지. 그렇지만 수긍할 수 있는 가설은 딱 하나였소」

「어떤 가설입니까? 어떤 생각이에요?」

흥분한 파트리스가 외쳤다.

「그걸 알고 싶소……?」

「아! 제발 부탁입니다! 저놈을 당장 죽이고 싶지만 우선 이름을 알고 싶습니다」

「그러니까……」

두 사람 사이에 침묵이 흘렀다. 그들은 서로 마주서서 시선을 교환하고 있었다.

그러나 돈 루이스는 진실을 밝힐 때를 더 미루어야 한다고 생각하는 것 같았다. 그가 다시 이렇게 말했기 때문이다.

「당신은 아직 진실을 받아들일 준비가 되지 않았소, 파트리스. 그렇지만 나는 당신이 진실을 듣게 될 때 당신에게 아무런 반감도 생겨나지 않길 바라오. 지금부터 내가 하는 얘기를 농담이라고 생각하지 마시오. 당신은 알고 있소, 파트리스? 살다 보면 연극에서처럼 이른바 돌발 사태가 발생할 때가 있는 법이오. 그런데 그것을 제대로 준비하지 않았을 때는 효과를 내는 데 실패하고 마오. 내가 그 효과를 높이려고 노력하는 게 아니오. 이 사람에 대해서 당신이 지극히 명료하고 완전한 확신을 할 수 있도록 해 주고 싶을 뿐이오. 당신이 지금 수긍하고 있는 것처럼 이 사람은 당신 아버지도 아니고, 그렇다고 시메옹 디오도키스도 아니라오. 비록 그가 시메옹 디오도키스의 겉모습, 인상착의, 신분, 그리고 삶 자체까지를 취하고 있지만 말이오.

이제 좀 이해하겠소? 조금 전에 내가 했던 말을 다시 해 주리까? 〈우리는 지금까지 생각해 온 것처럼 두 사람의 범인을 대하고 있었던 게 아니오. 그 끔찍한 일을 시작한 사람이 에사레스이고, 그 일을 마무리한 사람이 시메옹이 아니란 말이오.〉 범인은 오직 한 사람이오. 지금도 여전히 살아 있고, 처음부터 계속 일을 꾸미며 방해가 되는 사람들은 제거하고, 필요한 경우에는 제거한 사람들의 모습으로 변장하여 그 저주받을 일을 계속해 온 거요……. 알겠소? 이 엄청난 사건의 주모자, 처음부터 음모를 꾸미며, 온갖 장애물이 있는데도, 또 공범들과 치열한 암투도 불사하며 목적 달성을 위해 그 음모를 추진해 온 자의 이름을 내 입으로 말해 주어야 하겠소? 당신이 눈으로 직접 본 일들을 한번 거슬러 올라가 보시오, 파트리스.

첫날의 기억도 그렇지만, 당신의 기억만 떠올리지 말고, 다른 사람들의 기억도 고려해 보시오. 코랄리가 과거에 대해 당신에게 이야기해 준 모든 것도. 유일한 가해자이며 유일한 악당이고 유일한 살인자이며 모든 악의 유일한 정령이 누구이겠소? 당신 아버지와 코랄리의 어머니에게, 코랄리에게, 파키 대령에게, 그레구아르에게, 야봉에게, 바슈로에게, 모든 사람들에게, 이 비극적 사건에 연루된 모든 사람들에게 해를 입힌 사람이 누구이겠소, 파트리스? 자, 자, 이제 거의 알 수 있을 거요. 아직도 당신에게 진실이 떠오르지 않는다면 보이지 않는 그의 유령이 당신 주위를 맴돌고 있기 때문이오. 그 사람의 이름이 당신 머릿속에서 솟아나고 있소. 그의 흉악한 영혼이 암흑에서 빠져나와, 그의 진짜 모습이 육신을 취하고, 그의 가면이 벗겨지고 있다오. 그 범죄자가 바로 당신 앞에 있소. 말하자면……」

그 무서운 이름을 누가 말했을까? 확신에 들뜬 돈 루이스였을까? 이제 막 확신이 들기 시작하여 놀라움과 망설임이 교차하고 있는 파트리스였을까? 그렇지만 장교는 엄숙한 침묵 속에 그 다섯 음절이 울리자마자 단 한순간도 의심하지 않았다. 그처럼 엄청난 진실이 어쩌면 그렇게도 짧은 진술로 간단하게 밝혀질 수 있는지 단 1초도 이해하려고 애쓸 필요가 없었다. 그는 진실을 즉각 받아들였다. 지극히 명확한 사실들에 의해 증명된, 조금도 의심의 여지가 없는 진실이었다. 그는 한번도 생각해 본 적이 없는 그 이름을 여러 번 되뇌었다. 그 이름은 가장 이해하기 힘든 문제를 풀 수 있는 가장 논리적이며 가장 훌륭한 해명을 제공하고 있었다.

「에사레스 베…… 에사레스 베……」

「에사레스 베」

돈 루이스가 다시 말했다.

「에사레스 베, 당신 아버지를 죽인 자, 그것도 두 번씩이나 죽였다고 할 수 있소. 그 옛날 그에게서 삶의 이유와 모든 행복을 빼앗아 가며 별채에서 죽였고, 며칠 전 서재에서 자네 아버지 아르망 벨발이 자네에게 전화를 하고 있을 때 다시 죽였소. 에사레스 베, 그가 코랄리의 어머니를 죽이고, 찾을 수 없는 무덤에 코랄리를 묻어 둔 자라오」

이번에는 살인의 결심이 서는 것이었다. 장교의 눈은 불굴의 단호한 결의를 보이고 있었다. 아버지의 살인범, 코랄리의 살인범은 당장에 죽어야 하는 것이다. 해야 할 일이 무엇인지 명료하고 정확했다. 가공할 에사레스는 희생자들의 아들이자 약혼자의 손에 죽어야 했다.

그가 차갑게 말했다.

「기도나 해라. 너는 10초 안에 죽을 것이다」

그는 10초를 세었다. 그리고 마지막 열을 세며 방아쇠를 당기려 하는 순간, 적이 화들짝 놀라며 펄쩍 뛰었다. 그 모습은 시메옹 영감의 모습 뒤에 아직은 젊고 기력이 왕성한 사람이 있다는 것을 증명하고 있었다. 그는 믿을 수 없을 만큼 난폭하게 소리쳤다. 파트리스가 움찔하며 망설였다.

「그래, 좋다. 죽여라……! 그래, 다 끝내라……! 내가 졌다……. 패배를 인정하겠다. 하지만 승리라고도 할 수 있다. 코랄리는 죽었고, 내 황금도 건졌으니까……! 나는 죽지만 아무도 그

둘을 가지진 못할 것이다, 그 어느 것도…… 내가 사랑하는 여인
도, 내 삶이었던 황금도 말이다. 아! 파트리스, 파트리스, 우리
가 둘 다 미치도록 사랑했던 여자는 이제 이 세상에 없다……. 아
니면 죽어 가고 있겠지. 이제는 그녀를 구해 낼 수도 없다. 내가
그녀를 갖지 못한다 해도 너 역시 그녀를 가질 수 없을 것이다,
파트리스. 내 복수는 이루어졌다. 코랄리는 사라진 것이다! 코랄
리가 사라졌단 말이다!」

그는 거칠고 난폭한 힘을 드러내며 떠듬떠듬 울부짖고 있었다.
그의 앞에 있는 파트리스는 그를 제압하고 죽일 준비가 되어 있
었지만, 아직 실행에 옮기지 못하고 그 끔찍한 말을 듣고 있었
다. 그것은 그에게 고문이었다.

적이 더욱 난폭하게 소리쳤다.

「그녀는 사라졌다, 파트리스. 사라졌어! 손쓸 도리가 없지! 너
는 깊은 땅속에 있는 그녀의 시체조차도 찾지 못할 것이다. 내가
황금 자루들과 함께 파묻어 버렸지. 무덤의 석판 밑? 아니, 아니
지. 그렇게 멍청하겠나! 아니다, 파트리스. 넌 절대로 찾을 수 없
을 것이다. 황금이 그녀의 숨통을 막고 있다. 그녀는 죽었다! 코
랄리는 죽었단 말이다! 아! 네 놈의 상판대기에 이런 말을 퍼붓다
니, 이 얼마나 짜릿한가! 얼마나 고통스러울까, 파트리스! 코랄
리는 죽었다! 코랄리는 죽었어!」

「너무 크게 소리치지 마라. 그녀가 깨겠다」

돈 루이스 페레나가 조용히 말했다.

그는 책상 위에 있는 금속 상자에서 담배를 꺼내 불을 붙이고
같은 크기로 연기를 내뿜었다. 연기가 소용돌이치며 퍼져 나가고
있었다. 그는 거의 아무 생각 없이 일상적인 말투로 짧게 경고한

것 같았다.

그러나 그 기묘한 짧은 말이 예기치 않게 터져 나오자, 실내는 순간 아연해지고 말았다. 두 사람은 마치 마비된 듯 멍해 있었다. 파트리스가 팔을 떨어뜨렸다. 시메옹은 맥없이 안락의자로 쓰러졌다. 뤼팽이 어떤 능력의 소유자인지 알고 있는 두 사람은 그 말이 무엇을 의미하는지 알고 있었다.

그러나 파트리스는 그저 가벼운 농담으로 들릴 수도 있는 모호한 말이 아닌 명백한 말을 들어야 했다. 그에게는 확신이 필요했다. 파트리스가 떠듬거리는 목소리로 물었다.

「무슨 말씀이십니까? 그녀가 깨겠다니요?」

「아무렴! 너무 크게 소리를 지르면 사람들이 잠을 깨지 않겠소」

「그럼 그녀가 살아 있습니까?」

「누가 뭐라고 해도 죽은 사람들을 깨울 수는 없지 않겠소. 살아 있는 사람들만 깨울 수 있지」

「코랄리가 살아 있다! 코랄리가 살아 있어!」

파트리스가 취한 듯이 되풀이했다. 그의 표정이 달라지고 있었다.

「이럴 수가! 그럼 여기에 있겠죠? 오! 부탁입니다, 그렇다고 얘기해 주세요. 당신의 맹세를 듣고 싶습니다……. 그런데 아니야, 사실이 아닐 거야, 그렇죠? 믿을 수 없어요……. 웃으려고 한 말이죠……?」

돈 루이스가 대꾸했다.

「대위, 내가 아까 저 악당에게 해 준 말을 다시 말해 주리다. 〈그러니까 당신은 내가 나의 맡은 일을 완수하기 전에 포기할 수도 있다고 생각하오?〉 당신은 나를 잘못 봤소. 대위, 내가 시도하는 일은 반드시 성공한다오. 이건 습관이오. 그 습관이 좋다고 생각하기 때문에 더욱 그렇게 하려는 거요. 따라서……」

그는 방의 한쪽으로 걸어갔다. 조금 전에 파트리스가 들어왔던 문을 가리고 있는 벽걸이 천과 대칭되는 지점에도 똑같은 벽걸이 천이 쳐져 있었다. 그걸 들어올리자 두 번째 문이 나타났다.

파트리스 벨발은 이해할 수 없는 목소리로 말하고 있었다.

「아니, 아니야, 그녀는 여기 없어요……. 그 사실을 믿을 수가 없습니다……. 너무나 실망이 클 겁니다……. 맹세해 주십시오……」

「대위, 난 당신에게 맹세할 것이 아무것도 없소. 당신은 눈을 뜨고 있기만 하면 됩니다. 제기랄! 이게 프랑스 장교의 몸가짐이오! 당신 얼굴이 창백하구려! 아, 그렇소. 그녀요. 코랄리 엄마요. 그녀는 이 침대에서 자고 있소. 두 사람이 그녀 곁에서 보살피고 있소. 게다가 아무 위험도 없소. 상처도 없소. 열이 약간 있을 뿐이고, 극도로 지쳐 있소. 가엾은 코랄리 엄마. 난 이렇게 지치고 고통스러운 상태의 그녀밖에 보지 못하는 신세인 것 같소」

파트리스는 기쁨에 넘쳐 앞으로 나아갔다. 돈 루이스가 그를 제지했다.

「대위, 그만, 더 이상 가지 마시오. 그녀를 집으로 옮기지 않고 여기로 데려온 것은 환경과 분위기를 바꾸는 것이 필요하다고 생각했기 때문이오. 더 이상 흥분은 금물이오. 그녀는 자기 몫의 위험을 다 겪었소. 지금 당신이 모습을 보이면 모든 것을 망칠 위험이 있소」

「당신 말이 옳습니다」

파트리스가 말했다.

「그런데 당신은 정말 확신하십니까……?」

돈 루이스가 웃으며 말했다.

「그녀가 살아 있다는 걸 말이오? 당신이나 나처럼 살아 있소. 이제 곧 당신에게 합당한 행복을 안겨 주며 파트리스 벨발 부인이라 불리 거요. 조금만 참으면 되오. 그리고 잊지 마시오. 아직 넘어야 할 장애물이 있다는 걸 말이오, 대위. 그러니까 뭐랄까, 그녀는 이미 결혼한 몸이오……」

그는 문을 닫고 파트리스를 에사레스 베 앞으로 다시 데리고 왔다.

「자, 이게 장애물이오, 대위. 이제는 각오가 됐소? 코랄리 엄마와 당신 사이에는 아직 이 악당이 있소. 그를 어떻게 할 작정이오?」

에사레스는 옆방을 쳐다보지도 않았다. 그는 돈 루이스 페레나의 말은 의심의 여지가 없다는 것을 알고 있었던 듯했다. 힘도 없고, 아무것도 할 수 없는 그는 몸을 구부린 채 안락의자에서 떨고 있었다.

돈 루이스가 그를 불렀다.

「이런, 이 친구야, 어째 편해 보이지가 않네. 네 놈을 뭐가 그리 난처하게 했나? 겁이 나는 게로군? 왜지? 내 약속하지. 우리가 먼저 서로 합의를 보지 못하면, 또 우리 세 사람이 모두 같은 의견에 이르지 못하면, 우리는 네 놈에게 아무 짓도 하지 않을 것이다. 이러면 네 기분이 좀 나아지겠지, 안 그런가? 우리 셋이서 네 놈을 재판하는 거다. 지금 바로. 파트리스 벨발 대위, 돈 루이스 페레나, 그리고 시메옹 영감이 법정을 구성한다. 심리(審理)를 열겠다. 죄인 에사레스 베를 변호하기 위해 발언할 사람 없소? 아무도 없군. 에사레스 베에게 사형을 선고한다. 정상 참작도 없다. 상고(上告)도 없다. 특사 청원(特赦請願)도 없다. 집행유예도 없다. 형을 즉각 집행할 것. 판결 끝!」

그는 노인의 어깨를 두드리며 말했다.

「이봐, 길게 끌지도 않잖아. 만장일치야! 모든 사람을 기분 좋게 해 주는 만족스러운 평결 아닌가. 이제 어떻게 죽일지 결정하는 일이 남았나? 네 놈 의견은 어때? 총살이 좋겠다고? 알겠다. 그게 깨끗하고 빠르지. 벨발 대위, 당신이 집행하시오. 표적은 이미 제자리에 잘 있으니, 여기 무기를 가져가시오」

파트리스는 움직이지 않았다. 그는 자기를 그토록 괴롭혔던 비열한 인간을 응시하고 있었다. 그에게서 엄청난 증오가 끓어오르고 있었다. 그러나 그는 이렇게 대답했다.

「나는 이 사람을 죽이지 않겠습니다」

돈 루이스가 찬성했다.

「잘 생각했소. 숙고 끝에 내린 당신 판단이 옳소. 당신의 그런 신중함 때문에 당신의 명예가 높아질 거요. 그렇소. 당신에겐 이 사람을 죽일 권리가 없소. 당신이 사랑하는 여자의 남편임을 당신이 알고 있으니 말이오. 장애물을 제거하는 건 당신 몫이 아니오. 그리고 죽이는 일이 당신에겐 역겨운 일이오. 나도 마찬가지요. 여기 이 짐승 같은 놈은 너무 더럽소. 그러니까 이봐, 우리가 이 미묘한 상황에서 벗어나도록 도와줄 수 있는 사람은 네 놈밖에 없어」

돈 루이스는 잠시 침묵하더니 에사레스에게 몸을 기울였다. 악당이 그의 말을 들었을까? 아직 살아 있기는 한 걸까? 그는 의식을 잃고 실신한 것 같았다.

돈 루이스가 그의 어깨를 거칠게 흔들었다. 에사레스가 신음소리를 냈다.

「황금…… 황금 자루……」

「아! 이 늙은 망나니야, 그걸 생각하고 있나? 그것에 관심이 있단 말이지?」

돈 루이스가 웃음을 터뜨렸다.

「자, 그래, 말이 났으니 말인데, 우리가 거기에 대해 말하는 걸 잊고 있었군. 이 늙은 망나니, 네 놈은 그걸 생각하고 있는데 말이야! 거기에 관심이 있나? 그래, 이 친구야, 황금 자루는 내 호주머니 안에 있지……. 내 호주머니 하나에는 1,800자루의 황금을 담을 수 있으니 말이야」

에사레스가 반박했다.

「은닉처는……」

「네 놈의 은닉처? 하지만 내게 그런 건 존재하지 않아. 네 놈에게 그 증거를 제시할 필요도 없어! 코랄리가 여기 있지 않은가? 코랄리가 황금 자루들 속에 묻혀 있었다면, 네 놈도 확실한 결론을 끌어낼 수 있잖아……? 따라서 네 놈은 정말로 끝장이 난 거라고. 네가 원했던 여자는 자유의 몸이 되었는데, 게다가 더욱 끔찍한 것은 그녀가 사랑하는 남자 곁에 있으며 앞으로도 그를 떠나지 않을 거라는 사실이지. 그리고 다른 한편으로 네 보물은 발견되었단 말이야. 그럼 끝난 거 아닌가? 동의하나? 자, 이제는 널 해방시켜 줄 장난감이나 받아라」

그는 그에게 권총을 내밀었다. 에사레스는 기계적으로 그것을 받아들고 뤼팽을 향해 겨누었다. 그러나 팔에 힘이 없어 다시 아래로 처지고 말았다.

돈 루이스가 말했다.

「완벽해! 네 양심이 고개를 쳐드는군. 네 팔이 향하는 건 내가 아니야. 완벽해! 우리는 서로 뜻이 통하고 있다. 네가 지금 하고자 하는 행위가 네 놈의 잘못된 인생을 바로잡아 줄 것이다. 모든 희망이 사라졌을 때 남는 건 죽음밖에 없지. 죽음은 아주 좋은 피난처야」

그는 그의 손을 잡았다. 그리고 힘없는 그의 손가락을 하나씩 잡아 권총 손잡이를 잡게 한 뒤, 에사레스의 얼굴을 향해 이끌어 주는 것이었다.

「자, 조금만 용기를 내. 네가 각오하고 있는 것은 아주 잘하는 일이다. 대위와 내가 네 놈을 직접 죽이는 불명예를 피하려고 해서, 네 놈은 스스로 행동하기로 결심했다. 우리는 네 놈에게 감동 어린 찬사를 보낸다. 나는 늘 이렇게 말했다. 〈에사레스는 늙은 악당에 지나지 않는다. 하지만 죽음에 임박해서는 영웅처럼 입가에 미소를 띠고 단추 구멍에는 꽃을 꽂고 멋있게 끝낼 것이다.〉물론 아직 약간 거슬리는 게 있긴 하지만, 우리는 목표에 근접해 가고 있다. 다시 한번 축하한다. 너의 퇴장 방식은 멋지다. 너는 네가 파트리스와 코랄리에게 방해만 되는, 이 지상에서 필요 없는 사람이라는 사실을 깨달았다……. 그렇고말고, 남편이 둘일 수는 없지. 그건 언제나 그럴 수밖에 없어……. 법이 있고, 예절이 있지……. 그래서 넌 물러나는 걸 택했다. 용감해! 넌 진정한 신사야! 얼마나 잘 생각했는지 모른다! 이제 사랑도, 황금도 없다! 황금도 없단 말이다, 에사레스! 네가 탐했던 그 반짝이는 아름다운 금속 조각, 넌 그걸로 아주 포근한 삶을 영위하고 싶었겠지. 그게 모두 날아갔다, 사라져 버렸어……. 그래, 정말 사라지는 게 낫지, 안 그래?」

에사레스는 전혀 저항하지 못했다. 무기력한 느낌 때문이었을까? 아니면 돈 루이스의 말이 지당하며, 자기 인생은 굳이 지속될 가치가 없다는 것을 정말로 깨달았을까? 권총이 그의 이마까지 올라가고 있었다. 총구가 관자놀이에 닿았다.

쇳덩어리가 느껴지자 그가 몸을 떨며 신음했다.

「제발 용서를!」

돈 루이스가 말했다.

「천만에, 그건 안 돼. 너 스스로 용서를 구하면 안 돼. 난 널 돕지 않겠다. 혹시 네 놈이 내 가엾은 야봉을 죽이지만 않았어도, 어쩌면 우리가 다른 해결책을 더 찾아볼 수 있었을지도 모른다. 하지만 정말이지 네 놈에게는 동정심이 조금도 일지 않는다. 네 놈 스스로도 동정심을 지니고 있지 못하지 않은가. 죽어라. 생각 잘했다. 난 말리지 않겠다.

그리고 네 놈의 여권도 준비되어 있다. 네 호주머니 안에 티켓이 들어 있다. 이제는 물러설 방법이 없어. 저승에서 널 기다리고 있다. 그리고 아는지 모르겠지만, 심심할 것이라는 걱정일랑은 절대로 하지 말아라. 혹시 지옥을 그린 데생을 가끔 본 적이 있나? 거기에서는 거대한 석판으로 덮인 무덤을 각자 하나씩 가지고 있는데, 이 석판을 들어올려 등으로 떠받치고 있어야만 아래에서 솟구치는 불길을 피할 수가 있지. 그야말로 화염 목욕탕이야. 알겠나? 그런 심심풀이가 있단 말이다. 그런데 네 무덤이 예약되어 있다. 불길이 치솟고 있어. 선생의 욕실이 마련되어 있소이다」

그는 천천히 참을성 있게 악당의 검지를 총상(銃床) 아래 방아쇠 안으로 끼워 주는 데 성공했다. 에사레스는 자신을 내맡기고 있었다. 그는 축 늘어져 있었다. 죽음이 이미 그의 안에 있었다.

돈 루이스가 계속했다.

「잘 알아 둬라. 너는 완전히 자유다. 네 마음이 네게 이를 때 넌 방아쇠를 당기는 거다. 나하고는 아무 상관이 없다. 무슨 일이 있더라도 난 네게 영향을 주고 싶지 않아. 그렇다. 내가 여기에 있는 건, 너를 자살하게 만들려는 게 아니라, 네게 충고도 해 주고 도움을 주고 싶어서다」

실제로 그는 에사레스의 검지에서 손을 떼고 팔만 붙잡고 있었다. 그러나 그는 그의 의지와 기력을 다해 에사레스를 누르고 있었다. 그것은 에사레스가 벗어날 수 없는 파괴의 의지요, 절멸의 의지요, 불굴의 의지였다.

매 순간, 죽음이 기력을 다한 육체에 조금씩 들어오고 있었다. 본능을 해체하고, 생각을 흐려 놓으며, 휴식과 무위(無爲)에 대한 엄청난 욕구를 가져다 주고 있었다.

「얼마나 쉬운지 알겠지? 취기가 네 머리로 올라오고 있다. 그건 거의 쾌락이야, 그렇지? 얼마나 시원한가! 더 이상 살지 않는다! 더 이상 고통도 없다! 네가 가지지 못한, 이제는 가질 수 없는 그 황금도 더 이상 생각하지 않고, 다른 사람의 여자가 되어 그에게 입술과 매혹적인 존재를 몽땅 주게 될 그 여자도 더 이상 생각하지 않는다……. 그런 생각을 하면서 살 수 있을 것 같나? 그 두 연인의 끝없는 행복을 상상할 수 있겠나? 그렇게는 못하지, 안 그런가? 그러니……」

악당은 무기력에 사로잡혀 조금씩 꺾여 가고 있었다. 그는 세상 사람들을 압도하는 여러 힘들 가운데 하나의 힘을 마주하고 있었다. 그것은 운명처럼 강하여 어쩔 수 없이 복종해야만 하는 자연의 힘이었다. 그는 현기증으로 머리가 어지러웠다. 그는 심연 속으로 내려가고 있었다.

「자, 어서……. 게다가 넌 이미 한 번 죽었던 몸이라는 걸 잊지 마라……. 기억을 떠올려 봐…… 에사레스 베의 이름으로 장례를 치렀고, 널 땅에 묻었다. 따라서 네가 이 세상에 다시 나타났자 정의의 심판을 받을 수밖에 없다. 물론 나는 그 정의를 이끌기 위해 필요에 따라 여기에 있는 것이다. 그러므로 이건 감옥이고 처형대지, 이 친구야……. 안 그런가? 혹독하게 추운 새벽…… 단두대의 날……」

그것이 끝이었다. 에사레스는 암흑 속으로 빠져들고 있었다. 사물들이 그의 주위에서 소용돌이치고 있었다. 돈 루이스의 의지가 그에게 스며들어 와 그를 소멸시키고 있었다.

한순간, 그는 파트리스를 돌아보며 애원하려 했다.

그러나 파트리스는 여전히 냉정한 태도를 보이고 있었다. 그는 팔짱을 낀 채 아버지의 살해범을 차갑게 바라보고 있었다. 당연한 응징이었다. 운명의 손에 맡겨 두기만 하면 되었다. 파트리스 벨발은 개입하지 않았다.

「자, 어서…… 괜찮아. 이제 영원한 휴식 아닌가! 벌써 생각만 해도 얼마나 좋은가! 잊는다…… 더 이상 싸우지도 않는다……! 네가 잃어 버린 황금을 생각해……. 물거품이 된 3억 프랑…… 또 잃어버린 코랄리도. 어머니도 딸도, 넌 그 어느 쪽도 갖지 못했다. 그러니 삶은 속임수에 지나지 않을 뿐이야. 차라리 벗어나는 게 낫지. 자, 조금만 노력하면 돼. 손가락 하나만 까딱하면……」

악당은 마침내 그 일을 해냈다. 그는 무의식적으로 방아쇠를 당겼다. 총알이 발사되었다. 그는 마룻바닥에 무릎을 꿇으며 앞으로 고꾸라졌다.

돈 루이스는 부서진 머리에서 튀어나오는 피를 뒤집어쓰지 않기 위해 옆으로 껑충 뛰어야 했다. 그가 말했다.

「제기랄! 이 악당의 피 좀 봐. 내게 불행을 가져올지도 모르겠는걸. 하지만 얼마나 지독한 악당이었던가! 난 이제 내 삶에 또 한 가지의 선행을 추가하게 되었고, 이 자살로 천국에 나도 자리 하나를 가질 수 있는 권리가 생겼다고 생각되는군. 오! 난 많은 것을 요구하지 않아…… 그늘에 수수한 보조 의자 하나만 있으면 충분하지. 그러나 어쨌든 그럴 권리는 가지게 된 셈이야. 어떻게 생각하시오, 대위?」

빛이 있으라!

그날 저녁, 파트리스는 파시 강둑 위를 서성거리고 있었다. 6시가 다되어 가던 무렵이었다. 전차나 트럭이 이따금씩 지나가고 있었다. 산보객도 드물어서 파트리스 혼자 있는 거나 다름없었다.

그는 아침 이후로 돈 루이스 페레나를 보지 못하고 있었다. 다만 야봉을 에사레스 저택으로 옮긴 뒤 바로 베르투 작업장 위로 가 달라는 돈 루이스의 전갈을 받았을 뿐이었다.

약속 시간이 가까워 오고 있었다. 파트리스는 그 만남을 기대하고 있었다. 마침내 모든 진실이 밝혀질 것이기 때문이었다. 그 진실의 일부는 짐작하고 있지만, 아직도 얼마나 짙은 암흑이 드리워져 있는가! 불가해한 문제들이 얼마나 많은가! 비극적 사건은 끝났다. 악당의 죽음 위로 막이 내렸다. 모든 것이 잘 진행되고 있었다. 무서워할 것도, 두려워해야 할 함정도 이제 더 이상은 없었다. 무서운 적은 이미 처치했다. 그러나 파트리스는 그 비극적 사건 위로 빛이 흠뻑 쏟아질 순간을 얼마나 초조하고 불안하게 기다리고 있었던가!

그는 생각하고 있었다.

〈몇 마디, 뤼팽이라 불리는 그 기상천외한 사람의 말 몇 마디면 미스터리가 밝혀질 거야. 그에게는 간단할 거야. 그는 한 시간 안에 떠나야 하니까.〉

그리고 이렇게 자문하고 있었다.

〈그는 황금의 비밀을 가지고 떠날까? 나를 위해 삼각형 문제를 해결해 줄까? 그리고 황금은? 그는 그걸 어떻게 자기 것으로 만들까? 또 어떻게 가지고 가지?〉

자동차 한 대가 트로카데로에서 도착하고 있었다. 자동차는 속력을 늦추더니 보도와 나란히 멈추어 섰다. 돈 루이스일 것이었다.

그러나 자동차 문을 열고 그에게 손을 내밀며 다가오는 사람은 놀랍게도 데말리옹 씨였다.

「어이구, 대위님, 어떻게 지내셨습니까? 제가 약속 시간은 정확히 지켰죠? 그런데 이런! 머리에 또 상처를 입었습니까?」

파트리스가 대답했다.

「네…… 별것 아닙니다. 그런데 무슨 약속을 말씀하시는 겁니까?」

「뭐라고요? 그거야 당신이 내게 하신 약속이죠!」

「저는 당신과 만날 약속을 한 적이 없습니다」

데말리옹 씨가 말했다.

「오! 오! 그게 무슨 말씀이십니까? 자, 파리 시 경찰청의 내게 보내온 쪽지가 여기 있습니다. 읽어 드리죠. 〈발신: 벨발 대위. 데말리옹 씨에게 삼각형 문제가 해결되었음을 알려 드립니다. 1,800자루는 벨발 대위의 수중에 있습니다. 6시에 파시 강둑으로 와 주시면 고맙겠습니다. 인도 조건을 승인하는 데 필요한 정부의 공권력을 모두 대동하시기 바랍니다. 20여 명의 정예 요원들을 데리고 오시는 것이 좋을 듯합니다. 절반은 에사레스 저택의 전방 100여 미터에 배치하시고, 나머지 절반은 후방 100여 미터에 배치하십시오.〉 이상입니다. 확실하죠?」

「아주 확실합니다」

파트리스가 말했다.

「하지만 이건 제가 보낸 것이 아닙니다」

「그럼 누구란 말입니까?」

「직접 뛰어들어 이 모든 수수께끼를 풀어 낸 비범한 사람입니다. 그리고 그는 분명히 당신에게 직접 그 내용을 가지고 올 것입니다」

「그의 이름은?」

「이름을 말씀드릴 수는 없습니다」

「오! 이런! 전시에는 지키기 어려운 비밀이로군요」

「아니 아주 지키기 쉽습니다, 선생」

데말리옹 씨의 뒤에서 어떤 목소리가 말했다.

「지키려고만 하면 얼마든지 가능합니다」

데말리옹 씨와 파트리스가 뒤로 돌아서자, 영국의 성공회 신부처럼 목 주위에 로만 칼라를 높이 두르고 기다란 사제복 모양의 검은 외투를 입은 신사가 보였다.

파트리스가 말했다.

「이분이 제가 말씀드린 바로 그분입니다. 돈 루이스라는 걸 알아보기가 약간 어려웠지만 말입니다. 나와 내 약혼녀의 목숨을 두 번이나 구해 주셨습니다. 제가 이분을 보증합니다」

데말리옹 씨가 인사를 건네자, 돈 루이스는 가벼운 어조로 즉시 이렇게 말했다.

「선생, 당신의 시간은 귀중합니다. 저 역시 마찬가지죠. 저는 오늘 저녁에 파리를 떠나, 내일은 해외로 가야 하기 때문입니다. 따라서 내 설명은 아주 짧을 것입니다. 당신은 지금까지 오늘 아침에 막을 내린 사건의 주요한 부분들을 계속 쫓아오셨으니 더욱 짧아도 될 것입니다. 당신이 아직 모르고 계신 부분에 대해서는 벨발 대위가 자세하게 설명해 드릴 것입니다. 뿐만 아니라, 이 문제들에 대한 당신의 전문가적 자질과 매우 날카로운 감각에 힘입어 당신은 아직 모호하게 남아 있는 몇 가지 점을 쉽게 밝혀 낼 것입니다. 따라서 저는 중요한 것만 말씀드리겠습니다. 가장 먼저, 우리의 가엾은 야봉이 죽었다는 사실입니다. 그렇습니다. 지난밤에 적과 용감하게 싸우다가 죽었습니다. 그 외에도 당신은 세 사람의 시신을 발견할 것입니다. 이 수송선에 있는 그레구아르의 시신과, 그의 진짜 이름은 모스그라넴 부인입니다만, 기마르가 18번지에 위치한 건물 어느 구석에 있을 바슈로 씨의 시신, 그리고 마지막으로 몽모랑시 대로의 제라덱 박사의 병원에 있는 시메옹 디오도키스의 시신이 그것입니다」

「시메옹 영감 말입니까?」

데말리옹 씨가 매우 놀라며 물었다.

「시메옹 영감은 자살했습니다. 벨발 대위가 그 사람과 그 사람의 정체에 대한 가능한 모든 정보를 당신에게 드릴 것입니다. 그리고 당신도 나처럼 이 사건을 덮어 둘 필요가 있다는 결론에 이르리라고 생각합니다. 자, 다시 말씀드리지만 그냥 넘어갑시다. 현재 당신의 특별한 입장에서 보면, 이 모든 것들이 하찮은 일이요, 사소한 과거사일 뿐입니다. 무엇보다도 우선하는 당신의 관심사, 당신이 수고를 마다하지 않았던 그 일은 바로 황금의 문제가 아닙니까?」

「그렇습니다」

「그 이야기를 하십시다. 요원들을 데리고 오셨습니까?」

「그렇습니다. 그런데 이유가 뭡니까? 은닉처는 당신이 내게 위치를 가르쳐 준다 해도, 그걸 모르는 사람들은 발견할 수 없는 만큼, 그대로 있을 텐데 말입니다」

「물론입니다. 하지만 은닉처를 아는 사람들의 수가 점점 늘어나면, 비밀이 더 이상 유지되지 않을 수도 있을 것입니다. 어쨌든(돈 루이스는 이 부분을 매우 명확하게 또박또박 말했다), 어쨌든, 요원들의 배치가 바로 내 조건들 중의 하나입니다」

데말리옹 씨가 미소를 지었다.

「그 조건은 이미 받아들여졌다는 것을 알고 계십니까? 우리 요원들은 제자리에 배치되어 있습니다. 그리고 다른 조건들은요?」

「이 조건은 더욱 중대한 것입니다, 선생. 당신에게 위임된 공권력이 어느 정도인지는 모르나, 그것으로 충분할까 의심이 들 정도로 중대합니다」

「말씀하십시오. 생각해 봅시다」

「그럼 지금부터 말씀을 드리지요」

돈 루이스 페레나는 침착한 어조로, 마치 지극히 사소한 이야기를 하는 것처럼 그의 믿을 수 없이 놀라운 제안을 담담하게 설명했다.

「선생, 두 달 전이었습니다. 나는 동양에 친분 관계를 맺어 둔 덕택에, 그리고 몇몇 오스만 터키 일파에 영향력을 행사하다 보니, 현재 터키를 이끌고 있는 당파가 단독 강화(講和)의 구상을 수락하게 하는 데 성공한 일이 있습니다. 그것은 단지 배분해야 할 수억 프랑의 돈에 관한 문제였습니다. 하지만 내가 연합군에게 전달하게 했던 제안이 거부되었습니다. 그것은 물론 재정적 이유에서가 아니라, 내 소관이 아닌 정치적 이유에서였습니다. 그 사소한 외교적 실패를 나는 더 이상 겪고 싶지 않습니다. 나는 첫 번째 협상에 실패했습니다. 바로 이것이 내가 미리 대비하는 이유입니다」

그는 잠시 말을 멈추었다. 데말리옹 씨는 너무도 당황한 나머지 그의 말을 막지 못했다. 그가 다시 말했다. 그의 목소리는 조금 더 엄숙한 어조를 띠고 있었다.

「아시다시피 1915년 4월 현재, 유럽의 강대국들 가운데 아직 중립국으로 남아 있는 최후의 나라와 연합군 사이에 협상이 진행되고 있습니다. 이 협상은 현재 타결되었거나 곧 타결될 것입니다. 이 강대국의 운명이 그것을 요구하고 있고, 전 국민이 열렬히 들고 일어났기 때문입니다.

많은 문제들이 논의되고 있는데, 그 가운데 관점의 대립을 보이고 있는 문제가 하나 있습니다. 바로 돈의 문제입니다. 이 강대국은 우리에게 3억 프랑의 황금을 빌려 달라고 요구하고 있습니다. 뿐만 아니라 우리 측이 거부한다 해도 지금부터 이미 확정되어 버린 결정 사항에는 아무 변화도 없을 거라는 사실을 동시에 암시하고 있습니다. 그런데 그 3억 프랑의 황금을 내가 가지고 있습니다. 내가 그 주인이지요. 나는 그것을 우리의 새로운 우방국들을 위해 쓰려고 합니다. 이것이 내 마지막 조건이자 사실상 유일한 조건입니다」

데말리옹 씨는 넋이 나간 듯했다. 그 모든 것이 대체 무슨 의미인가? 가장 어려운 문제들을 깔끔하게 처리하는 것 같고, 세계대전의 종식을 위해 개인적인 해결책을 사용하는 이 기상천외한 인물은 대체 누구란 말인가?

그가 대답했다.

「하지만 선생, 이건 완전히 우리 권한 밖의 일입니다. 우리가 아닌 다른 사람들이 검토하고 처리해야 할 문제입니다」

「누구나 자기 돈을 마음대로 사용할 권리가 있습니다」

데말리옹 씨가 미안하다는 몸짓을 했다.

「자, 생각해 보십시오, 선생. 당신은 그 강대국이 그것을 단지 부차적인 문제로만 제시하고 있다고 스스로 말씀하셨습니다」

「그렇습니다. 하지만 그 문제를 논의한다는 사실 하나만으로도 합의하는 데 며칠이 늦어질 것입니다」

「며칠쯤이야 아무렇지도 않습니다!」

「몇 시간도 문제가 됩니다, 선생」

「아니, 그건 왜죠?」

「당신이 모르는 이유가 있습니다, 선생. 여기에 있는 모든 사람이 모르는…… 여기에서 약 2,000킬로미터 떨어진 곳에 있는 몇 사람과 나를 제외하고는 말입니다」

「무슨 이유입니까?」

「러시아 인들에게 더 이상 탄약이 없습니다」

초조해진 데말리옹 씨가 어깨를 으쓱했다. 이 이야기는, 이 성겁기 짝이 없는 허튼 소리는 대체 무엇이란 말인가?

「러시아 인들에게 더 이상 탄약이 없습니다」

돈 루이스가 반복했다.

「그런데 지금 그쪽에서는 치열한 전투가 벌어지고 있습니다. 아마 몇 시간 안에 끝날 것입니다. 러시아 전선이 뚫릴 것이고, 러시아 군대는 후퇴에 후퇴를 거듭할 것입니다……. 어디까지냐고요? 물론 이 돌발 사태는…… 확실하고 불가피한 것이어서 우리가 말하고 있는 그 강대국의 의지에 조금도 영향을 미칠 수 없습니다. 하지만 그런데도 그 나라에는 악착스럽고 강고한 중립주의 당파가 엄존하고 있습니다. 합의를 미룬다면 그 나라가 어떻게 나올지 모릅니다. 그렇게 된다면 전쟁을 지휘하고 전쟁에 대비하는 사람들을 어떤 곤경에 빠뜨리겠습니까! 바로 그것은 용서받지 못할 실수일 것입니다. 나는 우리나라가 그것을 피해 가게 하고 싶습니다. 이것이 내가 그런 조건을 제시한 이유입니다」

데말리옹 씨는 완전히 당황하고 있었다. 그는 어떻게 해야 할지를 몰라 몸을 쉴 새 없이 움직이고 있었다. 그는 고개를 가로저으며 이렇게 중얼거렸다.

「그건 불가능합니다. 그런 조건은 절대로 받아들여지지 않을 것입니다. 시간이…… 협상이 필요합니다……」

「5분의 여유가 있습니다……. 최대 6분입니다」

「하지만 선생, 당신이 말씀하시는 건……」

「내가 말하고 있는 건 내가 그 누구보다도 잘 알고 있는 것들입니다. 매우 확실한 상황, 지극히 현실적인 위험에 대해 말하는 것입니다. 이 위험은 지금 이 짧은 순간에 피할 수 있습니다」

「하지만 그건 불가능합니다, 선생. 불가능해요! 우리는 여러 어려움에 직면해 있습니다……」

「어떤 어려움입니까?」

데말리옹 씨가 소리쳤다.

「그건, 온갖 종류의 어려움입니다. 극복할 수 없는 수많은 장애물들이란 말입니다……」

누군가 그의 팔에 손을 얹었다. 얼마 전부터 가까이 다가와 돈 루이스의 말을 듣고 있던 사람이었다. 그는 좀 더 멀리 주차한 자동차에서 내린 사람이었다. 그의 출현이 데말리옹 씨에게나 돈 루이스 페레나에게 아무런 반감도 야기하지 않는 것을 본 파트리스는 크게 놀랐다.

그는 상당히 나이가 든 사람으로, 정력이 넘치면서도 번민에 찬 얼굴이었다.

그가 말했다.

「친애하는 데말리옹, 내 생각엔 당신은 문제를 비현실적인 관점에서 조사하는 것 같소」

「저도 같은 의견입니다, 각하」

돈 루이스가 말했다.

「아! 선생, 당신은 나를 아는군요」

새로 온 사람이 말했다.

「발랑그래 장관님 아니십니까? 몇 년 전, 국무총리로 계실 때 저를 손수 맞아 주신 영광을 입었습니다」

「아, 그래요……! 생각날 것 같소……. 전부 기억나진 않지만……」(『813』을 볼 것 ——지은이)

「애쓰진 마십시오, 각하. 과거는 상관없습니다. 중요한 것은 각하의 생각이 제 의견과 같다는 사실입니다」

「내 의견이 당신 의견과 같을지는 모르겠지만, 그런 것은 아무 의미가 없다고 생각하오. 내가 당신에게 말한 것은 그것이오, 데말리옹. 당신이 이 선생의 제안을 논의해야 할지 어떨지를 판단하는 것이 중요한 게 아니오. 이 경우에는 거래도 없소. 거래를 하려면 각자 무엇인가를 내놓는 법이오. 그런데 우리는 절대 아무것도 내놓지 않을 거요……. 반면에 선생은 다 내놓으시오 이렇게 말하면 그가 우리에게 이렇게 말할 거요. 〈3억 프랑의 황금을 원하십니까? 그렇다면 당신이 해야 할 일은 이것이오. 아니라면 끝이오.〉 이것이 정확한 상황이오, 안 그렇소, 데말리옹?」

「그렇습니다, 각하」

「그럼, 선생 없이 할 수 있겠소? 이 선생 없이도 황금의 은닉처를 찾을 수 있겠소? 그는 당신에게 이미 상당한 일을 해 주었다는 걸 알아 두시오. 그가 당신을 이미 현장으로 데려왔고, 그 위치를 거의 가르쳐 주었으니 말이오. 그걸로 충분하겠소? 몇 주 전부터, 아니 몇 달 전부터 당신이 찾고 있는 비밀을 자신의 힘으로 발견하기를 바라오?」

데말리옹 씨는 매우 솔직했다. 그는 망설이지 않고 분명하게 말했다.

「아닙니다, 각하. 더 이상 바라지 않습니다」

「그렇다면……?」

발랑그래가 돈 루이스를 돌아보며 물었다.

「선생, 이것이 당신의 마지막 말이오?」

「제 마지막 말입니다!」

「우리가 거부한다면…… 〈잘 가시오〉인가?」

「정확하게 말씀하셨습니다, 각하」

「우리가 받아들인다면, 황금을 즉시 넘겨줄 수 있소?」

「그렇습니다」

「받아들이겠소」

명확했다. 전직 국무총리는 긍정의 말과 함께 가벼운 몸짓을 함으로써 그 가치를 십분 강조하고 있었다.

잠시 말을 중단했던 그가 다시 말했다.

「받아들이겠소. 바로 오늘 저녁에 대사에게 통지할 거요」

「제게 약속해 주시겠습니까, 각하?」

「당신에게 약속하리다」

「그렇다면 우리는 합의한 겁니다」

「합의한 거요. 이제 말하시오」

그 모든 말들은 신속하게 교환되었다. 전직 총리가 대화에 끼어든 지 채 5분도 안 되어서였다. 돈 루이스에게는 이제 약속을 지키는 일만 남아 있었다. 더 이상 핑계를 댈 수도 없었다. 말도 필요 없었다. 사실들, 증거들만이 필요했다.

그 순간은 실로 엄숙했다. 산책길에 만나 잠시 담소를 나누는 사람들처럼, 네 사람이 서로 나란히 서 있었다. 발랑그래는 강둑 아래를 굽어보고 있는 흉벽에 한 팔을 짚고 센 강을 바라보며 모래 더미 위로 지팡이를 들었다 내렸다 하고 있었다. 파트리스와 데말리옹 씨는 약간 긴장한 얼굴로 입을 다물고 있었다.

돈 루이스가 웃기 시작했다.

「각하, 너무 기대하지 마십시오. 제가 요술 지팡이를 써서 황금이 솟아나게 한다거나, 황금이 쌓여 있는 동굴을 보여 드리지는 않을 테니까 말입니다. 저는 〈황금 삼각형〉이라는 표현이 뭔가 신비롭고 전설적인 것을 떠오르게 함으로써 우리에게 혼란을 주는 것이라고 계속 생각했습니다. 그것은 아닙니다. 저는 그것은 단순히 황금이 있는 공간인데, 삼각형 모양으로 되어 있는 것이라고 생각했습니다. 황금 삼각형, 그것은 황금 자루들을 삼각형 모양으로 배치해 놓은 것이며, 삼각형의 형태를 지닌 장소입니다. 그러므로 실제로는 훨씬 간단해서 혹시 각하께서 실망하실지도 모르겠습니다」

「난 실망하지 않을 것이오」

발랑그래가 말했다.

「당신이 나를 1,800자루의 황금 앞에 데려다만 준다면 말이오」

돈 루이스가 말했다.

「각하의 제안을 받아들이겠습니다. 각하의 칭찬이 절정에 이를 것입니다」

「나를 황금 자루 앞에 데려다만 주면, 내 칭찬은 절정에 이를 뿐만 아니라 절대적이고 전적인 찬사가 될 거외다」

「각하께서는 이미 황금 자루 앞에 계십니다」

「아니, 지금 여기에 말이오……? 무슨 말이오?」

「제가 말씀드린 그대로입니다, 각하. 자루에 손만 대지 않고 있을 뿐이지 지금 각하가 계신 것보다 더 가까이 있을 수는 없습니다」

발랑그래는 충분한 자제력을 갖추고 있는 사람인데도 놀라움을 감추지 못했다.

「그렇지만 그 말은 내가 황금 위를 디디고 있어서 보도블록을 들어내거나 이 흙벽을 허물기만 하면 된다는 뜻은 아니겠지……?」

「그렇다면 그것은 아직 제거해야 할 장애물들이 있다는 말이 됩니다, 각하. 그런데 각하와 목표물 사이에는 아무 장애물도 없습니다」

「나와 목표물 사이에 아무 장애물도 없다고?」

「없습니다, 각하. 각하께서 아주 조금만 움직이시면 자루에 닿기 때문입니다」

「아주 조금만!」

발랑그래는 돈 루이스의 말을 무심코 반복했다.

「제가 아주 조금이라고 한 것은 힘들이지 않고, 거의 움직이지 않고도 능히 할 수 있음을 말하는 것입니다. 가령 지팡이를 물웅덩이 속에 넣기만 해 본다든가…… 아니면……」

「아니면?」

「아니면 모래 더미를 찔러 본다든가 말입니다」

발랑그래는 아무 말 없이 태연하게 있었다. 기껏해야 어깨를 가볍게 떨었을 뿐이었다. 그는 가르쳐 준 동작을 하지 않았다. 굳이 그 동작을 할 필요도 없었다. 그는 깨달았던 것이다.

다른 사람들도 입을 다물고 있었다. 그들은 강렬한 섬광과 함께 갑자기 그들에게 나타난 그 놀라우면서도 단순한 진실에 망연자실해 있었다.

어떤 반박도, 어떤 의혹도 제기하지 못하고 있었다. 그처럼 깨지지 않는 침묵 속에 돈 루이스가 아주 조용하게 말을 계속했다.

「각하께서 일말의 의혹이라도 품고 계신다면(그렇게 보이지는 않습니다만) 가지고 계신 지팡이를 찔러 넣어 보십시오……. 오! 많이는 말고요…… 기껏해야 50센티미터 정도……. 그러면 뭔가 확실하게 닿는 느낌이 드실 것입니다. 그것이 황금 자루입니다. 1,800자루가 거기에 있을 겁니다.

아시다시피 이것은 엄청난 부피가 아닙니다. 금화 1킬로그램

(이 세부적인 기술을 양해해 주시기 바랍니다. 하지만 필요한 것입니다) 금화 1킬로그램은 3,100프랑에 상당합니다. 그러므로 제가 근사치로 계산한 바에 의하면, 1,000프랑짜리 금화를 15만 5,000프랑씩 담은 50킬로그램짜리 자루는 그리 큰 자루가 아니지요.

자루들을 서로 촘촘히 맞대어 차곡차곡 쌓으면, 이 자루들은 약 5입방미터의 부피가 됩니다. 그 이상 되지는 않습니다. 이 부피에 삼각 피라미드의 대략적인 형태를 주어 보면 하나의 밑변이 나옵니다. 그 밑을 이루는 삼각형 각각의 변은 대략 3미터 정도인데, 더미와 더미 사이의 버려지는 공간을 감안하면 3미터 50센티미터 정도가 됩니다. 높이는 이 벽 높이입니다. 그 위에 모래를 한 층 덮어 놓으면 여기 보이는 이런 더미가 되는 것입니다……」

돈 루이스는 다시 잠깐 쉬었다가 계속했다.

「이것은 수개월 전부터 여기에 있었습니다, 각하. 황금을 찾는 사람들이 이 아래에 황금이 있을 거라 생각도 못할 뿐만 아니라, 우연으로라도 황금의 존재가 드러나는 일은 없게 되어 있습니다. 그러니 생각해 보십시오. 모래 더미를! 사람들은 지하 저장고를 찾고, 동굴 모양으로 생긴 것이라면 무엇이든, 또 웅덩이, 우물, 하수구, 지하 통로 등 구멍이란 구멍은 모조리 찾기 시작합니다. 그러나 모래 더미였습니다! 저 안에 있는 작은 창문을 열어 그곳에서 무슨 일이 벌어지고 있는지 들여다볼 생각을 누가 하겠습니까? 가장자리에 개들이 멈춰 서고, 아이들이 놀면서 모래 언덕을 만들고, 어느 부랑자가 누워 잠을 잡니다. 비가 내려 물러지면 햇빛이 굳게 하고, 눈이 내려 하얗게 옷을 입힙니다. 하지만 그것은 눈에 보이는 부분, 표면에서 일어나는 일입니다. 내부는 헤아릴 길 없이 신비롭습니다. 알아낼 수 없는 암흑입니다. 공공장소에 그 모습을 드러내고 있는 모래 더미의 내부에 비길 만한 은닉처는 세상에 없습니다. 3억 프랑의 황금을 감춰 두기 위해 그것을 사용하려고 생각한 자는 무서운 사람입니다, 각하」

발랑그래는 돈 루이스의 말을 중간에서 막지 않고 모두 들었다. 설명을 다 듣고 난 그는 고개를 두세 번 끄덕이고 나서 이렇게 말했다.

「맞소. 무서운 사람이오. 하지만 그 사람보다 더 강한 사람이 있소, 선생」

「그럴 리가 없습니다」

「아니오. 모래 더미가 3억 프랑의 황금을 엄폐하고 있었다는 사실을 알아낸 사람이 있소. 그 사람이 대가요. 그 사람 앞에서는 고개를 숙여야 하오」

찬사에 흐뭇해진 돈 루이스가 인사를 했다. 발랑그래가 그에게 손을 내밀었다.

「조국을 위해 봉사한 당신에게 어떻게 보상해야 할지 모르겠소, 선생」

「보상을 바라지는 않습니다」

돈 루이스가 말했다.

「좋소, 선생. 하지만 최소한 나보다 더 권위 있는 분들의 감사를 당신이 받았으면 좋겠소」

「꼭 그럴 필요가 있을까요, 각하?」

「꼭 그럴 필요가 있소. 하나 더 고백하리까? 당신이 어떻게 그 비밀을 발견해 내는 데 성공했는지 난 무척 궁금하다오. 그러니 지금부터 한 시간 후에 장관실로 들러 주시오」

「정말 유감입니다, 각하. 하지만 저는 15분 후면 이곳을 떠나야 합니다」

「안 되오. 정말 안 되오. 그렇게 떠날 수는 없소」

발랑그래가 매우 또렷한 어조로 말했다.

「왜 그러십니까, 각하?」

「그야 물론 우리는 당신의 이름도, 당신의 신상에 대해서도 전혀 모르기 때문이오」

「그런 건 조금도 중요하지 않습니다!」

「평화시에는 그럴지 모르지만, 전시에는 받아들일 수 없는 일이오!」

「어이쿠! 각하, 제게는 예외로 해 주십시오」

「어허! 예외라니……」

「그것을 제가 요구하는 보상으로 하자고 하면 거부하시겠습니까?」

「그건 도저히 들어줄 수 없는 단 한가지 일이오. 그러니 그걸 요구하지는 마시오. 당신같이 훌륭한 시민은 각자가 준수해야 하는 제약 조건을 잘 이해할 것이오」

「각하께서 말씀하시는 제약 조건을 아주 잘 이해하고 있습니다. 그런데 불행하게도……」

「불행하게도……?」

「제약 조건을 준수하는 습관이 안 되어 있습니다」

돈 루이스의 억양 속에는 약간의 반항기가 들어 있었다. 발랑그래는 그것을 눈치 채지 못한 듯 웃으며 말했다.

「나쁜 습관이오, 선생. 부탁이오만, 그 습관에 한 번만 예외를 두어 주시오. 데말리옹 씨가 당신을 도울 것이오. 안 그러오, 데말리옹? 그 점에 대해 선생과 합의를 보시오. 한 시간 후에 장관실에서 봅시다, 알았소? 당신만 믿고 있겠소. 그렇지 않으면……
또 봅시다, 선생. 당신을 기다리고 있겠소」

발랑그래는 매우 정답게 인사를 한 후, 데말리옹 씨의 안내를
받아 경쾌하게 지팡이를 휘두르며 자동차를 향해 멀어져 갔다.

돈 루이스가 빈정거렸다.

「잘됐어. 대단한 사람이야! 순식간에 3억 프랑의 황금을 받
고, 역사적인 조약에 서명도 하고, 아르센 뤼팽의 체포 영장을
발부했어」

어리둥절한 파트리스가 외쳤다.

「무슨 말씀이십니까? 당신을 체포하다니요?」

「아니면 최소한 나를 출두시켜, 신분을 확인하고, 아주 곤란한
일들은 모두 하겠지」

「어찌 그럴 수가 있단 말입니까!」

「합법적이오, 대위. 그러니까 그냥 시키는 대로 합시다」

「하지만……」

「대위, 이런 류의 몇몇 난처한 일들 때문에 내가 조국을 위해
큰일을 했을 때 느끼는 순전한 만족감이 내게서 없어지지는 않는
다는 걸 믿어주시오. 난 이 전쟁 기간 중에 프랑스를 위해 뭔가를
하고 싶었고, 내가 여기에 머무는 동안 그 시간을 프랑스에 직접
헌신하는 데 폭넓게 활용하고 싶었소. 그게 이루어졌소. 그리고
내게는 또 하나의 보상이 주어졌소……. 400만 프랑이오. 코랄리
엄마는 내게 커다란 존경심을 불러일으켰기 때문에 나는 그녀가
이 돈을 탐하지 않으리라 생각했소. 이 건은 사실 그녀의 돈이오」

「이 보상에 대해서는 제가 보증하겠습니다」

「고맙소. 선물은 잘 쓰일 것이오. 그리고 조금이라도 우리 조

국의 위엄과 승리 외의 다른 목적으로 유용되지 않을 것이오. 믿어도 좋소. 자, 이렇게 해서 모든 것이 정리되었소. 아직 당신과 함께할 몇 분의 여유가 있소이다. 그 시간을 이용합시다. 데말리옹 씨가 벌써 자기 사람들을 모으고 있군. 저 사람들의 임무를 쉽게 만들어 주고 소란을 피하기 위해 강둑 아래 모래 더미 앞으로 내려갑시다. 그에게는 거기가 내 덜미를 잡기에는 더 용이할 거요」

그들은 아래로 내려갔다. 걸어가면서 파트리스가 말했다.

「몇 분의 시간으로 만족하겠습니다. 하지만 그보다 먼저 용서를 구하고 싶습니다……」

「대위, 무슨 용서를? 나를 조금 배신했던 것, 그리고 별채의 아틀리에에 나를 가두었던 일 말이오? 무슨 소리요! 당신은 코랄리 엄마를 보호하려 했던 거요. 내가 황금을 발견하면 그것을 가로챌 거라고 의심한 일? 그건 또 무슨 말이오! 아르센 뤼팽이 3억 프랑의 황금을 무시하리라고 생각하는 게 가능했겠소?」

파트리스가 웃으며 말했다.

「그럼 용서를 구할 게 아니라, 감사를 드려야겠습니다」

「무슨 감사? 당신과 코랄리 엄마의 목숨을 구해 주었다고? 내게 감사하지 마시오. 사람들을 구하는 것이 내겐 스포츠요」

파트리스는 돈 루이스의 손을 꽉 쥐었다. 그리고 자신의 벅찬 감동을 감추면서 쾌활한 어조로 말했다.

「그럼 당신에게 감사도 드리지 않겠습니다. 따라서 당신은 제가 그 괴물의 아들이 아니라는 것을 가르쳐 주고, 놈의 진짜 모습을 보여 줌으로써 저를 무서운 악몽에서 벗어나게 해 주었다고 말하지도 않겠습니다. 또한 저는 지금 행복하며, 제 앞에는 찬란

한 인생이 열려 있고, 코랄리가 자유의 몸이 되어 저를 사랑하고 있다고도 말하지 않겠습니다. 그렇습니다. 그것에 대해서는 말하지 맙시다. 하지만 이것만은 당신에게 고백하겠습니다. 제 행복은 아직…… 뭐라고 해야 할까……? 약간 어둡습니다……조금 조심스럽습니다……. 이제 제게 의혹은 남아 있지 않습니다. 하지만 그렇다 해도 저는 진실을 잘 이해하지 못하고 있습니다. 앞으로도 그럴 겁니다. 진실은 제게 어떤 불안감을 안겨 주고 있습니다. 그러니까 말씀해 주십시오……. 설명을 좀 해 주십시오……. 알고 싶습니다……」

돈 루이스가 외쳤다.

「그렇지만 그것은 아주 명확하오. 그 진실은 말이오! 가장 복잡한 진실은 언제나 아주 단순한 법이오! 자, 당신이 이해를 못 한다고 했소? 문제를 제기하는 방식으로 곰곰이 생각해 보시오. 16년 내지 18년 동안 시메옹 디오도키스는 자기희생을 하면서까지 당신에게 헌신하며 완벽한 친구로서 행동했소. 간단히 말해 아버지로서 말이오. 그는 자신의 복수 말고는, 당신의 행복과 코랄리의 행복 외에 다른 생각을 하지 않았소. 그는 당신들 두 사람을 맺어 주고 싶어했소. 그는 당신의 사진을 수집했지. 그는 당신이 가는 곳마다 따라다녔소. 그리고 당신과의 관계를 거의 드러낼 시점까지 갔던 거요. 그는 당신에게 정원의 열쇠를 보내며 만남을 준비하고 있었소. 그런데 갑자기 완전히 바뀌어 버린 거지! 그는 당신의 악착같은 적이 되어 코랄리와 당신을 죽이는 것만 생각하게 됐소! 그 두 영혼 상태 사이에 무슨 일이 있었을까? 한 가지 사건, 그것이 전부요. 또는 날짜로 친다면, 4월 3일에서 4일로 넘어가는 밤, 그 밤과 이튿날 에사레스 저택에서 일어났던 비극적 사건이 그것이오. 그날 이전에는 당신은 시메옹 디오도키스의 아들이었소. 그날 이후로 당신은 시메옹 디오도키스의 가장 큰 적이 되었고 말이오. 눈이 좀 떠지는 것 같소? 내 모든 발견은 사건을 처음부터 총체적 관점에서 보았기 때문에 가능했던 거요」

파트리스는 대답 대신 고개를 끄덕였다. 물론 그는 깨닫고 있었다. 그러나 수수께끼는 아직 비밀의 일부를 간직하고 있었다.

돈 루이스가 말했다.

「거기 앉으시오. 그 문제의 모래 더미 위요. 잘 들으시오. 10분 안에 끝날 것이오」

그들은 베르투 작업장에 있었다. 해가 뉘엿뉘엿 넘어가기 시작했다. 센 강 건너편에서는 그림자들이 희미해지고 있었다. 강둑 가장자리에서는 수송선이 조용히 흔들리고 있었다.

돈 루이스는 이렇게 설명했다.

「그날 저녁, 당신은 서재의 안쪽 발코니에 숨어서 에사레스 저택의 비극을 목격하고 있었소. 당신의 눈앞에는 두 사람이 공범들에 의해 묶여 있었소. 에사레스 베와 시메옹 디오도키스요. 지금은 두 사람 모두 죽었소. 그중 한 사람이 당신의 아버지요. 다른 사람, 에사레스 베에 대해서 말합시다. 그날 저녁, 그가 처한 상황은 위태로웠소. 동방의 어느 강대국을 위해(물론 독일의 원조를 받고 있는 나라입니다) 프랑스의 금을 긁어모은 후, 그는 수확한 10억 프랑의 황금에서 남은 것을 슬쩍하려고 했소. 불똥비의 신호를 본 벨엘렌 호가 와서 베르투 작업장을 따라 정박하고 있었지. 모래 더미를 동력 수송선에 옮겨 싣는 작업은 밤에 이루어질 참이었소. 모든 일이 잘되어 가고 있었는데, 뜻밖의 돌발 사태가 일어났소. 시메옹의 연락을 받은 공범자들이 난입한 것이지.

거기에서 공갈 협박의 장면, 파키 대령의 죽음 등이 연출되었고, 에사레스는 공범들이 자기의 음모와 황금을 슬쩍하려는 계획을 알고 있다는 것을 그 참에 알았소. 그리고 파키 대령이 사법 당국의 손안에 에사레스를 고발해 놓았다는 것도 알았지. 그는 패배했소. 어떻게 할 것인가? 도망? 하지만 전시라서 도망은 거의 불가능한 일이지. 그리고 도망간다는 것은 황금을 포기한다는 것이고, 코랄리도 포기한다는 것이었소. 그것도 영원히 말이오. 그럼 어떡한다? 단 한 가지 방법, 사라지는 수밖에 없었소. 사라지면서도 그곳, 싸움의 현장에, 황금 가까이에, 코랄리의 곁에 그대로 남아 있는 방법말이오. 그리고 밤이 되었는데, 그날 밤을 틈타 그는 자기 계획을 실행에 옮긴 거요. 여기까지가 에사레스의 이야기요. 두 번째 인물인 시메옹 디오도키스로 넘어갑시다」

돈 루이스는 호흡을 가다듬었다. 파트리스는 그의 말을 열심히 듣고 있었다. 마치 그의 말 한마디한마디가 숨 막히는 어둠 속에 제각기 빛을 가져다 주기라도 하는 것처럼.

돈 루이스가 다시 말을 시작했다.

「시메옹 영감이라고 불렸던 사람은, 다시 말하면 당신 아버지는, (그렇소, 당신 아버지요. 이것에 대해선 의혹이 없을 것이오.) 그도 역시 목숨이 위태로운 상황이었소. 옛날, 코랄리의 어머니와 함께 에사레스의 희생자였던 당신 아버지 아르망 벨발은 자신의 목적을 달성하려는 순간이었소. 그는 자신의 적인 에사레스를 파키 대령과 그 일당들에게 밀고하여 넘겨주었소. 그는 당신을 코랄리와 가깝게 하는 데 성공했소. 그는 당신에게 별채의 열쇠를 보냈고, 며칠만 더 기다리면 모든 일이 그의 서약대로 끝날 참이었단 말이오.

하지만 이튿날 아침, 그가 잠에서 깨어났을 때, 그는 위험이 닥쳐오고 있다는 몇 가지 징후를 보았소. 그 징후가 무엇이었는지는 나도 모르오. 어쩌면 에사레스가 세우고 있던 계획을 예감했던 것 같소. 그 역시 이런 의문을 떠올렸소. 어떻게 한다……? 당신에게 알려야 한다, 그것도 지체 없이, 즉시 전화해야 한다. 시간이 없지 않은가. 위험이 뚜렷이 드러나고 있다. 에사레스는 두 번째로 희생자로 선택한 그를 감시하고 뒤쫓고 있었소. 시메옹은 아마 추격을 당했던 것 같소……. 아마 그는 서재 안에 갇혀 있었을 거요……. 그는 당신에게 전화할 수 있을까? 전화하면 당신이 있을까?

어쨌든 그는 어떻게 해서라도 당신에게 알리고 싶었소. 그래서 통화 신청을 했던 거요. 그는 통화에 성공하여, 당신을 부르고 당신 목소리를 들었소. 그런데 에사레스가 문에 붙어 서서 당신 아버지가 숨을 헐떡이며 외치는 소리를 열심히 듣고 있었소.

〈파트리스, 너냐? 열쇠 가지고 있지? 편지는? 아니라고? 그럴 수가! 그럼 넌 아직 모른단 말이냐……〉 그리고 이어서 당신이 전화선을 통해 들었던 그 쉰 고함소리와 시끌벅적한 소리, 말다툼하는 소리가 있었소. 그리고 전화기에 꼭 달라붙어 더듬거리던 목소리는 아마 이랬을 거요. 〈파트리스, 수정 메달……. 파트리스, 내가 그렇게 원했건만……! 파트리스, 코랄리.〉 이어서 커다란 비명…… 점점 약해지는 외침……그리고 침묵. 그게 끝이었소. 당신의 아버지는 살해되었던 거요. 옛날, 별채에서는 실패했던 에사레스 베가 이번에는 그의 옛 라이벌에게 복수를 한 것이오」

돈 루이스는 말을 멈췄다. 그의 열렬한 말을 통해 그 비극적인 사건이 다시 살아나고 있었다. 아들의 눈앞에 범죄가 재현되고 있었다.

감정이 격해진 파트리스가 중얼거렸다.

「아버지, 아버지……」

「그분이 당신의 아버지였소」

돈 루이스가 단정 지었다.

「그때 시간은 당신이 적어 둔 것처럼 오전 7시 19분이었소. 몇 분 후, 무슨 일인지 몹시 알고 싶은 당신이 전화했을 때, 전화를 받은 건 발밑에 당신 아버지의 시신을 둔 에사레스였소」

「아! 악마. 그래서 우리가 시체를 찾을 수 없었어. 찾을 수가 없었다고……」

「이 시신에 에사레스 베는 아주 간단하게 분장을 시켰다오. 화장을 해서 모습을 바꾸고 변장을 시켰지. 그렇게 해서, 대위, 사건의 핵심이 여기에 있소, 죽은 시메옹 디오도키스는 그렇게 해서 에사레스 베가 된 것이오. 그동안 에사레스 베는 시메옹 디오도키스로 모습을 바꾸고 시메옹 디오도키스라는 인물을 연기했던 것이오」

「네. 알겠어요. 이제 알겠어요……」

돈 루이스가 계속했다.

「두 사람은 어떤 관계였겠소? 나는 모르오. 에사레스는 시메옹 영감이 그의 옛 연적이며, 또 코랄리 어머니의 연인이며, 죽음을 모면한 사람이라는 사실을 전에 알고 있었겠소? 시메옹이 당신의 아버지, 즉 아르망 벨발이라는 것을 알고 있었을까? 절대로 풀리지 않을 문제들이오. 게다가 그건 전혀 중요하지 않소. 그러나 내 생각하고 있는 것을 말하자면, 이번 범죄는 즉흥적인 것이 아니라는 것이오. 신장과 걸음걸이가 어느 정도 비슷하다는 것을 확인한 에사레스가 어쩔 수 없이 사라져야 하는 상황이 되었을 경우를 대비해서 시메옹 디오도키스의 역할을 하기 위해 모든 것을 준비해 두었으리라고 나는 굳게 믿고 있소. 게다가 그건 쉬운 일이었소. 시메옹 디오도키스는 가발을 쓰고 다녔고, 수염이 전혀 없었소. 반대로 에사레스는 대머리였고 수염이 있었소. 그는 깨끗이 면도를 했고, 난로의 장작 받침쇠로 시메옹의 얼굴을 짓이겨 그 엉겨 붙은 핏덩이에 자기 수염을 섞어 놓았소. 그리고 시신에 자기 옷을 입힌 뒤, 시메옹의 옷은 자기가 입고 가발을 쓴 다음, 안경과 목도리를 착용했던 것이오. 변신은 그렇게 이루어졌소」

파트리스가 곰곰이 생각한 끝에 이의를 제기했다.

「좋습니다. 아침 7시 19분에 일어난 일은 이해가 갑니다. 하지만 낮 12시 23분에 또 다른 일이 일어났습니다」

「아무 일도 없었소……」

「그렇지만…… 12시 23분을 가리키고 있던 그 시계는 뭔가요?」

「아무 일도 없었다고 말했소. 단지 추적을 피해야 했던 거요. 무엇보다도 특히 새로운 시메옹에게 쏟아질 불가피한 비난을 피해야 했던 것이오」

「어떤 비난입니까?」

「뭐냐고? 그야 에사레스 베를 죽인 데 대한 비난 아니겠소. 아침에 시체 한 구가 발견된다. 누가 죽였을까? 혐의는 즉시 시메옹에게 돌아갔을 것이오. 그를 심문하고 체포했을 거요. 그리고 시메옹의 가면을 쓴 에사레스를 찾아냈겠지……. 하지만 그에게는 자유, 마음대로 활동할 수 있는 자유가 필요했소. 그래서 그는 오전 내내 범죄를 은폐했고, 서재에 아무도 들어오지 못하게 했던 것이오. 그는 세 번에 걸쳐 자기 아내의 방문을 두드림으로써 그녀로 하여금 에사레스 베가 오전 동안 살아 있었다고 믿게 했소.

그리고 그녀가 외출할 때는 시메옹에게, 다시 말하면 자기 자신에게 샹젤리제가의 야전병원까지 데려다 주라고 큰 소리로 지시했던 것이오. 그렇게 해서 에사레스 부인은 살아 있는 남편을 집에 남겨 두고 시메옹 영감과 함께 병원에 갔다고 믿고 있었는데, 사실은 텅 빈 집에 시메옹 영감의 시체를 남겨 두고 남편과 함께 외출했던 셈이오.

무슨 일이 일어났냐고? 그 악당이 바라던 일이지. 오후 1시 경에 파키 대령의 밀고를 받은 사법부가 도착해 보니, 난데없는 시체 한 구가 놓여 있는 거요. 누구의 시체? 그 점에 대해선 조금도 주저할 것이 없었소. 하녀들이 주인을 알아보았고, 뒤늦게 도착한 에사레스 부인도 자신의 남편이 전날 저녁에 고문을 받았던 그 벽난로 앞에 쓰러져 있는 것을 본 거요. 시메옹 영감, 즉 에사레스가 그의 신분을 확인해 주었소. 당신도 함정에 빠졌던 거지. 감쪽같이 속은 거요」

파트리스가 고개를 끄덕였다.

「그렇군요. 사건들이 그렇게 일어났던 거로군요. 그게 그들의 관계였습니다」

돈 루이스가 다시 말했다.

「감쪽같이 속았소. 뭐가 뭔지 아무도 몰랐소. 게다가 그 증거로 에사레스의 손으로 씌어진 편지가 책상 위에 놓여 있지 않았소? 그 편지는 4월 4일 정오에 그의 아내에게 쓴 것으로 그의 출발을 알리는 내용이었소. 더욱이 정말 감쪽같았던 것은 진실을

430

왜곡했을 단서들 자체가 오로지 거짓말을 보완해 주는 역할만 한 것이오. 당신 아버지는 자기 속옷 안쪽 호주머니에 아주 작은 사진첩을 지니고 다녔소. 에사레스는 그것을 몰랐기 때문에 그의 속옷은 벗기지 않았던 겁니다. 그런데 사진첩이 발견되자 그 즉시 사람들은 에사레스 베가 자기 아내와 벨발 대위의 사진들이 담긴 사진첩을 몸에 지니고 다녔다고 수긍해 버린 겁니다. 도무지 말이 안 되는 일이었소.

마찬가지로 죽은 사람의 손에서, 즉 당신 아버지의 손에서 최근에 찍은 당신의 사진 두 장을 넣은 자수정 메달이 발견되었을 때, 그리고 황금 삼각형을 언급하고 있던 구겨진 종이가 발견되었을 때, 사람들은 즉시 에사레스 베가 메달과 서류를 빼앗았는데, 죽는 순간에 손에 쥐고 있었다고 생각한 거요. 따라서 살해되어 사람들의 눈앞에 놓인 시체는 바로 에사레스 베라는 사실에는 의심의 여지가 없었소. 그리고 그 문제에 대해서는 완전히 관심 밖이었소. 그 결과 새로운 시메옹이 주인공이 된 거요. 에사레스 베는 죽었다. 시메옹 만세!」

돈 루이스는 웃음을 터뜨렸다. 그에게는 모험이 정말 재미있는 것 같았다. 그는 사악한 술책과 악마의 영감으로 꾸며진 모든 모험을 예술가로서 즐기고 있었다.

그가 계속했다.

「그리고 즉시 에사레스는 아무도 모르는 그 가면을 쓰고 일에 착수했소. 그날 그는 빠끔히 열린 창문을 통해 당신과 코랄리 엄마의 대화를 듣고 있었는데, 당신이 그녀에게 몸을 숙이는 것을 보고 분노가 치밀어 올라 권총을 한 발 쏜 것이오. 그리고 그 새로운 범죄가 성공하지 못하자 그는 도망을 쳤고, 정원의 작은 문 옆에서 살인자를 외치며 연극을 하기 시작했던 것이오. 담벼락 너머로 열쇠를 던져 가짜 흔적을 남겼고, 권총을 쏜 범인이 자기 목을 졸랐다고 말을 지어 내며 반쯤 죽어 넘어졌소. 그 연극은 미친 흉내를 내는 것으로 끝났소」

「하지만 그 미친 짓의 목적은 무엇이었습니까?」

「무슨 목적? 자기를 가만히 내버려 둬라, 심문도 하지 마라, 자기를 경계하지도 말아라, 뭐 이런 거지. 그는 미친 척함으로써 입을 다물어도 되었고, 혼자 떨어져 지낼 수도 있었소. 그렇지 않으면 입만 뻥긋해도 에사레스 부인이 목소리를 알아들었을 테니, 그렇게 해서 완벽하게 자기 억양을 감추려 했던 겁니다.

이후로 그는 미친 사람이 되었소. 아무 책임을 지지 않아도 되는 거지. 그는 자기 마음대로 돌아다녔소. 미친 사람이니까! 그리고 당신을 옛날의 공범들에게 손짓으로 안내해서 그들을 잡아들이게 할 만큼 그의 광기는 기정사실화되었소. 당신은 그 미친 사람이 자기의 이익에 대해 지극히 명료한 비전을 가지고 행동하지는 않는지 잠시도 의심하지 않았소. 그는 미친 사람, 불쌍한 광인, 해를 끼치지 않는 광인이었소. 사람들은 그런 불행한 사람들에게 행동의 자유를 주지 않는가!

그때부터 그에게는 마지막 두 사람, 즉 코랄리 엄마와 당신을 상대로 싸우는 일만 남은 거요. 그에겐 쉬운 일이었지. 내 생각에 그는 당신 아버지의 일기를 가지고 있었던 것 같소. 어쨌든 그는 당신이 쓴 일기도 매일 읽고 있었소. 그 일기를 읽고 그는 무덤에 관한 이야기를 전부 알게 되었고, 4월 14일에 당신과 코랄리 엄마가 함께 그 무덤에 참배하러 갈 것이라는 사실도 알아냈소. 뿐만 아니라 그는 음모를 꾸며 당신이 그곳에 가도록 당신을 부추기기도 했지. 그의 계획은 이미 서 있었으니까 말이오. 그는 아들과 딸, 현재의 파트리스와 코랄리를 없애기 위해 옛날에 아버지와 어머니에게 했던 그대로의 술책을 준비했소. 처음에는 그 술책이 성공했지. 만약에 우리 가엾은 야봉의 생각에 힘입어 새로운 상대인 내가 몸소 나타나지만 않았다면 아마 끝까지 성공했을 것이오…….

당신에게 더 얘기해 줄 필요가 있겠소? 나머지는 당신도 나만큼 알고 있고, 또 나처럼 당신도 그 더러운 악당을 충분히 판단할 수 있을 테니까 말이오. 그는 지난 스물네 시간 동안 그의 공범 그레구아르를, 아니 그보다는 정부 모스그라넴 부인을 목이졸려 숨지도록 방치했고, 모래 더미 안에 코랄리 엄마를 파묻었으며, 야봉을 살해하고, 나를 별채 안에 가두었고, (아니면 적어도 가두었다고 믿고) 당신의 아버지가 파 놓은 무덤 안에 당신을 묻었고, 수위 바슈로를 죽였소. 자, 대위, 당신은 그가 자살하는 것을 내가 말려야 했다고 생각하시오? 끝까지 당신의 아버지로 행세하려 했던 그 한심한 놈을 말이오」

파트리스가 말했다.

「당신이 옳았습니다. 처음부터 끝까지 당신이 모두 옳았습니다. 이제 저도 이 사건의 전모를 총체적으로, 상세하게 알겠습니다. 이제는 한 가지만 남았습니다. 황금 삼각형입니다. 당신은 어떻게 진실을 발견하게 되었습니까? 어떻게 해서 이 모래 더미까지 오게 되었습니까? 그리고 어떻게 코랄리를 가장 끔찍한 죽음에서 구해 낼 수 있었습니까?」

「오! 그 점이라면 더욱 간단하오. 거의 나도 모르는 사이에 빛이 깃들었소. 몇 마디만 하면 알게 될 것이오……. 하지만 우선 자리를 뜹시다. 데말리옹 씨와 그의 부하들이 좀 거북해지는구려」

요원들이 베르투 작업장의 두 입구에 배치되었다. 데말리옹 씨는 그들에게 지시를 내리고 있었다. 돈 루이스에 대해 말하고 있는 것이 확연히 드러나 보였다. 그는 돈 루이스에게 접근할 채비를 하고 있었다.

돈 루이스가 말했다.

「수송선으로 갑시다. 거기에 중요한 서류를 두고 왔소」

파트리스는 그의 뒤를 따랐다.

그레구아르의 시신이 있었던 선실 맞은편에 똑같은 계단을 이용해 올라가게 되어 있는 또 하나의 선실이 있었다. 선실 안에는 탁자 하나와 의자 한 개가 있었다.

돈 루이스가 서랍을 열고 봉인된 편지 한 통을 집으며 말했다.

「대위, 이 편지를 좀 전달해 주면…… 아니, 아니오, 쓸데없는 말은 하지 않겠소. 당신의 궁금증을 풀어 줄 시간이 거의 없을 것 같소. 저 사람들이 다가오고 있소. 지금 우리는 삼각형 이야기를 하고 있었던가? 어서 얘기합시다」

그는 주의 깊게 귀를 기울였다. 그 실제 의미를 파트리스는 곧 이해할 것이었다.

밖에서 일어나고 있는 일에 귀를 기울이며 그가 다시 이야기를 시작했다.

「황금 삼각형! 살다보면 굳이 공들이지 않고도 운 좋게 해결되는 문제들이 있소. 우리를 해결책으로 이끄는 것은 사건들이오. 이 사건들을 무의식적으로 선택하고, 구분하고, 어떤 것은 검토하고, 또 어떤 것은 버리기도 하는 가운데, 갑자기 해답이 보이는 거요……. 그러니까 오늘 아침, 에사레스 베는 당신을 무덤으로 데려가 석판 아래에 당신을 가두어 버린 후, 내가 있는 곳으로 돌아왔소. 내가 여전히 별채의 아틀리에에 갇혀 있다고 생각한 그는 고맙게도 가스 계량기를 열어 놓더군. 그리고 그 자리를 떠나 베르투 작업장 위에 있는 강둑으로 왔소. 그곳에 서서 그는 잠시 망설였는데, 그의 뒤를 쫓고 있던 내게 그 망설임은 귀중한 단서였소. 그때 그는 코랄리 엄마를 풀어 줄 생각을 하고 있었던 게 분명하오. 사람들이 지나갔소. 그는 다시 자리를 뜨더군. 그가 어디로 가는지 알고 있는 나는 당신을 구하러 돌아왔고, 에사레스 저택에 있는 당신의 동료들에게 알려 당신을 보살피도록 부탁했소.

그리고 나는 바로 이곳으로 왔소. 이 사건의 여러 단계를 하나씩 거칠 때마다 이곳으로 돌아오게 되어 있더군. 나는 황금 자루들이 운하 내부에는 없다는 것을 가정할 수 있었소. 그리고 벨엘렌 호가 황금 자루들을 가지고 가지 않은 이상, 정원의 바깥에, 운하의 바깥에 있을 것이고, 따라서 그 장소는 이 근처임이 분명했소. 나는 이 수송선을 뒤지기 시작했는데, 그것은 자루들을 찾으려고 했던 것이 아니라 뜻밖의 정보가 있을 것 같았고, 또 지금 고백하지만 그레구아르에게 전달된 400만 프랑을 찾고 있었던 것이오. 그런데 내가 어떤 곳을 뒤지기 시작하여 내가 원하는 것을 발견하지 못할 때면, 난 언제나 에드거 포우(Edgar A. Poe, 1809-1849, 미국의 작가. 세계 최초의 추리소설을 쓴 작가이며, 그의 소설에 등장하는 뒤팽Dupin 탐정을 르블랑이 이름의 첫 글자만 바꿔 뤼팽 Lupin으로 다시 태어나게 한 것으로 유명하다──옮긴이)의 그 기이한 단편 소설 「도둑맞은 편지」를 떠올린다오……. 생각나시오? 그 외교 문서를 도둑맞았는데, 그것이 어떤 방에 감춰져 있는지는 사람들이 다 알고 있는 이야기 말이오. 사람들은 그 방 구석구석을 다 뒤집니다. 마루의 널빤지도 모두 들어올리죠. 그렇지만 없어요. 그러나 뒤팽 씨는 도착하자마자 즉시 벽에 걸려 있는 휴대품 보관 상자로 향하고, 거기에서 낡은 종이 한 장이 나옵니다. 그것이 문서였지요.

그래서 나는 본능적으로 똑같은 방법을 사용하오. 나는 남들이 찾아볼 생각조차 하지 않는 곳을 찾는다오. 발견되기 너무 쉬울 것이기 때문에 은닉처가 될 수 없는 장소들 말이오. 따라서 나는 이 선반 위에 나란히 놓여 있던, 지금은 사용하지 않는 낡은 상공연감 네 권을 넘겨 볼 생각을 한 것이오. 400만 프랑이 그 안에 있었소. 그리고 그때 알았소」

「아니, 그때 알았다고요?」

「그렇소. 에사레스의 정신 구조에 대해서, 그의 독서에 대해서, 그의 습관에 대해서, 훌륭한 은닉처를 구상하는 그의 방식에 대해서 말이오. 우리는 너무 먼 곳에서, 너무 깊이 찾았던 거요. 우리는 일을 어렵게만 하고 있었소. 쉽게 해야 했소. 외부, 표면을 쳐다봐야 했소. 나는 두 개의 작은 단서를 더 사용했소. 나는 야봉이 이 근처에서 사용했을 사다리 기둥에 모래 알갱이 몇 개가 묻어 있는 것을 보았소. 마침내 이런 생각이 떠오르더군. 〈야봉이 보도 위에 분필로 삼각형을 그린 일이 있었지. 그런데 그 삼각형은 변이 두 개만 있었어. 셋째 변은 벽의 밑변으로 되어 있었기 때문이지. 그것은 왜일까? 셋째 변을 굳이 분필로 그리지 않은 이유가 뭘까? 셋째 변이 없는 건 은닉처가 벽의 밑변에 있다는 것을 의미하는 것일까?〉 난 담배에 불을 붙였소. 나는 저 위 수송선의 다리 위로 갔소. 그리고 내 주위를 연신 살피면서 생각했소.

〈여보게 뤼팽, 자네에게 5분을 주겠다.〉 내가 스스로 〈여보게 뤼팽〉 하고 부를 때는 내가 스스로 견디어 내는 것이 불가능할 때요. 내가 담배를 4분의 1도 채 피우지 않았을 때, 드디어 목표에 도달했소」

「알아냈습니까?」

「알아냈소. 내가 생각하고 있던 요소들 가운데 어떤 것이 불똥을 튀게 했을까? 그건 모르오. 아마 모든 요소가 한꺼번에 작용한 것 같소. 그것은 마치 화학 실험처럼 상당히 복잡한 정신 작용이오. 잠재해 있던 요소들 사이에 반작용과 신비로운 조합이 일어나면서 갑자기 정확한 생각이 형성된 것이오. 그리고 내게는 직관의 원칙과 아주 특별히 강한 자극이 있었소. 나는 그 자극을 받아 숙명적으로 은닉처를 발견할 수밖에 없었던 것이오. 코랄리 엄마가 거기에 있었소.

나는 확신하고 있었소. 내가 실패하거나 실수하면, 또 더 오랫동안 망설이면 그녀가 죽을 것이라고 말이오. 반경 몇 십 미터 안에 그녀가 있었소. 반드시 알아내야 했소. 그리고 마침내는 알아냈소. 불똥이 튀었소. 조합이 이루어졌소. 나는 모래 더미로 곧장 달려갔소.

나는 발자국이 나 있는 것을 바로 보았소. 그리고 거의 꼭대기쯤에는 발로 다진 흔적이 더욱 선명하게 나 있었소. 나는 파헤쳤소. 자루에 처음 닿았을 때, 내게 벅찬 감격이 몰려왔소. 그러나 내게는 감격하고 있을 시간이 없었소. 나는 자루 몇 개를 밀쳐 냈소. 코랄리 엄마가 거기에 있었소. 모래는 조금씩 그녀의 숨을 막고 있었소. 조금씩 스며들어 그녀의 눈을 덮고 있었고, 그녀를 질식시키고 있었소. 당신에게 더 얘기할 필요가 없지, 안 그렇소? 작업장은 여느 때처럼 황량했소. 나는 그녀를 거기에서 꺼냈고, 자동차를 불러 우선 그녀의 집으로 데리고 갔소. 그 다음에 에사레스와 수위 바슈로의 일로 관심을 돌렸소. 적의 계획에 관하여 정보를 얻은 나는 제라덱 박사와 협상하러 갔고, 마침내 당신을 몽모랑시 대로의 병원으로 데려오게 했으며, 코랄리 엄마도 역시 그곳으로 데려오도록 지시를 내렸소. 지금은 약간 환경을 바꾸어 주는 것이 필요하오. 자, 이상이오, 대위. 그 모든 일이 세 시간 안에 일어났소. 박사의 차가 나를 병원으로 다시 데려다 주었을 때, 에사레스도 치료를 받으러 도착하고 있었소. 나는 놈을 붙잡고 있었지」

돈 루이스는 입을 다물었다.

두 사람 사이에는 더 이상 아무 말도 필요 없었다. 한 사람은 누군가에게 해 줄 수 있는 가장 큰 은혜를 다른 한 사람에게 베풀어 준 것이고, 이 다른 한 사람은 그 은혜가 감사의 말로는 절대로 다할 수 없는 것임을 알고 있었다. 그는 또한 감사의 뜻을 증명할 기회가 다시는 오지 않을 것이라는 사실도 알고 있었다. 감사의 뜻을 증명하는 일이 불가능하다는 사실 하나만으로도 돈 루이스는 어떻게 보면 그런 것을 초월한 사람이었다. 돈 루이스와 같은 사람에게 어떻게 보답할 수 있겠는가? 그런 수완을 마음대로 발휘하며 마치 일상생활의 사소한 일을 하는 것처럼 쉽게 기적을 일궈 내는 사람이 아닌가!

다시 한번 파트리스는 아무 말 없이 그의 손을 꼭 잡았다.

돈 루이스는 그의 말없는 감동의 경의를 받아들이며 이렇게 말했다.

「혹시 사람들이 당신 앞에서 아르센 뤼팽에 대해 말을 하거든 그를 두둔해 주시오, 대위. 그만 한 자격은 있는 사람이오」

그리고 웃으며 덧붙이는 것이었다.

「우습지만 나이가 드니 나도 명성에 집착하게 되는구려. 하지
만 악마는 숨는 법이오」

그는 귀를 기울이더니 잠시 후에 이렇게 말했다.

「대위, 이제 헤어져야 할 시간이오. 코랄리 엄마에게 내 경의
를 전해 주시오. 나는 코랄리 엄마를 알 기회가 없을 것 같소. 그
녀도 나를 모를 것이오. 어쩌면 그게 더 나을지도 모르겠소. 또
봅시다, 대위. 그리고 언제라도 내가 필요하면, 그것이 어떤 사
건이든, 가면을 벗겨 내야 할 악당이든, 곤경에서 구해 내야 할
정직한 사람이든, 풀어야 할 수수께끼든, 주저하지 말고 내 조언
을 구하시오. 당신이 내게 편지를 보낼 주소를 언제나 알 수 있도
록 조치하겠소. 자, 다시 봅시다」

「그럼 벌써 헤어지는 겁니까?」

「그렇소. 데말리옹 씨의 소리가 들려요. 그를 좀 마중 나가 주
시겠소? 그리고 그를 이리로 데려와 주시오」

파트리스는 망설였다. 돈 루이스는 어째서 파트리스에게 데말
리옹 씨를 마중 나가라고 하는 것일까? 그를 위해 파트리스가 끼
어들어 도움이 되어 달라는 것인가?

생각이 거기에 미치자 그는 자극을 받았다. 그는 밖으로 나갔다.

그때 파트리스는 절대로 이해하지 못할 일이 발생했다. 그것은
매우 **빠르고** 정말 불가해한 무엇이었다. 그것은 마치 길고도 어
두운 모험을 갑자기 끝나게 하는 예기치 못한 돌발 사태 같았다.

파트리스는 다리 위에서 데말리옹 씨를 만났다. 데말리옹 씨가
그에게 말했다.

「당신의 친구는 거기 있습니까?」

「예. 하지만 먼저 몇 마디만…… 당신의 의도가 혹시……?」

「전혀 걱정할 것 없습니다. 우리는 절대로 그를 해치고 싶지
않습니다. 오히려 그 반대지요」

그의 말투가 너무도 명료해서 장교는 아무 이의도 제기할 수
없었다.

데말리옹 씨가 지나갔다. 파트리스는 그의 뒤를 따랐다. 그들
은 계단을 내려갔다.

파트리스가 말했다.

「이런, 내가 이 선실 문을 열어 두었군」

그러나 돈 루이스는 선실 안에 없었다.

즉각 조사를 했지만 아무도 그가 떠나는 걸 본 사람이 없었다.
강둑 아래에 있던 요원들도, 선교를 이미 건너갔던 사람들도 그
를 보지 못했다는 것이었다.

파트리스가 단호하게 말했다.

「이 수송선을 샅샅이 조사할 시간만 있다면, 이 배가 아주 많
이 개조되어 있는 것을 알 수 있을 것입니다. 틀림없습니다」

「그러니까 당신 친구는 배 밑창의 뚜껑 문으로 빠져나가 헤엄
을 쳐서 도주했을 것이란 말입니까?」

매우 화가 난 듯한 데말리옹 씨가 물었다.

파트리스가 웃으며 말했다.

「아무렴요. 아니면 잠수함을 타고 갔을지도 모르죠」

「센 강에 잠수함을?」

「못할 이유가 없지 않습니까? 내 친구의 수완과 의지에는 한계
가 있다고 생각하지 않습니다」

그러나 그의 주소가 적힌 편지를 탁자 위에서 발견했을 때, 마침내 데말리옹 씨는 크게 놀라고 말았다. 그 편지는 돈 루이스 페레나가 파트리스 벨발과 얘기를 나누기 시작했을 때 그곳에 놓아둔 것이었다.

「그렇다면 그는 내가 이곳에 오리라는 것을 알고 있었단 말입니까? 그러니까 우리가 얘기를 나누기 전부터 내가 그에게 몇 가지 행동을 요구하리라는 것을 예상하고 있었다는 말이군요?」

편지에는 이렇게 적혀 있었다.

선생,

내가 떠나는 것을 양해해 주시오. 나는 당신이 여기에 온 동기를 십분 이해하고 있었다는 점을 믿어 주시오. 사실 내게는 뚜렷하게 정해진 직업이 없기 때문에, 당신은 내게 설명을 요구할 권리를 가지고 있소. 언젠가는 그 설명을 해 드리겠소. 약속하리다. 그때 당신은 알게 될 것이오. 내가 내 방식대로 프랑스를 위해 봉사하는 것은 그 방식이 그렇게 나쁘지는 않기 때문이라는 것을 말이오. 또한 이 전쟁을 치르는 동안 내가 조국을 위해 수행할 엄청난 활약에 대해(감히 이런 말을 합니다만) 조국은 내게 어느 정도 감사해야 할 것입니다. 선생, 그런 대화를 나누게 되는 날, 나는 당신에게 감사의 말을 듣고 싶소. 당신은 머지않아(나는 당신의 개인적 야망을 알고 있기 때문이오) 파리 시 경찰청장이 될 것이오. 어쩌면 내가 적임자라고 생각하는 사람을 지명하는 데 개인적으로 참여하는 것이 가능할지도 모르겠소. 지금부터 그 일에 전념하겠소. 총총.

데말리옹 씨는 꽤 오랫동안 말이 없었다. 이윽고 그가 말했다.

「이상한 사람이오! 그가 원하기만 했다면 우리는 그에게 큰일을 맡겼을 텐데. 발랑그래 씨의 그 말을 그에게 전하는 것이 내 임무였는데 말입니다」

파트리스가 말했다.

「하지만 믿으십시오. 그가 지금 하고 있는 일은 그보다 훨씬 큰일입니다」

그리고 이렇게 덧붙였다.

「이상한 사람입니다. 사실이에요! 당신이 상상할 수 있는 것보다 훨씬 이상하고, 훨씬 강하고, 훨씬 비범합니다. 만약에 연합국들마다 그를 모델로 해서 훈련시킨 사람을 서너 명씩만 가지고 있었다면, 전쟁은 분명 6개월도 가지 않았을 것입니다」

그러자 데말리옹 씨가 중얼거렸다.

「나도 그렇게 생각합니다……. 다만 그런 사람들은 대개 혼자 활동하고 규칙을 따르지 못하는 사람들이어서 마음 내키는 대로 행동하며 어떤 구속도 받아들이지 못합니다……. 그런데 대위, 어딘가 그 유명한 모험가하고 비슷하단 말이오. 몇 년 전에 독일 황제를 꼼짝없이 자기가 있는 감옥으로 오게 해서 풀어 주게 했다는…… 그리고 불행한 사랑 끝에 카프리의 절벽 위에서 뛰어내렸다는 그 사람 말이오……」

「그게 누굽니까?」

「당신도 잘 알 겁니다……. 뤼팽이라고…… 아르센 뤼팽……」

옮긴이 | 송덕호

1960년 전주 출생으로 전북대학교 불어불문학과 및 동 대학원 졸업했다. 프랑스 Nancy Ⅱ 대학교에서 박사 학위 취득했고 숭실대학교, 추계예술대학교, 전북대학교, 순천대학교 강사 역임했다. 『꿀』, 『이슬람 처녀』, 『아제드의 밤』, 『니노』, 『어린왕자』, 『특별한 순간들』 등을 우리말로 옮겼고, 『대중 문학의 이해』, 『한국 문학 속의 세계 문학』, 『추리소설이란 무엇인가』, 『대중문학이란 무엇인가』 등 다수의 저서와 논문이 있다. 현재 전북대학교 인문학연구소 연구 교수로 재직중이다.

아르센 뤼팽 전집 9

황금 삼각형

1판 1쇄 펴냄 2003년 2월 3일
1판 8쇄 펴냄 2014년 7월 31일

지은이 | 모리스 르블랑
옮긴이 | 송덕호
발행인 | 김세희
펴낸곳 | 황금가지

출판등록 | 2009. 10. 8 (제2009-000273호)
주소 | 135-887 서울 강남구 신사동 506 강남출판문화센터 5층
전화 | 영업부 515-2000 **편집부** 3446-8774 **팩시밀리** 515-2007
홈페이지 | www.goldenbough.co.kr

© 황금가지, 2003. Printed in Seoul, Korea

ISBN 978-89-8273-426-7 04860 (9권)
ISBN 978-89-8273-417-5 (set)

㈜민음인은 민음사 출판 그룹의 자회사입니다.
황금가지는 ㈜민음인의 픽션 전문 출간 브랜드입니다.